落叶不知秋

LUOYE
BUZHIQIU

图书在版编目（CIP）数据

落叶不知秋/王文佳著. -- 南昌：百花洲文艺出版社,2018.10
ISBN 978-7-5500-3011-4

Ⅰ.①落… Ⅱ.①王… Ⅲ.①长篇小说 – 中国 – 当代 Ⅳ.①I247.5

中国版本图书馆CIP数据核字(2018)第213073号

落叶不知秋

王文佳　著

责任编辑	袁　蓉	
书籍设计	彭　威	
制　作	周璐敏	
出版发行	百花洲文艺出版社	
社　址	南昌市红谷滩世贸路898号博能中心一期A座20楼	
邮　编	330038	
经　销	全国新华书店	
印　刷	南昌三联印务有限公司	
开　本	720mm×1000mm　1/16　　印张　19	
版　次	2019年5月第1版第1次印刷	
字　数	250千字	
书　号	ISBN 978-7-5500-3011-4	
定　价	39.00元	

赣版权登字　05-2018-383

邮购联系　0791-86895108
网　址　http://www.bhzwy.com
图书若有印装错误，影响阅读，可向承印厂联系调换。

目 录

骆 鹤

1

即便是今天没有在父亲的追悼会上遇见这女人，我也一刻都不曾忘了她。真要说起来，十多年前她险些做了我继母，现如今又即将成为我的邻居，总而言之，我和她算是够有缘的了。

曾经我叫骆何。因为我父亲姓骆，我母亲姓何。可我不喜欢这个名字，所以自己改成了骆鹤。从小到大，母亲几乎视我为透明人，所以我也不希望自己的名字里带着她的印记。最喜欢我名字的大概就是这女人了，她总是鹤儿，鹤儿地叫着我，自然到好像名字是她起的，这让我一度有些恍惚，心里怀疑她才是我真正的母亲。

我看着两个女人做游戏，从四岁一直看到十三岁。母亲前脚出门，她后脚便影子似的闪了进来，就好似说好了一般。曾经以为这个没什么技术含量的游戏能维持九年而迟迟没有东窗事发，自己简直是功不可没，后来才知道，我母亲对他俩的事压根从一开始就是睁一只眼闭一只眼。

我站在天平中间（不，当然不可能是正中间，再没良心也要稍偏母亲这边一些的），看着父亲站在等腰三角形的顶点和两个女人拉锯扯锯，时而觉得有趣，时而又替他悲哀。两个女人不是你进我退，就是你退我进，唯一的区别是一个在明，一个在暗。

进的人成了钝角，退的人所在的锐角自然越来越小，有的时候，父亲实在觉得这个整体形状太离谱了，便也调整一下自己的位置。

如果当年那女人总是变着法儿地讨好贿赂我，大概我反而会不屑了，然而她从不。她的体己从来不是捧捧打打做给人看的，对你的好纯粹无声，更要命的是，人前人后，她从来不曾对我父亲使过小性儿，因此在我的心里，虽说她所扮演的形象不那么正面，可姿态总不至于是丑的。

有一次母亲出国待了半年多，她便和父亲在家里开伙做饭了。我端着专属于自己的板凳坐在饭桌一角，并不靠近他俩。菜上桌了，一盘我平日里最爱吃却不能经常吃到的蚵仔烙被她放在离我最近的地方。她没有邀功般地说，快吃啊鹤儿，知道你最爱吃这个，我特意为你做的！她什么也没说，看我吃得很猛，便去夹别的菜，对那一大盘蚵仔烙，只是象征性地动了一筷子。我吃得比往常多不少，一来那女人的手艺比父母略胜一筹，二来自己心里明白，唯有这样，对面的两个人才可安心。我把碗里的米扒得一粒不剩，然后自己拿着碗筷到厨房去了。女人跟过来说，玩儿去吧，放在池里就行。我静默地转身，却并没走远。父亲洗碗盘，然后递给女人，女人拿着毛巾一一擦干，再归置到碗柜里。我听见女人问，味道怎么样？问了一遍，还不过瘾，并非出于对自己厨艺的不自信，而是听不够父亲的表扬。好吃吧！好吃吗？真的好吃？我的厨艺是不是进步了许多？……父亲祖上是中医世家，一上饭桌就严格遵循"食不语"的古训，她尊重父亲的生活习惯，可一进了厨房便活泼起来，自然，对于她的这些问题，父亲回答多少次都不心烦。她又说，小鹤儿很爱吃海鲜呢！父亲说，是啊，不过这孩子很小的时候被煎带鱼的刺卡过喉咙，憋得脸都紫了，得亏去医院去得及时，才捡回一条小命儿，从此对鱼总是怯生生的，看着人家吃，也只有眼馋的份儿了。一块鱼肉，用筷子把里面的刺全挑出来搁在她跟前，她都不敢碰了。女人当时没再说什么，可次日中午，我便在父亲常看的书里发现一张纸片，上边详尽地写着脱骨带鱼的做法。后来父亲把它贴在灶台边，照着一步一步地实践，让我大大地开了几顿鱼荤。直到母亲回来的前一夜，那张小纸片才从厨房里消失……

此时此刻，我挺着接近八个月的肚子站在父亲的牌位前，几乎所有来向我父亲送行的亲友都不知该先劝我节哀，还是先向我这个准妈妈道喜。我听着外面的风声、车笛声，还有近畔的窃窃私语，有人在悄声议论那个女人蠢得很，跟了我父亲二十几年，没混上个出席追悼会的名分也就罢了，竟也没趁他叱咤风云的时刻早早养肥自己的私房。

我的第一个儿子小驰已经两岁半了，他在灵堂里跑来跑去，告诉每一个他认识的"来宾"外公睡着了，不要吵到他，还趁所有人不注意的时候往他外公的手里塞了样东西。我问他塞的是什么，小驰如实回答，是一块大白兔奶糖，还说外公告诉他，握着大白兔奶糖睡觉不会做噩梦，不会梦到大灰狼。小驰说的话确实有"迹"可寻：在那女人已出版的某本小说里，有一个外公对自己的小外孙女儿也说过同样的话。

父亲刚入院时我已有了两个月身孕，医生说他最多还剩三个月，不想他却一直挺到我七个月，我们都为他高兴，就在十天前，我父亲还戏称老天若能再宽限些日子，大概就能看到又一个外孙子出世了。他甚至还给第二个小外孙起好了小名，说是赶得上见他就叫"小快"，赶不上就叫"小迟"。可惜上苍不作美，此言出口不到半个礼拜，父亲的病情就开始恶化。看来，我的第二个儿子也只好叫"小迟"了，和他的哥哥同音不同字。

据说，在外面再花再混账的男人临终也会给自己的妻小留一份遗产，因为唯有这样，才能给自己名义上的未亡人留个面子，给自己的祖上留个面子，顺便也给自己留个面子。而我父亲的这些面子都不要了，或许他在肉体即将离开人间、灵魂飞升之前的某个深夜突然觉得面子实在没有那么重要。我父亲把遗嘱工工整整地写在他的病例末页：

    1. 所有作品相关后续收入及版税归邱秋，其余财产归女儿骆鹤。
    2. 请置我照片于故居阳台，我要从那里看风景。
    本人在此声明，订立本遗嘱期间本人神志清醒，且未受到任何胁迫欺诈，本人其他亲属或任何第三人均不得以任何理由对继承人继承本人的上述财产进行干涉。

我盯着灵堂里唯一一个真花做成的花圈，白色的金盏花在一大堆来来回回走过场的假花中美得有些不近情理，它们使我在最后送别我父亲的人群中频繁走神。一定是这女人送的，如果不是她，还会有谁有本事、有情致用这么稀有的花卉来编花圈呢。可惜除了我，和我那已经去了另一个世界的父亲，大概没有人会注意它们，人们在这肃穆的灵堂里表达完他们程式化的敬意后，会照样谈笑、玩闹，甚至带上笑脸紧赶慢赶地奔赴某一对新人的婚礼喜宴……

我回过神来，心想自己应该趁热打铁地追上去，理顺与这女人之间长期拧巴的关系。

曾经对于我，她给出了比我母亲，甚至比我父亲更好的耐心，以及更多的尊重。我母亲常年飞来飞去，坐飞机的次数大概不比空姐少；我父亲虽在家里，却也总是背对着我，点上一支烟就开始啃他的烂笔头，脑袋埋在稿纸间一埋就是一天。当我第一次和这女人有眼神交流的时候，简直像发现新大陆一样发现了我生活中究竟缺失了什么。所以我相信自己和这女人的眼神交流是我们日后深入交往的坚实基础。那是一双怎样的眼睛，在凝神聚焦的瞬间总能让你感觉她逮住了你心里的什么东西，仅是那两道光，就足以收服甚至感化当年在外面野惯了的我。

有一次，我跟她谈起我的姥爷，我说虽然我没有这世上最好的父母，但我有最好的姥爷。她对我和母亲之间的疏远似乎并不感到意外，她只是说，如果她有一个孩子，她的父亲也将是最好的姥爷。我当时没有听懂她的话，也没有去细细揣摩，只是把自己的姥爷讲给她听。从我三岁到四岁半，除了上幼儿园，几乎所有时间都是姥爷陪我度过的，那时五十七岁的姥爷刚从单位退二线，走到哪里都带着我这个小尾巴。姥爷不显老，笔直的身板，几乎没有白发，来幼儿园接我时，不少小朋友都以为他是我爸爸。

我对她说，姥爷给我买最高级的铁罐装的奶粉，味道比袋装的要好一百倍不止。她笑了，就因为这个，他是世界上最好的姥爷？当然不是。我感觉自己像中了她的圈套一样难为情。我继续说，所有小朋友都只有连环画看的时候，我看的是姥爷给我买的中英双语对照版的《世界童话画库》，姥爷甚至还买来二十四色的彩笔，把这套六册大厚本的黑白书变成了全彩版。还有，还有很多事情，他抱我坐在膝盖上，用纱布包着煮好的橘子皮给我治冻伤的耳朵，爸爸带我去溜冰，每次出门前姥爷都要检查我冻了的耳朵是否反窝在帽子下面。那确实是很了不起，她若有所思地说。我得意了，谈话最后还做了个总结，我告诉她我曾怀疑过我妈不是亲妈，可是想想姥爷对我那么好，一定是我亲姥爷，而姥爷对我妈也同样那么好，所以一定是她亲爸，所以我妈肯定是我亲妈。说这话时我还自作聪明地悄悄观察她的表情。她被我说笑了，亲不亲就那么重要？当然，我严肃起来。我姥爷说，爸爸妈妈和我幸福地在一起是他目前最大的愿望，可如果我不是我妈亲生的，又如何幸福地在一起呢。她的眼神好像不同意我的看法，但她当时什么也没说。于是我又继续说，书上不是经常说，继母会把孩子偷偷领出去卖掉吗？亲妈是不会的。我还说，如果你不来找我爸爸，我爸大概和我妈会更融洽一些的。我尽量让自己的语气友善，其实当时说这话时我心里也确实是友善的，我从心里舍不得她这个朋友，舍不得她给我的小礼物，舍不得她讲的故事，也舍不得她做的好菜，我甚至觉得她不再来找我爸爸，我自己也有牺牲在里面。

那次谈话让我彻底排除了她是我亲妈的可能，我跟她讲姥爷的每一件事，她都很认真地听着，还问姥爷转业后做什么工作，退休后身体好吗之类的问题，她根本不认识我姥爷，又怎么可能是我亲妈呢。这就是一个小孩的逻辑思维。当年的我判断谁是我亲妈绝对是以姥爷为参照物的，因为我坚信，姥爷一定是我的亲姥爷。

然而可以想象，就是我的最后这句话把原本轻松和缓的对话逼到了死角，她顿了一下，然后很认真地对我说，不是我找你爸，而是你爸来找我。她原本不需要这么认真的，我在她的认真里实实在在地感觉到她所受到的羞辱。有什么区别吗？八岁的我竟能做出这样的质疑，大概对手的高度突然也拔高了我的智商和情商。然后我看到她眼底的慌乱，那种毫不设防的情况下被击中的，语言和思路的完全休克。她的眼神告诉我：一直以来我都没把你当小孩儿看，可我还是低估了你。事情并没有你想象的那么简单，等你长大些再说吧！我却毫不退缩地回视她：等我长大些？你终于也计穷了，居然拿出和我爸爸一样的话来搪塞我，我从四岁长到了八岁，还要再长多少年才配听你们的破事儿？

　　终于，她叹了口气，什么也没说，而与此同时，我的心里似乎也有一种说不清道不明的疼痛，我突然发现自己其实是爱她的，很爱她，那种年龄的孩子，大概依赖就是爱，相处就是爱，离不开就是爱。这爱是平时看不到的，被我们表面上孩子和"继母"之间的关系掩盖了的，但却在那一刻忽然显露出来，吓了我自己一跳。也就是在那时，我从她的眼神中，几乎预知了自己和这个女人之间，一定会有一场旷日持久的恩怨，一段天长地久的非亲非故却脱不开的关系。

　　那次谈话后，我好久没有去逸都公寓。我第一次觉得心里有些东西需要自己去消化，然后去抉择。于是我放学后又回到了姥爷家，做作业，看书，找四合院的小朋友玩耍，然后睡觉。我的理由是，同班同学，也是我的好朋友孙襄雨家与姥爷家只隔两条胡同，我们可以一同上学放学。那段时间我很为姥爷感到悲伤，在我心里，被骗的人是最惨的人。至于为什么我母亲也被骗但自己却毫不同情我说不上来，大概那时候我便早已看出她生活在别处。可姥爷就不同了，他永远是奉献的那个人，年轻的时候国家人民需要就为国家人民奉献，年老时退休了，国家社会不需要了就为后代奉献。而他的儿女回馈他终日无私奉献的竟是这么大一个骗局。一个早已分崩离析的家，却要在老人面前强撑融洽，难道姥爷看不出这其中的貌合神离？还是他太相信自己的女儿女婿？大概都不是。后来我知道，是姥爷对我的爱把这一切都遮挡住了。他把心血都放在我身上，爸爸妈妈的事，他不想管也管不了。他曾说过，"倦鸟归巢"，所有的人都有老到想回家，爱天伦的那一天。

　　日子就这样过着，直到有一天姥爷的干休所组织了一次为期十天的跨省旅游，我才被我爸又接回家里。我妈那会儿又跑到国外去做她的什么项目去了，不过那时的我早已适应了她的缺席，也知道她总能找到各式各样的，非要在国外完成的课题和项目。我爸带我在外面下了一个礼拜的馆子，周末我去同学家玩回来，发现他在桌子上留了一张字条，上面说有个稿子没有赶完，要晚点回家，让我饿了先去楼下买包子吃。稿子稿子，又是稿子。稿子永远是我父亲和邱秋的幌子，我在心里骂道。那一天我自己打车去了逸都公寓，开门见是我，他俩都吃了一惊。

"就知道你们在这里。"我径直走进去，轻车熟路地去冰箱开了一听饮料，自己招待自己。

"哟！长本事了啊，还记得这个门？"

"我饿了。"

"不是让你去买包子吃吗？"

"吃够了。吃了一星期包子了。我想吃翡翠虾饺。"

"吃饭还挑挑拣拣的，饿得轻了！"我父亲笑着说。

邱秋一看手表："呀，都快七点了，怪不得孩子饿了！"她没看我，直接换了鞋子，穿上外套就下楼去了。二十分钟后，她拎了两袋吃的上来：菠萝咕噜肉，双皮奶，还有翡翠虾饺，都是我爱吃的。她像往常一样取出我专用的小碗小筷："快吃吧！"我如愿以偿地端着碗狼吞虎咽起来，我父亲在一旁说："喂，作业做完没有？"

我头也不抬地说："作业是做完了，不过还有一份小制作，要六一参赛的，没弄完。"

可那天晚上我没能专心致志地做我的小制作，因为我隐约听到隔壁房间邱秋和我父亲一直在争吵。说起来他们的争吵对我来说其实是家常便饭，可他们俩除了为正在写的东西吵以外，几乎从来不吵。那时候，邱秋的工作给我的印象就是，帮我父亲写稿。父亲就像一个包工头，把领来的这样那样的活计派发她，活计自然就是写作大纲和一些未经润色的素材。父亲也写，但却比邱秋省力多了，或者说，他比她懒多了，有时干脆是在邱秋完成一稿的基础上修改。父亲修改完了，再和她交换意见，然后决定哪些地方用她写的，哪些地方用父亲改的，随后由父亲把他俩的定稿交给"上边","上边"给出意见，再由父亲传达给邱秋。一来二去，邱秋和我父亲之间形成了一个几乎固定的组合，他们的"联合作品"或见报成书，或改编至荧屏，署名永远是"骆铭，邱秋"或者"编剧骆铭，原著邱秋"。

有时候我觉得邱秋很可怜，她总在星月还没有隐去的时候就像清教徒一样坐到书桌前，沉静而坦诚地面对那一沓貌似永远也写不完的稿纸，她永远在父亲背后写呀写，要像受难的基督一样为每一环节有过错的人承担责任，因为几乎所有上边的人都知道她是我父亲身后的隐身人，剧本改编出现问题，创作组推说原著画面代入感太差；演员演得不用心，不到位，却抱怨她的台词"不够劲"，就连取景上的困难都能和作为笔者的她扯上关系。如此这般，她为每部作品劳形伤神，心力交瘁，所有的骂名和我父亲一起担，所有荣誉却都被父亲占了先，我不明白为何她在与我父亲的双重关系里都不求名利，也不懂她为什么要乐此不疲地选择这样一条受难的路。

那晚在他们的争吵中不断重复出现的是一个好听的名字：婉儿。婉儿是谁？我悄悄走到他们门外，静静地听着，很快弄清了婉儿不过是他们在写的剧本中的一个历史人物，是的，就是那个历史上很有名的唐朝女人。我听到邱秋说："隋志传怎么能把我这一大段统统去掉呢？"

我父亲说："隋志传还是认为你的笔调太严肃了。这是一部纯纯粹粹女人的戏，当然，戏里也有政治，但不觉得你向政治延伸得太多了吗？"

"怎么连你也这么说呢！"邱秋急了，"为了写这个东西，我把《新唐书》和《旧唐书》都几乎翻烂了，隋志传的那个大纲不仅毫不尊重历史，简直可以称得上是滥情！"

"听听，听听！秋儿你老毛病又犯了！"

"没有什么老毛病不老毛病的，反正他那个大纲我是没法写！从某种程度上说，婉儿是个比则天女皇更了不起的女人，属于她的那段真实历史其实比传说中更加动人，你看被他搞成什么样子！至少我认为我们现在在写的东西是面向大众的，不能要求绝对像著史者一样严谨和诚实，但起码也得差不多吧！婉儿的名垂千古绝不是因为她总是后宫争斗的胜利者，也并非因为善良，美好或是纯真这些世人给一个好女人所拟定的标准，很多人认为她有些卑鄙或者道德沦丧，甚至有人说她在险恶的环境中能生存下来靠的就是对无数男人的欺骗与利用，但究竟是韦后、女皇的侄子武三思这些人置这女人于不义还是她咎由自取又有谁知道呢？于是她任人评说，美的和不那么美的，恶的和不那么纯粹的恶，爱与恨，忠诚与背叛……她终其一生都在给别人作嫁，她用智慧、容貌、身体去保护自己与成就别人，多数人只看到她够狠够坏够下作，而没有人深究她的初衷，没有人看到她是如何成为那个成王与败寇都离不开的婉儿的，更鲜有人看到她为朝政、社稷立下的无形之功。她永远站在她的主子背后运筹帷幄，她其实是在当他们的主，作他们的魂。她在深不可测的宦海沉浮中过早成熟，又带着血海深仇与她又敬又恨的女人——则天女皇朝夕相处在一起，表面叱咤风云，实则忍辱负重，二十九年啊！这才是着重要突显的，那么让人惊叹的，两个女人的胸襟。至于后宫那些钩心斗角，我认为，不写那么多也罢！婉儿经历了大唐由盛转衰，经历了武周王朝的兴起，继而又目睹李唐宗室的光复及丑恶的武韦之乱，她不卑不亢、八面玲珑地出入前朝与后庭，像男人一样思考，在男人堆里周旋，在危机四伏的女皇时代表现出游刃有余的智慧，凭着与生俱来的才能一次次地在频繁的朝代更替中远离灭顶之灾。就是这样一个颇有争议的女人，这是我写作的主线，也是我想传达给读者和观众的。"

她说得那么激动，那么饱满的感情，把门外的我都感染了。我发现自己蹲在墙根下脚都麻了，却不想离开，那个名叫婉儿的女人被她说得令我心驰神往，连同婉儿所在的那些个王朝和那整段历史。很奇怪，我喜欢听她讲这些，那对于我来说完全是一个新的世界，是我认为错过了她这次关于那个年代的"演讲"，从别的地方再也听不到的一些东西。后来也是因了她的这一段话，我找到了毕生所爱。循着《汉书》《旧唐书》《新唐书》《明史》和《清史稿》一路读下去，我爱上了历史，爱上了考古，爱上了不少生活节奏超快的现代人认为只有垂垂老矣白发一把的学究才耐得住性子去翻看的故纸堆，我甚至在高考成绩出来后毅然决然地报考了北京大学的历史系，然而这所有的一切，都是因为最初她口中的那个名字：婉儿。

女人还在继续说："你怎么就不明白呢？后宫的那些事，不应该成为这个故事的主线，一个原本那么丰富，那么出彩的女人，被他们圈框在庸常的女人堆里……"

"不明白的不是我，而是你秋儿！"我父亲没等他对面的女人说完，"他们做这个本子跟你的出发点压根就不同，他们最看重的只有一条，就是吸引眼球，而你看中的只是故事本身的高度。你的东西再好，没有人看不也白搭吗？你看看你交给隋志传的前五集，不，也不用看前五集了，就看第一集，宫廷政变开篇后，是那么冗长的朝堂对白，志传说就那十五分钟，就能丢掉百分之七十的观众！"

"志传说志传说，你是隋志传的传话筒吗？不用你来数落我！"这个女人有时说话也实在是不好听，"他说什么你就听？你不动脑想吗？他怎么就那么确信观众不爱看？"

"人家是老编剧，人家有经验，他吃这碗饭比咱们吃的盐都多，再说了，投资策划让咱们怎么写咱就怎么写，不吃力，还讨巧，不像现在……"

"好吧，要完全按照他的大纲写的话，让隋志传找别人吧，我写不了，"邱秋气呼呼地说，"稿费一分不要了就是。"

"你又意气用事，就不能适当地再向他的大纲靠拢一些吗？他让我来跟你商量，自然也是看到你这个本子的闪光点了，只不过，他还是希望你做出一些调整来迁就观众……"我父亲苦口婆心地说。

"不改！再改就不能看了！我犯不着迁就谁，不用我的稿就算了，一拍两散，我不会追着他要稿费的。"

"我看你这驴脾气就是仲黎给惯的！"我父亲也突然来了气。

"对，跟他合作好像比跟你合作愉快很多！"女人一扬眉毛说，"你不说我还差点忘了，你们不要这个本子，我可以投给他试试！"

"可你别忘了，他找你做的那些东西名义上是他朋友的，可背后他也是投资人之一！而且还是大头儿的投资人，所以你邱秋才能当大爷！

才能想怎么写就怎么写！才能被惯得这么无法无天，作者反过来驾驭编剧！"

"你什么意思，就算是他投资，那剧目播出后的反响你也是看到了的。没有谁驾驭谁的问题，道不同不相为谋。"

在我父亲和邱秋的所有谈话里，貌似只要"仲黎"这名字一出现，他们势必要不欢而散。我父亲简直拿他眼前这个软硬不吃的女人毫无办法。但令我感到奇怪的是，他俩怎么吵都吵不翻，怎么吵都吵不恼，随时可能在盛怒下笑场，继而没有任何过度地重归于好。后来长大一些的我甚至一度侥幸地想，真要吵崩了才好，否则我得随时背着父母离异的定时炸弹，真有那天，姥爷该多伤心。但很快我就否定了自己的设想，尽管我父亲和邱秋之间谈不拢的事情很多，尽管他们表面上经常吵得不可开交甚至彼此间疾风骤雨地谩骂，但在他们内心深处却永远互相尊重，这份默契，这种关系不是人人都有的，仅凭这一条，我为他们勾画的将来就是永远不可能实现的。

那天晚上邱秋和我父亲吵到深夜也没吵出个所以然来，他们翻箱倒柜地找出了小剪刀和半瓶尘封已久的胶水，让我在外屋的小方桌上继续完成我的小制作。那是一大幅在白底纸壳板上用布条贴的贴画，画面是在一片翠竹林里，有两只大熊猫在吃竹子。近三十年了我还对当初那幅小制作念念不忘，因为当年它在班里甚至整个级部给我赚足了脸面。我从小就不擅长那种需要"精耕细作"的手艺活儿，所以，一度那幅作品被我粘得乱七八糟，那天晚上我像黑瞎子掰苞米一样，布条一边被粘一边往下掉，也不知是胶水不好还是我实在没有耐心。临到我爸要带我走时，不但给邱秋扑腾了一桌子没法收拾，而且我们三个人几乎同时发现，我的"大作"别说带走，根本就无法移动，不但是半成品，而且一碰就稀里哗啦地全盘散架。我爸爸看了看表说："十一点多了，赶紧回家睡觉，明天早上早点来弄。"

第二天清晨我来的时候，那整张铺陈在桌上的成品让我简直高兴得要蹦高了。"鹤儿别动！"邱秋从厨房里出来，"等胶水再干一下，先吃饭，吃完饭就干得差不多了。"我不得不叹服，她的水平比我高多了，不但画面立体很多，而且布块布丝拐弯处都用针线固定了，这样即使胶水脱胶也不至于轻轻一抖就"片甲不留"。也就是这幅作品在班级的评比里给我博了个头彩，而且还在六一那天陈列在了年级展览柜的玻璃橱窗里，让平时总说我笨手笨脚的老师刮目相看。

后来我知道，那天深夜父亲带我走后，邱秋对她的稿子只字未改，而是用后半夜时间给我赶出了那份小制作。她对我父亲说，她大概不是一个好的编剧，频频离题，但是这个本子动用了她很大的精力，如果制片厂用她的构思，她当然很高兴，但是请不要用一些不用一些，然后以合作的形式在编剧一栏题她的姓名。可以想象，邱秋的那个剧本最终没有被采纳，据说那个叫隋志传的编剧又单独和邱秋谈了一次，但依然没有谈拢。我爸为她可惜，为她的好本子可惜，可同时也说，那就是她邱秋，好，也不好。

2

算起来我和邱秋也有七八年未见，可父亲最后这两个月，却是由她和我共同照料的。我每日清早来医院，傍晚离开。而她恰恰相反，昼伏夜出。七十多个日夜我们竟从未碰过面。你瞧，躲得多么默契！

小时候她躲我妈，现如今她躲我，躲我们家的所有人，她躲了半辈子，等了半辈子，多么辛苦，所以我把晚上的父亲让给她，尽管那是一个病情一日日加重的父亲，一个连做梦和许诺的力气都没有了的父亲。

她很领情，每天早上我来接班的时候，她都会准备两份精致的早餐。为了父亲，她居然特意在医院附近租了一间民房，好趁父亲凌晨短暂的睡眠间隙出去给他开伙做一顿"小灶"。她的手艺早在二十年前就滋养过我的肠胃，而今，又拿来还我的人情。大概在她看来，就算永世不见，这人情也是要还的。

一直以来父亲都说，想当年这个连煮个面条都能糊锅的人，厨艺竟也能发展得这么好，还不是让他这个大懒给治的？大懒支小懒，小懒干瞪眼。邱秋每每听到这，都会回一句，当着鹤儿面，亏你这当爸的还好意思说!

　　父亲住院期间一直睡得很少，和所有的病人一样，晚上的情绪要比白天差很多，唯有在潮水般的困意最终淹没遍布周身的疼痛时，他才能短暂地睡一会儿。所以她的任务其实比我艰巨百倍。漫漫长夜，只有窗外的黑和室内的白顶白墙白床单。她从不像其他探病慰问者一样买花来，她只是拿来自己正在写的东西，正在读的书和一些我父亲尚未完成的书稿，她常用这些东西把我父亲折腾得筋疲力尽，但却又几乎让一个萎靡不振的老头儿恢复成一只好斗的公鸡，像往日那样为书稿中某一处旁人看来无所谓的用词和她吵得吹胡子瞪眼，从而忘了苦闷、忘了病痛，甚至忘了自己尚且身在医院里。

　　她的本事可真大，从来不会儿女情长的父亲在最后一段日子里总是被她弄得一把鼻涕一把泪，他向我哭诉自己曾经如何不是东西，如何利用她、剥削她，然后又离她而去，动情之处，让我这个听众心里也很不是滋味。六十多岁的父亲说着说着声音就变了调，带着哭腔的尾音被他拉得又尖又长，无数次招来值班护士，责备我这个玩忽职守的看护没能安慰患者控制好情绪。

　　其实，我有些好奇这段时间他俩是如何相处的，这个老男人肯定把他挥霍了一辈子的暴脾气和急性子都藏着掖着，而这个五十多岁的女人一下子也未必适应得过来。于是，他们大概就是在这种错位的情绪下，有些仓促地握手言和了。

　　记者从十几年前就开始猜测、设想，甚至憧憬他们两人的关系，直到曲终人散仍不善罢甘休。尽管遗体告别是不对外的，可仪式结束后仍有大批记者虔诚地背挂着各种先进装备在大门外严阵以待。想来邱秋这把躲避记者的好手定是在近二十年摸爬滚打中锻炼出来的，也许恰恰是因为常年来躲得好又说得少，人们才依然对她兴趣不减。

　　我在她打开车门的瞬间叫住了她。说来惭愧，和邱秋之间的所有交流我都是直接把称呼含混过去，实在无法像她的书迷一样恭恭敬敬地叫她"邱秋老师"，也不能绝对心平气和地叫她"秋姨"。有一阵子，我甚至想直呼其名，可初见时的辈分关系和感情基调又总把我吊到嗓子眼儿的两个字原封不动地压了回去。我走到她对面，问她能不能一起坐一会儿，她愣了一下，大概是她的耳朵先于那双有泪的眼睛认出了我，她一听到那声不冷不热的"哎"，就知道当年那个鹤儿又回来了。她默默地关上车门，搂着我的肩膀往街角的咖啡馆走，早晨到现在，终于有一个人不再对我说"节哀顺变"，我也不用向对方鞠躬还礼了。

路不远，就这样无声地走着，其实两个人都没有沉默，是她的手和我的肩膀在共同回忆、追溯，以及互相安慰。

我们没有选靠窗的位子，但即便如此，在落座的瞬间也还是感受到了不知在哪个角落里埋伏已久的闪光灯。好在它的距离足够远，不至于影响我们的谈话。

"你的头发乱了，要不要整理一下？"这居然是她的开场白。

我把被风吹乱的几缕发丝捋到耳后，才意识到她根本就是在开玩笑。"打个赌吧，"我说，"这照片是见诸晚报还是次日晨报？"

"标题是，'作家邱秋与骆铭之女街角咖啡馆会晤，疑似私下解决遗产纠纷'？"

她可真逗。早先绝不是这样，我父亲曾恨铁不成钢地说邱秋在人际上，在媒体前就是一个字：拙！他老人家可真应该看看今天的邱秋。

"我爸一直在关注你的书。"这一点她也许早已知晓，我真正想说的是，自己一直是她的书迷，可话到嘴边又推出父亲作挡箭牌，想必他老人家此刻不会跟我计较太多。

其实我也不算说谎，就在几个月前，刚进病房的父亲还催命一样让我在网上订了一套《邱秋文集》，共十四册。当时我说我那儿有这套书，下次可以带来，他却心急火燎地让我马上下单，刻不容缓的样子，我有意逗他说，快递可没有我的速度快，他还真急了，说，你的是你的！我要手边一套，随时看到！那时，他已想到自己时日不多。

我继续对邱秋说："我爸八成是嫉妒你的高产高质，即使在心里拍案叫绝，嘴上也免不了骂娘。"至于怎么骂，想必不用我说她也能猜得八九不离十。她一定能想象我父亲一边气急败坏地用打火机点烟一边说

"宁可把版权卖给那些烂公司也他妈的不来找我"时的样子。你瞧，我们的交流就是这么省事，不用多费一个字，甚至尾音还没有落定，整句话最精准的意思已经映在对方心里，连标点符号都分毫不会差。

她看着我，眼睛在说我父亲活该，但同时又有些落寞，那些因为一时负气而随手扔出去的版权，日后也让她自己后悔不已。在邱秋小说改编这件事上，没有什么人能比我父亲交出更完美的答案，就像我侄女的语文老师在课堂上说过，《约翰·克利斯朵夫》只能买傅雷的译本一个道理。

没错，只有我父亲最了解她的小说，我父亲清楚她每一个主人公的前世今生，也清楚她透过作品、透过人物最终真正想要传达的东西。

"有一次，他还信誓旦旦地跟我说，如果能从这里（医院）活着出去，一定要把你的《陈疴》改编成电影。"

"这本书的版权我一直没卖，以后也不打算卖了。让他在那边尽情地改编好了。"

她对我父亲真是尽心了。怕他在"那边"闲出毛病，"这边"的人打破头也抢不到的东西她也舍得拱手相赠。老实说，我很佩服她在《陈疴》里对自己内心的大胆剖析，人们往往是这样，喜欢把作者得意之作里原本虚构的情节往笔者本人身上扯，可邱秋铁了心写自己时，读者反倒不敢信了。

服务生把咖啡端上来了，见我们坐得很近，便把咖啡也摆得很近。我和她坐在一个桌角的两条直角边上，小时候在广州她带我去吃双皮奶，我刚坐到她对面，就被她拉到身边，她说干吗坐两边？说话太费劲！从此我们坐在一起的时候，从不坐桌子两端。很多年不见，这习惯还是没改，你可以想见那时候的我们有多熟络。

我搅着咖啡，心想那句"对不起"该掏出来给她了。小时候以为，她背着母亲和我父亲在一起，欠我们家一个大大的"对不起"，而我这个小"对不起"在那个大"对不起"的背景下，会显得微不足道。然而我错了，心里这个小"对不起"足足折磨了我十几年，愧疚变本加厉，让我食不甘味，睡不安寝，最重要的是，良心与脸皮片刻不停拉锯扯锯的滋味实在不好受。

现在还记得那日是冬至，母亲的生日。正赶上学校的新年晚会也定在那天彩排，节目单上有我的小提琴独奏，舅舅和二姑都来捧场了，父亲却来了个"缺席"，我的失望自不待言，直到演出结束一大帮人回到家里给母亲庆生，他还是没有出现。一下子我恨毒了邱秋，连同九年来和她吃的每一顿饭，接受她的每一件礼物都让我羞愧不已，我甚至开始痛悔曾经给过她的每一个笑脸，以及，对她冲我微笑时的每一次真心回应……她可真是可恶，一面填补母亲的缺失，给一个成长中的少女带来必不可少的，来自母性的那一份交流和启发，一面像蛀虫一样一点点毁了我父母的关系，毁了我原本就不那么和谐的家。既然我的演出加上母亲的生日都抵不过一个邱秋，那么好吧，是结束这场游戏的时候了。

我记得当时自己说了逸都的房间号，以至于瞬间让所有人都瞪眼了。众人震惊于这件事最终竟由我来拆穿。常年来母亲的无数闺密在家里吃她的，喝她的，背地里还臊着她：这个蠢女人，满世界大概只剩她不知道！母亲在最后关头还以为大家都是才知道，嘴上想说话却打着战，舅舅拉她胳膊时她整个身体都是僵着的。后来我知道，她不是不知道，而是不想让大家知道。

于是，一大帮人冒着冬日的飞雪浩浩荡荡地奔赴那家公寓，舅舅临走时还义愤填膺地丢下一句："鹤儿，你就待在家里，我们和你妈妈去看看。"热闹的屋子一下子静寂下来，蛋糕上还插着没来得及点燃的蜡烛，菜是从酒店要来的，一碟一碟静静地躺在食盒里，母亲最爱吃的虾仁饺子也还冒着热气。电话突然响了，着实吓了我一跳，是父亲。"鹤儿，跟你妈说我手头有个很着急的稿子要改，你们先吃，别等我了。"他把母亲的生日忘得干干净净，我突然发现这句话好熟悉，只不过去年母亲的生日那天，他还加了一句，过两天再补过生日。

"爸你在哪儿？"我说。

那边却已匆匆挂了电话。

我当时想象不出我母亲看到一切的样子，那是我父亲的另一番生活图景，负气、不拘，为了写点东西时常晨昏颠倒，三餐不定，但却也不失惬意，因为有邱秋在旁。在他们常年租住酒店公寓的小套间里，甚至还保存着我儿时的玩具，上小学时的珠算算盘，还有无数用过的作业本。母亲常年在国外经营她的美容公司，出差是家常便饭，所以在那个属于父亲和邱秋的洞天里，必须有我的一席之地。我心想，让母亲看看也是好的，让你不着家吧！让你对我爸和我不管不顾吧！这个邱秋神出鬼没地潜入你家庭的大后方，不但拐走了你丈夫，顺带把你们的女儿也拐走了。于是，丈夫在家里家外巡回做戏，女儿视而不见，丈夫在外另起炉灶，女儿跟着吃里爬外……我那时还以为这个失败透顶的母亲形象一定比蒙在鼓里的妻子角色更让她难受、痛心一百倍。

不知道那晚他们的行动如何惊动了记者，总之邱秋是颜面扫地了，至少我是这么认为，以至于后来很长一段时间里，她一出现在公共场合，就被这样或那样的关于她和我父亲关系的问题所困扰。我为此后悔了一阵，似乎我总是在给她出难题，或给她难堪后就立刻心软和痛悔起来，比起其他孩子对父母之外的"第三者"所能干出的事，我这些貌似也算不了什么，可我就是觉得事后成功了也没有多少胜利的快感，甚至心里难受多于好受。

那次大事故的直接结果是母亲与父亲冷战了近两个月，他们原本就不那么融洽也不那么亲密的关系，被这么一闹，好像更加不伦不类起来。

我听见父亲说："是不是该约束一下你的亲戚了？当初是怎么说的，他们不明就里地这样瞎闹，对谁也不好！"

"我看主要是对你的邱秋吧，"母亲反唇相讥，"我说了在国内紧着我，出了国爱怎么着怎么着。"

"可是我的关系都在国内！"

最后一句我没有听懂，总之我被彻底驱逐出父亲和邱秋的世界，连同我刚刚告诉过你的那些家当。父亲最后一次把我领到那寓所是元月五日，他给我一口半人高的樟木箱，让我收拾东西。他说他和邱秋出去办事，回来的时候希望我把所有自己还想要的东西归置到箱子里。邱秋一直无话，也没有看我一眼，父亲则在临走时把他们那间屋子锁上了。

这个举动让我一下子很不自在。

你可以想见我当时有多狼狈，一向都说我和他最"铁"的父亲顷刻间变得像防贼一样防着我，邱秋也不理我了，随着大门"咣当"一下被带上，我像触电一样地跳起来，直奔茶几一角笔筒下面的钥匙——还好，它像往日一样安静地躺在那儿。因为电视就在现在锁着的那间屋子里，刚升初中那会儿，父亲总是把那门锁起来，防止我来到这里不写作业就看电视。邱秋与我有个君子协议，说我做完作业可以从笔筒下面取钥匙。这冰冷的钥匙让我心头一热，有它在，似乎我和邱秋之间还没有彻底完蛋。至于我为什么不想和她完蛋，小时候我完全不明白，现在也不完全明白。

那个时候，手里攥着那把钥匙的我只想要一件东西。邱秋有一个布面的本子，很厚很厚，封面上有一枚三股细线绳穿着的玉质平安扣，很别致。有一次我在敷衍了事地写老师布置的日记，她也在那个本子上写东西。我问她写什么，她笑着说你写日记，我也在写日记。我顿时来了好奇心，当即说写完了咱们俩交换看好不好，她却没有同意。这是印象里邱秋唯一没有答应我的事情，于我这里便从此不能作罢，你知道，孩子的好奇心总能带来比成人多很多倍的执着。我逮着机会，就想靠近偷看，可惜始终没有得手。邱秋宁可一再变换藏她日记本的地方，也始终没有收回压在笔筒下的"君子协议"，我喜欢这样的邱秋。那时的我像所有十几岁的孩子一样，心里净装着些自以为是的小心眼儿，以为日后死不认账，就能把拿走日记的事情赖掉。后来想想，怎么可能！

彼时的我手里拿着那本日记，觉得先前受到的冷落、排挤甚至防备都是值得的，有了它，我收拾东西的时候竟然轻快地哼起了小调。

那日黄昏父亲把我带离寓所后，我只回去过一次，而且是来去匆匆，根本没有好好和我"童年的乐园"告别。后来听说她几易其所，直到二〇〇九年前后才买了一套属于自己的房子。以她的经济情况，应该早有此能力，至于缘何颠簸半生才择一处终老，大概与我父亲有着脱不开的关系。

"还记得逸都公寓吗？"邱秋打破了沉默。

我想说，我一千次梦到那里。

我梦见父亲和她扎进稿纸堆里就是一个下午，甚至外加一个晚上，不到饥肠辘辘口干舌燥绝不出来。

我梦见邱秋拿出壁橱里闲了一整年的冰壶，打发我去买满满一壶的奶油冰棍。当年的冰壶绿得鲜亮，是现在所说的那种荧光色系，有了这种色彩的陪衬，里面装着的冰棍儿也越发诱人。父亲不让我多吃，给我两支后，就把房间门关上了，我便将饭桌边上的四个椅子用绳子拴在一起，来回拉动，故意弄出很大的动静，以示抗议。门开了，父亲探出头来："鹤儿，你去院儿里玩吧，要不就小点儿声。""天那么热，我才不出去呢，我在屋里玩跑火车呢。"然后我看到父亲后面正朝这边看的邱秋。我说不清自己朝邱秋做了个什么表情，是的，我总梦到和她有这样的眼神交流。不一会儿，被父亲关上的门又轻轻地开了个缝儿，我马上凑过脸去，看见邱秋蹲着朝我做了个鬼脸，然后又迅速背过身去，反手递出了两根冰棍……那时我不懂为什么几本书或一堆连一张图画都不带的稿纸能让门里的两个人这么着迷，一聊就是几个小时，更不明白刚刚过去的十年对爱读书的他们意味着什么，只要有冰棍吃，随便他们在门里聊什么，聊多久。

我还梦见五岁的时候，父亲就在逸都给我读过邱秋写的东西。其中一篇是关于一个女孩和自己心爱的鹦鹉相伴八年的故事，故事里那只因为娶过三任妻子而得名"三妻"的鹦鹉，起初和女孩亲密无间，能够读懂小主人特殊的手语，后来，因为小主人悄悄改建了它和第一任"妻子"的木窝而使"妻子"受到惊吓，踩碎了窝里所有的鹦鹉蛋。不久，三妻的"原配"在悲愤中死去，三妻从此对女孩充满仇恨，并从此对她的手语视而不见。女孩和外公商量再给三妻娶个新娘，没想到第二任妻子却因为颜色不对而被三妻大打出笼，直到颜色和三妻原配完全一致的第三任小新娘来到窝里，三妻才对女孩的态度有所改观，最终，它在临死前与女孩彻底和解。故事读来让人肝肠寸断，不知惹哭了我多少次，可偏偏就是百听不厌，有些句子甚至段落，直到现在都没能忘掉，于是我背给她听："养三妻的鸟笼和木窝我至今珍藏着，不过我再也没有养过鹦鹉或别的鸟类。多年以后我来到阳台，似乎偶尔还能闻到三妻的羽毛那特有的气味。我想：妈妈的花盆里，阳台的墙缝里，是不是埋藏着几根三妻曾经落下的羽毛呢？三妻离开我近二十年了，它的一生足够传奇，而我对童年的记忆日渐模糊。现在写童年旧事的时候，时常怀疑自己究竟杜撰了多少，唯有这一段，斗转星移，始终清晰……"这故事的原名为《三妻》，可发表出来却成了《女孩与鹦鹉》。刊物被我一直收藏着，那时还不识几个字，却经常翻出书来让爸爸给我读，弄得当初我父亲一进门就被刚刚出差回来的母亲"数落"：都是你那些什么文章惹的祸！弄哭了我们鹤儿不说，还非折腾着我给她买一对儿鹦鹉，说是要在家里训练鹦鹉看她的手语！

我对邱秋原封不动地复述我的梦境，我告诉她，自己甚至每隔一段时日就会梦一段她日记里记载的往日图景。那日，她和父亲同游恭王府，她说展柜里那只挑着灯笼的玉老鼠眼神像极了父亲；那日，她到制片厂找父亲，父亲临时有事出去，她便在那里等，一等一下午，闲着无聊便一张一张地撕下父亲的稿纸折青蛙，总共折了六只，每只都写上"骆铭"二字；还有那日，她和父亲用第一次合作赚来的钱给父亲的母亲，也就是我的奶奶在八宝山买了一块墓地，父亲在坟前信誓旦旦地冲我奶奶介绍眼前这个女人，并把祖传的手镯拿出来送给她，可墓碑的落款却没有刻上她的名字……

"想不想回那里看看？"她竟然压根不想提那个日记本。聪明如她，一定猜到正是那个本子促成了长大后的我与她自己的终极和解。

我忽然意识到自己对眼前这个女人一直以来都是崇拜的，抛开她和我父亲的关系不谈，也抛开她身上一切令女孩和女人艳羡的优点不谈，单是在我五岁到七岁的那"一千零一夜"，她用脱口秀的方式几乎给我讲遍世界童话的本领就已经让我心折不已。尽管后来，我读书识字后看到的很多故事结局和其中情节都与她讲的不同，但我很佩服她的想象能力。所以确切地说，我最初迷上的大概不是她这个人，而是她的故事和她讲故事的方式，她给一个学龄前儿童呈现的精神世界是丰富、炫目而动人的，是那种很有影响力和启发性的。比起她，我可不是个好继母，我爱人与他前妻的儿子比我小不了几岁，我虽与他跨辈不跨龄，却几乎没什么交流，彼此视对方为透明人。

"那里？逸都公寓？"

"是，我买回了那里。"她说，"鹤儿你还记得吧，逸都公寓离这里不远的，步行也就十分钟左右。"

一个花重金买回自己伤心地的女人。我想起最后一次在逸都见到她的情景，那天下了很大的雨，她和我一前一后进门的时候，发梢都滴着水。她刚从北方一个城市采风回来，兴冲冲地跟我讲她找到了一个特棒的素材，拿来稍加改动就可以用到我父亲正在创作的剧本中，而我，恰恰相反，是奉命而来，告诉她我父亲已经找到另外一个更合适的人选来写那个故事了。门垫上安静地躺着一张字条，她捻起来读了两行，头发和鞋子上的水已经弄湿了地毯。

"哎呀，这是你爸爸最喜欢的一块地毯！"她一边说着，一边抽了很多纸巾铺在那块湿的地方，想慢慢把水吸干，然后做了个让我随意的动作，自己掐着信踮脚进了洗手间。我知道她是蹲在浴池里看完那封信的，后来，我也在她的小说里知道了那封信的内容。程姝——我父亲当年的新宠，哦，或者说是新的合作伙伴，一直嫉妒邱秋在我父亲心里的地位，凭两个短剧小火了一阵儿后，便以为自己可以彻底将邱秋取而代之。

这个程姝不知道通过何种手段从我父亲那里拿来了邱秋住处的钥匙（程姝在北京没有房子，一直是我父亲给她安排住处），开门进去伪造了我父亲和她在那里共同住过的现场，扔了些很私人的衣物，还在浴池里洗了澡。信上说的话倒没有她的所作所为那么可恶放肆不要脸，只是轻描淡写地讲，她和我父亲要去南方很长一段时间来完成眼前这个"大部头"，让邱秋别找骆铭。

邱秋看着浴池里故意没有冲走的有长有短的毛发，突然跳起来抓起淋浴头把水流拧到最大，花洒的冲力很快让那些毛发在她视线里消失了，平日里她最恨我父亲这样堵了下水管，如今自己也顾不了那么多了。水开得太大，一些水滴反喷到她的脸上，她又把花洒掉过头来直喷自己的脸，我搞不清楚她是不是流了些眼泪，总之先前淋的冷雨加上喷头里浇出的热水让她双眼通红。

"那些冲走雪白浴池里所有污秽之物的水把她对他的最后一丝留恋也带走了。"她在小说里是这么写的，现实中却不是这样。邱秋经常把我父亲的气话当真，一板一眼，认认真真地记下来，也曾用无数狠话回敬我父亲，但她对他，从没有心灰意冷过。

处理完一切后，她大概早已忘了浴室外还有一个我，只见她红肿着眼睛出来，径直奔向电话。不用想，她拨的是我父亲的号码。拨号过程中她很努力地清了清嗓子（大概是要把哭腔去除掉），对方语音提示"有事请留言"。她又迅速地按下留言键，我听见电话"嘀"的一声响后邱秋的声音：骆铭！你个王八蛋！

你说谁王八蛋呢？你凭什么这么骂我爸？当时不明就里的我自然无法容忍她拿起电话就以这种方式问候我父亲。

邱秋抬头很震惊地看着我，那错愕的眼神使我意识到她刚才已经完全忘了我的存在，看着她颤抖着嘴唇，右手中指和无名指按向眉心的同时将头转向一边，不知道为什么我竟突然有一丝得意，本来正发愁该如何还给她的日记本，那个时候也借机塞进橱柜一角……

后来我见过那个到处自曝和我父亲有某种暧昧关系的程姝，第一反应就是，邱秋根本玩儿不过她。怎么说呢，有的时候，要想打败无赖，非逼着你也亲自当一回无赖不可。而邱秋，我知道的，她当不了无赖。认识程姝以后，我父亲开始嗜赌，当年有记者拍到他和程姝一起出入澳门赌场，而这一切的结局，你猜得到。

我父亲的运气真的不怎么样，不是一般的不好，到现在我都觉得他是被那个叫程姝的女人算计了。程姝的赌龄远比我父亲长，几家澳门豪华赌场里都有她的熟人，她从叠码仔那里赊钱，不必走正常程序，就连牌桌上的荷官，也几乎个个儿和她脸儿熟。可惜有她在身边，我父亲总是输，有报道说曾经他在牌桌上连输过十五次，一直压闲，结果开的是长庄。这件事情后来还被邱秋写进小说，只不过她来了个反讽，写的是主人公连赢了十七把，结果把我父亲气了个半死……

3

去逸都的路上，我把自己这个不被尊重的后妈和继子之间的种种讲给她听，她听得很投入，一双眼睛清炯炯的，看我的眼神又深了一层。

现如今，逸都公寓1503又被她布置成先前的样子，那套不大的房子是我们三个人的历史博物馆，几乎每一件器物，都能引出连篇的回忆，我们似乎是分头到人生应有的轨迹外兜了一圈，现在又不约而同地回来了。只不过，是以不同的方式。也许是我们三人共有的那九年时光在记忆里太根深蒂固，所以时常闯入梦境，几乎取代了我对之前我们这个三口之家的所有缅怀和追忆。

"我想问你，你和我父亲有过孩子吗？"

她愣了一下，从酒柜下面的抽屉里拿出我从未见过的一个盒子和一本相册。"这个盒子你回去再看吧，是你父亲提前给你备下的三十周岁生日礼物。"她说，"这个相册，你也该看看的，有一些你父亲曾经的照片，你可能没见过。"

我接过东西，眼睛依然看着她。我等她回答我的问题。

她在我旁边坐下："看相片吧。"

第一页，是一张年代久远但保存得很好的照片，一个男孩躺在游泳圈里，胳膊和腿都懒懒地垂在泳圈外的池水中，阳光很好，男孩安静地闭着眼睛，大概是睡着了。旁边还有一个男孩，手里抱着几件衣服，朝着镜头笑。

"这是？"

"水里男孩叫仲黎，我小时候的玩伴。岸上那个，也是我小时候的玩伴，叫罗天。"邱秋轻描淡写地说着，"罗天就是后来的骆铭，你父亲。"

"什么？你们这么早就认识了？！"照片上那个罗天跟我父亲几乎没有相似之处，若不是眉心右侧那颗痣，我还真认不出了。

我指着旁边一张："这是你吧？"

"对，那时我七岁。"嗬，七岁的邱秋穿着浅黄色的纱裙，满脸都是明媚的笑，伸手在摘窗外的什么东西。

"那是我家的老房子，坐落在半山腰上，伸手就能摘到窗外的龙眼。"

照片翻过一页，是她和其中一个男孩的合影，两个人都明显长大了，但很容易就能认出，男孩就是前一页她说的罗天。两个人肩并肩地伏案看着一本书。我没见过我父亲儿时的照片，甚至连年轻时的都没有，问他，总是说小时候频繁搬家，早就丢光了。今天看邱秋的相册，倒是有点漫游仙境的感觉。

"那是一本古文书，很有意思，是罗天有一次不知从什么地方弄来的，"邱秋说，"我现在还记得，照片中我们看到的那一页说的是唐朝一男一女要绝交，或者说，就是离婚，他们在协议书中写到，'解怨释结，更莫相憎。一别两宽，各生欢喜'。"

同一页上还有一张照片，里面的人我不认识，但是也觉得面熟。

"罗天的妈妈。也是我的小学老师，她第一次见到我时说我脑后的发髻很高，将来定有贵人相助，非富即贵。喏，这张照片上我头上的发卡就是她送我的。"

奶奶去世早，我没有见过。虽然现在一切都明了了，我知道我非父母亲生，而是他们领养的，所以奶奶也并非我的亲奶奶，但看到她这么多年前的照片还是感觉亲切，她年轻时很美，是那种很有学问的美。

后面的照片，依然是邱秋和我父亲，两人穿着军装站在一起，俊男靓女。

"后来我和罗天都当兵了，我在广州，他在上海，不过，我的兵种比较特殊，探亲受很多限制，他呢，总是把探亲假攒到我能回家时才回来。"

"后来呢，你们为什么没有结婚？"我突然问。她眼前这个二十九岁的少妇又变成当年围着她睁大眼睛听故事的小女孩了。

"你知道的，当时我所在的部队不允许……"

"不允许'对外通婚'？"我说。

"可以这么理解，可是经过我和上级的斗争，我们还是准备结婚了。那时候小，认准了的事，就不管不顾。"

相册被她翻到新的一页，大概是她和我父亲的结婚照，大红的底，右下角有一行烫金的小字：一九八四年，清风照相馆。

"当年我们先去照了这张相，但实际上还没有正式结婚。"

"……"我彻底傻了眼。

原来如此！当年我指着一盘水晶藕粉糕说这点心叫'二奶'时，正是自己和邱秋关系最不好的时候，父亲一听那两个字就直接抢着巴掌过来了，还说，你知道个×！当时火辣辣的巴掌抢得我晕头转向，这是我父亲唯一一次揍我，为了邱秋。原来我和母亲，不过是我父亲"后来的段子"，骆铭，哦不，罗天前半生的惊涛骇浪，我和我母亲连参与的份儿都没有。

而眼前这个女人，自我记事起就被定义为我们这个三口之家的闯入者，如今摇身一变，反而把我母亲挤成第三者了，真是像极了某娱乐节目中的权利反转那一环节。

她静静地看着照片，很久，才慢慢地说："鹤儿，这相片上其实有三个人。"

我这才注意到相片上她微微隆起的小腹，不仔细看，几乎是看不出来的。

"后来呢？这个孩子去了哪里？是否也像媒体传达的一样，离家出走去了海外？还有，仲黎呢？"邱秋当年的日记里事无巨细，独独少了这一段。

邱秋哑然失笑。"孩子当年，根本没有生下来。"她说，"几乎每次新书发布会，都有提问者朝这个真相杀来，我偏不让他们如愿。"

答记者问，向来非她所长。她一开口，要么离题万里，要么得罪人。可在这个问题上，多少年来她竟一直含混得滴水不漏。

"那年罗天蒙冤入狱，不到半年，狱中失火，他死里逃生，但一直不肯与我联系，那段时间有个上边来省里视察工作的领导干部，得知了罗天的事迹，很赏识他，就让女儿带他到国外治疗烧伤。这位领导干部就是你的姥爷，而他的女儿何之之，就是你母亲。后面的事，你应该都知道了吧？"

我大睁着眼睛，有种她是在编小说的错觉。

她转身过去，找出一叠写满字的稿纸："都写在这上面了，这是当年的手稿。"

看得出这手稿尘封已久，并且连她自己也不打算再看的样子。

今天我似乎收获颇丰。多少年来他们两人的种种，正传野史，N多版本，都将在我手中这份算不上厚的手稿上落幕。

感谢她让我知道真相。

临走时我对她说："还想向你要一样东西。二十多年前关于'婉儿'的那个本子，我知道你一直保存着它，没有卖给别人。"

"是卖不出去。"她笑着说。

"怎么可能，是你不想。"我说。我和我的大学同学受人委托物色一个关于唐宫女性的本子，只是导演是个一文不名的80后小字辈。

她二话没说就把本子找了出来。

我看着空白的封面说："剧本没有名字吗？"

她接过来翻了翻说："当初拿到框架就开始动笔写，写来写去发现离原定的架构越来越远，知道未必被采纳，所以也没忙着起名。"

"就叫《婉儿》可好？"

她想了想说："如果可以的话，我想叫它《玲珑之冕》。"

我说："这么信得过我们？"

"我信得过学历史的人。回头真要用了，别忘了加上你父亲的名字。二十七集以后都是他写的，最后还是他用了几个晚上挑灯夜战给我改错别字。只是，为什么是婉儿？"她有些疑惑。

为什么是婉儿我也说不清，就像我们都相处二十多年了，还是说不清楚彼此之间的复杂感情。或许当年她的那番话对我影响太深，抑或是我和她一样，对聪明绝顶的女人有种与生俱来的好奇和迷恋。而那曾经未被采纳的本子，就像多年前的旧梦一样，恍如隔世，却依然萦绕。于是我们，通过一个人物，一个遥远的，有所考据又留给世人无数想象空间的女人去研究历史，研究人性从而看清自己，看清彼此。

一个契机而已，一个偶然的，但挺像那么回事的契机。

我笑而不答，只是把小时候那幅陈列完毕的，在我的童年已完成历史使命的竹林中的熊猫布贴赠给了她。

聪明如她，还有什么不明白呢。只不过也许她并不知道，我恰恰是被她的这个本子引进这一行的。

她缓缓关上门时，我看见她书房的窗帘是用父亲最喜欢的一条领带绑的，领带旁边，还有一个木制相框，相框里不再是一个挂窗帘，一个咬着笔头那两张相互对望的脸，而是我父亲两年前照的一张正面照，从此他将永远在那里，从逸都1503的窗口，望着他喜欢的，那风云变幻的白昼和夜景。

我也即将在逸都买房子，那是我梦想已久的事。回到逸都就等于让我回到童年，找到归属感。

回到家里，我迫不及待地拆开已经远在天堂的父亲送给我的礼物，那是一个光盘，打开后没有影像，声音是一个婴孩出生时千篇一律的啼哭，不用猜，那定是我。邱秋告诉我说，这是福利院里我唯一的资料。

父亲一直留着它，确切地说，是我的养父一直留着它。

我是养父的小棉袄，可天堂里谁做他的小棉袄？是邱秋那个早在近三十年前就失去的孩子吗？

4

邱秋给我的手稿也像那光盘一样上了年纪，纸张泛黄，笔墨也不是很清晰了，好在写下它的时候定是一气呵成，工工整整的字迹竟一点涂改也无。通览全篇后，一个名字在我脑中挥之不去，江灏，我不断地翻找着自己所能调动的所有记忆，然后最终，锁定了一个名字——那个曾名噪一时，如今已然移居海外的实业家仲黎。据说这位二十世纪末的地产大亨一直单身，跨越重洋后再也没有回国。而在他远离大陆前，曾被一家媒体问及和作家邱秋的关系。实业家很坦然地说："我确实爱她，但她已心有所爱，正如你们说的，我帮过邱秋一些忙，但要说成她是我捧红的，那也太言过其实了，没有扎实过硬的作品，再怎么捧也不会红的。所以你们不要写我是她命里的贵人之类，我看着都浑身不舒服，相反，我要说的是，邱秋是我的恩人，她曾救过我一命。这就是我们之间的关系。"

从邱秋的老照片上看，她怀着三个月的身孕幸福地坐在我父亲旁边是在一九八四年九月，而仲黎帮邱秋联系出版社出版第一本书也恰恰是在那前后，所以我隐隐地觉得，那个失去的孩子一定与仲黎有关。

手稿零零散散地被我读完了，临了觉得连个完整的故事都算不上。

稿件最后还有邱秋随意涂画的几行：

"不那么自信的时候，她便会不计遍数地在脑子里回放那天的情景，那个遥远的不再清晰的上午，那个把自己与江灏从此拧在一起的意外。接下来的一二十年中，那么多大部头的剧本，那么多不寻常的素材，江灏究竟是为了什么把机会都给了她？是冲着那不可挽回的亏欠么，还是出于对她才华的肯定？为此，她又不计遍数地翻找出 1988 年江灏送给她的生日卡片，将那一句早已烂熟于心的话一读再读：

　　你的才华在于发现故事，而我的才华在于发现你。
　　生日快乐！

　　　　　　　　　　　　　　　　　　　　　　　　江灏
　　　　　　　　　　　　　　　　　　一九八八年四月二十一日

　　她不会告诉任何人，她阅读这张卡片的遍数绝不亚于任何一个强迫症患者去检查家门是否已锁好的次数……"

大概这是她信手写的一段，因为后面她又用颜色很深的笔划掉了，从此这手稿被她束之高阁。邱秋在这篇手稿中的用词很拖沓，甚至有些细节描写简直能称得上絮叨二字了，可我知道，她为什么不厌其烦地，文火慢炖地写这段并不出彩的故事。就像张爱玲的《小团圆》一样，来一次人生的大清理，像《异乡记》一样，眼到之处，回忆的每个角落，都不放过。

因为一旦放过，就再也没有勇气回头去找了。

我不知道邱秋在她漫长的"第三者"生涯中可曾有过一丝后悔，后悔当初在情报局特种兵营里拒绝了一个又一个追求者，后悔和仲黎这个爱她一生的男人擦身而过却选择了我父亲这样一个让她委屈了大半辈子的人。她曾在一篇小说里写道："当年看到想到结果到，人生没有回头岛。"这样宿命的语调，大概也是在说自己吧。

据我对邱秋的了解，她鲜有半途而废的稿子，而这手稿里，有她不愿再勾起的往事，她不会再启动它了。她就这样像托孤一样把这手稿交给了我，在她看来，我就像她的孩子一样，所以她把事情的本来面貌还原给我。这世间关于她和我父亲的误传太多，如果缺少了这官方正本，该是多么遗憾的事情。

届时我母亲正和她的"女朋友"在马尔代夫度假，自然无暇顾及我这个她和前夫领养的女儿即将生产，以至于我婆家的小姑三天两头地说，眼看孩子都快生了，怎么也不送四季催生衣来，惹得我好不尴尬。催生衣是我南京婆家的风俗，就是准妈妈即将临盆的前两个月，娘家要给马上出世的孩子送四季穿戴的衣服和鞋帽。即使不是四季都有，也起码要有两套棉，两套单。

一日接到大舅家表兄的电话，以为是终于有人体恤我这个即将临盆的小妹，不想却上来就问我分了多少遗产。

也就是在那一天，我收到来自邱秋的一大包快递包裹，打开来看，竟全是小孩的衣物，而且春夏秋冬四季，应有尽有。两盒新生儿全套衣大概是她从商店买来的，还有水红色的毛帽和毛袜，浅黄底配绿色小椰树的刺绣连帽斗篷，连一沓一沓的口水布，都叠得整整齐齐，这些显然来自她的手工制作。邱秋半句话也没附来，只差遣这些不会说话的小物件来到婆家给足我面子，还有一包小衣服小鞋我认识，和当年她在小说里准备给她未出世的孩子的一模一样。她为我想得如此周到，物到人却不露面，这样婆家人不会揪着她的身份说事儿，又都以为这些东西是我娘家送来的。

与这些东西前后脚来的还有一笔二百六十五万的汇款，这笔巨款解答了我心里关于父亲的最后一个疑团。

父亲从入院开始上午都是无一例外地睡觉。只有一天，他要自己单独出去"透透气"，而且还拒绝我的陪护。

老爷子倔得很，我也只得让他去，那是在住院早期，他的体力和精力尚且可以。我现在知道他是去买回了逸都1503，还了当初自己许下的一愿。只是他不曾想到，邱秋早已买了下来，不过是为了给足我父亲面子，特意经了一番折腾，让我父亲自以为从房主那里购下这处房产，再心满意足地送给她。

邱秋对我父亲最后的爱，便是这成全。

成全他的临终愿望，成全他的良心，成全他曾经对她所有亏欠的补偿。因了这件事，他走得多少能好受些，或者说，心安些。

他与邱秋在情路上蹉跎半生，纵使他们的名字像左右手一样如影随形，临了却连张像样的合影也没有，除了那张连我这个跟着他大半生的女儿都几乎辨认不出的结婚照。

尹 茜

1

其实邱秋与我小舅仲黎有个挺不错的开始，两人七八岁相识，结下少年情谊；二十多岁重逢，若不是被骆铭占了先，他俩大抵是有希望喜结良缘白头偕老的。

别看我现在一口一个小舅地叫着，在现实中可从来没人听我这么叫过他一声。

你大概很难猜到，为何我对小舅的这段往事如此知根知底。一个外甥女将舅舅的日记本悉心保存二十载并反复阅读总归算不得一件正常的事。当年姥姥在给我生下了二姨、三姨、四姨和五姨后领养了这个小舅，以至于他的年龄仅仅比我大四岁而已。从我有印象起，小舅就是我的玩伴，而非长辈，他带我去河边捞鱼，教我下棋，吹柳笛，直到他作为知青上山下乡那一年，我也哭闹着要和他一起去，家里才发现了不对。究竟哪里不对呢，其实他们也说不出个所以然，但是小舅离家前的一个多月，大人们都不让我跟着他玩了，一放学就强行拉我去同学玉华家和她一起做作业，就连小舅出发的日期，他们也都瞒了我。

听我姥姥说，我小时候是个不折不扣的"守财奴"，不像我小舅一样乐意当孩子头儿。他喜欢带一群饿鬼回来以最快的速度扫光家里存着的所有零食，我呢，嘴不怎么馋，但却要霸着，看见我小舅往外分，就心疼得要死。逢着我的某个姨买回几个沙田柚，姥姥便先剥开一个，一掰两半，小舅一半，我一半。小舅总是像八戒吃人参果一样，转眼就稀里哗啦地把几瓣柚子全部塞进肚子，而我这时才慢吞吞地吃了一瓣。于是不到一会儿，当舅舅的馋不住了，眼巴巴地瞅着我手里的柚子流口水："尹茜，给我一瓣吧，你上次吃柚子拉过肚子，我帮你吃吧。"我撕下一瓣，又把那一瓣掰成两半，小心翼翼地把其中一半递给小舅。"小气鬼，一瓣都不舍得！"

"你不是就要一半吗。"我嘟囔着说。

那时我小舅经常趁大人们都不在的时候带上几个好伙伴（那群孩子中和我小舅关系最好的有一个男孩和一个女孩，男孩叫"骆驼"，女孩叫邱秋）窜回家里，老鼠一样地翻箱倒柜。"夹心饼干呢？橘子罐头！"那个年代，谁有好吃的谁就是理所当然的老大。小舅摔摔打打地问我，可据他回忆，我却大张着一双无辜的眼睛给他装糊涂。姥姥藏东西的时候从来不避着我，防的就是他。

"不说是吧？好！不说我照样也能找到！"他那时领着一帮跟班把我锁在厨房，然后把战场转移到我姥姥的卧室。临着离开，还甩给我一个不小的白眼。

小舅麻利地搬来一把椅子，准备踩着它去搜大衣柜。可惜衣柜门是锁的。钥匙也被藏起来了。"两个枕头底下找找！"他指挥着。几双小黑手一起扑向了雪白的贴花枕套。

"没有！"

"床垫子掀起来，看看四个角！"所有人都没脱鞋就上了床，在绣花床单上踩出大大小小的脚印，却一无所获。

"窗台上的四个花盆底下！轮着找！"

"还是没有？"

邱秋灵机一动，打开了姥姥的五斗橱抽屉，可很快就被一盒扬州的谢馥春鸭蛋粉分了心，打开盒盖，甜美的栀子花香味扑面而来，她甚至没有发现钥匙就在盒里的一角。还是我小舅眼尖，一把拿起钥匙，在这儿呢！一群孩子就这样奔向他们探寻的宝藏。

小舅顺利地拧开柜门，姥爷的衣服被他随便地扔在床上，姥姥的旗袍就没那么幸运了，直接被甩了一地。

"找到喽！橘子罐头，两瓶！"一帮孩子跟着雀跃起来，可接下来他们又犯了愁，因为在场的所有人都不会起瓶盖。

"用小刀！"邱秋说。小舅立马把水果刀递给她。只见她用刀尖使劲在罐头顶上戳了几下，终于扎了进去。"碗拿来！"

"就这么个小缝儿，还值当拿碗。"一个叫浔子的女孩说。

"干脆一人几口，喝光水得了，有橘瓣在里面，也不容易露馅儿。"那时我小舅还以为自己很聪明。

就这样，我从隔壁的门缝里目睹了这群扫荡狂如何吸尽了橘子罐头里的最后一滴水，那时我心想，最后一个人肯定最倒霉，因为他一准儿舔了不少人的口水。

扫荡完毕之后，小舅就领着跟班们紧锣密鼓地"恢复现场"，先是把两瓶只有橘瓣的橘子罐头并排摆整齐，然后又把衣服挂回去，仔细地锁好柜门，把钥匙放回原处，接着吩咐自己没吃饱但基本喝足的小喽啰们先洗干净手，拿个毛巾擦干，再去拍枕头上床上的手印、脚印，很快，他们发现这完全是徒劳，有些鞋印顽固得很，死死地印在床单上，根本无法毁尸灭迹。

我姥爷回来后看着满床的鞋印直摇头，但一看柜子还是锁好的，也就顾不得仔细查看，只是拆下床单去洗了。等到几天后姥姥发现柜子里的味道不对时，罐头里的橘子瓣已经长了老长的毛。姥爷的米色西服被溅上了不少橘黄色的斑点，姥姥的丝绒旗袍也上了色，她气得一把揪过小舅来，让他欣赏一下自己的"杰作"。

"十二色水彩笔和生日蛋糕取消一样儿，你自己选吧！"姥姥虎着脸。

"为什么？！"小舅很不服气，心想一定是我告了密。

"为什么？你说为什么！下次还敢不敢了？"姥姥说，"数数你爸爸西装上被你溅上多少个点点儿，一个点点儿打你一下！"姥姥嘴上说说而已，我却助威似的跑到门后把姥姥平日里吓唬小舅的小木尺都拿来了，惹得姥姥"扑哧"一下笑了。

"落井下石！拉油货！"这是我小舅学会的第一个成语。我小时候就好吃肥猪肉这一口，一直吃到拉出的屎里都是油，所以落下"拉油货"这么个称谓。

据我舅舅的日记记载，他小时候，没少被邱秋捉弄。那会儿，大人们都忙，平日家里缺盐少醋，或是来了客人缺条毛巾少个脸盆的，便都打发孩子上街去买。舅舅当年只有九岁，知道邻居家的女儿对地形熟得很，所以逢着她也挎了篮子出来，便跟着她走。广州的大街小巷，跟着她，便能走出不少近道儿。当然，她要是要坏，想中途甩掉他，也只是一眨眼的事。日子一长，两家的大人还没来得及搭上话，孩子们已先成了朋友。那女孩经常荡着秋千说，仲黎，我家的水缸又没水了。或者，仲黎！我的毽子踢到树上去了。她从不说"帮我"之类的话，而仅仅是陈述既成事实。每当这时，小舅总是乐于效劳的。因为出力和上树，都是他的强项。他并不是急于露能，也绝非一定要讨好她，他只是从她不客气不见外的眼神中，找到了一个被需要的自己。

女孩偶尔领小舅去他父亲医院的小礼堂看演出，作为报答，小舅会毫不吝惜地买一毛钱一根的奶油冰棍请她吃。大红的幕布紧闭着，后面时不时地有匆匆走过的行人，带起一阵阵疾风，让幕布像红色的波浪一样卷着底边鼓起再回落。部队医院的叔叔阿姨们她熟得很，大家也都喜欢她，小舅从他们的口中知道女孩名叫邱秋。

从礼堂的后排走到前面，邱秋已经跟五六个人打招呼了，她说孙阿姨好！他也跟着说一声，如若对方问，秋儿，这是谁啊？她便说，是我的好朋友！大伙儿夸她有礼貌，也顺带喜欢了他，看见他们来了，有的塞糖，有的给他们拿香蕉吃，他们便把这些丰收的小礼物装起来，等着看节目的时候吃。两个人很认真地坐在第一排，往往是第三根冰棍下肚，才能迎来第一个节目——大合唱《大海航行靠舵手》。领唱的是部队野战医院一所的所长邱四海（邱秋的父亲），这首歌儿邱秋已经听过无数遍了，对于她来讲，还是接下来的魔术更值得期待。

小舅却听得聚精会神，她指给他看，那就是我爸爸，他顺着她手指的方向看去，不一会便笑了，她问他笑什么，他说，你仔细看你爸爸的嘴型，和歌词好像有点对不上嘛，亏着还是领唱呢。

她从此对他另眼相看，因为没有几个人能看出父亲邱四海唱歌时的破绽，由于是领唱，他起码得把前两句唱好，"大海航行靠舵手，万物生长靠太阳，预备——唱！"到此他的任务就算是完成了，等他后退两步，和大家一起唱时，便可以随便他怎么唱了。

邱秋记得她考过父亲，万物生长靠太阳后面是什么？雨露滋润禾苗壮啊。然后呢？干革命靠的是毛泽东思想啊。再后面呢？鱼儿离不开水呀瓜儿离不开秧，邱四海刮了一下女儿的鼻子："小鬼头，你还想难倒我啊。"所以，邱秋知道父亲从来不是记不住歌词，而是混在人群中唱，脑子便有了开小差儿的时间，他一天到晚脑子里装着的事情才多呢，所以要一边动着嘴巴把演出应付个八九不离十，一边想想开例会时要讲什么问题，每天有几个特护病房要去探视等等，这个别人都看不出的小秘密却被不到十岁的仲黎发现了。

2

广州的夏天热得要死，有一次，邱秋领小舅去她父母部队医院的内部游泳池玩儿，小舅头回发现憋闷的酷暑里，竟还有如此绝好的去处。临走了，他还问她，下次什么时候再去。她说，想来可以天天来啊。他高兴地说，是吗？！他记得故事书里形容一个人自由快乐，总是说"像鸟儿飞在天上，鱼儿游在水里"。他觉得她一跳下水，就真的变成了一条鱼，人不大，却游得比大人们快多了，简直是整个游泳池的花魁。

邱秋想了想说，部队医院的游泳池一般不准外人进来，可是你想来时叫上我，就没人会拦你了。

那时，和他们一起玩的还有之前提到的"骆驼"。"骆驼"也是部队子女，本名叫罗天，干啥都在行，浮水自然也不在话下。可我小舅却是个旱鸭子，只敢在浅水区玩。

邱秋经常说我小舅，你又不会游，在里面待着多没意思。小舅总是不好意思地笑笑，说，待在水里凉快啊。所以，逢着"骆驼"和邱秋比赛，舅舅便只有在岸上观战的份儿，或者就在浅水区给他俩当裁判。他俩鱼一般地潜泳到深水区，把我小舅远远地甩在身后，因为他不会水，所以邱秋每次下水前总是叮嘱他只能在岸上，即使热了也只能在浅水区，不能"过界"，邱秋觉得我小舅是她带进来的，所以自己就有义务保护他。

有一日，邱秋看我小舅实在无聊，就拿了一个救生圈给他，说，看你总在水里站着，多累啊，这是我学游泳时用的，给你吧。站累了，套上它就可以在水上漂着打盹儿了。我小舅按照她的指导，一屁股坐进圈里，然后用两只脚拍水前行。小船慢慢地驶起来了，却根本追不上他们，不一会就被两人落下老远。他扑腾累了，打算闭上眼睛歇会儿，不想却睡着了，醒来不见了他俩，连自己脱在岸上的衣服和鞋子也不见了。他浑身上下只剩一条湿漉漉的短裤，想着就这样回家去，挨揍是少不了的。他不死心，光着脚丫又绕着游泳池转了两圈，确定他们不在这儿了才悻悻地往回走。

他穿过传达室的大走廊，猛然看到他和邱秋平时汇合的橘子树上系着她的紫色发带，下面用黄色粉笔反复描了一个很醒目的箭头，还写着"仲离"两个字，他顾不得纠正她的错别字，便得救似的朝着箭头所指的方向走，每走几十步，定会在街边拐角或是电线杆、路灯杆上找到下一个箭头。他出了一头大汗，却也根本没有心情去擦，只是火急火燎地走街串巷，寻着那一个个让他觉得可气又可笑的箭头。后来他发现邱秋纯粹是在耍他，因为他走了平日里三四倍的路程最终发现绕来绕去却绕回了自己的家。鞋子和衣服都安静地躺在那里，水泥地上同样是黄色粉笔留下的痕迹——一只大鸭梨。大概是粉笔不够用了，这幅画作只用线条勾了轮廓，色彩上了一半边就半途而废。

日头早已偏西了，还好父母都没到家。

小舅趿上鞋来到邱秋家后院，看见她已经洗了头发，正在阳台上悠闲地看一本书呢。他隔着门喊她，她却一副若无其事的样子，晃着二郎腿说，这么快就回来了？他想不出自己该说什么，似乎自己该生气的，可脸上却情不自禁地跟着她笑了，他说，我是黎明的黎，不是离开的离。

那一年，小舅九岁，邱秋七岁。

一九六六年的夏天，小舅所在的广东丰顺县汤坑镇第三小学正式停课了，高年级的学生很神秘地对刚入学一两年的孩子们说：跟我们去北京吧，有毛主席接见！

"毛主席"这三个字让大家禁不住心潮澎湃，一传十，十传百，一时间，几乎所有的学生都涌上街头，跟着高年级的"领导"敲锣打鼓地宣传毛主席最新指示的同时，以无数颗近乎朝圣的心，向往着北京天安门和毛主席。

当年，铁道部和各大城市纷纷接到命令：对各地大串联的红卫兵一律免费乘车、免费接待。可政策同时又规定，大串联仅限于大、中学生。后面的半句让小舅仲黎和邱秋这帮小毛孩子懊恼了好一阵子，他们眼巴巴地瞅着比自己仅年长几岁的哥哥姐姐们纷纷热情高涨地上路并享受一场食宿免费的公款大旅游，心里干着急也没有任何作用。

那些在火车上趁机饱览了祖国大好河山的哥哥姐姐们回来以后，无不更加卖力地制造革命声势，到处抄写、张贴大字报。他们进京的往返路上吃的都是细粮，菜里还有不少肉，他们从没有被这样厚待过，回来以后要是不加倍努力，怎么对得起领袖的接见！

没过几天，给学生们上语文课的樊小蓉樊老师也被打倒了。据我小舅的日记记载，樊小蓉就是"骆驼"——罗天的母亲。革命小将们七嘴八舌地说，汤坑三小用作学生宿舍的这座"安德楼"原来就是樊小蓉她地主老子的财产。被打倒的樊小蓉当年39岁，正要被一群五六年级的女娃们拉出去游街。这群女孩嫉妒她曾经的生活远比她们广阔和丰富，嫉妒她能写出漂亮的毛笔字又会弹钢琴的那双手，羡慕那些朴素到家了却仍能被她穿出味道的裙子，甚至从根本上说，她们是受不了樊小蓉的那一份如何辱骂都面不改色心不跳的气定神闲。

比起这群高年级的学生，那些啥也不懂的孩子们就没那么心硬了，他们吃住都在学校，老师除了教他们文化，还要照顾他们的生活，现在连老师都被拉走了，他们突然在一瞬间有些六神无主。

红小兵们押着樊小蓉走过时，不知他们中的哪个发出一声可怜巴巴毫无底气的质问：你们凭什么把樊老师带走？

高年级的孙雪妮扭过头来甩下一句："她老子是地主！让她在学校里宣传封资修腐化咱们，封资修你懂吗？"

所有小孩都摇头表示不懂，孙雪妮一转眼珠子，瞥见了站在一边的仲黎，于是指着他大声说："哎，你昨天不是也跟着扬过传单吗？"一时间所有的孩子都朝我小舅这边看来。小舅吓了一跳。搞不清楚扬传单和樊老师被抓之间有什么关系。当年的安德楼不远处就是县委，这一带周围，每天都有学生扬着花花绿绿的传单。

也就是孙雪妮说的那一天下午，偶尔有人塞了一叠到我小舅仲黎手里，顿时把他兴奋得要命。终于也有人看得起他，不嫌他小，不嫌他什么都不懂，也不嫌他碍手碍眼了。他当即兴冲冲地踩着一级一级的楼梯，"噔噔噔"地跑到安德楼顶层，学着高年级学生的样子，胳膊一挥，把传单朝楼下攒动的人群洒去，纸片被扬得铺天盖地，抢阅者争先恐后，他却不知，自己已经在无意中充当了造反派想要打倒樊老师的枪手。当时的小舅光顾激动去了，哪里有心思去研究纸片上写些什么。

孩子们待在那里，想着天天晚上樊老师都打着手电筒等着出去宣传毛主席最新指示的他们回来，有时候，他们跟着红小兵出去疯到太晚，樊老师就坐在台阶上亮着手电睡着了，可一见到折腾了大半宿的他们饥肠辘辘地回来，她总会给他们每个人分一碗热汤或是几个煮马蹄当"消夜"。大家想着这一幕幕泪流满面，那个叫孙雪妮的红小兵却仍在向大家普及着所有孩子都不懂的知识："人家歌里唱'万物生长靠太阳'，她樊小蓉非说发豆芽就用不着靠太阳。听听，这不是反动是什么！"

旁边有个红小兵笑起来，说："孙雪妮，你平日里忘性那么大，一小段课文都背不下来，记起这些反动语言倒是滚瓜烂熟啊。"

"一边儿去！"孙雪妮又把眼一翻，表示自己全然不跟那个揭自己短的同伴一般见识，她继续说道，"她樊小蓉还宣传过法国香水，这个你们不会都忘了吧？这不是宣传封资修又是什么？！"

四下里一下子没有声儿了。

这时邱秋说："樊老师是说过法国香水，可她没对咱们宣传，也没说法国香水好啊，樊老师还说法国香水有一股子驱蚊水变质的味儿。"

"我也听到了，樊老师是这么说的。"有个男孩在一旁帮腔。

"是啊是啊，我们都听到了。"孩子们受到启发，开始愤愤不平了。

这时，一直低着头的樊小蓉看了邱秋一眼。

"只要提到法国香水就是封资修！就是反动！"孙雪妮抬高了嗓门儿。

"那你也提过，你刚刚还说了呢！"邱秋说，"你也是疯子修，你也反动！"那时的她根本不知道什么是"封资修"，所以把"封资"两个字理所当然地想成了"疯子"。

孙雪妮一行人本来想教育一下这些比"红小兵"更小的"红小小兵"，不料却发现这些毛头小孩远比早已服服帖帖、低头认罪的老师们难对付，如果继续吵下去，哪方最终占上风还实在有些难说。

于是，以孙雪妮为首的红小兵们不由分说地把樊老师带走了，他们摆出一副懒得和"广大群众"解释清楚的样子，任他们屁股后边这些啥也不懂的小孩们随便吆喝。

3

樊老师被带走后，我小舅心里很难受，他真恨自己当时扔传单前怎么就没往那一大摞纸上看一眼。本来他这个从外省来的孩子在小学中就很受孤立，樊老师被拉走的第二天，他更是没了要好的朋友。

"骆驼"不再理他，就连邱秋也对他冷冷的。小舅一晚上没睡，天刚亮就去了"骆驼"家，他想把整个事情一五一十地跟"骆驼"解释一下，当然，更重要的是，向"骆驼"道歉。他心里想的是，只要能挽回他们的友谊，让他做什么都行。可是令我小舅没想到的是，"骆驼"家居然上了锁，来到课室里，"骆驼"也不在。没有老师来上课，学生们也来得不齐。小舅问邱秋知不知道"骆驼"哪里去了，邱秋只抬头说了句不知道，就接着低头看书了。

校园里冷冷清清，有几个教其他科目的老师也被陆续带走了。

不知道从什么时候开始，每个人都小心翼翼地夹起尾巴，同时整日眼巴巴地瞅着别人身上的缺点，好像巴不得别人犯错似的。

墙上的大字报都是高年级的优秀生写的，大伙儿不约而同地发现，越是优秀的学生造起反来越起劲儿，似乎不如此就显不出自己的优秀，而显不出优秀又会引来旁人对自己阶级立场的无尽怀疑，就这样，整个校园从上到下全都乱了套，今天整你，明天整他，整得大家晕头转向。

直到四十年后，和我们家一直保持通信的杨之清杨叔叔回到广州去参加合水农场的知青聚会，才听说当年在安德楼三小里造反走红的第一人，恰恰在"文革"中被整得最惨，最后妻离子散，不得善终。那是谁也没有想到的。

这会儿还得先回到我小舅的日记。

据说后来"骆驼"随离异的母亲去了外地，但是他和邱秋一直有信札往来。

长大以后的邱秋当了兵，"骆驼"也当了兵，小舅则去了云南，去了那个叫"觇沟"的在地图上找也找不到的地方。

在那里，小舅住着自己盖的石头房，喝着一根葱、几勺盐做的"玻璃汤"，还要踏着烂泥路一天到晚地开垦荒山种植橡胶。

等到邱秋入伍的第一个年头，小舅仍然在没完没了的"扎根"中煎熬。那时候，波及全国的知青运动已基本进入疲态，我从别人那里听来的，大多是云南知青的水深火热，而小舅的信中，永远是轻快诙谐，趣事不断。他在长长的三十多封家信里总共发过两回牢骚，一回是眼看有机会去当兵了，却在体检中查出心脏早搏给卡下了，另一回则是好不容易有了上学的机会，不料又被旁人托关系挤掉了。平心而论，我觉得这档子事要是被自己遇上，一准儿是要昏天暗地了，可在我小舅的日记里，却好像在说别人的事儿似的，他说自己以往看不上工厂招工，总觉得自己要么当兵，要么上大学，都是更好的出路，可现在看来，这两条路怕是都没指望了，下次再有工厂招工，真的也得去为那张表格和生产队革委会的大印拼命了。

我想不出小舅仲黎会如何去拼命，但却知道男女"拼命"的方式大有不同。没吃过猪肉，却早已见过猪跑了。那个年代，男知青们眼瞅着那些会来事儿的女孩儿先用一点点"小便宜"给自己争取一个不必风吹日晒出大力的俏活儿，再用自己的身体去换那别人打破头也抢不来的工农兵大学生的推荐表格。他们看着这一切，完全无能为力，一点办法也没有。当然，男孩中也有脑袋活泛善搞"上层关系"的，可这些灵光儿的脑瓜八成也要有物质或权力的支撑，他们纷纷托亲戚托朋友，千里万里地弄来几条"大中华"或是两斤"大白兔"（奶糖），挑一个夜深人静的空当，像某些女孩儿那样鬼鬼祟祟地去敲"管事儿"的大门，让某个有点小权力却也要养着一家老小的男人在物质与肉体之间做一场终极的抉择。

"为招工表格拼命"是我收到小舅的最后一封信。接下来的半年里，我又连续给舅舅去了两封信，第一封石沉大海，杳无音讯，第二封直接被退了回来，信封的左上角还被贴了白条——"查无此人"。

当时小舅的下乡地点是个大伙儿叫不上名字的边远山区，在我国西南边陲漫长的边境线上，有无数个类似这样的小村小镇。我和小舅的通信一直是秘密进行的，家里无人知晓。小舅当时留给我的是昆明一个小镇的地址，说是他在云南结交的一个哥们儿的家，他告诉我，只要把信寄到那儿，一准儿很快就有人捎给他。难道这家人搬走了？或者是小舅已被招工回城，有了梦寐以求的一份工作，一切正在安顿中？我揣着疑团又过了半个月。

这一天傍晚，日头还没落山，刚刚收工的知青们在院里冲冲洗洗的时候，队长突然在外面喊："包裹来喽！"

一院子女孩儿都冲出去，异口同声地问："谁的？！"

"小茜的！"

所有羡慕的目光在我身上聚焦了不到一秒后，大伙儿蜂拥而上，我反而给落在后面挤不进去了。那时的私有财产转化为公有财产往往就是这么简单，不需要任何的手续和过度。女孩儿们已经尝过了我爸妈从广州市给我寄的烙饼和乌榄，我的几个姨千里迢迢给我这个外甥女邮来的香芋条和夹心饼干也被她们打了牙祭，可唯独这一次，她们一拥而上又很快一哄而散，因为小小的包裹里根本没有什么可供她们塞塞牙缝儿的吃食，拨开层层的包装，静静躺在小盒里的只有一个不怎么起眼的银手镯。手镯下面压了一张字条：我还在觇沟，放心。镯子是从缅甸买的，你离广州市近，回家时帮我送到邻居邱大伯家，说是我送邱秋的。字迹是我小舅的没错。

4

知青点儿管理得很严，一年只能回一次家。你能猜到第一次放假我去了哪里。事实上我只在广州点了个卯就坐上了奔往云南的火车。点卯是因为我需要进行一次大采购，穷家富路的道理我知道，头一回脱离集体的大旅行我可不能亏待了自己，更何况对云南那边知青的生活条件早有耳闻，所以我尽可能地想给小舅多带些"私货口粮"。

到达觇沟时是下午四五点的光景，刚下过雨，太阳却已经迫不及待地露出了脸。一个女孩在自家的院门口守着两个大木盆吭哧吭哧地洗衣服，女孩儿穿着短袖衫，胳膊滚圆滚圆的，两个脸蛋儿已经晒成了暗红色。要等几年以后，当了医生的我才知道这种特有的"高原红"是常年的日光灼伤后毛细血管扩张的结果，高原的女孩倒是省了胭脂钱，可这两抹太阳留下的手笔，确实到老也退不掉。

女孩儿显然是有心事，在搓衣板上每搓几下，就停下来走一会儿神。

我走到女孩跟前，想打听知青点儿在哪里，又怕扰了她的心思。 忘了告诉你，我临行前在广州买了一套当年很流行的白底蓝杠的大翻领连衣裙，就这么穿着去了，脚上也蹬了一双新买的皮鞋，走起路来咯噔咯噔，别提多神气了。可当年一下火车我就知道坏了事，因为雨过天晴的路上全是坑坑洼洼的水窝子，加之山路没法走（我还算幸运，下了火车又搭了三个半小时的顺路车，司机告诉我前面就是觊沟），我只好很不仗义地把自己的新皮鞋包起来，牺牲掉我小舅带的胶鞋了，那胶鞋虽然不合脚，踩上去啪啦啪啦不像样子，但也总比皮鞋舒适百倍。

女孩儿直愣愣地盯着这极不合理的搭配。"埋埋散（方言，表示惊叹）！"她嘴里小声说。看见我手里提的网兜，又说："来找哪个？"她投给我的是一个老生常谈的表情，好像她坐在那里，一天要应付不少提着大包小包走亲访友的人似的。

我问她："我想打听知青在哪里住，你知道吗？"

"沃（我）哥领着出工去了，还没回呢。"女孩生硬地咬着普通话。

"你哥？"我不解地问。

"沃（我）哥是队长！"女孩的眼睛亮亮的，笑起来很自豪也很明媚，"你找哪个咧？"

"仲黎，"我说，"我找仲黎，你认识他吗，他们的知青点是在这附近吧？"

女孩腾地一下站起来，手里的衣服"啪"地扔下，水溅了一地。"仲——黎？"她重复了一遍，眼神里充满了敌意，十秒钟前那张迎着太阳的灿烂笑脸瞬间也暗了下来。

"你是——邱秋？"

"邱秋？"

"你叫什么？"

"我叫尹茜。"我莫名其妙，但此刻我已想起了邱秋这个名字。

"仲黎早不在这儿了。"女孩一甩手回屋去了，被她撂在盆里的湿衣服溅了我一脸的水，两个莲花似的大木盆也被她扔在院外不管了。

天热极了，我的背后已经湿透了，一双白色的胶鞋上也满是泥点。先前还考虑到了跟前了要不要再换回皮鞋，听女孩这么一说，心想也没必要了。可是，我小舅信上明明说他还在觊沟的，这女孩却说他已经不在这儿了，到底是怎么回事？女孩的敌意来得太奇怪，我心里着急得要命，于是踩着湿湿的泥巴路又走了一段。林子里面迎面走来几个年轻人，一个个晒得黝黑黝黑，见着我边走边四处张望的样子，就扯着嗓子喊："哎——来找谁的？"

"我想打听知青点儿在哪儿，我找仲黎！"

"嗨！老铁！找仲黎的！"其中一个拍着另一个的肩膀说。

被拍肩膀的那个人朝我这边走过来："知青点儿就在前边儿，我们都是知青！"

"太好了！"我抹了一把脸上的汗，"仲黎还在这儿吗？"

"你是邱秋吧？"老铁问。

"……"看来邱秋在这一带比我小舅本人还出名。

"我不是邱秋，请问，仲黎在哪里？"

"仲黎这家伙艳福不浅啊。怎么一个又一个的。"旁边有几个人在嬉皮笑脸地起哄。

"到一边去！"老铁让他们先走，他们还在喊："这姑娘可别让龚小菊看见啊，不然今晚又要吃醋溜白菜了！"那伙人把"醋"字咬得很重。

老铁回过头来说："你不是邱秋？那你是？"

"我是仲黎的妹妹，我叫尹茜，"差不几岁，说妹妹更自然些，"我从家里给他带了点东西。"

"他，"老铁面露难色，"他有小半年不在这儿了。"

"小半年？！"我吓了一跳，这么长时间他去了哪里！招工走了吗，可他没有理由不告诉家里啊。

"本来，以仲黎在队里的表现，招工回城是十拿九稳的事儿，谁知道我们这队长的妹妹看上了仲黎，队长就硬是不肯放他走。"老铁说着叹了口气，"唉，进屋再说吧。"

前面不远处有三排低矮的破房子，老铁指了指说，那就是他们住的地方了，很多知青受不了这里的恶劣条件，有门路的几乎都变着法儿返城了，没门路的只好在这里继续"扎根儿"，也有回家泡病假一泡就是小半年的，宁愿成为"黑户"也绝不回来。当然，这里也有这里的好处，出国比出省容易得多，随便带一些境外的手表、尼龙伞等日用品回来，再拿到内地去贩卖，只赚不赔。

就这样跟着老铁进了他们的小矮屋，我的中等身高离屋顶也就两个半拳头的光景，个子略高的男孩子肯定是直不起腰来的，稍微矮些的能勉强站直，可估计也得蹭上一头草穗儿。现在终于明白之前那女孩儿的眼神了，我跟老铁说，既然仲黎不在，那这些"慰问品"也不打算提回去了，就放在这儿分给大家伙儿吃吧，网兜的盒子里有桃酥，牛皮纸包里有牛肉干。

一听有肉，这群许久没开荤的食肉动物立刻来了精神，他们见天儿守着望不着边际的橡胶林子，哪像我们在农场劳动，逮着什么东西丰收，都能啃上几口。有人高喊：仲黎万岁！走都走了，还能造福群众！

一个嚼着肉干的知青拍了我肩头一下："哎，你来的时候没见着一个吊吊着眼睛，梳长辫子的女的吧？"说完他还挤着眼睛提示我。

这模样把屋里几个人都逗乐了，不过倒是让我想起刚才那个洗衣服的女孩儿了。

"我，看见了，在村口洗衣服，不知是不是你说的，她是谁？"

老铁说："队长的妹妹。"

"就是她！把你哥吓跑了！"有人插嘴。

老铁说，故事的缘起是这样的，他们这里干一天活下来，没处洗澡是很痛苦的事，一层层的汗水在衣服上形成一圈一圈白花花的盐霜，整个后背简直就成了块"咸肉干"。偶尔大伙儿会放弃夜里宝贵的睡眠时间徒步去被当地人叫作"海子"的小湖湾里洗澡，可因为路途较远，也不能天天去。所以大家有了个心照不宣的约定，每周轮着用一次大锅烧水洗澡，洗完必须彻底清理大锅。也是我小舅倒霉，那天晚上队长的妹妹龚小菊起夜看到知青点厨房有火光，好管闲事的她以为准是哪个在吃独食，就悄么声地推开厨房门想看个究竟。没想到乍一看没瞅着人影，倒是灶里烧着火，一口大锅架在火上，走过去定睛一看，天！我小舅仲黎正蹲在锅边洗澡！洗得无比惬意的小舅正拿毛巾往外泼水，突然被队长的妹妹龚小菊揪着耳朵提出了屋子，站直了才想起自己啥也没穿，于是骂道，干什么你！赶紧走！龚小菊却全然不吃这一套，她说，你搓下来的浮灰比煮汤撒的香菜还多，又被毛巾顺到了锅里，把锅污成这样，明天还怎么做饭？！

我刷锅还不行吗！我小舅急中辩道。

刷锅？像你这种没素质的，要是没被我揪出来，待会儿恐怕连脚丫子都要伸进锅里了！

就这样，我小舅被罚喝了半锅洗澡水，可龚小菊打那时起看我小舅的目光却完全不同了。

"仲黎那小子准是被看了重要部位……"没等那插嘴的知青说完，老铁的一只鞋已经飞到他脸上。

"哎哟！"

老铁回过头使劲瞪着他："活该！"然后又接着说，"龚小菊喜欢你哥，所以队长不放他走。你哥脑子灵光，而且写东西也能上来话儿，我们这边出板报都是他写，这不，前一阵子有个公社想调你哥去当中学教师，也是队长不肯放人。"

"那怎么不写信给知青办，让他们派人下来查！"

"县官不如现管，"老铁说，"再着了，等到知青办查到咱们这里，中学教师这么个肥缺还不早被别人抢走了！你哥也真够倒霉的，要不是为这，估计是我们这帮人中最先离开这里的。"

"可是，你们怎么个个儿都以为我是邱秋？她来过这儿了？"我的问题怕是太突兀了，让大家的火热气氛出现了短暂的卡壳儿。

坐在最角落的床铺上忙着摆象棋棋子的一个知青先说话了："邱秋是你未来的嫂子啊，仲黎不是你哥么？怪不得他老仲在马棚子里'宁死不屈'，人家有长得这么拿人的对象，还是个兵娃子。再看人家这妹子，啧啧，他能看上龚小菊才见鬼了呢！"

"嘘——！龟孙老燕你小声点不行吗？龚小菊那村花可得罪不起！"另一个知青说。

"咳！"老铁清了清嗓子，"既然你是仲黎的妹妹，我们也没啥好瞒着你的，你哥仲黎之前在这里的时候，晚上睡觉经常喊邱秋的名字，他们哥们几个，喏！就他，还有他，"他朝屋子的不同方向指了两下，"就去偷看你哥的日记，然后……"

"我×，老铁，你他妈自己也看了吧！"被指的人不服气了，"你的眼神也太差劲了，她长得明明不像照片里的邱秋，你上来就错认！"

"你把嘴巴放干净点啊，别吃着人家的牛肉干嘴巴还这么臭，就我跟老仲这关系，还用得着偷看么？"老铁接着说，"邱秋是你下乡前就认识的人，你哥日记本里有她的照片，但是，她一直没有来过这里，这不，你来的时候，我们都以为你就是邱秋……"

"仲黎那小子在这待不住了，去追梦中情人去喽！他日记里还说他俩是发小，青梅竹马啊嘿嘿嘿……"

"燕山你他妈别打断我说话行么，"老铁第二次被打断后彻底火了，指着角落里插话的知青说，"吃的堵不住嘴是吧？"说着上去抢他嚼得正香的肉干。

"得，得，我闭嘴，闭嘴行吧，我下棋。孤独求败！谁能赢我，我输一套军装！"

5

老铁讲到这儿，我也已经基本上理清了思路。邱秋目前的照片我没见过，但小时候对她的印象还是有的。

从刚刚老铁还有其他几个知青谈起邱秋来脸上兴奋的神采和激动的话语中，我感到了些许不安，还有，失落。原来世界上早已存在着这样一个人，让我小舅魂牵梦萦，夜夜入梦，让他眼下抛开一切远走他乡，奋力一搏，甚至让这么多人只看日记不见真人便觉得无比艳羡。

老铁朝我介绍说，刚才说话的这人叫燕山，你哥仲黎走后，再没有人下象棋能赢得了他。他每天晚上都摆上一盘，坐等挑战者，因为砝码是一套军装，所以每天晚上来找他的人自然络绎不绝。

谈到马棚子里"宁死不屈"，老铁又说，仲黎在某天晚上和队长龚大有干了一架，惊动了知青点儿的领导，领导向着队长，于是就不问缘由地把仲黎关在马棚里一天一宿。大概是干架干累了，小舅在虫蚊四起的马棚里居然还能睡得那么死，等到被队长放出来的时候，他浑身上下已经被咬得不成样子了。不过，老铁说让我放一百个心，因为在这儿待了几年，多数人的皮肤都有免疫力了，基本过不了多久就能复原。他还说，仲黎的参军、入学和招工三大梦想虽然一一破碎了，但"秘密撤退"的时候身上倒是应该揣着不少钱，大概走到哪儿都不至于饿着的。

我好奇地问："他哪来这么多钱？"

燕山一边自己跟自己下棋，一边还在继续抢老铁的话："这你就不知道了，你哥仲黎这家伙就是有经济头脑，逢着我们这儿雨天不用出工，大家都乐得清闲，他就打着伞到附近的村镇走街串巷，有时拿几毛钱换一枚清朝的铜钱儿，有时候拿一个走不准的闹钟换了个不知啥朝代的古董儿，我们大家伙儿开始还觉得他脑子有病，谁知他换回的东西，再出手的时候总会升值不少，也不知他从哪儿找的买主，这不，老铁那儿还保管着他没来得及带走的几个小玩意儿，正好你来，赶紧给他带回去，省得我们这些还不知猴年马月才能重见天日的饿鬼们见天儿惦记，哪天实在把持不住，就把它们拿去换吃换用的了！"

"我们那边还好一些，种橘子时可以吃橘子，还可以去地里挖点花生吃。"我说。

"羡慕啊！"大伙儿异口同声地说，除了极个别被桃酥堵住嘴的。

老铁说："我们几个，就差没去啃橡胶了。"

大家都笑了。

这时，门被推开了。刚才坐在自家门口洗衣服的女孩走进来就说："真能抖草（抖草，云南方言，炫耀的意思。）！"

屋子里顿时鸦雀无声了。老铁说："小菊，这个，不是邱秋！她是人家仲黎的妹妹！"然后回过头小声对我说："队长的妹妹，龚小菊。"

"妹妹？"她用一双确实有些吊的眼睛把我上下打量了一番，"妹妹怎么和仲黎一点也不像！哎，你是他亲妹么？"无论如何龚小菊的眼光还是很毒的。

旁边的燕山趁我看他的时候向我打了个手势，意思是龚小菊脑子有问题。

就是因为这个龚小菊，我小舅给关在马棚里喂了一晚上蚊子，也是因为她，小舅连招工返城也都这么不顺，那个什么队长，为了自己的妹妹，竟想把他永远圈在这里，不放他走，我想想就恨得牙痒痒。

我说："我哥他从来不缺干妹，可惜我是亲的。"

"亲妹妹？亲妹都不知他去了哪里？还跑到这里来？谁信！"她还真的不依不饶起来。

我的气不打一处来："我哥被某些人逼得走投无路，无处可躲，家都不敢回，大概，还真找某个干妹去了。"

角落里有偷笑的声音。大伙貌似觉得仲黎这个"亲妹"还挺幽默，天知道我心里是多么不好受。像龚小菊这样的女孩我不是没有见过，在我下乡劳动的兴宁合水农场，仗着自己兄弟或是叔伯当队长有点小权就耀武扬威的女孩也是大把。

龚小菊走后，我喝着他们这的"特产"玻璃汤和燕山杀了两盘棋，第一局，我输了。第二局，平局。用燕山的话说，我还真是得了些许仲黎的"真传"。我说我没有军装输给你，不介意的话，我把给我哥带的那双被我踩得满是泥巴的胶鞋给你吧。

——这个燕山，后来成为了我的丈夫。当然，是在我对小舅死心之后。然而这些都是后话了。

我拿着小舅仲黎的两本日记、一沓信件和一盒子古董悻悻地回了合水农场。老铁坚持说这些东西暂时就跟我姓了，自从仲黎捣鼓古董小发了一笔以后，这些东西不少人惦记着呢，它们保存下来可不容易，龚小菊挖地三尺也找不出仲黎的时候，就来搜寻他的"遗物"，于是老铁把这些东西一连挪了三次窝，才使它们得以存活。

我还是了解我小舅的，他肯定不会去找那个什么邱秋，大概不混出个样儿来是不会再次出现在我们大家视线里了。

老铁和燕山请了假，一直把我送到了昆明。列车上，你能够想到，我是如何看那两本日记看到头昏眼花，十几个小时没有吃饭没有合眼，却依然毫无饥饿和困顿感。

从我小舅的童年一路看去，所看到的不过是一个邱秋的剪影，然而仅仅是这个剪影就让我有一种预感，自己无望了。然而，小舅和邱秋貌似也同样无望，因为小舅在日记里说他知道，邱秋从小就喜欢"骆驼"多过他。小舅在日记里提过，下乡期间他曾给邱秋去过无数封信，然而去的多，回的少，他只收到了两封回信，而且都特别简短，一封解释说部队规定特殊，几乎所有的信都是要敞着口寄出，所以能不写就不写，另一封说了一些近况，被他小心翼翼地夹在日记本里。

如此珍贵的两本日记居然都没有带走，可以想见我小舅当年走的时候有多么仓促。是不是某个收工的傍晚，他扔下锄头，夕阳无限好，他却突然受够了这一切，故而起意远走？老铁曾说起有一次仲黎跟他开玩笑说，老子想走随时可以走，你信不信？当时的老铁显然是不信，因为这件事情几乎没有可行性，就算出逃成功，后边的路怎么走？从此东藏西躲当黑户去？

我小舅仲黎却就这么干干脆脆地走了。

离开觋沟后，他的世界一下子宽广起来。用他自己的话说，就是还好他摆脱了观念的束缚。观念从来都是一边压倒、摧毁一些人，一边又迫不及待地扶持、成就另一些人。

在那个年代，敢于铤而走险毕竟不是件容易的事。可小舅做到了。谁说下乡知青偏离返城中的"三大主线"（当兵，上学，招工）就没有出路？谁说黑户无法自食其力，只会扰乱社会治安？我小舅非要活出个样儿来给人们看看。

逃离觋沟的始末后来被他自己称为有史以来最不光彩却最不后悔的一件事。当年他一路都不敢搭车，也不敢走大路，别人用的多数是缓兵之计，先回去治病、泡病假，再慢慢撤退，他倒好，直接招呼不打就义无反顾地撤了。他仅凭两个脚板在湿热无比的林子里穿行，用了将近一个小时才远离了觋沟那几点稀疏的灯火，本想原地坐下歇会儿，不料却脚底一滑，滚到了沟里。等他再次爬上来的时候，却发现自己已完全转了向。于是只好凭直觉选一个方向试试运气，走了一阵子，他又看到刚才那熟悉的，却更加稀疏的灯火了。整个觋沟安静极了，没有任何的风吹草动，看来他的出逃计划被夜色包藏得还不赖。他满头的大汗，口干舌燥的，再走几步，大概就能依稀分辨出他曾经住过四年多的那排低矮房舍了。老铁还会在起夜上厕所的时候习惯性地学几声鬼叫吧，燕山饭饱后会照旧摊开棋盘，在一群貌似永远都杀不过他的兄弟们中间孤独求败吧。我小舅当年准会有一种想回到自己的大通铺上去躺一下的冲动，哪怕，仅仅是进去喝一口水也行。他甚至怀疑刚刚的一滑以及后来的转向不过是自己给自己的一个小小台阶，或是小小提示，他的心动摇了片刻，脚尖却及时强硬地调转了方向，带着整个身体飞奔起来。他边跑边情不自禁地流泪了，从此以后，自己就是一个另类了，社会的另类，时代的另类。前路茫茫，后路也绝了，他不怕旁人的目光，也不怎么为失去正常的回城机会而遗憾，他只是有点害怕看到家里得知一切后那些惊恐万状失望透顶的脸。

所以，家是回不去了，如今，他只有一条路了，就是独自去闯。在那束他自己假想的目光下，孤注一掷地去闯。

6

那一夜我小舅走了很远很远的路，绝望给了他一种力量，疯狂的力量。从那以后的一千多个日子，他的足迹遍布瑞丽、陇川、盈江，甚至缅甸、越南，他像一个九死一生的马锅头，在几个互通有无的城镇间赚点儿微不足道的脚力钱，只不过他既没有可以试毒的酒壶，也没有那长长的，听他调遣的响着清脆驼铃的马队。

有个缅甸商人瞅着这个中国小伙子脑袋还算灵光，便收他入伙了，从此，像拜山门一样，我小舅不再是流亡天涯的独行侠了，他和缅甸佬很快在玉石生意上狠发了一笔，他能出点子又愿意出力，分红时却只要一成，缅甸佬见他聪明又义气，便问他想不想做点儿更刺激的，他当然知道那是什么——先是找准出国再回国的"目标"，然后不经意地在目标身上，或是行李包里放点东西，目标就是个流动的储物工具，等着目标到了目的地，再找机会把东西不经意地拿出来。一来一去，两个"不经意"间，买卖就做成了。他虽没做过，但是长时间行走于边境城市的他早就见识过了。他告饶似的冲着缅甸佬狠命摇了摇头，摇得自己像个孬种一样。他觉得此时手中的钱已经够让他回广州重新起家了。

缅甸佬明显有些失望，他觉得以眼前这个小子的机灵劲儿，干这一行绰绰有余，说不准缅甸佬早已暗中瞄准了我小舅，想发展他成为自己的左膀右臂也不一定。然而他也懂得中国的那句老话——"人各有志"。于是，他拍拍年轻人的肩头说了句实话：回去也对，其实中国更是发财的宝地。

回到广州之前，我小舅还做了两件事：一是想方设法搞定了自己的户口，二是通知我一切暂跟家里保密。

我自然理解他的想法，因为这样一个仲黎站在我们面前，缓说大家能否接受得了，就算他勉强回家里住，万一哪个人为入党或搞先进去告发，也够他麻烦一阵子的。

没有人知道我小舅是如何发起来的。可不得不说，他就是那波五十年代中期出生，七十年代早中期下乡的知青里最先致富的典型，多年后的知青大聚会中几乎所有的人都"啧啧"着说，没见过哪个"黑户"后来混得像我小舅这么好，当周围人还在小心翼翼地数粮票、糖票和布票的时候，他已经数起了外币，而绝大多数人还在紧巴巴的生活中挣扎攀爬的时候，他已买起了洋房，并让自己的身份、人际里里外外无懈可击。

他在八十年代初不知从哪里弄回来一批废旧小车，稍作整修和改装，便成了行驶于广州大街小巷上的第一批出租车，生意越滚越大，捣鼓的东西也很多，从日用品到建材，从民族手工艺品到古董，不过传说落在仲总手里的中国古董是从不外销的，哪怕金发碧眼的外国佬出十倍的价钱也依然会得到那两个字——"免谈"。仲总的"百货公司"还帮了不少有力气没处使的黑户知青，让他们找到营生的同时，也找回了人生的尊严。

然后，我们都知道他要做什么去了。他给邱秋写了一封长信，草稿打了两遍，末了还一笔一画地誊写了一遍。

这封信寄出后没两天他便收到了邱秋和罗天（"骆驼"）即将结婚的消息。自然不是邱秋亲口告诉他的。是一个一直有联系的小学同学，在写给我小舅的信里随手带了那么一笔。那个同学肯定万万没想到他自己随便扔的一颗石子在我小舅这边激起的惊涛骇浪。还好，通过小舅的日记可以得知，他先前给邱秋寄出的那封信对方并没有收到，而是被原封不动地退了回来，信封上还贴了一张小白条：查无此人。这封退回来的信多少缓和了一下我小舅当年的情绪，算算日期，如果邱秋地址没变，她收到这封信的日子大概也就是在她结婚的前一周左右，那可真是要啼笑皆非了。她搬家以及即将结婚都没有通知我小舅并不是什么奇怪的事情，因为在我小舅"失踪"的几年中，他们之间早已断了联系。

因为那个同学和邱秋一家一直走得很近，我小舅便在通信中时不时地聊起邱秋，当然，笔调语气都尽可能自然，也是从这位同学那儿得知，邱秋在部队里的那段传奇，他知道邱秋从小就喜欢罗天，但却仍相当震惊于她为了他竟能跟部队领导对抗，放着大好前程不要，而"退居二线"去当个不起眼的小教员。

得知邱秋转业到地方后在一个外贸公司供职，做着再普通不过的翻译工作，小舅又为她感到可惜。后来才知道，那个公司是罗天转业后在广州供职的所在，所以邱秋一换下军装，就直奔那里去了。也是从那个同学的信中，我小舅甚至还了解到邱秋迷上了写作，但是尚处于刚起步不着边际的阶段，杂志社只要新人的小稿，至于长篇，没有哪家敢冒这个险。

<h2 style="text-align:center">7</h2>

小时候的印象不能作数，纵使我小舅笔下的邱秋有千般好，可在我心里却始终立体不起来。直到有一天，我再次见到她本人。

一天午后，我正站在产房一角叠纱布，忽然听见有人叫我。

"尹茜！"这声音透过许多产妇和待产者时大时小的呻吟声钻进我的耳朵，闻声望去，是我小舅。

他就这样出现在门口，身边还扶着一个人。我赶紧跑过去，他的出现就像他当初的消失一样突然。

显然，小舅有些语无伦次："那个，能不挨号吗（他的意思是，能不排队吗）？快找个懂的人来看看，这是怎么了，要，要紧么？刚才，为了救我，她从车后座跳下来，拼命扯我的自行车……这，"我小舅急得直挠头，"开始我还以为是哪里擦破了皮，这可怎么办！"

我被我小舅说得晕头转向。这时有个护士跑过来，一边把我小舅往外拉一边说："这位同志怎么回事？！没看见门上写的字吗？男士止步！到外面等着去！"

一时间我小舅领来的人被孤零零地撂在那儿，她的绿色军裤上有一点血迹，不多，也不刺目，但是我看见了。我想扶着她到排椅上坐下，她却笑着说她还没到要被扶的地步，那笑只有五分真，另外五分大概被紧张的情绪冲淡了。

那个把我小舅强行拖走的护士扭头跟我说："哎，这个不是抓来的，是意外跳车，估计动了胎！"

我给她取了些药棉，让她沾一下裤子上的血迹："这会儿还出血吗，肚子疼吗？"

"好像不出了，肚子也不疼了，只是刚才用力拽车之后疼了一阵儿！我大概没事了！"她很感激地看着我，与她目光对上的一瞬间，我的脑子里出现了一个名字：邱秋。

"您等一会儿，我，我还是喊大夫来看看。"

我对邱秋不敢怠慢。在我小舅日记里反复出现的邱秋，我小舅朝思暮想的邱秋。

看到邱秋脚踝上的血迹，来的医生都有些慌了手脚，沿着裤腿向上挽了挽，血明显是刚才沿小腿流下来的。

"尹茜！"外面又有人叫我，"你管的25床那个人呢！赶紧过来！"

我只得出去。

"把崔燕叫来。"负责邱秋的医生在里面喊。

我素有晕血的毛病，刚到妇产科实习的时候，上夜班在手术台前负责给老师递纱布和手术剪，有一次老师伸出手来，掌心半天没有得到回应，回头一看，我已躺在地上了，因为看到孕妇大出血，吓晕了。从此以后，许多大夫逢着紧急要处理的大小手术都不乐意再与我"合作"了。

我刚出了产科的门，就被不知道从哪里跳出来的小舅吓了一跳。

"人呢，人呢！怎么样了？！"小舅旁边跟了个人，和邱秋一样，也是一身军装。

"医生正给看着呢！"

"怎么这么慢！刚才那个护士说，都流血了，很可能小孩保不住，医生怎么说！哎！你去哪里！"

我要去找崔燕，找 25 床，哪有时间从头到尾地回答他。

因为 25 床的原因，邱秋后面的事情我也就不知道了。

等我再回来时已经很晚了，小舅早已不见了踪影，我问值班的程护士，刚才那俩人呢？

程护士瞪着眼说："俩人？明明是仨人！俩男的，一女的。"

"哦对，是有两个男的。"我这才想起来。

"那俩男的一直在吵，一个脸上还挂彩了。吵到孩子都流完了，也不知他们俩哪个是孩子爸爸。"程护士想了想又说，"那两个男的，倒是长得都挺帅，而且都当过兵。"

"都是当兵的？"至此我才知道小舅上过越南战场，他回来后没有对任何人提过这件事。

程护士"旁听"得相当仔细，几乎给我还原了罗天和我小舅之间的所有对话。

当时装家庭电话的还很少，罗天显然是通过邱秋所说的单位电话联系到的。我小舅扬飞痛批罗天母亲的传单当日实非出于故意，罗天也没怪他，而这一次，在任何有声交流之前，他首先收到的是罗天重重的一拳。鼻血从他指缝里流出来："砸！使劲砸！砸坏了哪里我自己担着，正好在这里一起修理。"小舅说。

确实，除了这，他简直无话可说，于是就等着罗天抡拳头，等他用袖子抹完脸上的血迹，才发现罗天也和自己一样，瘫坐在排椅上。

小舅掏出呼机，让人开一辆车过来准备接人。罗天在一旁愣愣地看着他向一个小黑匣子哇里哇啦地发号施令，（那在当时是一个很先进的"武器"，得待到八十年代末九十年代初，第一批呼机才逐渐在中国出现。）怎么也想不通这个不扯线的小东西竟能如此神通广大。

"你有车刚才还骑什么自行车！你骑车子带着两条人命还东张西望什么！"

"罗天，我欠你一条命……"

"你他妈闭嘴！滚得越远越好！"没等我小舅说完，罗天又跳起来，"都是为了救你这个逃兵！"

我小舅那天确实做到了打不还手，骂不还口。可他的火大概就是被"逃兵"二字给点起来的。当年无论他表面上看上去回来得多气派，对"逃兵"这两个字，始终是欠缺免疫力的。

罗天戳中了他的软肋。

"老子当年是从云南逃出来的，可我他妈的不是逃兵！老子上过真枪实弹的战场！"

"你去哪里上战场？"罗天根本没把我小舅的话当真，他也没有精力去细想。

我小舅"噌"地站起来："打我回来，你们一个一个看我的眼光都写着'逃兵'！别看一口一个仲总叫着，心里还不知想什么呢！真是给那句老话说着了，好事不出门，坏话传千里！我他妈没命赚钱是因为九死一生地回来，还有好多个回不来的弟兄们的家人要养活！他们把自己的命永远留在孟谷河那边了！留在越南战场上了！回不来了！"我小舅说这些话的时候眼睛一定是冒着火的，"你倒是穿军装的没错，上过战场吗？！拿真家伙对敌人开过火吗！"

罗天怔怔地看着这个突然间疯起来的仲黎，原来这小子还不孬，失踪那几年，是扛着真枪支援世界革命去了，而彼时自己倒真没能去前线，他只是个小小的工程兵，根本谈不上荷枪实弹。据说三局的部分情报兵倒是上了前线，在中越边境的猫耳洞里接听短波，可邱秋却从未对他提起过。

罗天听说过缅共人民军的"知青旅"，听说过涉过孟谷河、投奔缅共游击队的云南知青，可万万没想到，这个小时候的玩伴竟也是那五千敢死队员中的一个。

8

罗天仍然默默地看着我小舅，良久，他听到自己嘴上说："我对你这些光辉往事不感兴趣。我只关心眼前的事，秋儿连孩子的小虎头鞋都买好了，她多喜欢小孩你知道么？你可以放胆子去拼去闯，去搞出版甚至去做剧本，可你别拉上秋儿垫背！"

我小舅抹了一把脸上的汗说，其实我理解你的想法。完全理解。我知道你当然也是为秋儿好。有些话我知道我没有资格说，而且今天干了这么混蛋的事，也不是说这些话的时候，但我还是要说，罗天我知道她爱你，但她还有其他的爱。而你，恰恰忽略了她其他的爱。你是狠吃过过去那场文化运动的苦的人，那场运动把你的童年毁了，也把你吓孬了，所以你不想，也不敢让秋儿涉及这个领域。你曾经也很爱写作不是么？你的日记作文在那个时代总被老师当作我们学习的模板，可如今你整天担惊受怕，自己不敢和文学沾边了，也怕秋儿从事写作这行，你觉得写作是最容易在政治运动中犯错的行业，其实也不是最容易犯错，然而却是最容易被认为是犯错，最容易被人利用也最容易被想整你的人抓到把柄的行业。欲加之罪何患无辞，说得真好，你写的东西不就是词么。可是罗天我告诉你，那个时代过去了，别的你可以不信我，可这一点我肯定看得比你准也比你远。所以无论是你还是秋儿，都可以重回到自己喜欢的行当来，你不是想写一本你母亲的书，甚至一度已经动笔了吗，现在正是时候，我们这一代人手里有着丰富的素材，层出不穷的素材，为什么要将它们白白浪费呢？所以我支持秋儿写东西，你那天没有见过电影剧本油印出来时她眼中的光彩。真的，你要看见的话一定会动摇自己的立场。我相信这才是她真正的舞台。无论是军营还是她转业到什么单位，都根本无法和这个绚丽的舞台相比。

我小舅那天说这些话确实很不是时候，但等到很多年后，读过邱秋所有小说的我却认为他的判断是万分正确的。

有一种人天生就是讲故事、写小说的，邱秋便属此类。不知道为什么她的某些文字总能使人在脑海中印出她的样子，不是她写故事的样子，而是她平日里很不经意的一个小动作，也许是极其细微、近乎意念的动作，当时没注意，也没往心里去，可通过她的语言，你想起来了，回过味儿来了。你甚至会在心里默想，这句话，除了她邱秋，还有谁会写出来呢。

两个男人就这样进行了唯一一次深入谈判。他们从男孩儿斗到了男人，却仍然谁也不服谁。

这时候负责邱秋的大夫出来了："哪个是家属？"

"我！"罗天说。

"病人流产失血很多，近一个月要注意营养。小崔，"她转过头，"你领他去拿药吧。"

我小舅的人生到这里进入了一大段空白，这空白长达一年零八个月之久，在此期间他神话般地完成了又一次"转型"。很多人猜测商界大亨仲黎弃商从文不过是玩票，但也不乏一些人振振有词地说他赚够了钱，现在想要的是"出名"。只有我清楚，小舅不过是被一个人牵着鼻子走而已，她干什么，他偏偏也干什么，仿佛真的在一条路上走着，就是在一起的。

等到他的日记本再度有迹可循的时候，却只得了这么一段：

"我从此不知该怎样面对他们了，秋儿出事后，骆驼也紧跟着出事，秋儿的事完全因我而起，骆驼的事显然是因为秋儿，这样想来，我真是罪魁祸首！……"

据我小舅的记载，邱秋小产后不久，罗天因开工程车误轧了人而入狱，不久后，监狱失火，他在救火中立了头功，虽被减了刑，但是据说身体多处被严重烧伤，尤其是面部和颈部。接下来他不再见邱秋，也不接受任何人的探视。甚至连提前出狱的具体日期也没有对外透露。

于是邱秋被一次次地拒之门外，毫无商量的余地。后来连同她递进去的东西，也被如数退还。

画面依然是凭小舅的日记复原的，当然，其间包含了我个人的想象和推测。

你们怎么能不允许家属探望？邱秋当时一定急了眼。

你是他什么人？去通报的门房每次回来都会带一句这样的反问。

我叫邱秋，是他未婚妻！女人搜肠刮肚，却只能形容到这一层关系。尽管他们曾经有过一段轰轰烈烈的过往，甚至还有过一个未出世的孩子，可此时此刻，她却发现自己还不算他真正意义上的家属。

你是邱秋对吧，犯人说了，他不想见你。门房甩出这样一句话。

不可能！让他自己出来说！

他现在能出来就好喽！

门房不再理女人。久而久之，女人的语气软下来了：您通融一下，我悄悄看他一眼，马上就走，可以吗？

或者：他什么时候能出来？立了功，能提前不少时间吧？

不行。不知道。你自己想法儿去打听吧。门房的回答不外乎这三句话。

想法儿？想什么法儿？女人开始不懂如何"想法儿"，可后来几次三番也终于开了窍。她看到许多探望病人的家属偷偷给门房送东西。于是她也弄了一件来，滤嘴大中华。在那个年代，这可真是一份豪礼。可让女人想不通的是，门房虽然瞅大中华的那双眼睛都要带钩了，可还是不由分说地回绝了她。

女人急了：那你想要什么？！

门房鼓着眼睛说：去去去！谁要你的东西。一面依依不舍地又看了大中华一眼。

他们送的，你怎么要？！女人的老毛病犯了，又不识时务起来。

你，你不要血口喷人！门房恼火地看看四下。

看来真的是关心则乱，都说这女人聪明，可她竟想不到门房独独不收她的礼，不帮她打探，肯定是"上边"的意思。

与此同时，我小舅却意外收到了罗天在狱里给他写的一封信。信上只有短短一行字：

> 不如，你带她去那更广阔的天地吧。我很好，让她放心。
>
> 罗天

小舅经过整宿未合眼的衡量后做了一个决定，他把罗天信中的前一句去掉，而反复临摹了后半句，直到他挑出一张最满意的给邱秋看。

于是邱秋看到的其实只有信中的后九个字。

这是怎么回事？！面也不见，信还拐着弯写给你。

怎么说话呢，我好歹也算他发小啊，怎么就拐弯了？我小舅开导她，没准骆驼那家伙这次真有点儿毁容，他想变美点儿再见你。

看到信后，邱秋停止了她对罗天风雨不误却回回都吃闭门羹的探望。

她把自己关在屋子里一个多月不外出，也不见人。直到肤色都像骨瓷一样白得吓人。我小舅去找她，举着镜子给她看，她被镜子里的自己吓了一跳。

至于邱秋看到自己在镜子里是什么样子，我在小舅的日记里也有读到：蓝色的血管遍布几近透明的周身，像青花瓷的脉络一样触目惊心。

然后。然后是那次刻意安排的求助。

一切出于我小舅那么精心的设计，他披着求助的外衣，对邱秋施以帮助，或者，帮助这个词不怎么准确，应该说是，拯救。

于是当年的仲黎面对邱秋侃侃而谈。我甚至可以想见他微蹙双眉，十指交叉在膝间的样子，仿佛真正遇到了多么棘手的问题。他说他曾经的知青朋友——对，就是邱秋不久前还帮他写过一稿的那位峨眉电影厂编剧，这次遇到一个更大的部头，不但时间跨度大，而且人物繁多，所以想请邱秋再度出山。

我小舅还是了解邱秋的，诸如稿费不会少，或者这是电影厂领导多么重视的一个项目这些其他写作者最关注的问题，他是根本无须和他的秋儿谈的。他只是告诉她，这个题材是她绝对能够驾驭的。轻车熟路，信手拈来的一个忙，没有理由不帮对吧？

邱秋只是默默地听着，不置一词。我小舅开始以为她只是不打断他，但到了后来，口干舌燥的他开始怀疑她是否在听。因为他看到了邱秋脸上那事不关己的表情。

我一直认为邱秋是个多少有些自私的人，自私是因为她那创作中毫无商量的以自我感觉为中心，谢绝合作，谢绝妥协与迁就。可换我小舅仲黎的话说，这却是作家的个性，作家应有的气节——邱秋听完我小舅的话，只是淡淡地说，哦，那个编剧啊，他总是在写作中不断地推翻，不断地改来改去，上次的一稿到三稿，兜了一圈，又几乎改成原样，我觉得这样创作很没有激情。而且你知道的，我现在大概写不出什么好东西。

邱秋的态度并没让我小舅心灰意冷。他对他的秋儿说，你不要忙着摇头，不要这么快就回绝我。想想你的一大堆素材本子，那日复一日，年复一年积累的，有多少思考是关于这个题材的，它们在暗无天日的黑皮封面下等了那么久，不就是为了今天么？那么多关于我们这一代人自身的诘问，关于历史的诘问，不正是眼下这剧本所需要的见解么？你完全可以胜任。你完全有那种把曾经的一切经历和体验说出来的才华。甚至，你不是为别人书写，这次就只是完成你自己。错过你，是这剧本的损失，更是未来这部剧所有观众的损失。至于合作，我们可以和他约法三章，只写一稿，拒绝改稿，拒绝反复，拒绝你不想去做的一切……

9

你看我小舅有多么巧舌如簧，话已说到这个份儿上，多少文字工作者终其一生都不曾获得过的礼遇。

创作组还将专门组织一次采风，前往故事的创作背景地——陕北。我小舅接着说，你可以和他们一起去，或者自己单独去，那边有我大把的兄弟，当然，也完全可以不去，总之一切随你。

邱秋抬头说，你在云南下乡，陕北怎么会有你的兄弟。

正是这句话让我小舅看到了希望。

他说不是知青朋友，而是鉴定古玩时结交的朋友，想了想，又趁热打铁地说，横竖都是等！不如做点事呢，你现在停薪留职，不写作要饿死啊？

那么，好吧。

他听到他对面的女人说。

不过，可不可以，帮我去看望罗天？

小舅最终发现女人后边跟着的这句话才是真正的重点。

既然他独独写信给你。他一定伤得很重，在狱里，又得不到好的救治。你问他，为什么要这样对我？！难道他觉得这样我能过得好？！她顶着满眼水雾，你告诉他，比起前边那些已克服的阻力，这又能算什么！是不是要我把脸也烧成和他一个样，这样谁也不用嫌弃谁了，他才肯见我？！

这话把我小舅吓了一跳，他觉得眼前这个女人已经到了崩溃的边缘，她和罗天彼此之间的换位思考大概已经超出了常人能想到的几个回合，他们不需见面，却像默棋一样，旁人根本看不到他们走到了哪一步。

我小舅知道邱秋最关心的就是罗天的伤势。于是，他几乎是揣着邱秋的那颗心并且和她站在一条战线上去见的罗天的。可是，真正见到了罗天，他又临阵倒戈了。

或许可以这样说，他见到的根本不是罗天，而完全是另外一个人。面容，声音，都是另一个人的了。

没错。我就是罗天。

我小舅怔怔地看着他对面的人。

"晚上起夜，把同一监舍的人吓了个半死。都睡在半梦半醒间，没有心理准备。"

半晌他又说："我不想往后秋儿每天醒来，都要面对这样一张脸。"他指着门廊尽头那面两米见方的大镜子，"每次走到那儿，都能被自己吓一大跳。多少天了，自己还是适应不过来。"

接下来两个男人开始了只有他们自己才懂的对话。

"就为了早两年出去，搞成现在这样，真不值。"罗天说。

"你急什么。"

两束目光在此刻有了瞬间的交汇。

"现在不急了。"罗天又说。

"你放心。"

"信中说的，是我想了很久的。"

"我不喜欢也从不参与不公平竞争。"

"好。那就当是帮我。人情还人命。还是你这头儿划算。"

我小舅突然又被戳中了。他噌地站起来，转身想走。可本来就是自己有错在先："你什么时候出狱？"他背着脸等了半天没有回音。

回头一看，罗天已经走了。

从监狱回来以后的小舅在应该如何向邱秋汇报上着实动了一番脑筋。说罗天很好吧，她不会相信。如实说他不好，自己都认不出了吧，又明显不可行。于是，他编了个缓兵之计，说是监狱不但给罗天减了刑，而且还准备安排他保外就医。出发日期还没批下来，不过应该很快，所以他说自己猜测罗天一定是想治疗面部灼伤后回来再见她。

就这样，我小舅为了邱秋心里能好过一些简直绞尽脑汁费尽心力，他想谎言总有被拆穿的一天，但目前，也只能走一步看一步了。

他之前所说的那个剧本邱秋最终还是写了，而且写得相当成功。她甚至还去了趟陕北，当然这也是我小舅一手安排。

小舅的朋友果然遍天下，邱秋所到的每一地，都有一封他写好的信为她打前站。有时我觉得我小舅简直是邱秋命里的贵人，当然，得除却"孩子"那件事情。

在我小舅与邱秋的关系中我读到一种近乎疼痛的基调，他对邱秋，不是大步流星的追逐，也不是细水长流的软磨硬泡，而是一种以"适你所愿"为己任的庇护，他在和邱秋深深浅浅的交往中实现着这种庇护，或者说是，一种陪伴，忘我的陪伴。这种情感的底色让我感到疼痛。别人眼里洒脱甚至有些玩世不恭的仲总到了邱秋这里却成了个不折不扣的遵守戒律的清教徒，行色端然，言辞笃定。十七年后一个偶然的机会，我竟在他书橱一角的一个小木盒里翻出了他和邱秋曾经的一纸婚书。

仲总居然结过婚？子嗣可有？！遗产要不要分？这放在舆论界怕是有得讨论。

这是怎么回事？！我掐着婚书去问仲黎同志，心里想着这段自己追寻旁观了近二十年的故事终于有了正解。不料我小舅却一脸不认账的窘笑，就好像那比肩平行在白纸黑字上的一双名字和他根本没有关系。

"尹茜我再说一遍！你以后不准涉足我的私人地带，不准随便翻我的东西！"仲黎同志把婚书放回原处的动作小心翼翼，有如一个小学生收藏自己心爱的奖状。

"从实招来。"我说。

我知道这故事的开头，并从日记里一篇一篇地追看"连载"，所以今天，大概也配知道个结尾。

"不是你想象的那样，那是假结婚。"我小舅低着头说，"那会儿秋儿收到一份来自美国的邀请，信上说她可以到那边当半年的访问学者。在那个年代，对于一个写作者来说，这是个很好的机会。当时各种手续都办得差不多了，只差签证，签证有很多时候要凭运气，有移民倾向或者很多个体特殊不稳定原因的都很可能被拒签。你知道的，秋儿当过特种兵，更何况在情报局这种特殊的地方。所以当初把她的其他资料整合得差不多后，就演了这么一出，假婚。"

"然后呢？"

"然后？"我小舅说，"没有然后，假结婚的主意是我出的，凭当年我很多朋友的签证经验，还是已婚更容易签过。像秋儿这么有才华的人，应该出去见识、深造，要是被这种乱七八糟的原因卡下，那实在太遗憾了。"

"那之后呢？"

"之后？之后当然离了。"

"那是她达到目的了，出去采了半年风后，回来就立马义无反顾地找你离了？"

我小舅看了我一眼："不是，在出国前夜她发现罗天回来过，所以她决定放弃这次机会。"

"说结就结，说离就离！什么东西！纯粹利用你！"我提高了嗓门。

"有意思么尹茜？"我小舅突然火了，"多少年的事了！你懂什么？"

别为我担心，我早已习惯了小舅为他的秋儿辩护时瞪着的血红眼睛。

我和仲黎同志一旦探讨他和邱秋的关系势必要不欢而散，而我对邱秋只要有哪怕是一丁点的"不敬"，便是这"不欢"的开始。

继续讲他们的故事。

接下来就是一封来自罗天的信。可这一次是直接署名给邱秋的。同样是寥寥数笔，却字字石破天惊：

> 秋儿，我已出狱。我要结婚了。她留过洋，海外有很多懂医的朋友。我们婚后即将出国去治疗我面部和颈部的烧伤。无论能否治愈，我都将变成另一个人，样子，声音，甚至，姓名。所以，不要找我。
>
> 罗天

信中没有解释，也没有倾诉，甚至没有任何感情色彩，有的仅仅是陈述这个既成事实。

"他一定是在编故事，扯谎！"邱秋声嘶力竭地喊着，"还有，还有监狱，怎么没人通知他什么时候出狱？！他这是要跟谁结婚！"

我小舅半信半疑地接过那封因为邱秋用力过猛而被挣成两半儿的信，脑子里立即浮现出那已然不是罗天的罗天。

刚刚两个人还在商量等罗天保外就医回来，要不要把邱秋的新书拿给他看。

这一下，犹如晴天霹雳。没等我小舅的眼睛把信上看到的意思传导给大脑，邱秋已经跑了出去。

"这会儿你去哪儿找？"

"监狱！"邱秋的声音震颤着，"我去监狱问个明白！"

自然是一无所获，无功而返。经过邱秋的据理力争，监狱只给她查出了罗天的出狱日期——一九九一年四月五日。

已经是一个月前了。这说明罗天出狱后没有立刻寄这封信。

邱秋又发疯一样地跑回去抓起信封，寄出的邮戳已不在本市，甚至不在本省，而是远在千里之外的北京。

然后是接二连三的轰炸，来自罗天的轰炸。一会儿是婚书影印本，一会儿是来自不同地点的明信片。北京，天津，沈阳，然后是国外。意大利，瑞士。

连我小舅都觉得过分了。他在心里说，好聚好散都麻利儿的！这么没完没了算个什么！

他就是在这样的情绪下将他深爱的女人紧紧搂在胸前，仅有的，那么一次。他清楚邱秋此刻需要一个疼痛背后的支撑，而在任何时候，他都愿意成为她的支撑。

他是怕我不信，或者，不死心。

邱秋自言自语地说，要不就是他觉得我接受不了他的模样，他身边的人可以？她能比我更爱他么？不可能的。

过了半晌，她又说，出国果真那么好吗，真能抚平心里的苦，也好。

10

那个时候我小舅和邱秋只有被动听罗天讲话的份儿。因为这个罗天简直是打一枪换一个地方，每封信都来自不同的地址。邱秋总是面无表情地看看明信片上的风景，然后小心翼翼地把它们收好。起码字迹是他的，纵然一切都变了。

在那期间，因两部成功作品而小有名气的邱秋不断收到一些剧本、小说等创作研讨会的邀请，还有不少业界和投资公司来电询问她下一步的写作计划，有无合作的意向。而邱秋对这些人一概不理。这个在大好时候不趁热打铁反而躲起来的作家引起了人们的注意，或者，是她的离群索居和恃才傲物使她变得越发神秘。

罗天的最后一张明信片来自芝加哥海滨，而与这张明信片前后脚寄来的，就是那份邱秋的出国邀请书。

喂！你敢说你跟邱秋假结婚的时候，没有半点私心？我半开玩笑地对仲黎同志说。

我小舅很认真地想了想然后说，娶邱秋，是他从小到大的梦想，说不定这梦想比罗天萌生得还早。也许正是因为把爱人当梦想追，他才能坚持这么长久。

当时，邱秋说她从没像那会儿那么想出国，她想看看，罗天到底在外面做什么，是什么让他远离她，不顾他自己的痛苦，以及，她的痛苦。

我小舅说，那么好吧，假结婚。在国内有了婚姻家庭，签证会好签得多，我小舅甚至还特意为这事儿向签证处的朋友打听了半天。邱秋想都没想就表示同意，她很感激我小舅，甚至还说，说不定，他一看我结婚，就回来了。

于是，便有了我现在看到的那一纸婚书。

我很意外仲黎同志这次很认真地跟我说了实话。

他继续说道，那时候毕竟还年轻，大概和邱秋假结婚不是为了那点私心，也不全是为了帮她在出国的事情上打通关口，更主要的是为着给罗天来个"还击"，罗天他怎么也不想想当初秋儿在部队里为了他和上边抗争，说退役就退役，这家伙当初实在太过分了，不管他是想得深远也好，有苦衷也罢，总之我就受不了他让秋儿这么难过。单凭这一条，他就错了。

至于那假结婚，当然是只有登记而无婚礼。可偏巧领证那天，登记处也有我小舅的朋友。这下可热闹了，缓说这世上根本没有不透风的墙，被多年的老朋友当场逮住，自然少不了请客送喜糖。于是，这消息先是在我小舅的朋友圈子里炸开了锅，接着是我家里，我外婆捶胸顿足地说，养的到底不如亲生，婚都结了还没见过自己的这个小儿媳妇。可惜我当年在外地进修，错过了这场好戏并对此一无所知。

可以想象，既然有人知道，事情就会越闹越像真的。我小舅说他生平第一次体会到朋友多了难办事：随着仲总已领证的消息不胫而走，几乎每天都有一大堆男男女女死缠着我小舅要看新娘，要看新房，还要见识见识他们圈子里走在时代最前列的仲总如何摆酒办婚礼。

于是逢着周末，我小舅当年住着的二层小洋房就被他的朋友们围堵得水泄不通，大家说，新娘呢新娘呢！被你藏到哪里去了！我小舅只得对大家解释，她是作家，近期有好多人催着要稿呢，一天一个跨省长途地催，她只得躲去图书馆查资料了。

怎么每次来都去查资料？！有没有那么巧！她到底是躲谁的嘛！躲催稿的还是躲我们！

我小舅又只得说，她近期接到一个出国访问的邀请，现在正忙着办各种手续。

哇！真是厉害！人们总算放了我小舅一马，但立刻又有朋友提出要看这个古董贩卖商出身的仲总有什么传家宝要送给媳妇。

小舅当年真还拿出一样，不懂行的人看不出门道，觉得也就是一个普普通通的翡翠手镯，可那镯子据说是篆刻了缅甸文的玻璃种飘阳绿，当年想往这翡翠镯子里钻的手可绝不在少数，它们比我小舅真正渴望的那双手要白嫩、细腻得多，只是它们没握过枪，没"滴滴答，答答滴"地按过发报机，更不会一天到晚地拿着一支笔或一本书就心满意足。它们与这天生丽质的镯子看似更配，而实则不配，它们柔弱无骨，乖巧听话，前仆后继甚至越挫越勇地往那镯子里钻，可它们却永远不会明白自己究竟在哪里输给了那双普普通通甚至右手中指左侧因长期触笔而被挤得骨节变形的手。

后来，虽然我小舅和邱秋的那场婚姻有名无实，但那手镯却如愿以偿地送给了邱秋，他亲自给她戴上，和骆铭给她的戒指戴在一只手上。

这会儿还得回到当年我小舅那快要被顶翻了的屋顶下面：

朋友里面自然有人认识罗天。关于邱秋的负面舆论就是这样散开的：

"到底还是看着仲黎有钱，罗天还在狱里，他俩就走到一起了。"

"谁说这女人只看上钱，人家还要名咧，听说仲黎介绍她跟电影厂的人认识上了。"

……

好在邱秋没有融入这些人堆里，所以对于她身后的这些舆论，八成是一概不知的。

在帮邱秋办出国作访问手续的时间里，我小舅还弄清了一件事情，那就是罗天出狱后究竟在搞什么名堂。

当初罗天的救火事迹被一位来省城视察的京都大员认认真真地看在眼里。出事那天，这位将近六十的半大老头儿从省政府特意为他准备的招待所赶到现场时，医护人员正用担架抬着因救火而烧伤的罗天与他擦肩而过。谁也不知道为什么，他仅仅看到的是罗天血肉焦灼的一张脸就在心里断定这是个了不起的后生。他特意去翻阅了罗天入狱的原因，入狱之前的情况以及他的刑种刑期，抢险结束后，这位大员甚至五次三番地提出要去医院探视罗天的恢复情况，在拟定减刑计划的同时，他还一度提出等这小伙子出了狱，要带他到首都的大医院接受治疗。

狱里的领导自然没把这一切当真，因为谁都知道上面的领导下来，只不过是放一枪就走了。

直到罗天出狱的前一日，那位之前来过的京都大员再次来电询问罗天的具体情况，监狱管事儿的才慌了手脚。他们想临阵磨枪，四下里找化妆师掩盖自己的疏忽大意，因为那位上级临走时反复叮嘱让他们给罗天请最好的医生治疗的事情，早已被他们抛到九霄云外。

治疗是可以，给他整容都没问题。可经费呢，经费在哪里？！只是嘴上说说，不留下经费，我们从哪里挤出钱来？

他们当初就是这样说说笑笑地过去了，可现如今却傻了眼。他们慌不择路地请来一个又一个化妆师，甚至连附近话剧院一个很有名的化妆师也请来了，可所有的人一见罗天就直摇头，他们做惯了给舞台上俊男靓女漂亮的脸蛋锦上添花的营生，却从没面对过这样一张让他们一看就差点背过气去的脸。所以罗天的脸让他们手足无措，试都不试一下便落荒而逃了。最后揽下这个棘手活儿的是一个太平间给死者整理遗容的理容师。她看了一眼罗天，二话没说就拿出随身带来的"工具箱"在罗天脸上精耕细作，一个半小时后，成果虽不属上乘，但也基本能让监狱领导满意。

罗天在监狱里待了整整两年，从未享受过此般优待，临走被一群人前拥后簇地从头到脚打扮起来，为的就是等待上边领导的"接见"。

然而那位罗天完全没有印象的大员始终没有出现。来的却是他的女儿何之之。

后面的事情，小舅届时也已了解了个八九不离十，不过这里，我尽量用他与何之之见面以后对方的回忆原话。

"你是罗天吧！我叫何之之，是何景洋的女儿。"女孩很热情地对罗天伸出右手。

"对不起，何景洋是谁？"罗天对京都大员完全没有印象也是情有可原的。当初他作为救火英雄接受何景洋看望的时候还尚且处在昏迷状态中。

监狱的领导本想把被他们精心打扮的罗天交到上级手里邀功，没想到却等来了这么个既不管事儿又说不上事儿的小丫头，当然有气发不出，只好眼睁睁地看着她把已刑满的罗天拉走了。

好久没有人像何之之一样用看待正常人的目光看待罗天了。自救火以来，他总在别人惊惧的目光中想起自己已不是以前的罗天，而眼前这个刚刚留洋回来的姑娘跟罗天说话时却目不转睛地直视他的脸。这让他一时间很不习惯。他有点怯怯地回视何之之的眼睛，她却只是在笑。

怎么回事？是那太平间的理容师对我施了回天之术吗？罗天现在最想做的事就是找个没人却有镜子的地方好好看一下自己。

"我们这是去哪儿？"他发现自己已不知不觉地和身边这个女孩走出很远。

何之之用一口嘎嘣脆的标准京腔对罗天说："我先带你去找个洗脸的地方？"

"洗，洗脸？"

"对啊，想不想看看你现在的样子？"她忽然凑过来小声说，"你被他们打扮完自己没照镜子吧？"

他已经很久没照镜子，久到他自己也记不清到底有多久。没等他回答，何之之就很麻利地从随身挎包里掏出一面小圆镜子，举到罗天面前："喏，你自己瞅瞅！"

他小心翼翼地看了一眼，然后和她一起笑了。原来，理容师把他脸上的沟壑填平，不但使他原本黝黑的脸庞"白胖"了不少，而且还给他上了点儿"腮红"。

"他们是怕没法向我爸交差，才把你弄成这样，"何之之说，"放心，你是我爸交给我的任务，你的脸，包在我身上！"

罗天被她弄得云里雾里，她又说："今天是你出狱的日子，怎么没有人来接你？"

"没有通知他们，怕他们见了我这样子替我难受。"罗天自己也惊讶，对初次见面的何之之，自己竟很轻松地将心里话脱口而出。

"嗯，我能理解。但是，总得见他们不是吗？"

"……"

"你是，一半时不打算见他们了？想把脸弄好再见他们？"何之之又说。

"我的脸，还能治好？"

"当然！现在国内这方面的技术比较落后，而且治疗手段单一，后期效果也不好，可国外就大不一样。我的专业就是面部疤痕修复。怎么样？咱俩是不是特别'对口'？"何之之笑着说。

不等罗天答话，她又接着说："当然，我也不是白帮你。我呢，也有需要你帮助的地方。"

"我？！帮助你？"

"那，既然你一时半刻不打算回家，也不打算以现在这张脸见你的亲友，不如到我住的招待所洗把脸，我给你接风！咱们吃个饭，慢慢聊！"

这女子身上有一种雷厉风行的带动力，让罗天情不自禁地跟着她来到了招待所。

何之之开了门，很大方地说："你在这里先洗脸，我在楼下的餐厅等你。"

罗天有些手足无措："我洗了脸，不会吓着你吧？"

"切！你还能吓着我？"她拍了拍罗天的肩膀说，"比你吓人千百倍的脸我都见过！"

见罗天大张着嘴没说话，她又笑着说："对不起对不起，我说话是不是太直白了，我的意思是，你肯定不会吓着我，你洗完的脸绝对在我的接受范围之内。"

"就算不会吓着你，我还是怕吓着别人。算了，我还是不洗了，宁可被人笑，也不能吓着人家。"

"你可真是个好人！不过那不行！我可不愿意被人嘲笑，说我和一个浓妆艳抹的大头娃娃吃饭！"她坚持把罗天推搡到洗漱间，"好啦，你就在这儿耐心地洗吧，还有，"她又拿出一个大得有些夸张的墨镜，"这个，是特意给你准备的，戴上它，你看不到别人的眼神，别人也看不到你的大半张脸！一会儿，随手给我带上门儿！"她说完便不由分说地走了。

罗天洗完脸后戴上何之之给的墨镜，效果好得真有些出人意料。他从楼上走到楼下，穿过招待所前厅，又一直走到门廊尽头的饭厅，迎面碰上了四五个人，竟都自然而然地侧身过去了。

何之之已经点好了菜，见罗天来了，忙拉着他落座，然后目不转睛地盯着他看。

"摘下墨镜摘下墨镜！"她嘴上说着，"不然这么多好菜看着都成了黑色，怎么吃得下。"

"我要是摘下墨镜，你面对这么一张脸，还能吃得下？"

她没说话，而是直接伸手去把罗天戴的墨镜摘了下来，折叠好放在桌子一角。

"你原来，一定长得很英俊。"她很认真地说，"我们学这行的，能在五秒内从大脑里复原出你曾经的模样。信吗？其实现在也还好，只不过，习惯了你曾经模样的人恐怕有些受不了。"

这话又使他想起了邱秋。从监狱出来坐着车进入市区的时候，正好路过他曾经的单位，他特地请开车的师父停了一下，自己下去匆匆领回了这几年来的一些补助。有人侧目看他，但他心里清楚得很，没有人能认出他。财务被他吓了一跳，接下来默默把钱数给他，问他今后的打算。他想了想说，暂时还没有打算，走一步看一步吧，如果可以，过段时间他再来单位办个停薪留职的手续。财务又小心翼翼地看着他说，你媳妇现在可是出大名了，羊城晚报在连载她的小说，这些你都知道么？当初他和邱秋已开始筹备结婚，请帖都发出去了，财务如今这么称呼邱秋，倒也没有什么错。

罗天没有答话，转身出了门。那天真是赶巧了，正好财务室旁边管资料的小刘在与旁人说着她不知从哪里听来的邱秋和仲黎的事，财务跟出来，拼命对小刘使眼色，小刘不明就里地看看迎面走来的罗天，又看看财务，还是没有弄明白到底出了什么事。罗天只当什么也没听见，径自走了。

出来后罗天数了数身上的钱，加上自首那天身上揣着的，一共一千七百多块。在那个年代，这可是笔不小的数目。这原本是打算用来筹备婚礼的，出事那天，他替战友秦山开车，本打算在回来的路上给邱秋打几件像样的首饰，再买些布料，邱秋说要自己动手做几身衣服。如今，这些钱却用不上了。他不是没为邱秋考虑过，他只是接受不了未来几十年那个站在邱秋身边的自己。

"所以我说过，你和我特别对口。"他被突然开口的何之之说得一愣。

"什么，什么对口？"

"我需要一个男人，而你，需要一个女人。"何之之突然严肃起来，看着他的眼睛说，"我早就说过，我们俩，是互相帮助。直说吧，你以为我大老远跑过来就为请你吃顿饭？我爸那代人革命了一辈子，老了老了还侠肝义胆，你以为我跟他一样啥也不图？"

"那你是为什么？这顿饭不用你请。我有钱。"罗天说着掏出了钱。

何之之又恢复了嬉皮笑脸："你看你，又没听明白重点！这么说吧，我呢，目前只对我的课题感兴趣，对男人不感兴趣，可是我留洋回来，年纪也一大把了，对家里老的也得有个交代不是？其实我在国外有个相好，不过家里是肯定接受不了的，我在北京就地找一个对象糊弄周围人吧，又怕离家太近容易穿帮，所以，我选中了你。而你呢，其实我已经提前了解过了。你入狱前有个很出色的未婚妻，当然，你也相当出色，只不过现在……所以你有意逃避她，也正好需要一个女人给自己做掩护，正因为如此，我刚刚所说的对口，不是专业对口，而是，而是，"她说着又笑了，"是男女关系上的对口。"

罗天的思绪几乎要跟不上何之之的语速了。

她挑了挑眉毛又接着说："在我们俩'互相帮助'的同时，我可以再附赠你一项：带你出国治伤。钱不是问题，你可以慢慢还我。国外现在有一种专门研制的烧伤治疗仪器，我曾经遇到很多烧伤面积比你大得多的，治疗后效果都很不错。如果你的脸治好了，回来再找你的未婚妻我也不拦着你，可是明着里你必须是我的，否则我爸饶不了我，整天给我推举一大堆人让我应付。"

就这样，罗天跟何之之走上了另外一条路，只不过真正到了国外他才知道，之之口口声声所说的自己在国外的那位"相好"，不是男人，而是个金发碧眼的女人。

"你想重新成为罗天还是成为另外一个人？"何之之曾这样问罗天。她说，前者成功概率较后者小很多，不等罗天回答，她已替他做了主，既然是重生，我们就选后者吧！借恢复烧伤整容，你算是一举两得！

何之之很仗义，出钱又出力，带罗天在国外的很多家医院进行了对比，并且还详细咨询了她当年在学校时的导师，最后制定了详细的治疗方案。他们辗转三国进行接力治疗，每到一处，之之都有朋友替他们鞍前马后地安顿。

就这样，罗天慢慢地，重新拥有了一张正常人的脸，但，却不是罗天的。之之倒是对罗天的新面孔百分之三百的满意，因为，那张脸帮了她很大的忙。

出国第二年，罗天母亲平反后落实政策却依然没有还给他们的房产终于如数归还到他母亲名下，只可惜她已看不到了。罗天用转让房子的这笔钱还了之，又在国外修了一个专业。

三年来他只回过一次国，那就是认领并处理母亲的房子。办事员的茶杯下压了一张当天的早报，一行字迅速进入了他的眼：地产大亨仲黎进军文学，《来路》原著为其妻邱秋。他其实是有心理准备的，自己不也娶了何之之么？他的秋儿真的嫁给仲黎，不正是狱里他所希望的么？但他眼眶还是在一瞬间热了。

所以，整件事情他办得很不顺。办事员在确认身份时，他一会儿掏错证件，一会儿又写错了名字。办事员不耐烦了：你到底是不是罗天？！樊小蓉女士到底是不是你母亲？你怎么连你母亲的名字都能写错！他只得连连赔不是，说自己走了神。

出门后，他到报亭买了一份早报，刚刚看到的只是封面的标题，没有内页正文。他很想看看内页有没有邱秋的近照。算上狱里的时间，他们已有几年没见了。令他失望的是，内页只有仲黎的照片，没有邱秋的。他摇摇头笑了，他的秋儿还是那么不爱抛头露面，这么有名了还是不乐意上报纸凑热闹，谁说以才示人的女子多半颜值不高，他的秋儿一出来就能唱个反调。他在心里拉着急管哀弦，但又感到快乐，这是邱秋一直向往的一条路。仲黎帮她实现了。真的实现了。

11

那晚他在街上游荡，情不自禁地走到原来的住处，从楼下看上去，邱秋那间屋子没亮灯，她应该早就不住那里了吧。算起来她和仲黎也是发小，仲黎那么爱她，她的日子应该也过得不赖吧。想着以后再也没有往日那些和邱秋小吵小闹的快乐时光了，他心里又开始难过，那天走的时候太匆忙，谁会料想到那样一个稀松平常的早上，竟是和这座小楼永远的告别？他甚至连一张她的照片都没有带走。

当一张载有"海归编剧骆铭重写上一代人血泪史"的报纸放在我小舅仲黎的桌子上时，骆铭也听说了我小舅与邱秋离婚的消息，于是他马上在骆铭的世界里待不住了，瞬时间又回到罗天的思维中，想要立时三刻冲到我小舅面前与他干一仗。

那时，罗天与何之之的戏也越演越真，之之为了不让她在国内的亲友生疑，不但和罗天正儿八经领了结婚证，还跑到原籍河北承德领养了一个女婴，罗天原本不同意，可当他看到那个小婴孩出生日期恰好是他和邱秋失去孩子的日子时，他的心动摇了。他觉得也许冥冥间真有天意，同日不同年，也许是当年他和邱秋的孩子，如今又投胎来找他了。就这样之之终如愿以偿，大费周章地把孩子带到国外，请保姆带到三岁才和罗天一起带回国。何之之甚至帮罗天弄到了新的户口，她说从此你不是罗天了，再不用为那前科烦恼，也不会有人戴有色眼镜看你了。她对罗天说不用做别的事谢她，只要用他的新身份待在她身边，给她上一层保护色就可以了。

"打赌的，我爸已经认不出你了。"进门前何之之拍拍骆铭的脸说，"所以嘛，我们是在国外认识的，继而结婚、生子，OK？"

老爷子的确已认不出罗天，他一口一个"小骆，小骆"地叫着，对这个女婿的专业和目前的职业都相当满意。老两口抱着外孙女喜不胜喜，心想他们以前过早操心女儿的婚姻实在是多虑了。小姑娘不认生，当晚就留在姥爷姥姥家了，罗天与何之之则回到老爷子早已为他们安排好的住处。

何之之进门换了身行头就对骆铭说，她有一大帮发小等着她去聚会，估计今晚是不回来了，她问他有没有兴趣随行。没等罗天回答，她又说，咱们是很民主的，只给彼此行方便，没有义务事必躬亲。

他俩平日里说话都是这样的，罗天一句，何之之起码三句。临出门，之之又说："其实，你不去参加我的朋友聚会也好，听说你的邱秋和她老公离婚了，真没想到，她比咱们还快，万一你在我圈里混熟了，将来被我朋友撞见你和邱秋见面，话传到老爷子那儿就大事不好。所以，我那些发小还是不要和你认识为妙，看，我给你想得周到吧。"她眨眨眼睛出了门。

第二天的事情就可以回到我小舅日记的记录中了。

罗天没有上班，而是径直来到了我小舅的公司。

秘书进来告诉仲总说外面有个姓骆的人找。

"让他进来。"

"那人不进。"秘书省去了罗天的一句话：办公室里不方便。秘书搞不懂两个大男人在办公室里谈生意有什么不方便，他当然不明白，这两个人是有一仗要打的，屋子里谈话可以，干仗却太小。

于是仲总只得出门迎接这个不请自来又请而不进的客人。

"你跟秋儿算怎么回事？"罗天开门见山。

"罗天？"尽管小舅当时已调查到骆铭就是罗天，可对方容貌、声音变化如此之大，还是让他吃了一惊。

"你跟秋儿算怎么回事？"罗天重复着同样的问题。

"你跟那个什么之之又是怎么回事！"我小舅把两只手往口袋里一插。

罗天看看周围，大概认为这里也同样不是说话的地方，于是他把头一摆，转身就走。

两个人一前一后地走出很远，罗天才停下来。

"既然结了婚，既然娶了秋儿，为什么要离婚？我差点忘了，你他妈是地产大亨，你有的是钱，你想进军文学就进军文学，想进军歌坛影视圈照样有不少年轻女孩投怀送抱是不是？"

这次轮到我小舅出拳头了。两个人很快扭打在一起。上次在医院里，他挨拳头挨得憋屈，但等罗天打完了，我小舅心里还觉得他打得不够，这次，总算可以痛快地打了。上次的拳头是因为秋儿出事自己活该挨的，这次的拳头也是为了秋儿打出去的。

"罗天你是不是觉得我特混啊，我告诉你，我他妈再混也没有你混！你行啊，出去一趟，内外兼修啊，还领回个媳妇，领也就领了，你用得着漫天撒传单吗，你觉得你的不辞而别对秋儿的打击还不够大吗？还需要按时回来补两刀是不是？你还来声讨我，你说我进军文学影视，你自己不是也来凑热闹？难道你不承认，你搞编剧这行是因为秋儿？"

罗天揪着我小舅领子的手这时松开了，他甚至在心里说你说得对，当年他没有办法说服自己鼓励邱秋砸烂铁饭碗，他承认自己真的像我小舅说的一样，被过去吓破了胆，只安于眼前的日子，而我小舅做到了，他有勇气也有信心让邱秋去办停薪留职手续，做自己真正想做的事。

我小舅接着说："你一走多少年？一会儿没完没了地遍天儿扔炸弹，一会儿消失得像根本没这个人一样，你根本不是为她好，你是在折磨她！要滚就滚你的好了，一步三回头的算什么男人？还又偏偏出现在她出国访问的前一天晚上！"

"出国？你说谁出国访问？"

"装！你还装！"我小舅咬牙切齿地说，"你他妈真是天底下最虚伪的人！秋儿出国不好么，在三局的时候就为你放弃出国深造，她外文那么好，本应有更宽广的世界！这一次好不容易有个机会，她什么手续都办了，行李箱都收拾好了，你却偏偏在那天晚上出现在她那里！办那些手续费了多大劲你知道吗？你为她想过吗？"

"你说她出国的前一天，是哪一天？"罗天说。

"九一年十一月十七日，你敢说你没去找她？"

是的，确实是他回来处理房产的那一天。那时候何之之已带他去了几家医院，可治疗效果都不是很好，所以他那次回来，只是照着办事去的，没打算见任何人。

他从办事处出来，依旧戴着那副能遮住面部二分之一以上的大墨镜，他拿着那份买来的早报在雨中游荡，最后竟鬼使神差地来到曾经的住处。他万念俱灰地站在那原本属于他俩的窗口下面，木木地望着那漆黑的一片，曾经那段命运交错的日子在他手里留下的，唯有一枚小小的钥匙。

已经很晚了，他捏着钥匙进了"回"字形小楼的门廊，然后一步一步拾级而上，他想，她的东西都带走了吗，他大老远来一趟，总能让他有点儿小收获吧。

门开了，屋里漆黑一片。但是凭直觉，他知道她在那里。屋里有那么香甜的气息，他看到了阳台上的水仙，在月光下披着一层奇异的光彩。他奇怪自己离开这么久，竟能分毫不差地在一片黑暗中辨识室内昔日的摆设，原来她一直住在这里！卧室里挂着蚊帐，她还是那么怕蚊子！他不声不响地进来，看见小小的床头柜上放着一小瓶安眠药，她睡得不好，皱着眉头，或许，是在梦里构思她还未成型的小说？雨停了，蝉声突然响成一片，她抖了一下，但是没有睁开眼睛。他吓了一跳，赶紧往后退，自己这样子出现在她面前，准得把她吓着。可就在这时，他被什么东西碰了一下。低头一看，是两个整理好的行李箱。她这是要去哪里呢？他迅速扫视四周，她的很多书、本子，和生活用品都还在，看来她不是一去不回，他一下子高兴起来，但临走又不甘心，所以把小茶几上的相框带走了。那张相片上的，正是他俩刚搬进这小屋的那一日，他在挂窗帘，她在伏案咬着笔头的样子，朋友掌的镜。

他从外面把门轻轻带上，但那"咔嗒"一声还是在他心里炸了个惊，楼梯里黑漆漆的，他抱着相框跌跌撞撞地往下跑，心里完全没了上楼时的底气，生怕没跑完这几节台阶，就被秋儿追上。直到来到外面，他才深深换了口气。

接下来他去附近的酒馆里买醉。那家酒馆是他之前熟悉的，整宿不打烊。他喝了一瓶又一瓶，直到有人叫他："罗，罗天？你是不是罗天？"他吓了一跳，透过眼镜他认出是单位的老胡，老胡大概认出的不是他，而是他手中的照片。

他一时间没有任何心理准备，酒却一下子醒了，他不想让任何人认出他，也不想任何人知道他回来过，所以只好抬腿就跑。

然而邱秋还是觉察到了，本来第二日我小舅和她约好送她去机场的。车开到她楼下了，喊了四五声却没有人应。上去敲门，也一样没人，眼看就要误点了，才见邱秋"噔噔噔"地从楼下上来，她披头散发，穿着拖鞋和睡裙，这身打扮吓了我小舅一跳。

"你去哪儿了，这都几点了？"我小舅把手表杵到她眼前。

"管它几点，我不去啦！"她麻利地掏钥匙开门，"仲黎！罗天昨晚回来了！一定是他！你看，茶几上的相框不见了！早上我起来喝水的时候发现的，一定是他拿走了！你说，他是不是一直都没走，什么出国，结婚都是假的？"邱秋眼里闪着光。从罗天离开后，我小舅从没见过那样的光。

他看看手表，离飞机起飞还有不到一个钟头，他真是恨不得把罗天立马揪出来。

"嗨，我当是怎么回事呢，那个相框啊，是我昨天看到底边裂了才拿走的，想抽空给你换换，你呢，在外面专心做你的访问学者，别胡思乱想，回来以后我立马还你！快快快，我回避，你换衣服，迅速点儿咱们出发！"我小舅边说边不停地看表。他对邱秋撒谎总是相当心虚，所以，那些所谓善意的谎言，一个也没有成功过。

邱秋坐下来，不再说什么，而是打开行李箱，把理好的东西一件件地拿出来。

"再不走就来不及了！"我小舅急眼了，"罗天这会儿还不知道在哪国呢，哪里会回来拿什么相框！我拿走的！"

"你什么时候把相框拿走的？"邱秋没有停下手里的活儿。

"昨天下午，我给你送再版的书，定今天出发的时间，然后，我就拿走了啊。"

"仲黎，昨天晚上我临睡时，它还在那儿。"邱秋很平静地说，"半夜有蚊子，我下来放蚊帐，它还在那儿，放了蚊帐还是睡不着觉，到茶几边上倒水，吃安眠药，它还在那儿！我一天不知道看它多少遍，说起来我和罗天只有那一张合影，可清早它却没有了。"

12

就这样邱秋轻易放弃了酝酿已久、准备已久的出国计划，任我小舅如何劝说都无济于事。非但如此，她又恢复了罗天刚刚入狱时的状态——极少出门，极少与外界交往，她要在家里守株待兔，她坚信罗天一定会再次回来，并坚信那一天不会遥远。

罗天坐在地上，还是那个问题："说吧，为什么离婚？"

我小舅站起来："秋儿结婚是因为你，离婚也是因为你！怎么？不信？！你那次回来以后，秋儿本来已经进入正轨的生活又彻底乱了套，你知道她晚上本来就失眠，为什么还要这么折磨她？是看到报纸了对吧？那是因为她以前在三局待过，出国手续办得不顺，很可能签不下证，所以婚姻关系成了至关重要的一条。可这个时候你在哪里？！又干了些什么！你给她寄婚书，寄明信片，寄你在国外乌七八糟的那些风景！你觉得秋儿出国是为了进修？她什么时候稀罕过！是为了找你！结果呢？你他妈点了个卯又没影儿了，一走又是两年多！"

出国的计划被义无反顾地取消后，那段婚姻也变得毫无意义，没等邱秋来找我小舅，我小舅就先一步提出：既然你放弃出国，约个时间，把证换了吧。他没有说，把婚离了吧，因为他觉得那样说就好像他们真的夫妻一场了一样。

当然他也没有跟罗天说起这些，因为他始终认为罗天根本不配听。他不由分说地把罗天从地上拽起来："走！有什么屁别在我这儿放！我他妈跟你没的说！"

他甩着大步，拽着罗天往回走。从儿时起，他对罗天就有一种恨。曾几何时他搞不懂自己那恨，因为它来得全无理由却又深入骨髓和血液，在别人眼里仲黎和罗天是哥们儿，可只有他自己知道，他们永远成不了无话不谈的哥们儿。

路过公司的时候，他们两个人引来无数侧目，仲总今天的西装开了扣，领带是歪的，皮鞋也不知在哪里滚上了斑斑点点的泥巴。秘书在后边喊："仲总，待会儿十点半翔誉公司的小陈来签合同！"

"让他等着！"

"您去哪里？要车吗？"

"不用！"他头也不回地一路向前，绕过公司，来到自己泊车的地方。

"咱们这是去哪儿？"罗天说。

"谁跟你是咱们？"我小舅把罗天推进车里，心想这家伙要不是鼻子出血脸上也挂了彩，估计出现在秋儿面前的时候形象还不赖。都说国外的整容技术高明，那天小舅算是见识了。这样一张面孔也算是对得起罗天出去折腾这么好些年了，我小舅心里愤愤地想着，嘴上骂骂咧咧："跟你那个什么之之把婚离了，赶紧的。"他一边开车一边说，"我知道你们也不是真的。让她随便再找个什么人，这种人好找得很，实在不行，我帮她找也可以。"

罗天突然意识到仲黎离婚是为什么了。他此刻心里想到的是，邱秋这辈子当真跟他，也许真的比跟自己过得好。他没有接他的话头："如果这是带我去找秋儿，那么你趁早停车，我不能见她。我和之之有十年之约。况且，"他顿了一下说，"况且在狱里那几年，我经过慎重考虑，秋儿和你，确实更合适。"

"你这叫什么话？！"我小舅一听又火了，"别他妈说的好像是你把秋儿让给我似的，秋儿和谁更合适怎么就得需要你慎重考虑，你凭什么替她决定！还有！去他妈十年之约！你怎么不约一百年一千年，起码约到你死为止！怎么偏偏不长不短地约个十年！"我小舅猛地一打方向盘，把车泊在路边。"秋儿这辈子跟着你真他妈倒霉了，行了我懒得跟你废话，把你那个啥之之约出来，我和她谈。"

"不必了。仲黎，我开始寄的婚书是假的，但是，但是当我知道你和秋儿真的结了婚，也就和之之登记了，是为了瞒她父母，瞒她亲友。我在国外待了几年后才知道，原来文学真的有更宽广的天地，或许从一开始秋儿在三局为我放弃出国就是错的，还是那句话，我那时候拖她后腿，现在也帮不上她什么忙，你就不同了。还有，我学编剧不是为了回来和你争秋儿，在国外那么久，总得找个事做，不然那么多年，那么些日子，怎么熬得过去。"

没等我小舅反应过来，罗天已经打开车门走了。

由骆铭的第一个剧本改编而成的影视剧大获成功时，我小舅彻底退出了文学圈。他不再投资拍电影，不再像经纪人一样为邱秋关注来自四面八方的约稿，甚至连之前合作过几次的制片厂老宋也不再联络。我小舅就是这样一个人，他在邱秋的世界里消失了，消失得无影无踪。倒是我姥姥气不过，于是亲自找上门去，她无法相信自己在商界春风得意、无数女人趋意攀附的小儿子不但找了个有名无实的媳妇，而且还不到半年就离了婚。

就这样我姥姥站在门外，看着女人毫无准备地打开门，然后一脸茫然地望着她，心里就完全有数了。女人已经完全认不出当年的邻家伯母，因此无法想象眼前这个本可以慈眉善目的老人缘何对自己横眉冷对。

"您是？"女人那会儿正沉浸在她某部小说的复杂关系中，思路离现实大概还有一段不小的距离。

我姥姥临上阵打了一肚子腹稿，见了邱秋这样子简直有些哭笑不得，抬手不打笑脸人，张嘴也不能骂"陌生人"不是。

"我是仲黎的母亲。"客人只得在气恼与尴尬中自报家门。

"噢！……"

我姥姥看见女人的嘴张了半天也没鼓出个称呼来，忽然心软了一下。

"我们就在这里说话？"

"不，不不！您请，请进！"女人把我姥姥让进屋，大概觉得嘴上省了个称呼心里过不去，于是在行动上更加手忙脚乱地弥补。

我姥姥看看她雪洞一样没有任何摆设的屋子，又看着她提暖瓶，暖瓶只剩个水底子，拎茶壶又碰倒了杯子的忙乱样子，心里一定在想小舅得亏及时抽身，用不着和这样不中用的女人过一辈子了。

姥姥那天就是在邱秋那张被凌乱的稿纸铺摆得几乎看不到桌面的小方桌上完成谈判的。

"你就住这里？"

"是，"女人不好意思地说，"刚搬完家，东西摊得到处是。对，对不起。"

这时候我姥姥看到女人手上玻璃种飘阳绿的成色与儿子送自己那个有得一拼，便又来了气："你和我儿子，到底怎么回事？"

"薛阿姨，我……"

"你们是打小的玩伴儿，仲黎从小就喜欢你你不会不知道吧？我知道你的条件好，有学识，长相也登样，但我们仲黎现在条件也不错啊，你这样一天一变算哪样？噢，出国需要家庭关系就结婚，不出去了就离婚，哪有这样的？好歹我们仲黎现在在外面也是有头有脸的人物，缓说你们两个根本不合适，就算合适，你也从来没打算跟他好好过不是？你可以出现在他和外商谈判的酒会上，但却没法在事业上助他一臂之力，你可以在那里用娴熟的外语和鬼佬们侃侃而谈，你甚至可以当他最出色的翻译，但你毕竟不擅长应酬，也不懂生意经，你知不知道有个姓程的姑娘在国外等了我家仲黎多少年？人家可是在国外正儿八经拿了企业高管学历的。我知道你们就算现在又拉倒了，仲黎他对你还是不会死心，所以我来是想听听你怎么说，到底要让他为你耗到什么时候！"

女人自然无法跟我姥姥说她当时为什么要出国，又为什么不出了，即便是说也说不清楚。所以，唯有沉默。

"怎么？好歹是长辈，还不配听你一句实话？"我姥姥这辈子基本没和别人红过脸，其实她天生也不是吵架的人，只有那一次，为了她的小儿子简直是豁出去了。

她叹了口气说："你不跟我讲也行，只要你放过我们家仲黎，别再和他来往了。你知道的，他现在也忙得很，前一阶段我知道他为了你的事跑前跑后，生意都不做了，到头来又换来什么！人总不能太自私了对吧？你得为他想想，他也是三十好几的人了，要是你心里没有他，就趁早放了他吧。"

所以异性之间做不成单纯的朋友多半来自家庭和长辈的压迫。

那是在我小舅出国定居的前两日。碰巧的是，那天我也去找过邱秋。当然我不知道我姥姥已经来过。我拿着从云南老铁那里得到的两本日记，那么厚，那么沉，那是经小舅多次索要以至于对我吹胡子瞪眼都最终没能物归原主的两本日记。

我把它们带给了邱秋。我知道自己没有权力这样，但我别无选择。

小舅见不得邱秋受一点委屈，我也见不得他十几年的默默付出被无视。

我告诉邱秋，仲黎要走了，就在这两天。

走？

是的，走。

远跨重洋。

他需要那阻隔，唯有那万水千山的阻隔，才能斩断他心里对自己的那份无能为力。在一个地方想不通的困扰，忘不了的人，需要换个地方，换种心情，换副肠胃去想想，去忘忘。

我放下那两本东西就走了，对这个女人，我其实没有什么好说的。

然后邱秋就出现在我小舅那豪华而空旷的别墅里。当然，这些是后来从邱秋那本多数读者不敢相信的小说里看到的。

空旷是因为色调太冷，线条太粗，说到底是因为这里缺少一个女主人，缺少一双女性的手来整理铺陈，缺少一些女性视角下的必备细软。

邱秋就那样走了进去，那是她第一次来这里。她对坐在一堆行李中间的仲黎说，我们现在还是法律上的夫妻对吧。

男人一时间没能理解女人是什么意思。他有些局促地说，咱们可以马上去办个手续，本来也打算明天去找你的。早在她决定不出国的时候他就催她把这假证换掉，她却一直没放心上，或许对她而言，假的连取消的程序都几乎可以免了。

女人好像没有听见男人的话。她把男人的行李逐一地推到卧室外，她不问他这是要去哪儿，只是兀自做着这些，男人看着她进进出出，他搞不懂女人何以在如此闷热的夏夜突然造访，莫名其妙地拖着他的行李，甚至莫名其妙地拉上那厚重的青灰色的落地窗帘。

屋里一下子暗了下来。

女人终于开口。是你最初把我举荐给老宋，是你把我带进这领域，帮我一举成名，你戴上"发现我"的荣誉奖章没有几天，我就还你以恶名。我让你承受那么多非议，就这样自私地儿戏一样地结婚离婚……我回到罗天身边，当然所有人都不知道他就是罗天，只认为我过河拆桥还给你绿帽子戴。你从不解释，哪怕一言半语，就为了帮我出国，那么多烦琐的程序走完，那么多流言蜚语，你都默默应承，可我最终还是浪费了你的时间你的心血……

秋儿你今天是怎么了？男人起身去拉开窗帘，他觉得很闷很热，可很快，它们又被女人重新合上。

女人说，你知道早上我去了哪儿吗？珠江边。那么美，小时候我们经常去那儿玩你记得吗。原本那么好的阳光那么好的风，可隋志传却在那里和我谈条件。

谁是隋志传？什么条件？男人不解。

算了我们不说这些。时间本就不多，我知道你要走了。

女人从背后抱住男人。让我们像真正的夫妻一样好吗？

你说什么秋儿。

是的你没听错。我是说，让我们像真正的夫妻一样。在你走之前。

男人终于明白女人要干什么。他反过身来，抓住女人的肩膀把她往外推。

女人用手抓住门框。

不要拒绝我。你知道外面是怎么说我的吗，当然，也说了你。你不会不知道，你每天都看报纸。他们口中的我可真不是什么好东西，连我自己都感到恶心，不齿，难怪今天那混账东西被我推开以后还口口声声对我说，你以为你自己是什么好东西。可是仲黎，我是那样的女人吗，我不是！我没有利用过谁，也没有干过一件脏事儿，我曾经是一个军人……我写的东西好就好，不好就不好，随便他们怎么说，但不能践踏我的人格……

男人已经猜到她遭遇了什么。他拉着女人说，走，我们去厅里，或者出去，我们……

可是我哪里也不想去。就在你这里。今晚我不走。我不能稀里糊涂地被这些人白白骂一通。你也是。不能让他们白白臊一场。

别胡闹了。

我没有胡闹！把你日记里的那些话亲口再对我说一遍好吗？童年时代哪一天遇到我？你不记得了吗，你们家搬来是中秋的前一日，那天你爸爸妈妈把所有圆形的水果都摆在院子里的小桌上请邻居来吃，有龙眼有柚子，你妈妈说团圆节要吃圆形的水果。你在日记里问我，那一年你无意中扬了声讨罗天母亲，也就是樊老师的传单，你问我当时是不是很恨你，为什么那段时间对你如此冷漠。恨，当然有恨，可我知道你不是故意的，我们那时几乎天天一起上学放学，天天一起玩儿，你当时那么笨，不看一眼就扬洒开来。罗天那时候是个多么骄傲的孩子，一时间等于被打入地狱。可是，可我很快想通了，因为那传单就算不是你扬出去的也会是其他人，迟早的，那个时代知识分子难逃的厄运。所以你大可不必担心这件事在我心里留下芥蒂。哦对了，还有，你留给我最深刻印象的是什么事？让我告诉你。那一年，别无选择的上山下乡运动。家家户户都逃不掉。你为了让姐姐们别去受那份苦，自己挺身而出，你那时才多大，十五还是十六岁。那么坚毅懂事的目光，我怎么能忘？还有，如果没有罗天先入为主，我们会成为更好的朋友。是的也许不仅是朋友。还有，还有什么问题。你的日记我没有看完就匆匆地来了。它们太厚，我知道等我把它们全部看完也许你已经走了。

男人目瞪口呆。

女人继续说着。今天我来回答你所有的问题。从小到大的疑问。今天我是属于你的。完完全全。我会为此而很开心，真的。一直以来你对我的好我怎会不知道，我又不是草木，但我以为那是因为，因为那个失去的孩子，我以为你或许是出于歉意。直到我看了你的日记。

女人关上身后的门。

不，你不要这样，已经够复杂了，不要让事情变得更复杂了秋儿。男人说。

为什么不，你就要走了，定居意味着什么？我可能再也见不到你。看到我手上的飘阳绿了吗？女人说，我一直戴着它，我在乎这份情谊。我不管这是友情还是其他什么更复杂的情感。人们说我戴着你的飘阳绿上了骆铭的床，人们说，看这个无情无义的婊子，想出名还舍不得财……

不，不要说了……

让我说完。

就算他们这么说又怎么样呢。最近有六个字总在我脑子里游荡：那又怎么样呢？我经常这样问自己，那又怎么样呢？我偏要戴着它，不只是现在。将来出席任何一个场合，我都会戴着它。我们彼此无所求，仲黎，所以，没有什么见不得人的。这就是我。你看时间又过去了这么多，天快亮了，答应我，不要推我出去，以后我都不会为这个时刻后悔，相反如果此刻不这么做我才会后悔一辈子，现在我想这么做，真的，想极了。

是尹茜，还是我母亲，对你说了什么。你不要听她们的，不要理会她们。她们不懂我们的过去也不懂现在我们的关系……

不。这和尹茜没有关系，和你母亲更没有关系，和任何人都没有关系。是我自己的决定。是我想了很久的。仲黎我们不说这些了好吗，你的浴袍在哪里，拿来给我，我要享受一下你五星级的水疗浴池，不能白当一回仲总的太太。

……

女人的步履很轻很轻。她穿着男人的浴袍，从走出浴室那一刻就意识到这异常的安静。她不确定男人是否已经睡着，于是她不声不响。

触地无声而又笃定的脚步。

然而走廊上的行李不见了。男人也不在卧室里。书房和厅里都是空的。男人就这样无声地走了。

再也没有回他的别墅。没有留下只言片语。

离婚手续是后来办的。他爱女人，但他更珍视这份情谊，正因为如此，他不要女人在最后一夜的给予或报答。

我想在邱秋漫长的后半生里，一定会无数次地怀念、怀想我的小舅。想起他的好，想起他为她所做的一切，在他那里，她不必听任何人发号施令，不必委曲求全，更不必隐姓埋名地写稿、赚钱。当然，她也许同样会想起自己因救他而失去的那个孩子，那毕竟是她和此生最爱的人唯一有过的孩子。这样看来，他们貌似扯平了。

此刻远在大洋彼岸的小舅唯一没能给邱秋的，大概就是她和骆铭那段先入为主且一波三折的感情，可天知道，这女人要的，是不是恰恰就是这段千疮百孔的爱呢？

小舅去国外定居前曾向我姥姥保证，遇见合适的，他会考虑的。可他在心里长久揣着邱秋这么个女人，又如何有心情去遇到合适的呢。

从此我小舅仲黎销声匿迹。

从此邱秋又回到罗天，哦不，是骆铭身边。

从此，很多很多年过去。

直到有一天，我女儿的班主任给我打电话说，燕笑笑同学利用晚自习的时间看言情小说，一星期之内已经被没收了三本。我不得不去学校跑了一趟，取回了那三本所谓的"言情小说"。看到书的那一刻我傻眼了，三本书的封面上无一例外地写着"邱秋"二字。

"书是哪来的？"我问女儿。

"买的啊，还能哪来的。"女儿轻描淡写地说，"我特喜欢看她的书，几乎每一本都收藏了，就差早期的两本，我们班上的同学也有不少人喜欢她的书，可惜咱们这小县城实在太小了，她大概不会来这里签名售书。妈你要不要看看？"

"……"

"你和她基本是一代人，没有代沟的哦。"

提起邱秋，女儿似乎有说不完的话。这又让我想起了小舅。燕笑笑同学当然不会知道，那位她无比崇拜的邱秋笔下的《缅甸来客》和《域外暖空》正是取材于她舅姥爷那段离经叛道、浪迹天涯的经历，而远在大洋彼岸，已经定居芝加哥的小舅姥爷和她一样，收藏了邱秋的全部书籍。

只要能找到的，有一本算一本。全部。

13

说到底我还是要感激邱秋。我跟着她沾过不少的光。我小舅跑出口转内销的时候，曾有一个意大利商人送他一套49种颜色的口红，说是送给他太太，他没有像往常一样去分辩解释自己没有太太，而是很爽快地收下然后送给了邱秋，他知道邱秋喜欢口红。谁知当时邱秋只选了最基本的一只珠光正红色，于是其余那四十八只便全部归了我。还有就是他出国定居前，让我来把他屋子的东西收拾一下，他很大方地说，这一次我喜欢的都可以悉数拿走，等清理得差不多了，给他打个招呼，他再从那边委托律师处理房产。那栋别墅的更衣室里有两个水晶衣橱，里面全是女人的衣服。我曾对它们垂涎已久，但我小舅却碰都不让我碰一下，因为这我曾赌气发誓自己再也不踏进这别墅的大门，可待我小舅永远地离开这里、远赴异国他乡后，我还是来了。有一样东西我很想知道我小舅是否已经带走，那就是当初他让我转赠邱秋的银手镯。

仲黎同志当年回来发现这镯子还在我手中后不分青红皂白地对我狠发了一通火。他说尹茜你什么都可以扣下，但唯独这镯子不行。他问我知不知道这镯子上刻的是什么字。缅甸文吗？我当时嬉皮笑脸地说，我可不认识。

他很认真地说，这是两个中国字。中国字？不可能，中国字我怎么可能不认识。那是半个世纪前一个跑马帮的中国商人在缅甸给妻子打的镯子，但由于种种原因，一直没能回去取，于是镯子放在缅甸古董商那里一直卖不出去。中国商人来打这首饰的那天刚巧是仲秋，所以银匠问他要不要刻字时，他请银匠刻上仲秋这两个字，仲秋是中国传统意义上几乎和春节并列的大节，是中国人最在乎的团圆节日，中国商人在这样一个节日里远离家乡，心里惦念妻子，所以把节日刻在了送给妻子的手镯上。他写给缅甸银匠的是繁体字，银匠照葫芦画瓢的功夫估计差得很，所以很少有人能辨认出这两个介于花纹和图形中间的古老中国字。

可"仲秋"这两个字对我小舅而言却不仅仅是个象征团圆的节日。他当年望文生义，一意孤行地花大价钱买下这个囤在古董商那里几十年无人问津又值不了多少钱的玩意儿，只因为这两个字触动了他的心弦。

仲黎同志当年对我发完那通火儿后，我把镯子拍到他手里。我受够了，我说谁稀罕这破玩意儿，毫无光泽而且还泛了一层黑色氧化物！我说不是我一直压着没给你送出，而是我在家的时候人家压根就没回来，本来就隔着一层，送出的人托人送，收的时候也总不至于再托人收了吧。我知道那以后小舅一直用一个小盒子装着那镯子，放在那两扇水晶橱柜的最上层。

我去收拾东西时发现这镯子不见了，我以为小舅抛下了那些自己周游五湖四海时给他的秋儿买的衣服却抛不下这镯子，抛不下这镯子上刻在一起的两个字，直到很久以后我才看到那镯子戴在邱秋手上，非但如此，那层黑褐色的氧化物也居然被她擦得不留一点痕迹，镯子依然如新，陪着她出席了一次又一次的新书发布会、媒体见面会，并且闪烁着比铂金甚至钻石更出色的光彩。

连我的女儿都知道，她的偶像只戴过两只镯子，一只是玻璃种飘阳绿，一只便是这不起眼的小银环。

那天晚上我向女儿借了她的三本书，女儿问我是不是要睡前看，她说她偶像的小说不适合作为入门级别新粉丝的枕边书，因为这些书时而意识流，时而又回到纠结的现实中，既催眠又能让你失眠。我很虚心地请教女儿：那么你认为应该什么时候看？回曰：拿出一天当中你精神最集中的时间看，至少第一本这样。我没有听女儿的，那晚我用了两个半小时看了邱秋的半本书，然后，很顺利地入睡了。睡眠对我来说从来不是难事儿，就像我小舅说的，女人到我这个年龄还能拥有一觉到天亮的好睡眠不是没心没肺就是上辈子积了不少德。

那晚睡是睡着了，但极少做梦的我却梦见了邱秋。

梦境中是轻微震颤的火车车厢，窗外是暗夜。火车过山过水，过远远近近的墓碑和坟冢，也过那一条条长长的隧道。邱秋和一个男人在一起，男人的脸始终模糊。

漫长的旅途。不变的空间。而时间则在不停地变换。不变的男人同不断变化的女人之间忽冷忽热，他们没有任何征兆地翻脸，然后和好。

开始他们并排坐在列车的长椅上，一边聊天，一边吸溜着奶油冰棒。女人问男人是否还记得小时候他用金箔纸和翠绿色的珍珠扣给她做的戒指，他说当然记得了，他说那时做了三四个，从中挑了一个最满意的给她。她笑着说，上小学三年级的时候，她的同桌曾经想用二十块大白兔奶糖和她交换。你换了吗？他问。你说呢？她看着他，有点觉得他太小瞧了她。她说后来同桌又加了价码，说是在二十块大白兔奶糖的基础上再添一盒奶油华夫饼干，她依然没舍得换。那个年代，一群食欲相当旺盛的孩子却偏偏碰上了物质极度匮乏的局面，吃饭对每个人来说都是很生理的，人们不再嫌这嫌那，不再挑挑拣拣，几乎是能吃的东西都塞到肚子里了，更别说那么高级的零食了。她说到现在她都记得自己咽着口水拒绝了同桌的那一幕。

她又问他，还记得她爸那块很漂亮的怀表吗，那是他小时候最向往的东西，说是将来自己也要买一块，天天带在身上，随时可以看时间，这样就不用担心上学路上贪玩迟到或是回家晚了挨揍了。她嬉皮笑脸地说，那块他视为珍宝的怀表最终连个全尸也没能保住——父亲所在的医院里有个姓邢的叔叔，这人非常幽默，经常让他的病人称他为邢基耶夫斯基，这个叔叔得知父亲爱喝茶而且喝多少都不会睡不好觉，当即表示绝不相信，因为他本人也爱茶如命，家里收藏了不少好茶，可不管如何爱喝，过了晌午一般就不怎么敢喝了，怕晚上睡不好，耽误第二天的工作。有一日，他把父亲请到家里来，以茶会友，两个人喝了都匀毛尖又喝洞庭碧螺，尝罢大叶滇红再来霍山雪芽，从下午一直喝到晚上，那个邢叔叔开玩笑说，我今晚豁上不睡了，半夜上你家去看你能不能睡得着，两人去食堂吃了晚饭便各自回去了。她说父亲那天肯定也是喝太多了，提神提过了头，半夜还精神得很，幸亏母亲戴真那时已经是护士长了，一周总有三四天要上夜班，那天恰巧不在，不然即便在家也要跟着休息不好了。她说父亲圆睁着眼睛盯着怀表走过了一点又走过了两点，突然冒出一个想法，这怀表里面是怎么工作的呢，他索性不睡了，起来开了灯，披上衣服，三下两下弄开了怀表，他找了一个小牙签，动动这个零件，又拧拧那个，突然哗啦一下，怀表的五脏六腑滚了一地，这下可完了，只好蹲下来挨个去捡，觉着捡得差不多了，却又装不起来，后来三番五次拿到店里去修，那边总是说缺一个零件，换不上了。至此，男人小时候最眼馋的玩意儿就这么报废了。她说将来他要是上她家去，没准儿还能看见它的残骸，到时给你留个纪念吧。两个人笑作一团。

女人又摸着男人眉心的刀疤，她说没想到这两道疤痕居然留到现在，一道打弯儿，一道竖直，像额头添了只眼睛，又像是"川"字少了最后一笔。她说那时候你抄起家里的擀面杖跟他们打，可这么小的孩子哪里是那些人的个儿，于是胳膊上腿上马上就青一块紫一块的，脸上也挂了彩。男人说你还记得，我都忘了。后来我们投奔了娘家的亲戚，亲戚家住不开，我们又被托给亲戚的朋友，好在那家人虽也不太宽裕，却是热心肠。他们听说了我们的遭遇，立刻腾出了一间小屋让我们先住下，母亲很快在临街的胡同找到了一处织毛线的活，虽说赚得不多，但总算能糊口了。亲戚的朋友帮我顺利办好了转学手续，我天天问母亲，还回广州吗？其实我真正想问的是，还有可能转回以前的学校吗？母亲却总是低着头说，等你把小学念完了，就差不多了。母亲坚决要给亲戚的朋友房钱，那家却是坚决不要。母亲执拗得很，说你们不要，我们就只好搬走了，本来就是麻烦你们。让你们大人小孩挤在一个屋里，再不收我的房钱，怎么过意得去？我了解母亲，我知道那家人一天不要钱，他们就可能随时搬走，所以，我想等住处确定了再给你去信。双方推来推去，最终还是那家人拗不过母亲，每个月收了点钱，可惜的是就在那小半年里，曾经的野战医院换了地址。

男人说再写信去总是被退回，说是查无此人。后来母亲要他当兵，母亲说，男人就应该在年轻的时候当几年兵。一个曾经从兵当到了军官的丈夫让她失望透顶，她却还是把儿子送进了军营。就这样，虽然都是当兵，他和女人却在彼此的生命里缺失了四年，她那时已经去了三局，她在那严格控制对外交往通讯的组织里疯狂地往外寄信，她几乎把信写给曾经所有的同学旧友，问他们知不知道罗天的下落，问他们和罗天还有无联络，那些儿时的伙伴都觉得她可笑得很，她自己不就是罗天最好的伙伴么，她这里都断了联系，谁还会知道。她撒了个巨网，到头来却颗粒无收。他这边则是心急火燎地想回广州一趟，无奈母亲极力劝阻，说是再等等，好歹让风头过去，不然盘查起他的家庭历史来，母亲风里雨里托的关系就算是白搭了。他当然知道母亲的苦心，母亲为他做所有事的速度都是快得不通情理，而且顺利得不通情理，他想不通也不敢去想母亲背后究竟付出了什么，他只是告诉自己，珍惜眼前的一切，珍惜母亲牺牲了一切为他换来的生活现状就是对她最好的报答了。

所以他去广州的行程一拖再拖，直到有一次，他的战友去广州出差，才受他之托找到了曾经那所野战医院的新地址，找到了女人的父亲邱伯伯。从此他俩又恢复了通信，又看到了彼此心心念念的字迹，见字如面。

两个人惆怅了一会儿，却又马上庆幸起来。还好他们现在重逢了，还好那曾经的两地相隔没有毁了他们，反而加深了彼此的感情。

火车慢吞吞地开着，他俩却在回忆里飞奔了十几年，或者，几十年。

大概是小舅的日记看多了，被邱秋的书一触发，不梦则已，一梦便如此真实。

她说，这火车永远开不到终点才好，仿佛换个地方，就接不上刚才的话头儿了。

蚊子咬得他俩浑身痒痒的，周围越来越安静了，月也上了中天。女人说自己觉得以后再也不会有这样的经历了，再也不会有把那么长时间里发生的有趣或无聊的事如此详细地讲给一个人听的机会，而且对方还能那么专注那么投入地在听，每还原一个成长中的场景，对方的眼神都会告诉你，他已穿越回你所讲述的时代，就像一个失忆的人找回了从前的自己。

我梦里的他俩说了很久很久才开始有了些困意，于是就在座位上凑合着睡，无奈腿伸也不是，弯也不是。他们换了两次姿势，起初是背靠着背抱着膝盖睡，后来他仰着脸，她倚在他肩上睡，再后来，他垫了个军用书包伏在长椅把手上，她则干脆枕着他的腿。邻座有人说："还都是穿军装的呢，注意点影响啊。"

两个人睡眼惺忪地睁开眼睛，彼此看了一眼。那人又说："哟，军装还是四个口袋的呢，瞅着你俩年纪也不大，这身儿军装准是从哪里弄的吧？"

"才不是弄来的呢，"男人指着女人说，"她都是参谋了。"

"参谋？"那人显然不懂"参谋"算是什么级别的官儿，"你们能参谋个啥啊，整晚上说话不停下，不就是参谋着怎样多接几个吻？"

他俩反而乐了，男人说，没错怎么着吧，女人却懒得搭理那人，一手揉着太阳穴，一只胳膊已经垫着头趴在桌子上。

女人再扬起脸来的时候已经变成了成年的邱秋。她说写东西写得头疼，而男人不让她吃药。那种白色的小片片，对时常偏头疼的女人来讲，也是熊掌，也是砒霜。男人不让她吃那玩意儿，男人说那样久了胃会出血，可女人说，再不吃头就要裂开了。男人说，忍三十分钟，一切就过去了，每次都是这样，而你，也将重新复活。女人几乎是哭喊着，三十分钟？可我要一秒一秒地挨，神经秒秒都在痉挛，伴随着剧烈的恶心。我恶心！我知道你恶心，男人说，你确实很恶心，发起飙来够人受的。男人说着去按揉女人的太阳穴，女人一挥手推开他，我的药片呢？你藏到哪里去了！我刚才不管眼睛闭着还是睁着，右侧眼睛都有光圈，一会光圈没了，左侧就会疼得更厉害！必须这会儿把药按上，不然一会儿就要命了。我知道，男人说，你已经给我描述过一百回了，血管痉挛性质的头疼没有好法儿，只能忍。男人还说，无论如何我不能看着你用这种小白片把自己吃死。女人流着泪说，要你管。你跟程姝去澳门的那段时间，我吃了一百片不止。现在偶尔吃两片死不了。

至此我终于明白梦里的那男人是谁了。

也许女人只有头疼欲裂的时候才能说出心底的话，骂出对男人的怨怼，还有恨。那恨绵绵无绝期，因此反而成了更深层次的爱。女人像酒后吐真言一样，毫无节制地滔滔不绝，她不无讽刺地说，一个让女同性恋爱上的男人得有多大魅力啊。我可以永远像鼹鼠一样过着地下的生活，为了鹤儿，也可以忍受你与何之之堂堂正正地出双入对，但她现在居然要同你玩真的！又说，程姝是专门来报复我的，她认为但凡我存在一天，她就得不到仲黎，于是她想尽一切办法接近你，吸引你，而你成全了这报复，你就是这样对我的。

男人百口莫辩。或许男人干脆在心里想女人说的全对。他对女人实在不忠，他了然于心自己早不是一个好男人，甚至不是一个好情人。他或许也会在心里为自己辩护一下，顺带觉得这女人的嘴可真是毒，三言两语就把自己打成彻头彻尾的反派了，真不愧是写小说的。他欣赏女人的才华，无论女人如何去运用这才华。

男人尽力说着能缓解女人头疼的话，他告诉女人，何之之之所以那样是因为十一岁的骆鹤为了缓和父母关系，特意用多年积攒的压岁钱在酒店订了一套豪华套房，为父母庆祝结婚12周年纪念日。男人说他和之之当时全蒙了，因为，那个纪念日是他们随口编的，所以早已不记得，却被小鹤儿牢牢记在心里。小孩子多认真啊，总比我们大人认真。男人说，之之被孩子感动了。她说欠这孩子的。所以……还有，还有程姝，她上边有人，审咱们稿子的拍板人，我们拼了那么久，不能到最关键的时候有疏漏是吧，把她得罪了，没有好处。不知道男人会不会觉得说这些话时自己真像个十足的孬种，他只是继续说着，那天，那天程姝她把我灌醉，才拿到了逸都的钥匙……女人并非不信任男人，可这些话反而加剧了她的头疼，她说好了，让我安静好了，然后她不再说话，听凭男人帮她按摩这个或那个根本不管用的穴位，独独不给她那两粒救命的小白片。

女人不再纠缠下去。她知道那样做无异于自我折磨，自找罪受。她已习惯了男人，习惯了他的价值观，甚至习惯了他每每舍弃自己也顺带舍弃她的情感底线而去追逐的道义、成功或是别的什么东西。男人始终觉得女人本就和他是一条战线，或者根本就是一个人，故而总是忽略了女人情感上的割舍。

……

女人最后说，我们之间的故事就像这列缓缓前行的火车，命运铺陈好铁轨和枕木，无数次颠簸中的磕碰，疼痛成了习惯甚至享受，因为根本没有第二条路可走。

男人不无感伤地说，你觉得这车开得慢？我觉得快得很，终点就要到了。

梦境至此结束。

是老天爷可怜我对小舅的研究已经够写一本专著了，所以才派我到他此生挚爱的过往里穿越一把，那过往纯是琐碎，没有什么惊天动地，用我女儿的话说，就是几乎没有看点，只是时光的流泻，平淡的变迁，一个有些自我且不够体贴的男人和一个受了委屈没处说的女人。我始终看不出骆铭有什么强于我小舅的地方，不论是在梦里还是在现实中。小舅的前半生也算坎坷多难，他凭真本事战胜了自己，重塑了自己却在情感上熬不过宿命，就像孙悟空一个跟头十万八千里却仍翻不过如来的五指一样，任凭有多大能耐，都要听从命运的安排。

这是我有史以来做过的最长最复杂也最有寓言性的梦，不到半年，我就听说了骆铭离世的消息。

骆铭走后，更多对这段关系一知半解的人们时常好奇地问我，茜儿，你小舅和那个弄得他后来一直没有再娶的前妻还有戏么？听说，那女的后来也一直单着呢。看来骆铭的离世又吊起了他们的胃口，使这些人在邱秋与我小舅的故事中再度看到了希望。说者目光闪烁，言辞凿凿，仿佛他们一直都在等这出戏的结尾。

貌似这故事还没完。

只要主人公们活着，只要还有那些对这段关系不死心的人们，这故事就不会完。

辛 雨

1

我被带进三局后所聆听的第一条教诲是：不该看的不看，不该问的不问，不该讲的不讲。

在三局，所有进来的人都要查祖上三代，所有出去的人都要经过相当长的脱密期。无论是教员，还是学员兵，在这个队伍里都几乎是按相当的男女比例招收入伍，因为，对外的恋爱乃至婚姻关系对于我们而言基本是不被允许的。

那是一九七一年二月，我告别了父母，和一帮年龄相仿的部队子女一起，被一辆带拖斗的大卡车拉到了广州军区后勤部营房的招待所，接下来的三天里，这些少男少女被各个分部陆续领走，最先走的是一批文艺兵，接下来是卫生兵、通信兵……到最后，只剩下我和一个叫杨梅的女孩。

招待所的人吓唬我们：你们两个小疙瘩豆儿怎么还没被领走，别是要退兵啊，杨梅"哇"的一声哭了。又过了两天，一个姓孔的教员带走了我们，直到换上崭新的军装，跟着孔教员上了另一辆卡车，才知道自己是被三局录取了。

从此，我们踏上一段崭新的征程，开始了一段不寻常的经历。

车子在颠簸的土路上行驶了近两个小时，来到了一个很荒凉的地方。一个小门的匾牌上写着：广州军区情报部。在这里，我们融入了一个新的集体，40个新兵被分为男女两个班，女兵统一地被剪了"刘海不过眉毛，后梢不超耳垂"的短发，然后所有人开始了为期三个月的新兵训练。

起床哨响五分钟内穿戴整齐并把所有被褥打包后集体出操是难不倒我的，尽管那会儿外面还是湿冷湿冷的，大伙儿围着操场跑了几圈后天还是黑的，不断有人莫名其妙地被绊倒，摸不清原因地摔跟头，大冷天从热被窝里爬出来的人都是最不好惹的，有人开始骂娘，说这是什么操场，这么凹凸不平的，还有人骂骂咧咧地出列了，因为被后面的人踩掉了一只鞋，摸黑找鞋的成功率几乎等于零。这时班长扯着嗓子喊："不许掉队！快跟上！"那掉鞋的也只得一脚高一脚低地跟着跑。就这样一圈一圈地跑下来，天边渐渐有些发白了，大家这才看清楚，操场上乱七八糟地躺着一地的花花肠子，那边一条枕巾，这边一条被子，都是我们中的某个背包打得不严实中途掉下来的，还有的人背后拖着掉出半截的"大长尾巴"，怪不得总有人脚底打滑。

我们这帮小兵们天天盼着去炊事班学厨。在那个物资匮乏的年代，靠近食物就等于靠近幸福。更何况，学厨期间不用出早操，所以，真到了要去学厨的时候，尽管大家得凌晨三点起床去做几百号人吃的馒头，可没有谁有过半句怨言。然而，从最初的新奇、好玩到麻木厌倦仅仅用了不到一天的工夫。就连班长过来检查的时候，情绪上也是不耐烦的。她把一块面坨拿在手里一掰，说："只要看到这些大大小小的洞眼，就还得继续揉！"于是，一帮女兵继续强忍着瞌睡做着千篇一律的动作——揉面。她们不约而同地佩服起终年在这里劳碌的炊事兵们，他们天天年年起早贪黑，干着重复重复再重复的活计，却依然做得勤勤恳恳，有滋有味。

经过三个月的新兵训练，四十名学员兵迎来了第一次野营拉练。我们个个背着打好的行李包，外加一支七斤多重的长枪，步伐整齐地经过沉睡中的广州市。

那会儿的我们大多都是十四五岁的年龄，再次见到自己出生、长大的城市时，眼里不约而同地流下了温热的泪。但与此同时，大伙儿又为自己不到一百天的蜕变而自豪：我们的背包已打得相当好，不会再有人边走边掉出东西，也不会再有人中途出列找鞋。连负责训练的教员都说，小兵们现在既训练有素，又尚未到兵油子的地步，所以步伐是最好看的。

穿过广州市又走了五六公里，班长安排大家临时卧倒，可就在倒地的一瞬，本来安安静静的只有脚步声的队伍里，却稀稀朗朗地传来几声"哎呀"，因为黑灯瞎火看不清，有人卧到了一摊牛粪上，有人趴在了小水坑里。大伙眼巴巴地望着跟在他们后面的食物供给车，心想走了这么久只发了一次食物，看来那大家伙不到救人命的时候也就是个摆设。

十分钟后，当班长喊全体继续行进的时候，不少人已经睡着了。

再回到部队营房的时候，所有人的脚掌都走出了水泡，当我们拖着沉重的双腿回到各自那八十厘米宽的小床放下蚊帐时，已觉得这个自己平日里憎恶无比的闭塞小空间宛如天堂了。

第二天，所有的新学员兵开始进入教导队的专业训练阶段，我们被分为三类：学"手工"的（即收、发电报），学英语的，学机务的。整个教导队近七百号人，除了新兵，还有从各个部队选招来的五好战士。住进教导队大院的当晚，部队里给全体教员和学员放了一部电影，名为《奇袭白虎团》。早在父母身边的时候，我就看腻了，所以没等电影放到一半，便偷偷溜了出来，去服务社买了两根冰棍儿坐在外面吃。

刚进入初夏，天气却已经热得要命，晚上竟一点凉风都没有。我干脆脱了鞋和袜子，让还有水泡的脚也出来放松一下。两根冰棍儿转眼间便进了肚子，嘴巴貌似还不太过瘾，往里探了探头，离电影结束还早着呢。我把袜子从鞋里掏出来随便一揉塞进了口袋，光着脚跶上鞋就又去买冰棍儿了。等到掏钱的时候，才发现口袋里的袜子不知掉到了哪里。于是便一手拿着一支冰棍儿，边走边沿途找，快要回到放映厅门口的时候，才发现有个人坐在我刚才待的地方，正犹豫着要不要过去，那人冲这边说："是在找这个吗？"

我又往前走了几步，才看清人家手里的分明就是自己的袜子。这可真难为情。根据声音判断，对方大概也是和自己一样偷着溜出来买东西吃的小女兵，可走进了看，又觉得不像。究竟哪里不像我一时半会儿还说不明白，所以只得接过袜子，迅速地把它们使劲儿塞到口袋底，然后对她说："谢谢你！我请你吃冰棍儿吧！" 我剥下冰糕纸，把冰棍儿递给对方，对方就很大方地接了过来，还指着旁边一张摊开的牛皮纸上的话梅说："我这儿有话梅，你也吃啊。"这时，冰棍儿已经化得淌水了，我一口一口地咬着吃，对方却不急，总要等着冰水快滴下来才去舔。她舔了一口，又放了一颗话梅在嘴里："冰镇话梅，好吃！"

于是，我也拿了一颗话梅，仿着她的样子吃。

对方说："你这是第三根冰棍儿了吧？"

我纳闷了："你怎么知道？"

那人笑了，说："和袜子揉在一起的，还有两张冰糕纸呢。"

我更不好意思了，越发觉得对方不像是一般的毛头小女兵。

"不可以一下子吃这么多冰的东西的。" 她看见我晾着的脚，又说，"脚起泡了这样晾着也不是办法，你回去用一根头发丝穿到针里，让针带着发丝从水泡一端走到另一端，等泡里的水被慢慢引流出来，再走路时就不那么疼了。"

和她并排靠近坐在一起，我终于看出了她与普通学员兵的些许不同。这个人虽也是和大家一样的短发，可刘海和发梢却是朝里微卷的。不像是自然卷。因为自然卷总是带着些毛躁。她的弯卷却那么柔顺，既不生硬，又不刻意，像是水流到某处很自然地拐了个弯。她的军装看起来比任何人都合身，肩部和裤腿不会松松垮垮，而是笔挺笔挺的。

那会儿，像我这种才入伍的小女兵还不懂得为了美丽在某些细小处做手脚，更不会用精致、妩媚等词汇来形容一个女人，但那时却觉得，如果这女人是一幅画，那么最边角、最不起眼的地方大概也是点睛的。

我说："待会儿我回去就试试这一招，拉练回来所有人的脚都打上水泡了，有这么灵的法子，大伙儿就能少受些罪了！ 我叫辛雨，你呢？你是哪个班的？"

"我叫邱秋。"对方说。

这就是我对邱秋的最初印象，如今三十几年过去，却仿佛还在眼前。后来我才知道这个名叫邱秋的女人其实是教导队里的外文教员，她的英文很棒，业务又好，在当时的一群小学员兵中几乎可以称得上是"全民偶像"。关于她的传说多了去了，据说她刚入伍时，就能大段大段地背诵《呼啸山庄》中凯瑟琳与希斯克利夫的英文原著对白；据说当年教导队里追她的男教员要是排成长队，一准儿比买粮的队伍还长；据说她要在这里当四年的教员，度过脱密期，才能得以转业；据说，她放弃大好的出国前程，为的仅仅是远在上海的情郎……

2

曾有一阵子，天真的邱秋以为，三局和学校里一样，只要自己在专业上足够优秀，便一准儿能博得组织上的优待。于是这个几年前和许多部队子女一起初来乍到的姑娘从进入侦听组的第一天起，便开始一心扑在工作上。

天资聪慧加上十二分的努力，使她在进入三局的头两年里就立了不少大功，出类拔萃的外语水平加上工作中的成绩，也使这个当年不到二十岁的姑娘受到了部队的重视。组织上决定对其重点培养，甚至还有将其派往海外的初步打算。可就在这时候，邱秋提出了一个要求。她说，她在上海有未婚夫，并且他们已相恋9年多，希望组织上能批准他们结婚。

这哪里是可能的事。组织上压根就没把这丫头的话当真。相恋九年？！你才多大喔！明摆着还是个孩子嘛，哪来这么大的主心骨？居然还要结婚！

领导们几乎把邱秋的要求当成了笑话，他们说，还真没看出来，这丫头心思居然这么重！大家平日里多留意着点儿，咱队伍里有多少好小伙儿，就不信她一个也看不上！物色着好的，让他们先好好处着，时间长了就自然有感情了。

于是邱秋的要求被上面一搁再搁，渐渐没了声响。与此同时，她的周围却陆续来了些追求者。当然，这些人有自发的，也有组织上有意撮合安排的，有高干子弟，也有和她一起入伍的普通学员兵，可邱秋对这些人的态度都是一个样儿——做朋友可以，若想进一步，门儿都没有。凭你是谁，一视同仁。

就这样又过了一阵子，邱秋可以休探亲假了。她提前两个月就整理好了全部行装，等到再回到部队，却整个儿地变了个人。

她在侦听工作中一反常态，不但不像曾经那样积极主动，反而还经常出错，所有人都能听见的重要消息，她一概听不到。有人甚至看见她在值班时故意把最主要的两条线关掉，然后专门去听美国大兵谈恋爱。

那时，每个值班小组要同时监听十二条线，所以不但当班的两个小时要全力以赴，下班后还要再继续补听一遍，看有没有重要情报被遗漏。曾有好几次，当同组的情报员听到有价值的消息，互相提醒、标记时，却发现邱秋还停在"I love you and you love me"的频道上，一边还给大伙烤了一堆香喷喷的红薯。

组织上为了这事儿专门找邱秋谈过一次话。

领导很和蔼地问她是不是遇到了什么解决不了的困难，还是家里出了什么事情。她的态度也相当好，说没有什么困难，也没出什么事。她绝口不再提结婚的事，可谈话后她的不专心却变本加厉了。

侦听中，她时而把消息来源搞错，时而又干脆把消息本身听反，有一次，一则重要消息的来源明明是美国军事通讯，却被她编成美国太平洋海军司令部。这次玩笑可开大了，结果虽然消息本身是正确的，可邱秋非但没立功，反而受了处分。她根本不当回事，反而喜滋滋的样子。一旦有人问她最近到底是怎么了，她一概说：没什么，只是一戴上耳机就头疼耳鸣。

这样几次三番，谁也拿她没办法。

局面又维持了一年多，终于，组织上再次找她谈话了。老领导语重心长地说："小邱啊，国家本来想重点培养你，多少人求之不得的事？你怎么这样不争气！"小邱低着头瞅着自己的鞋尖儿，不用看老领导的脸她也知道，人家的惋惜是真心的。

老领导又说："别以为我不知道你是装的！只要你乐意，随时能变回原先那个邱秋，是不是！"

"是！"邱秋大喊了一声，像是在生自己的气，像是在说，装也很辛苦！装也很窝囊！

"可为什么组织上不能考虑我两年前的要求？"

"和三局外的人成家，那是门也没有的事儿！"老领导说，"现在给你两条路。一条是你还做回最初的邱秋，组织上对你既往不咎，三局的好小伙儿随你挑。一旦时机成熟，就将你们一起派到海外。如果做不到，你就准备脱密退役吧。不过，我可得提醒你，你们这些毛头小孩儿可都没有定性，别说咱们这儿的脱密期是四年，就是给你砍去一半，你上海的那个小子也未必能等！"

"我退役。"邱秋说。

脱密期内的邱秋一丁点儿也没闲着。这赖不着别人，要怪也只能怪她自己的英文太好。当她还是小学员兵的时候，教导队英文组的教员主任（一个非常幽默的小老头儿，姓黎）便听过她背诵英文版的《基度山恩仇记》和《简•爱》。她的英文语感是天生的，记忆力也相当惊人。默写新闻是大家都最害怕的一个考试项目，由于录音只放一遍，很多人还没搞明白讲的是怎么一回事，声音就停止了，正当大家抓耳挠腮的时候，她却能把整段新闻默下来，不但语法无误，拼写也完全正确，顶多漏掉个把无关紧要的形容词而已。所以当年，黎主任听说邱秋要脱密退役，便三日两头地往领导办公室跑，还嘻嘻哈哈地说："这颗金子是我先定下的，其他几个组休想跟我抢，要是不答应，我就踏破领导的门槛儿！"

就这样，邱秋成了英语组的教员，我们这帮学员兵进入教导队的时候，正赶上她脱密的第二个年头。

当时不少人都为邱教员不值，领导们也纷纷摇头说，邱秋的业务那么好，不真枪实弹地干出点成绩，跑到教导队当教员，真是情报部里头号"屈才"！

我们却不这么想，大伙儿都觉得，得亏有了邱秋这样的人当了我们的英文教员，不然，情报部里这样枯燥单调的生活可怎么熬。

英语学习满半年后，所有学员在课堂上只能说英语。于是，邱教员给大家每个人起了个英文"外号"。这些外号大多生动而大胆，比如，邱教员某次发现许雅图偷偷在军帽里扎了两个兔耳朵一样的小辫儿，于是便叫她"Rabbit"，一名叫邓玉武（等于五）的男学员得名"No.5"，还有个叫文妮的小姑娘被叫作"Kiss You"。她一定不会想到，这些随便起的名字被同学们一直叫到了四十年后的一次聚会中，以至于到了那会儿，提起本名时大家都大眼瞪小眼，一脸的迷茫，可说起自己的英文外号，老头老太们却立即恍然大悟。大伙儿坐在一起说这说那：No.5给外国首相访华做了随行翻译，最最胆小的Coward(杨梅)成了钢琴家，平日里最不爱说话的Rabbit成了大学讲台上滔滔不绝的教授……

那时候，邱教员的上课环境从来不拘泥于课室。她经常带着同学们去情报部的后山上练习朗读，或是学唱英文歌曲，顺便采回些黄黄紫紫的小野花装点屋子，她的手到之处平添了精致，眼到之处少了些粗陋，总之她无论走到哪里，都能把生活中的美学应用到实处，发挥到极致。

不上课的时候，她到广州的南方大厦买回一些漂亮的套领，教小女兵们缝在军装里面，她买的东西，质地款式都属上乘，加上没话说的手艺，一针套一针，永远看不出哪里起头，哪里接缝儿。一群小女兵围着邱教员做的活计看傻了眼，这时我想起一个词：天衣无缝。

转眼间邱教员的脱密期快结束了，可我们这批学员的最后一个学期才刚刚开头。学员们听说可能换教员都叫苦不迭，教导主任面露难色地和"小邱"商量能否教完这一学期，她爽快地答应了。组织上作为奖励，答应每两个月给她七天探亲假。

有了邱教员，大伙儿的业余生活也丰富起来。她经常领着同学们在星期六的凌晨四点起床，沿着铁路走两个多小时去城里看早场电影。逢着部队有演出，她还带着几个姑娘、小伙排练话剧。

邱教员有一个百宝箱，里面能瞬时间变出织锦缎的盘扣贴花旗袍，古香古色的檀香扇，还有一条很漂亮的大披肩。

演话剧可绝对是个好差事，那个年月，那个氛围，只要不用背诵长篇大段的英语课文，让我们干什么都是乐意的，更何况，一群人疯到半夜，在炎热的夏夜里还能吃到邱教员用小电炉亲手做的"小灶"——一碗冰糖绿豆汤，大伙别提多开心了。

邱教员告诉我们，她参军前也是跟着部队大院的哥哥姐姐们去演出，尽管那时候跳的是《红色娘子军》《草原小姐妹》，但她收藏了很多《苏联画报》上剪下来的乌兰诺娃。那时候演出也有消夜吃，或是几块西瓜，或是半斤点心，她就用这些东西和年长的兵娃子换乌兰诺娃的画报，她被那一幕幕摄人心魄的画面所吸引，尽管它们是静止的，无声的，但她觉得那才是真正的芭蕾，那才更接近芭蕾的本质，芭蕾的灵魂，芭蕾的艺术真谛，不像他们当初那样懵懵懂懂地瞎跳，反正老师本身就是半吊子，跳的人都是速成的，看的人更是纯粹业余。就这样她换来了《睡美人》《胡桃夹子》，还有《青铜骑士》《吉赛尔》，甚至还有《天鹅湖》。这些至今压在她的抽屉里，让我们大饱眼福的同时遥想当年她踩着舞鞋，高挽着发髻旋转旋转再旋转的样子……

3

应该说到目前为止，我所了解的邱秋，正是众人心中的那个邱秋，不多一分，也不差一毫，我像所有学员一样，佩服她、崇拜她，甚至一想到她完成脱密期后迟早要走，心里就非常不舍。

邱教员读过很多很多的书，古今中外的书都能从她那儿借到，既有原版，也有她自己的手抄版，她单身宿舍的铁架床底下全是一箱一箱的书，那里几乎成了我们的"课外图书馆"。

我们都喜欢她的书，没有来由的，尤其是小女兵，那时我们甚至在比谁能首先读完邱教员床底下的所有的书，邱教员也从不吝惜把书借给我们。她的书上有一股特殊的香味，多少年后重读那个时期看过的一些书，还能想起那淡淡的檀香味道。

邱教员跟我们说，也许是她在最想读书的年龄遇上了书荒，所以后来有了条件，对书的那份痴迷还是有增无减。她说自己小时候看的多是一些破破烂烂、没有封面甚至连最后的结局也没有的小说，很多时候，故事越精彩，书便越破，缺页也越多，因为传阅得多。她说看着那些引人入胜的故事到了关键时刻就有一页不知去向，心里真是恨那些撕下书页的人，还说那时最大的愿望就是自己将来也能写一本那种叫人接不上一页就会恨得牙痒痒的书。

后来她买的书多到床底下放不开，就放在"百宝箱"里，这样一来，百宝箱里的宝贝，除了让我们眼馋的"舞台道具"，还有不少市面上根本买不到的世界名著，像《约翰·克里斯多夫》、《复活》，还有《简·爱》。在那个年代，读本世界名著有多么不易大概只有过来人才有深刻体会。

在所有从邱教员那儿借来的书中，我最喜欢的是那本小仲马的《茶花女》。当时甚至利用晚上的时间，熬夜把那手抄本再次抄了一遍。邱教员的手抄本精美极了，不但排版和印刷的书本一样整齐，每页都规整地标着页码，而且书页外侧的两角都用贴相纸的小三角整整齐齐地粘好，要是那会儿一本原版和这个手抄本同时放在面前让我二选一，我定会毫不迟疑地选择这个装帧精美的手抄本。

可是让我觉得奇怪的是，这本《茶花女》手抄本不但明显夹杂了两个人的字体，而且还不是完整的，页码中缺了十几页，而且中间还有三张纸是揉碎后又粘起来的。那时候我知道广州一家新华书店的小阁楼上，藏着许许多多的英文原版书，阁楼的铁门破旧不堪，只用几块旧木板随便一挡，我和同学们进入部队前就经常从木板的夹缝里偷偷溜进去看书，于是那一次便利用探家的机会来到那里，没想到那儿却换了新门，而且还是铁将军守门（换了把大铁锁）。我用半个月的津贴换了一包大白兔奶糖，买通了书店的人，用一上午时间填满了手抄本上的缺页。

还书的时候，我想给邱教员一个惊喜，特意把一小叠插页的纸张裁得和手抄本一样齐，可万万没想到的是，邱教员接过手抄本便笑着说，别人的书都越翻越薄，我的手抄本出去溜达了一圈儿，回来怎么变胖了？

我当时被她逗乐了，不愧是搞情报的，但手感也不至于这么准吧。我只好老实说自己特别喜欢这本书，看到里面有缺页，就找了原版书把缺页补齐了。

　　事情本该到此为止了，在那一时那一刻，邱教员和我两个人随便是谁另起一个话头儿，这个关于《茶花女》手抄本的故事也就过去了，可话题偏偏在这儿卡住了，确切地说，是邱教员仿佛突然陷入了沉思。过了许久，她才抬起头看着我，喃喃地说，这个本子我有段时间天天都拿出来翻，别说它一下子多了十几页，就算夹几片树叶进去，大概我都能掂量出来。

　　邱教员说她还不到十岁的时候，就看过邻居罗天母亲书柜上的好多好多中外名著，罗天的母亲是老师，爱书如命，她的四个高两米，宽一米的书柜满满地占据着家里的整整一面墙。文革来的时候，他母亲不等红卫兵来查封，自己先给每个书柜像模像样地编号贴条，还用钉子把书柜的每扇门都牢牢钉死。末了念念有词地说，这场运动总会过去，到那时候再打开这些门，里面的书还会完好无损。造反派来了，就让他们整柜整柜搬走吧。罗天的母亲料事如神，她钉好书柜不到一个星期，自己就被学生拖去整斗了。

　　在那期间，罗天的父亲非但见死不救，还写了一篇很正式的东西说是要和她"划清界限"。罗天那时刚上小学四年级，他默默看着父亲做完一切，然后从父亲刚刚写完划清界限表态书的那沓信纸上又撕下一页，不动声色地写了一行大字：罗天和罗志谦断绝关系，永远和樊小蓉在一起！他毅然决然地离开了父亲后，邱秋的父亲邱四海把他接到一个战友家避风头，直到樊老师被放出来，和罗志谦离婚后带着罗天远走他乡……

　　可那些书却没有预料中那么幸运。造反派把书柜拖走后，不分青红皂白便整柜整柜地拉到空地去烧，当时邱秋正在和罗天一起紧锣密鼓地转移"机要文件"——手抄部分名著。可以想象，两个孩子写字台上摊着的半成品也被强行拿去付之一炬，其中包括如今在我手里的这本少了几页的《茶花女》。

　　邱教员说，当年那是她和罗天挑灯夜战了九个晚上的成果，樊老师被抄家的那个晚上，罗天为了把这本《茶花女》抢回来，还被烧伤了右手……也就是在那个晚上，她开始养成记日记的习惯，不断有她曾经崇敬的人被打倒，她发现记下一切后她便可以不再忧伤不再烦恼不再惶惶不可终日。她把这个诀窍告诉了罗天，她说写下来，记下来就能解脱，她对罗天说总有一天我们会笑着翻这些日记，也就是在那个夜晚，她和罗天结束了友情而开始了爱……

罗天一家被迫搬走后，这本《茶花女》一直被邱教员作为宝贝珍藏着，走到哪里都带着……

4

邱教员回家探亲，大伙都有点丢魂儿。代课老师每日雷打不动的安排——抄写、查生词、背诵，就像伙房的老三样萝卜、白菜、无缝钢管（即现在吃的空心菜）一样，让所有学员烦不胜烦。最后的两三天，我们几乎是巴拉着手指头数着邱教员的归期。

至今仍记得邱教员回来的那天，人没见着，礼物却已先到了。女孩们得到了她们在服务社花多少钱也买不到的食指那么长的"金条巧克力"，男兵那边则是每个宿舍分到了五瓶肉笋酱菜。在那个每月只有六元七角钱津贴的时代，这样一瓶肉比笋还多的酱菜无疑就是天上的龙肉，地上的驴肉。大家都很小心地享用着这些远道而来的私货，心想着前一段的老三样生涯终于告一段落，可万万没料到的是，邱教员第二天却没来课室给我们上课。

这样的事之前从未有过。

第三天，课室里依然没有她的身影。

"不会给咱们换教员了吧？"害怕代课老师的同志们沉不住气了。

"不可能，一学期还没结束呢，哪有中途换教员的道理？"有人回答说。

去打探消息的小女兵回来了："邱教员在宿舍呢，门从里面插着，敲不开。"

不会出什么事吧？大伙没心思看书了，有人提议一起去看看，有人不赞同，说人家不开门肯定有理由，大概是没休息过来。一大帮人一起去，烦不烦啊。这时，黎主任来了。他告诉同学们：邱教员病了，需要休息一个礼拜，这期间同学们自己复习，有什么问题可以找孔教员，也可以找他。

大伙都觉得纳闷极了，邱教员过去即使生病也会到课室的，而且她的门从来没有敲不开的时候。病了终日不开门，谁在照顾她呢？谁给她送饭呢？中午伙房有豆沙包吃，我和杨梅用饭盒多打了一份，又打了份热粥，一起拿到了邱教员那里。

门依然插着。我在外面轻声说："邱教员，我是辛雨。你吃饭了吗？"门里面有轻微的响动。杨梅说："邱教员，黎主任说你病了，谁在照顾你？"

插销"咔"的一声，门开了。我侧身进来，床头系着一根细绳，另一头连着门上的插销。绕过绳子，我看见床沿上坐着面无血色的邱教员，她的大眼睛此刻是微肿的，嘴上还起了一层焦皮。她说："刚才想下来给你开门，可一坐起来头就晕得不行。"我把枕头立起来让她靠着，一边把粥倒进小碗里，看见桌上还有一个玻璃瓶，里面盛着红糖，瓶子快要见底了，就舀出最后一点搅进了粥里给邱教员喝。

看着她很快地喝完，我才稍微放下心来："邱教员，医生怎么说的？你的额头一点不热，不像是感冒发烧。"邱教员低声说："我没有发烧，放心吧，就是血压低，这个是老毛病了。"

"那怎么做能升血压？"杨梅问。

"我小时候在家里的时候，我妈说单脚跳能升血压，可是我现在坐起来都头晕，更别说站起来单脚跳了。"邱教员说着自己笑了，她声音哑了，平日眼睛里的神采也不见了，她喝完粥，又无声地吃着豆沙包，杨梅递给她第二个时，她却问刚才自己吃了什么。

有人敲门。是孔教员夫妇，两人手里提着不少东西，我和杨梅知道他们一定也是来看望邱教员的，便打了声招呼，出去了。

那天我和杨梅没去自习。我们带了点钱，去服务社买了四两红糖，半斤蜜枣，这是当时情况下我们所能想到且能买到的最补的东西了。到了邱教员那里，才发现男学员们派来的"探病"代表曲同声也在，可他提的东西显然是不搭调的，女孩们看见他一手一个网兜，里面是两个大西瓜。曲同声得意地说他们占了便宜，一把猎枪换了这些，还有一只鸡，鸡已经请炊事员帮着炖上了，晚上端过来。等曲同声走了，邱教员让我们把西瓜抱回宿舍吃。我和杨梅互相看了一眼，照办了。

很久以后我们听说，那次邱教员分明不是和身体上的什么病痛抗争，她承受和面对的，是和一个未见面骨肉血亲的生离死别。甚至，那是她此生唯一有过的孩子……

5

情报部的地理位置相当偏僻，有时候男兵们吃完了私货又馋肉了，便偷偷弄来猎枪，去后山打野味。运气好的时候，能打到野鸡、野兔，一群人便风风火火地来借邱教员的电炉，大家一起动手炖一锅肉汤，然后每人分一碗。当然也有空手而归的时候。一次，邱教员看到大伙垂头丧气地吃着伙房做的"菜篓子"（玉米面油菜团），便朝他们飞速使了个眼色，小兵们立刻围过来，邱教员说："谁想吃肉的话，回去找几双不穿了的胶鞋，越新越好。一刻钟后，在食堂后面集合。"不到十分钟，已有八双胶鞋齐刷刷地码成一条线等待检阅了。邱教员从中挑出四双，说："好了，剩下的拿回去。"大家看到邱教员手里还有一套半新的军装，都非常好奇她要干嘛去，她却只是说："下午课后都到我这儿来，好吃的人人有份儿！"果然，傍晚从课室出来往邱教员宿舍那边走的时候，大家老远就闻出了不寻常的气味，一个兵娃子走到邱教员的窗子底下说："打赌的，是老鸭汤！"

"这是哪个的鼻子比狗鼻子还尖？"邱教员探出头来。她用自己的一套军装和当地农民换了两只刚宰的鸭子，其中一只已经请伙房师傅炖好了，还用四双胶鞋换了40个腌好的咸鸭蛋，全体人员均分。大家这下可开了荤，不但饱餐一顿，还又学会了一招，从此，我们这些小兵和当地农民的关系也微妙起来，"等价交换"使身在深山老林的我们不缺油水也不缺水果，只要在穿和用上节俭一点，便能换来意想不到的收获。

不久后，邱教员的"延长脱密期"也结束了。她兑现了诺言，把自己百宝箱里的多数东西都送给了女兵们，原以为空出了箱子，可以轻装出发，可学员们送她的东西却是两个箱子也装不下的。邱教员走的那天早上，所有学员都来了，女兵们都哭了。她们在部队里争荣誉、比成绩，互相谁也不服谁，却只服邱教员。男兵们也很失落，在他们的青春启蒙阶段，曾有这么一位年轻美丽又机智聪明的教员陪他们度过了近三年最好的时光，他们的心里，怕是从此也缺了点什么吧。

大家站成整齐的四排，于是这告别突然郑重起来，面对这么多舍不得她走的学员们，邱教员也热泪盈眶，她亲切地拥抱了这些其实比她小不了两三岁的少男少女们，然后，一个同样身着军装的男人从一辆小车的驾驶座上下来，接走了所有人心中无可替代的邱教员。

大家当然知道，这就是传说中的上海情郎，这对儿很长时间才得一见的牛郎织女，终于可以永远在一起了。

一年后我又见过邱教员一面，那时我回广州探家，去姐姐上班的百货公司玩儿，邱教员来买东西。她一进门我就从柜台里看到她了，她却心事重重的样子，站到跟前都没有看到我。

她要买两条滤嘴大中华。我姐姐说："没有。"

"那不是吗？"我指着柜台内侧的敞口抽屉说，"那不还有五条吗？"

就这样邱教员都没有认出我。

我姐姐狠狠瞪我一眼，小声说："那是领导内定的，不懂别瞎指挥！"然后又抬起头对邱教员不由分说地说："对不起这位同志，滤嘴大中华没有了，您过几天再来看看吧。下一位！"

邱教员茫然地看着货架，她的目光仿佛在漫无目的地寻找，这时候我绕出柜台，叫了一声"邱教员"，她这才认出了我："辛雨！你怎么在这儿？"

"我回来探家，刚才跟你说话那个是我姐。"我和邱教员一起往外走，她又回头看了一眼琳琅满目的货架，然后拉着我的手问我别后的情况。她问黎老头儿是不是还像老顽童一样幽默，No.5（邓玉武）如今当了教员，是不是还像曾经学发音时那样把棉花塞在牙缝里。她问候所有人却独独没有说起自己。临别时才问能不能麻烦我姐有了大中华给她去个电话，我说没问题。她于是从随身带着的本子上撕下一页给我写了个号码。她还像从前在部队一样，随身备有本子和笔，那本子仍是她亲手线装的。

后来我姐领导内定的五条大中华只用了两条，所以邱教员得以如愿以偿地买走了两条。

那匆匆的一面让我隐约觉得她离开部队后一定遇到了很不幸的事情，可既然她没有说，我也不好问。

后来我从她的书中看到了一个类似的场景，书中讲的是一个女人拿两条滤嘴大中华去贿赂监狱的门房，女人被形容得非常贴近那天她自己的形象：她穿着深黑色的衣裙，挤在一堆购买喜烟喜糖的喜气洋洋的人群中，越发显得面色憔悴形容枯槁……

同样是从那本书中，我知道邱教员虽然拿到了烟，但想办的事却并没有办成。可她因此很感谢我姐。我姐姐的女儿——我的外甥女陆伊后来下海经营服装，邱教员还帮了她不少忙。早在我姐见邱秋第一面时，就看出这个女人衣着不俗，我当时很自豪地告诉我姐，这是当年我们三局所有学员心中的偶像。

后来我姐就是凭着那张字条上的电话和邱秋又联系上了，邱秋有个朋友，能从国外进很多广州街头几乎看不到的新款衣服，那时我外甥女正好开服装店，邱秋一开始只给他们牵线，后来陆伊想降低成本，就联系了国内的加工厂，可惜版型设计总是不如国外的理想，有一次邱秋说她可以试着帮忙画个纸样，就是不知道行不行，结果拿到工厂请师父照着做了两件样品，效果却好到不能再好，于是陆伊这家伙直接赖上邱教员了，她一口一个邱秋阿姨地叫着，一边拜托邱教员帮她画纸样，一边说赚了钱一定给她提成。邱教员却总是笑着说，我画这个，纯粹自娱自乐，留着提成扩大经营吧。

陆伊倒还算是有良心，把提成换成了工厂出的衣服，她亲自挑了合适邱教员穿的号码，一次次此乐不疲地送来，逢着邱教员有闲空了，她还亲自带着工厂做出的纸样上门讨教，她倒是蛮有眼光，知道眼前这女人不经意一笔便可点睛。

就这样邱教员被小陆伊没完没了地缠了一阵子，陆伊穿着邱教员设计的服装走在广州的街头，还去参加广交会，不自知地引领着一代人的潮流。

那以后，我没再见过她，她不断地搬家，后来搬到了北京去。

关于她的事我们这些曾经的学员也只能靠听说了。据说，邱教员的丈夫后来在狱中被一场大火烧伤，但是他为何入狱以及因何出狱后远走他乡，我们无从得知。这传闻让我想到了自己回家探亲时和她的意外相遇，想到了陆伊死皮赖脸地缠着她的那段时间前后，正是她最伤心最无助也最焦头烂额的时刻，她却依然没有回绝陆伊，而且还抽出时间帮前帮后。

当然我们还听说了很多。包括她那位爱人流亡海外的生生死死，包括她的一个神秘发小对她走上写作这条路的鼎力相助，当然也包括她和那个叫骆铭的编剧之间的关系。可不论外界怎么传，我都不相信她会爱上别人。曾经她给我讲的那个为救《茶花女》手抄本而烧伤手指的小罗天留给我的印象太深了，她在部队不惜大好前程、不惜丢掉一切优越条件，甚至不惜和领导闹翻，就算退役也要和罗天在一起的故事给我的印象也太深了，我宁愿相信她和罗天的世界，是一个只属于她的、别人走不进看不懂也改变不了的世界。

如今，我们当年的那几届学员遍布五湖四海，难得一聚，但是大伙儿组织了一个邱秋书友会。我们这帮邱教员当年的学生是这样在书友会里留言的：

"读她的书是种享受，让自己觉得回到了那段青葱岁月，而她也还在我们中间。"

"让我感到无比幸运的是，曾经那短暂的共处，使我能够读懂她。"

或者"因为邱秋我也去追看福克纳、伍尔夫和杜拉，她曾经是那么爱读他们的书，或许是他们塑造了她，所以这些人之于我，也变得值得一读了。"

6

早在三局当学员的时候我就看过邱教员写的东西，那时她用笔名投稿，发表的作品遍布各大报纸和刊物，命中率很高，几乎百发百中。她的很多小短篇都是在追溯上一代人的故事，但也有描写军营生活的中篇甚至长篇。

邱教员转业以后的头两年我突然看不到她用笔名发表的作品了，但是我却看到了由她写的剧本改编的两部电影。之后她又回到了小说领域，偶尔还会与一个叫骆铭的编剧合著剧本。她的作品我每本必读，唯有从她的书中，我才能隐约得见广州三局一别后发生的一切。

再后来，我还在网络上搜寻过她新书发布会的现场视频，是申奥成功的那年，我们这些当年的学员都成了半大老头儿和老太婆了，邱教员却依然不显老。但从视频上明显能看出，她无论是站在那里还是后来坐在展台后面签售都有一些不自在。怎么说呢，有时候面对公众时需要一种智慧，一种把谎话说成真话或是把真话说得好听的智慧，而那时的她恰恰不大具备这种智慧。

我当然能够理解，真正沉浸在写作中的人是无暇应付这些的，她想说的话已经说在书里面了，更何况她还要临场应对那些突如其来八卦她私生活的"好心人"，所以这类活动让她困扰不堪。我很为她担心，有一次甚至梦到她一开口就得罪了媒体记者，甚至连主办方都得罪了。

我梦见她说，我一点也不喜欢站在这里，参加完这样的活动后我回到家中没有一次不是筋疲力尽，我为我自己说了那么多谎话或是虚伪的话而感到羞耻。我卸了妆已经是个老太婆了，老太婆已经过了被风言风语所主宰所左右的年龄，也过了被公众所关注所惦记的年龄，所以我实在懒得表演，更懒得看别人表演，尽管这表演被冠冕堂皇地说成是为了我的作品本身。今天我一下车就有一个人挤上前来问了我两个问题，一个是上一本书拿到多少版税，另一个是我和骆铭到底是什么关系，他一下子把我弄蒙了，我很想知道在场各位记者有多少是为了这两个问题而来的，没关系，如果你们真的那么想知道，真的对它们的关注多过了我的书本身，那我可以如实地回答你们。

我梦见台下一片哗然。有人说现在的媒体记者就是无聊，也有人说没办法，他们那行竞争太激烈了，三两天拿不到吸引眼球的东西就得被炒鱿鱼。还有人说，这个邱秋可真是个奇葩，不过她这次连主办方都得罪了，下次还有谁能给读者提供这样一个和作者本人交流的机会呢？恐怕没有下次了……

而此时此刻，我梦中的邱秋还没有把她的台词说完，她说如果你们和我探讨眼前这本书或是我曾经的作品，那么我愿意奉陪，如果你们只有这两个问题等着我，那么这种装腔作势又无聊透顶的活动是不是也该尽早结束了？除了书本身你们不见得能得到我几句真话，你们觉得这样有意思吗？有这个时间，不如你们回去各司其职各乐其乐，我也好回去多写几本书。说完她扬长而去。

我的梦到此结束，梦中我为她狠捏了一把汗，梦醒后才发现这梦做得简直痛快淋漓。

邱教员说过，人的前半生是个不断堆积、沉淀，再堆积、再沉淀的过程，这些积淀多是面目不清的，感性的，混乱的，真假好坏难辨的，它们有待后半生去整理，去回忆，她真的做到了，不仅做到，还写出了一部又一部"叫人接不上一页就会恨得牙痒痒的书"。

齐 秋

老天要惩罚一个人，有时是让他死，而有时，恰恰是叫他活着。

转业前夕，人心惶惶的。部队要从广州市运一批物资，我和竹馨商量着跟车一起去。那时候一别数月，还真是挺想邱秋的，毕竟在一起待了那么久。赶巧开车的是我的丈夫秦山和竹馨的未婚夫肖子恒，真没想到我们这三对儿，从小就是玩伴，二十年后，还能在广州重聚。

邱秋小产后，和罗天两个人情绪一直都很低落。可她还是给大伙做了一大桌子的好菜。因此，这场对她的探望反而成了她对长期在部队里吃大锅饭的我们饮食上的一次大慰问：金丝牛肉球做得比任何一个馆子都好吃，蟹粉豆腐更是让人险些把舌头也一起吞下去。罗天抱怨说，平时只有我们两个人的时候，她从来都不露这一手，做的全是当饭又当菜的面条馄饨之类。照着菜谱做呗，邱秋拿出一本上海菜谱玩笑说，罗天小时候跟着樊老师去上海后，嘴都学叼了。

竹笋鸡汤一上桌，所有人都顾不上烫了，还有油爆虾，这道菜吃得几个人满手通红，因为十个指头都用上了，吃完了虾肉，虾壳也舍不得扔，而是要放在嘴里再嚼几下，秦山说完全可以咽下去，这样还补钙呢，邱秋在一旁提醒说，算了，虾壳就别吃了，回头扎着嘴！

那次子恒喝多了，因为第二日天没大亮就赶着出发，所以罗天说替他开一段儿，还说反正要去邻省办事，回来又有便车可搭。

于是秦山开车带着我在前边带路，罗天带着竹馨和子恒跟在后边。时值深秋，刚一到市郊就起了大雾，外面水气很重，看什么都不真切。我一路都在打着瞌睡，头还时不时地撞向一侧的玻璃，忽然，感觉周身震了一下。

"抛锚了？"我迷迷糊糊地睁开眼睛。

秦山的表情吓了我一跳："我好像撞着人了。"

"别停！"我颤声说。

秦山没有说话，只是用双手紧抓着方向盘，放慢了速度，这样又开出十几米，听见罗天在后面叫我们。

"秦山，停车！"

我们回头看了一眼，罗天已经从车上下来了。正冲我们这边招手："坏了！我轧着人了！"

我和秦山相互对望了一眼。

"哎，你们两个快点过来啊，这边出事了！"竹馨也在扯着嗓子冲我们喊。

秦山打开车门，我们一前一后地跳下车。

"你先走。我擦一下前轮。"我看着秦山说。

秦山没说什么，只是木木地走过去。

我过去的时候子恒已经醒了。竹馨小声呵斥他说："都是你！喝那么多干嘛！都知道罗天因为邱秋小产心情不好，你还让他代替你开车！"

"人还有一口气，快送医院！"罗天说。

至今我还记得那人是卖卤水豆腐的，当时担子里挑的豆腐撒了一地，和着泥水和刺目的血迹，殷红一片……

人死在医院，没有救过来。后面的事简直祸不单行。罗天因这事故入狱，判了六年。监狱失火，罗天又因救火严重烧伤了面部。

……

这些事情前后，我们纷纷转业，都是听说的，邱秋没有写半个字来。

当初我们都没有想到的是，罗天出事后，邱秋竟很快嫁了人，曾经她在部队里拒绝了一批又一批高干子弟，不料这次事出不到半年，她就嫁给了广州市的地产大亨仲黎。

三年后，秦山变得精神恍惚。都说是转业到地方后工作压力太大，可我知道，他之所以这样，都是因为罗天的事。

当年我们的车开在前面，估计人已经不行了。可在那个节骨眼儿上，我怕秦山坐牢，更怕要他偿命，所以没有站出来。我最终倒向了我的丈夫，并在关键时刻劝他不要说出内情。我乞求他不要去自首，既然罗天已经认为是自己轧的人，我甚至威胁秦山说，如果他去自首我就不活了。一切错都在我。

曾经以为，儿时的友谊加上多年共同的军营生活使我和邱秋之前建立了坚不可摧的情谊，可关键时候我还是背叛了她。我推她进苦海，亲手打碎了她好不容易争取来的幸福。所以我得到了应有的报应。除了自责，还有长久的不安。

我经常做梦梦到她在新作中将罗天受冤的前前后后公之于众，于是我被所有人指责、唾弃，这样的梦使我无数次地在午夜醒来，带着一身冷汗再也无法入睡。

有一次我甚至梦到她看着我的眼睛说，齐秋其实我什么都知道，你以为所有的一切，你们的谎言你们的罪恶能像那汽车前轮上的血迹一样简单而轻易地被你抹去吗？你以为你骗过了所有人也包括我吗？那场梦让醒来后的我有一种世界末日的感觉，我当时觉得再不说出来就一刻也活不下去了。

所以我终于鼓起勇气去找她，你可以想象我当初下了多大的决心。等到了她住处，却正好看到她行色匆匆地外出，于是我又退缩了。那一日我尾随她走了很远的路，她貌似有很重的心事，所以自然不会觉察到几米开外的我，但是，她很坚定，明明是公交车沿线，她却没有选择坐车。她在人群中穿行，时而看看手表，时而突然加快脚步甚至小跑起来。我一直跟着她，紧赶慢赶地走出一身大汗。

然后，我看着她走进了一幢别墅。

那么急切的脚步。

那别墅因为它的主人仲黎而几度曝光于媒体，所以我是认得的。

一股失望之情油然而生，那瞬间我心底的痛悔、同情和愧疚都被遍布周身的一阵轻松所取代了，那轻松中甚至还有些许愤怒和鄙视。她怎么能这么快就投入仲黎的怀抱？那样毫不避讳、心急火燎地？可仔细想想我又有什么资格指责和看不起她呢？是我把她害成这样，我才是罗天入狱的罪魁祸首。

一直以来我从未听信关于邱秋和仲黎之间的所有流言，直到眼前这次跟踪，直到眼见为实。

我在那德式小洋房外的林荫路上徘徊了许久，我的心里充满了妒忌与感慨，我觉得好命的女人无论生活把她置向何方都会有人将其捧在掌心。

后来我听说仲黎和邱秋结婚的消息，那时我已完全没有丝毫的震惊。

邱秋只要还在写，我的内心就永远不得安宁。我无数次地安慰自己，罗天不知道，竹馨当时睡着了，肯定也不知道，所以邱秋不可能觉察到什么，可一面还是觉得她手里握着一颗定时炸弹，随时随地都可能朝我扔过来。

我强迫自己一篇篇、一遍遍地看她的作品，曾经我们那么要好，我是那么了解她，我几乎知道她每篇作品中主人公的原型，《童年的哈哈镜》和《绮丽岛》是她对小时候的回忆，而《无声的劝导》和《余味》则是她初入军营的故事。

罗天入狱后以另一个名字复出，邱秋虽回到他身边，却已然成了第三者，她不去辩驳，可那些来自道德上的非议却是她不堪承受的，我太知道她了，所以听说后来的邱秋变得敏感多疑甚至有些神经质，也许是难于抵御那种日复一日的来自公众的压力，她又写了《喜忧参半》，听说这部作品诞生的时候罗天一度想改编成电影，却被她赌气似的将版权卖给了一家名不见经传的小公司……

读邱秋所有的作品，我全无享受之感，只是想找出蛛丝马迹，证明她知道，或不知道。证明她如今如何看我。我一直没有勇气告诉她真相，因为我的羞愧和恐惧自不待言。秦山说过，邱秋不是个寻常女人，真让他说着了，人家现在是很有名的作家，名利双收，人过半百仍活得有声有色，甚至比前半生还要精彩得多。我就不同了，普通人到了这个岁数，谈情说爱太老，谈死又太早，领着一点点退休金过活，闲在家里无聊，出去又不够花的。然而这些都不算什么，最让我们遗憾的是，老天爷一直没有给我们一儿半女。这大概就是报应。

如今罗天已不在世上，秦山则长期在省城的精神病院疗养，说得好听点是疗养，说得不好听的，但凡进了那种地方，有几个能正正常常走出来的呢？我不知道自己是不是要带着这个秘密走进坟墓，走向地狱。

听说邱秋的读者给她建了个很像样的论坛，或许有一天，我会跑到上面去忏悔，不求被宽恕，也不求卸下哪怕一丝身心的重负，只希望邱秋她最终能知道一切，但不是当着我的面知道，我没脸也没胆去想她了解一切后会如何对我。我想在我的有生之年向她坦白，以不那么正大光明的方式，我希望她这辈子彻彻底底、痛痛快快地恨我而不要把恨带到来生。

秦山很久以前追过邱秋，这个大伙儿都知道，可是所有人都不知道的是，车祸前夜，喝多的不只是子恒，秦山喝得更多，夜里喊的都是邱秋的名字。

阮小芋

1

那天是二月二没错。护国寺小吃店里等着买"龙胆"（一种黍子面做的油炸糕）的人们已把长队排到了大门外。

不断有人吆喝："哎哎，没吃龙胆就敢插队呐？"被指责的人红了脸却不忘调侃："吃了也不敢！"一边悻悻地站到队尾。

周围人津津乐道的多是吃了"龙胆"后敢怎样怎样，老太太说有了"龙胆"就敢上街抢钱包了，小伙子说吃了"龙胆"起码敢向心爱的姑娘表白了。而阮小芋貌似是最没出息的，因为当贺老久把好不容易买来的"龙胆"递给她时说了这么一句："吃吧，吃了它，你就敢和邱秋绝交了。"

太阳还没升到头顶，我低头看着自己越来越短的影子，和老久一起嚼着实际上并不好吃的"龙胆"。

"昨晚又失眠了？"老久看着我的黑眼圈说。

"我是习惯性失眠。"

"忍不住再提醒你一遍，睡觉前不要想让你气愤的人，不要想让你兴奋的人，不要想让你纠结的人，尤其不能想起邱秋。然后，放松自己，听点音乐，适量饮酒，睡前做爱永远是战胜失眠的最佳途径……"

老久在大街上说这种话让我一阵脸红，有人回过头看我们，老久若无其事地看回去。

对于我和邱秋的关系，一向不善言辞的老久却有着极其精辟的概括：阮小芊，你在邱秋那儿，好不好不要像个受虐狂一样，眼瞅着自己的伤口快要长好了，又心急火燎地请求对方补一刀？

仍然借用老久的话，这种关系不属于人类之间的正常关系，如果真有亲情、爱情和友情之外的第四类情感，那么，它则属于这四类之外的第五类。

故事要从一个百无聊赖的午后说起。

那天，刚吃完午饭，大家都感觉特别困。没办法，自助餐嘛，交了银子后就看谁能吃回本钱了。因此，逢吃必多。其实，吃多本身并无大碍，可后续影响可就严重了。你想想，一吃多，必然困，一困必然想趴在桌上或靠着椅子打会儿盹儿，打会儿盹儿不定会耽误工作，却必然会被老板批，老板的嘴一张开，少说也得半小时才能闭上。

现在的出版社都有节约空间的意识了，总共租一间屋，所有员工挤在一起，老板单独在一角隔一个小间。这样一来，老板对任何一个员工训话，都必然会波及整体，影响隔间外一干人等的午后清净时光。

老板外号"阿侃"，平时一句话能概括的意思他非要分十句话说，十句话能说明白的问题他就得贫一上午。等阿侃贫高兴了，回他的小隔间睡起了午觉，陪侃的同志们则只有加班加点地卖命，才能把刚才"不知去哪儿了"的时间找回来。

事实上基本百分之百的公司内部都存在这样的现象：老板不可能一天到晚憋在自己的屋子里，每当他走出来，必然要寻找说话的对象，而公司的一部分人，仿佛专门是为满足老板的这一习性而存在的，他们多数不需要埋头于永远忙不完的工作，不需要不停地为不同的部门经理来回跑腿，甚至不太需要动脑，仅仅凭一张嘴，就能把老板侃得心花怒放。差别也因此产生了。像个别既没本事把老板侃高兴，又没在杂志社的重要板块上占据重要地位的人，就只有被老板派出去拉作者的份儿了。

阿侃顶着困意训完了某个打盹的倒霉鬼后，带着余怒把一项艰巨的任务交给了我。于是我在《1949–2009 共和国作家文库》里苦苦搜寻，却找不到邱秋的名字。非但如此，在这个几乎人人"网上有名"的时代，居然也搜索不到多少邱秋的信息。事实上，我从听说这个名字到现在，也不过只有短短的几个小时而已。无奈我的老板让我上，我也只好厚着脸皮硬着头皮上了。

由于带着任务，我看她的目光没法像普通读者那么放松了，所谓的任务无非是争取得到对方稳定且靠谱的联系方式，博得对方好感，以至于她下次再有新作时没准会想到我们。

所以你现在能想象到邱秋面前的这个我了，目的俗，面孔谄媚，甚至还有些贱。

人多得有些不像话。我提前半小时到场，出示了出版社的工作证，却仅仅挤到了一个很靠边的位置。采访即将开始时，邱秋从一个小侧门溜了出去，赶巧了，我坐的位置正好能从门缝里看到她。

只见她飞速掏出包里的一瓶东西一仰脖子很豪爽地喝了几口，我猜那是酒。很久以后我证实了自己那会儿的猜测，她跟我说，喝了那个，就能暂时不要脸了。

现在还得回到会场，我从门缝里甚至能看清她的站姿，那微微有些内八字的站法原本有些蛮，经这个接受采访前需要喝酒壮胆的邱秋一站，却站出了一种温柔。

等她再回到座位上时，台下早已座无虚席，就连过道上也挤满了人。旁边不知哪个报社的记者说，怎么这么挤啊这回！另一个同行说，你没听说么，这个邱秋，合着出三本新书都不带开一次新书发布会的。不知是哪个站在后面的高喊了一声："看不到啊！"邱秋听见了，马上站了起来，笑着说："现在能看到了吗？"于是气氛更好了。

邱秋又转过脸对主持人说："那我就站着吧。"

我突然开始喜欢邱秋了，其实也就是那么一下子的事情。后来每当我追忆自己和邱秋的初次相遇，总是想起她的这两句话，总是想起她躲出去喝酒的样子。

台下的闪光灯这时开始"咔嚓"了，有了第一下，就不愁没有第二三四五六下。邱秋显得有些手足无措，她不会像大牌明星那样摆 pose，只会拿自己猝不及防的表情对着镜头，最重要的是，她无法理解大家为何二话不说就一阵乱拍，为何对她本人表现出的兴趣远远超过了对她的书。

她的直爽此刻又在作祟了，虽然被拍得相当不好意思，可还是冲着台下傻傻一笑，对着话筒说："大家这是趁机乱拍啊。"

台下不少人笑了，闪光灯却没停，他们以为这是邱作家故意和大伙逗乐呢。

主持人拿起话筒开始说话了，我却又因邱秋刚才的话和表情分了神，一面等着采访完毕自己好瞅个机会完成任务，一面已经开始情不自禁地不想错过这个神秘女人的每句话了。

一个记者问，传说您的一个长篇故事能在定了整体架构后两个月齐活，是不是真的这么快？

"是"，邱秋毫不犹豫地说，"确实可以这样。那要在功课做得相当好的时候。这样的时候其实很少，我有一个短篇写了二十年，现在还没有写完。"

就是说您也有找不到突破口，脑子里半个词都没有的时候？记者在自己的问题中发现了"价值"。

"当然有。这有点像是一场写作思路上的'便秘'。还有的时候是因为白天写了以后，晚上夜深人静意识有点神游天外的时候自己回头看看，又觉得不应该这样写，所以毫不犹豫地划掉，而后经过几个小时睡眠的沉淀，白天写出来又是这个样子，反反复复很多次，自己总是不满意，所以耽误很久。"

"邱作家，您最喜欢写什么样的故事？或者说在所有您接触的素材中，您对哪类素材最感兴趣？您都是通过什么途径去获取素材呢？"

"我最喜欢离奇的故事。小时候就喜欢听这一类故事。这类故事不好写，除非最初在写的时候你就给它定位为脱离现实基础。如果想要在现实基础上架构奇迹那可就惨了，"邱秋说得很认真，表情都很严肃，"你要边写边频频回头看看能否自圆其说，稍一疏忽，评论家会说你连梦都不会做。"

她停了停说："我发现素材的方式很单一，除了我早年的经历积累，就是看书。好在我看书的涉猎范围还算广，遇到我自己感兴趣的东西，我会花时间去研究，去实地考察。"

"那边有位小朋友好像一直在举手，"她说的明显是后面读者区的位置，大概先前主持人把提问的机会几乎都给了私下打过招呼的记者。

这时突然有个扛着摄像头的记者站起来抢话："邱老师，据说您和编剧骆铭合作的许多剧本其实都是您一个人完成的，有这回事吗？"

主持人刚刚还在维持秩序，一边喊着"举手提问，举手提问……"场内之前也一直气氛沸腾，这个问题一出来，整个现场突然鸦雀无声起来。就连起初还在骂这记者没素质的人们也都在一瞬间闭了嘴。

记者很得意。

"怎么可能！"邱秋很简短地说，"我有那么蠢吗？"

就这么一句，气氛恢复，记者没捞着便宜，大家笑起来。

"每出一本新书，她和骆铭的那点事儿就得被扒拉出来一次。"我旁边的某社编辑跟邻座说。

"扒拉多少次，也没有正解，"另一个说，"都说邱秋傻了吧唧的，我瞅着她挺精。"

骆铭，这个名字倒是耳熟能详。当前很多叫座的影视剧本都出自他之手，只不过邱秋和他有这样一层关系倒是让我始料未及。

然后就轮到了邱秋之前说的那位举手提问的小朋友。

小朋友说，邱阿姨，对年轻人有何忠告。

邱秋低头笑了。她大概在想，这问题真的好难回答。"我想，"她说，"年轻人尽量不要从社会的角度选择职业，你们的天地很广，找出自己真正爱做的事情，每天为它专注一小时，或者哪怕一刻钟。"

又有人问了个很普通的问题，就是邱秋最近在看什么书，能否推荐几本给读者。

邱秋想了想说，她最近在看张爱玲的《小团圆》，看得很慢，并时常在想，作者怎么记得那样清楚呢，如果人人都有这么一本"账"，这么一本属于自己的"追忆似水年华"，大概就不枉此生了。"很多人说这本书情节杂乱，人物突兀，那有什么呢，"邱秋自己先笑了，"我这么说会得罪人吗，我经常一开口就把所有人得罪。"

说起喜欢的书，她仿佛进入了无我之境。她说张爱玲经常为现代人惋惜，原因之一是他们欣赏不了《红楼梦》，她也为部分人感到惋惜，原因是他们欣赏不了《小团圆》。

她还说她个人认为这本书很小众，在张爱玲的所有书里也绝不算讨巧的，所以不适合给大众推荐。一定要她说一本的话，她说可以看看犹太人枕边书系列。

一个读者问到她的新作《陶版憾事》中的主人公在现实中有没有原型，邱秋毫不避讳地说："原型就是我自己啊。这里面有我自己的故事，也有我父辈的故事。"

于是我买了这本书。

2

采访刚一结束，邱秋就以最快的速度撤离了现场，我翻越了重重人群，所能看到的仅只是她的背影。这会儿的邱秋已不是刚才在台上那个有些局促的邱秋了，她窜得飞快，上旋转梯的时候麻利地用手把长发在脑后挽了个髻。我一直追到路上，心里祷告她的车一定要停得远一些，让我有机会追上她。

炎炎夏日，太阳毒得很，她连个阳伞也不打，穿着一条鱼尾裙，步子小却快得生风。她跑得这样快，是不是酒精的作用一过，脸皮又由厚转薄，不会硬着头皮胡说八道了？我突然发现邱秋是个很有趣的女人。

当然有人追出去。无非是签名合影。我自己也在此队伍中。她不住地回头，对人群说"再见"。

上了车，主办方负责人很客气地挡住了人群，告诉大家说，邱作家今天还有其他事情安排。

一个"大块头"记者貌似主办方的熟人，一边拍着负责人的肩膀一边递过纸笔。负责人一面擦汗一面用嘴咬开笔帽在纸上"刷刷刷"的时候，先前坐在我旁边的两个记者也在趁机坐收渔利。于是我终于明白他们为什么一路跟着大块头而不是跟着邱秋，也明白他们刚才说的"你记前6位我记后5位"是什么意思了。

　　在两位记者"合并密码"的时候我成功地作为路人甲貌似不经意地经过他们身边，于是，就这样一波三折地取得了邱秋的联系方式，结束了和她的初次会面。

　　回到社里，我跟我老大说我没搞定。没说实话是因为我没想好该拿着电话号码如何是好。

　　我的老大摘下他那副将近600度的近视镜，捶胸顿足地看着我："没听说这个作者出来一次千载难逢吗？全社把这么一个大好机会让给你，你居然空手而归？！"

　　我讪讪一笑，当然我没法告诉他，对邱秋，有了点突发性的莫名其妙的情感在里面，我的脸皮就厚不起来了。

　　老大撤离后我突然想起临行前在网上搜索邱秋的消息时，看到她月底还会出席在某区图书馆举办的短篇小说创作研讨会，心想这类活动不比她个人出新书那么扎眼，人应该会少一些吧。

　　于是那天，我请了半天事假，没敢和社里打招呼，因为怕再度无功而返。

　　事实证明我的推测是对的。那天的创作研讨会上，虽然邱秋没有发言，但观众和听众却出乎意料的少，少到会议结束，我甚至有机会递一张名片自报家门。

　　所有的名片都是印来犯贱的，可她却很认真地接过来，然后看了一下我手上拿着的她的书，我想她大概已经马上联想到我是台下冲着她咔嚓闪光灯的芸芸众生之一了。她调整了一下卡片的距离（拿远一点）。"我有点花眼，"她解释着，然后一板一眼地念出声来，"心声出版社，阮小芋。"

　　她从包里拿出一个巴掌大的很精致的小木盒，然后将名片放进，如此郑重其事，让我很有点自惭形秽。

不等我说什么，她又说："名片我收下了，但我暂时帮不到你什么，一直合作的出版公司和杂志社三日两头地催我，我已经应付不过来。没办法，和他们有约在先。"

"我知道，"我更不好意思了，心里暗自庆幸刚才厚着脸皮递出了卡片，这个多少有些灵魂出窍的动作，瞬间让我和邱秋的人生有了交织。

"等他们都不要我的稿子了，我会找你的。"邱秋依然认真地说。

"但愿有那一天！"我笑着说，"您怎么不建个微博呢？"这问题简直有点不知天高地厚了，她略带自嘲地说："我都老太婆了还赶那时髦写微博？"这话倒把我吓了一跳。她有多少岁？四十五？五十岁？看不出来。瞧瞧那些备受媒体关注的女郎们，恨不得过了三十就把真实年龄藏着掖着，怎么会有邱秋这样口无遮拦自称老太婆的？有点实在得过火了。

不过，惊讶归惊讶，对邱秋，我在心里又添了一层不知该称之为何的感情，于是嘴上更大胆了，我说："之前开那种见面会不也是为了更好地卖书吗？"

"是呀，"她笑了，"有哪个写书的能孤傲到不需要读者呢。"

"那有个微博就好办了，不然，多少喜欢你的人都不知你今天会来这儿啊……"

"谢谢你。"邱秋用这个有点突兀的"谢"截住了我。这个"谢"字很决绝，一点儿没有客气的意思，所以把我原本打好的腹稿全给谢没了，同时，谢得我自信全无，有种自讨没趣的感觉。

我忽然恨起了我的工作和我此行的目的，这目的险些把我和邱秋的二次见面给毁了。

这时邱秋已进了车里，不同于上次，这回她是自己开车来的。

我有些尴尬地站在原地，忽见她摇下车窗对我说："你的声音真好听！前段时间，我有篇小说给录成了有声读物，声音就不如你的好听！"

当天晚上，我回家第一件事就是打开电脑，搜寻那传说中的有声读物，居然让我找到了，不过听起来像是邱秋很早期的作品。我把它存进了我的 MP4，然后一口气听完了它，一个念头钻了出来——我抓起电话，拨了老久的号码："老久老久，你的录音设备还在吗？"

电话那头先是给我回了个长长的哈欠："妹子，我知道你爱戴我，可是凌晨 2 点以后就不要打电话了成不？"

我在这头嘿嘿乐了，听到那边老久继续说："设备在是在，不过小两年没用过了，你得给点儿时间让我瞅瞅它是不是还活着。"我和老久约好了第二天下班后见面。

给我一小段篇幅，让我向你介绍老久。

那时我还没来北京，在沿海一个小县城的检察院工作，我提审的第一个犯人就是老久。

老久的真名叫贺久，他的熟人都管他叫老久。

那是个隆冬的早上，天寒地冻的，我的左手放在羽绒服口袋里取暖，右手拿着贺久的审讯单，从看守所把贺久提到审讯室。当时我还在实习阶段，最爱犯的一个错误就是提审犯人的时候喜欢走在前面带路。我的老师不止一次地警告我说这样其实是很危险的，因为只要犯人动了什么念头，在我后面一抡手铐上的铁链就能把我放倒。

看守所和审讯地点正好在公安局的两个对角线上，走到一半时，我意识到自己又在前面带路了，于是回头，让贺久跟上我，并示意让他走在前面。他侧身走过我的时候冲着我咧嘴一笑，这一笑让我看清了他那张年轻、血性又生猛的一张脸。

小小的审讯室里有一股隔天的肉包子味儿，跟我一起来的法警小赵笑着说："准是昨天哪个来提审的家伙把早饭忘在这儿了。"说着顺手掏出桌洞里的包子扔进了垃圾桶。老久的眼睛从此便没怎么离开那个垃圾桶。

笔录很快就做完了，老久签了字，按了手印后，又冲我咧嘴一笑，用铐在一块的两只手一起指了指垃圾桶，小赵先会意了，他从垃圾桶里扯出装包子的塑料袋，扔给老久，又回头对我说："这家伙饿坏了，你善后，我先撤了。"我说行。

小赵走了，我一边装订提审笔录，一边听着老久急促的吞咽声，不知道吞到第几个包子时，老久噎着了，他两眼鼓鼓地看着我，脖子也跟着向前伸，他的食道大概很久没被塞得如此饱满了，连脸上的肌肉都绷紧了，见他用铁链子直捣胸口，我抬起头问他："没事吧你？"他还是鼓着眼，可能是想挤一个无能为力的笑脸给我，却挤出了泪。我找到墙角的暖瓶，拎起来却是空的，想到我口袋里还有一袋温豆浆，就掏出来给他了。老久接过来用门牙一咬，豆浆呲了他一脸，好在剩下的还够把他食道里的东西送下去……

3

再次遇见老久已经是在北京的佟麟阁路上。当时我已经意识到自己背包的肩带动了一下，心想这小偷的技术可不怎么样。不敢回头，一回头，我和他就都没什么余地了，晚上十点路上几乎已经没什么人了，偷盗者和抢劫犯随时可能转化成其他的什么犯，舍财保命吧，我想。

这个时候一个声音传过来了："出来混，怎么连张百元的票子都没有。"我加快了脚步，后来干脆跑了起来，因为我知道前面的路口有一伙人，每天都围着小桌下象棋下到凌晨。我听见对方正嘿嘿地笑，心里更慌了，空荡荡的街上，一个小偷冲我笑可不是什么好事。

"哎哎，别跑了，哎，阮小芋！"居然还能叫出我的名字！我几乎是有点得救般地回头了，一个大块头向我跑来，手里扬着我的钱包。等他到了跟前，我才认出是贺久。他笑着夸我的眼神还不赖，然后把钱包拍到我手里说："下次换几张大票子我再来取。"

我跑得上气不接下气，这会儿心跳还没减下速来，老久嬉皮笑脸地说见了他不用这么激动吧，然后，我们几乎是同时问："你来北京做什么？"

这座日渐饱和、人满为患的大城市里，永远不缺像我和老久这样不知啥时才能熬出头的热血年轻人。

我看着他，心里想这家伙和我还真是有缘。老久自我介绍说他现在已经成为一个非主流音乐人了，在长椿街租的住处，买了简单的录音设备，已经录了二十来首单曲。我问他什么叫非主流音乐人，他说怎么连这个都不懂，非主流音乐人就是暂时被大众忽略但很有潜力的一类歌手。我又问他的单曲是否也是非主流单曲，他说还不赖，他把其中的三首歌刻了盘拿到798去卖，结果有个人问他这是谁的歌，他回答说是贺久的，贺久没听说过吗？一个非主流音乐人。末了，老久又是咧着嘴补了一句：贺久就是我。那人笑了，问老久愿不愿意去他的酒吧唱歌，老久当然愿意，这样的交易可比人才市场的初试、复试再笔试来得爽快多了。就这样，老久顺利地成了一名pub歌手。

你看，事情就是这样巧，身边要是没有这个非主流音乐人，我大概不会三更半夜地突发奇想要把《陶版憾事》录成有声读物。

老久开门把我迎了进来，看见我手里拎了不少吃的，就知道我要大干特干一场。他开了两听啤酒说："你要录音设备干嘛？采访我吗？"我从包里拿出《陶版憾事》给他看。我说："老久老久，你帮帮我，我想把这个录成有声读物。"他吓了一跳："你是说，整本？"

"是的，整本。"我说。

"姑奶奶，这事儿现在可不流行。再说了，这工程也太大了，噢，你睡着了全世界都得闭嘴，你醒了，就折腾我一个人陪你疯？没这道理！"他满嘴噼里啪啦的，一套跟着一套，"你要是想出单曲，我倒是可以帮忙，虽说你的资历比我差一些。"

我说老久，我不想出单曲，就想把这本书从头到尾好好地录下来。我的话音刚落，老久已经把书甩到了沙发上，我听见他自言自语："我操，这作者是你娘啊！"

接下来的半个多月，我每天下班准时去老久家报到。老久够义气，下了早班总是先给我备下吃的喝的，然后歪在沙发上，听我"讲故事"。要是赶上他上晚班，就把钥匙插在门口的花盆里，我"工作"完毕后，给他留点消夜，锁好门，再把钥匙放回原处。

大功告成那天晚上，我请老久在世贸天阶吃了顿大餐，因为老久说这段时间他陪我玩命的工夫比抱着手机玩游戏的时间还多，所以作为补偿，我必须请他吃自助。我说，谢谢你舍命陪君子，老久回曰："呸！你也算君子！"

有老久这样的朋友，准是上辈子积了德。他经常口出"怨"言，损人不带吐核的，但没准儿与此同时，心里已经决定帮我了，他撇着嘴损我的时候，我甚至会觉得他损得在理，损得精准到位，有时听起来竟比溢美之词还痛快几分，横竖自己就是那样的人嘛，被他说中了而已。

我在网络上分享了自己半个多月来披星戴月的工作成果，名为"送给邱秋的礼物——《陶版憾事》全本音频"。这段音频的诞生其实仅仅源于邱秋的一句话："你的声音真好听。"

接下来三个月，凡是市面上能买到的邱秋的书，我都读了个遍，带"邱秋"这名字的书成了我唯一的枕边书，甚至有那么几本还被我放在出版社的办公桌里，有时加班加得脑子不转了，就拿出来翻上两页。我的同事阿茹也迷上了她，向我借阅了两本后，自己就去书店把全套邱秋搬了回来，声称"古有红学会，今有邱秋书友会"。换了老久可说不出这样的话来。他只会说："靠，这书里有大麻啊？你整天捧着。"我说是啊，你要不要吸吸看？

就在和老久逗乐的第二天中午，我接了个电话。一进门，一个同事就喊："哎哎，正好她来了，您等下哈。"一边小声对我说："打了第二遍了，也不自报姓名，就说是找你。"我也小声说："找我的人很少有这么执着的。"一面拿起了话筒。

"你好，是阮小芋吗？"

我的脑袋"轰"的一下。我记得这声音的。

她也是记得我声音才打来的吧？那段音频上，我并没写真名字，她的耳朵居然这么灵。

于是，整个事情开始有意思了。

邱秋说她自己平时是不上网的，所以这音频还是一个朋友帮她发现并下载的。她听了一段，记起是我的声音，于是开始翻找我的名片，那名片在她手袋的小木盒里躺了三个月之久，终于重见天日。平日里不和媒体镜头打交道的邱秋大概是不需要那种小巧精致却华而不实、装不了多少东西的手袋的，所以，见媒体的行头一准儿也被她弃在视线到达不了的地方。

"小芋，录这个得花不少时间吧，你为我辛苦了，"邱秋说，"我想当面谢谢你，我们能见个面吗？"

一个被众媒体、出版社争抢的名作家问一个一文不名的小编辑能不能见个面。我瞅着来电显示中那串十一位的数字，心想邱秋真不懂得保护自己，也不会端着点架子，往出版社座机打电话，居然就用自己的手机。

这串数字曾经过几番辗转映入过我的眼帘，如今它又重复出现了。几年以后，我和邱秋在最初是谁先打电话给谁的问题上发生过争执，邱秋一口咬定是我当年死缠着她，并且不知从哪弄到了她的手机号。说实话，那会儿已到了我们谁都不愿再对谁多说一句的地步，我当时想，人的记忆原来如此挑剔任性，即便两个人的生命里有再多的交错，当你不愿再去回顾往事的时候，它竟会瞬间里涌现出这么多顽劣的偏差与漏洞。

我和邱秋约好周六下午六点见面，具体地点在哪里，她说到时再定。当时她在打到出版社的那通电话里问我住在哪附近，可以选择离我近的地方。所以那一整天我待在自己租住的小屋里惶惶不可终日。

六点四十分，我接到邱秋的电话，她很抱歉地说她看错表了，所以晚了将近一个小时，现在她的车已上了长椿街辅路。

也就是说，如果她的速度不快不慢，不出五分钟，她将会在右侧迎面的人行道上看到我。

电话一直通着，我站在331路总站入口边等她，正犹豫着要不要告诉她背咖啡色挎包穿白色裙子的是我时，她说她已经看见我了。这是我们第二次见面，天全暗下来了，邱秋却能借着街灯认出我，她缓缓泊下车，伸手推开副驾驶的车门，给我一个很真很灿烂的笑脸。

她说自己中午没吃饭，这会儿已经饿得前胸贴后背了，不如先找地方吃个饭吧。我答的当然是好好好。

有吃饭的时间，就不至于像上次见面那样短暂而仓促了。我坐在副驾驶座上，心想着从开头到现在为止算不算一个"架构在现实基础上的奇迹"。

邱秋一面开车一面说："小芋，我们素不相识，你为什么这么帮我呢？你为什么对我这么好呢？"这问题可把我难住了，她把一个"类粉丝"初期的着迷行为理解为"帮"，着实让我为难了。

我说："这算什么帮啊，我朋友那儿有现成的录音设备。"她正开着车，这时却突然看我一眼："可是小芋，你读得真好，让人心碎。"

我说不是我读得让人心碎，是你写的东西让人心碎。

她笑了，说好了好了，没有这么互拍马屁的，你们白天忙得要死要活，晚上还有精力做这个？

我想说就当是自娱自乐了，可话到嘴边又被一首歌打断了，"难得轻松莫来难为我，还受哄骗恐怕犯错……"是邱秋的手机响了。

4

我马上把本想说的话换成嘻嘻哈哈的一笑，表示我并没有因她说的这事儿浪费什么精力。她也冲我抱歉地一笑，然后戴上耳机。我听到她说："嗯……哪有那么快，我还没写完呢……这个可没准儿……写完我会按约定告知您的。好，再见。"

写小说写到邱秋这种程度，主动权已经完全在自己手中了，不用揣摩他人的喜好，更不用像老久那样走街串巷地等人们去发现了，她想怎样写就怎样写，偏偏看似这样不买大众账的作品却往往歪打正着成为文学新宠，从而被没完没了地复制、模仿和跟风。只不过，编辑部几乎一天一个长途电话地催命实在有些让她吃不消。

邱秋挂了电话，目光开始搜寻街两旁的餐馆。

"西——贝——莜——面——村"，她念东西还是这么一板一眼，又好像在自言自语，"莜面是什么？小芋，你吃过吗？"

"没有。"我摇摇头。后来我因为邱秋这个问题独自去品尝了一次莜面。

"也难怪，平时有时间条件都是自己在家做着吃的吧，外面又贵又吃不安心。"她的语气很家常，不等我答话，她又被大道右侧的"黄记煌"吸引了。

"火锅怎么样？"

"我随便什么都好。"我答道。

她又说："这家黄记煌里面人怎么这样少？冷冷清清的，看着不怎么样，一定是不好吃！嗯，咱们再找。噢对了，前面有家德缘的分店，咱们干脆去吃烤鸭吧，马上到了。"

这家德缘店离我住处不过三站地，我却从来没进去过。北京稍微有点儿门脸儿的饭店一顿就要吃掉我一周到两周的三餐伙食。

那天我和邱秋一起点了烤鸭，荷叶饼，小炒鸭肠和荞麦面。我说再来个莜麦菜吧。她说："不是吧，一点儿油水也没有，像吃青草一样，你要吃？怪不得你那么瘦。"一边已经在菜单上的清炒莜麦菜旁麻利地打了一个钩。她说"不是吧"的表情特别俏皮，我想再这样熟下去我的脸皮可要厚了，厚起脸皮来的我估计是邱秋受不了的。

看完菜谱，我坐回到桌子对面，她看着我说："这样好远啊，说话费劲。"我立马又移回她旁边。邱秋加了酸枣汁，以其代酒与我碰杯，这动作提前抵消了之后发生在我们之间的许多不快，并让我自作多情地以为，我和她没准儿会成为一辈子的朋友。

那一阶段，我把我性格里少有的木讷和羞涩全都郑重其事地给了邱秋，却很快发觉自己在情绪上对这个可以做我长辈的女人总是扑空的，错位的。她一直怪我不够爽利、直白，而我却始终没机会告诉她，旁人眼里的我也还算个机灵人儿，不知怎的一见她就没了主意，心眼死了，嘴也跟着拙起来，完全上不来话儿。

一顿饭下来，邱秋已经大致了解我了。这会儿的邱秋知道我是北漂，知道我的年龄，甚至知道我的月薪。她说："北京有什么好，连个自然熟透的水果都吃不着。"我说至于吗，她说当然，从四面八方进京的水果当然是越生越好存放，要是等熟透再摘下来，到你面前早就烂了。然后还有激素、催熟剂，你看那草莓，大得像连体婴模型，再看看香蕉，心儿全是黑的……聊起这些的邱秋仿佛突然吃了些人间烟火，换了一个人似的。

她主食吃得不多，只是一口一口慢吞吞地喝着酸枣汁："听说这个助眠极有效，今天我要试试。"她说。

那么貌似我也应该多喝点，不过我知道就算再喝今晚我也注定睡不着觉。

"小芊，你为什么做编辑这行？"

"为，为什么？"我一时不知该如何回答，"我，我就是喜欢看小说，做这一行可以看很多小说。"

"哦。你们心聲的总编叫什么名字？"

"陈秋和。"

"你们老板呢？"

"卢伟。"

"哦。都不认识。听都没听过这些名字。"

"肯定的了，"我笑着说，"我们就是一小公司。卢伟那天派我去，无非就是想找机会约你的稿。"

她突然沉默了。

"怎么了？"我问。

"那你录音频，也是为了完成上级的任务？"

"当然不是了！我喜欢你的书！从第一本。"她这个问题让我多少有点伤心，我继续说，"我说的是真的，你不信？我知道你肯定不会和我们这种小出版社合作的。"

"我不知道。"邱秋说，"我们才刚照了几次面，我不知道能不能相信你的话。"这句话让我突然掉进了冰窖，她明显不想继续谈下去了，问我吃好了没有，她说她已经吃饱了。

结账时我抢先付了钱，在那些交情一般却又推脱不了的应酬中我没学会别的，仅仅练就了以最快速度付钱的本领。

邱秋当然不属于这类应酬，所以我的这一本领惹恼了她。钱被很快地甩了回来，她说："我是你的长辈啊，一起吃饭，哪里轮到你付钱！"

回到家里，我看见手机上有一条来自邱秋的信息，于是迫不及待地按下阅读键。一看内容却傻眼了：

> 小芊：请把你的账号给我，我想给你打些钱，作为答谢。我非常喜欢你的录音。
>
> 邱秋

我马上回信息说："不用了，这根本不算什么。您别客气。"
她说她是长辈，我也只好用了"您"。
信息马上又回来了：

> 不给你多，就给你打一万。是我的心意。
>
> 邱秋

她甚至还在信息末端加了个笑脸。
想不出怎么回复才好了。
"老久，邱秋要给我一万块钱，非要我账号，怎么办？！"
"邱秋是谁？"老久说。
"就是我录有声读物那本书的作者啊。"他的记忆力可真差。
"噢！想起来了，哈哈……还有这种事儿吗！等等，现在是几点，我不是在做梦吧！我说，你那一万可有我一半啊……不对，不是一半儿，应该三七开啊，我七你三！"
就知道是这结果。
老久说如果我不见面分一半，就是卸磨杀驴、过河拆桥。这家伙好像一下子懂了不少成语，简直成半个文化人儿了。他还问，邱秋还有其他要录电子读物的书吗，要不要接着干。如果要的话他全包了。

老久在电话那边喋喋不休的时候，我脑子里全都是邱秋吃饭结账时愤怒的样子。说得肉麻一点，我还想和她保持最单纯的关系永远做朋友呢。什么出版社、约稿都滚到一边去。和卢伟那纯粹的劳务关系，根本不夹缠任何感情因素，办事，拿钱，办不成事儿，大不了不要钱就是了，最坏也无非是让我卷包袱走人。

正想着，信息又来了：

> 你怎么这么磨叽啊？你一孩子在外面打工本就不容易，还莫名其妙为我做这些，我帮不了你什么，就是想谢谢你，求一份心安！如果这么见外，还有什么交往的必要！快发给我。
>
> 邱秋

信息后的笑脸没了。这次她真火了，我因为那句"有什么交往的必要"而动摇了。

后来冷静下来想想，动摇是不应该的，我也为此付出了代价，可那一刻，动摇就是动摇了。

要做单纯的朋友，前提得先是朋友。若连朋友都做不成，那一切都免谈了。这年头居然还有人说要拿钱买一份心安，不然就再不交往。好吧，我姑且担个骂名成全你。

我做梦也无法料到邱秋竟会给我下这么一个套儿。她心满意足地以为，用区区一万块钱就试出了阮小芋对金钱的贪念。

她说："就知道没有人对我的好是不图回报的，没有人接近我是不带目的的……"电话打过来的时候，她洋洋洒洒地用着排比句，这猜测不知在她心里酝酿了多久，这结论也不知在她嘴边准备了多久，总之那会儿，她终于可以如愿以偿地把话送给我了。

停顿了良久，她又补了一句："一个星期了，你收到了钱连个'谢'字都没有？"

不瞒你说，此时邱秋心中这个贪财的阮小芋还真没查过自己的银行账户，她转眼已把这件事忘得干干净净，当年那个不满二十四周岁、来京工作不到一年的小芋是有意回避并拒绝关注自己银行账户的，原因你当然知道，一个月下来，临时性的应酬不说，单是交了房租，吃饱喝足，再偶尔买些办公室女孩都爱磨牙的小零嘴，银库就所剩无几了，有事没事老看余额，不是明摆着给自己找堵吗。

一种屈辱感从心底烧上来，我红着眼睛不想说话，生怕说不好把我们本来就不近的关系扯得更远。

然而仅仅一会儿，我就开始在心里宽慰自己了，也许正是由于天地这么大，唯独没几个人给她一份不图回报的好，她才会这样的。也许她在某方面受过刺激，受过欺骗？这么想着，又释然了，可嘴上还想放肆一下，我想说大概我们彼此看错了，更想干脆小人做到底，说你等等啊，我确定收到了再谢你也不迟嘛。然而，这些有点恶毒的话永远只能在我心里滔滔不绝。真的，我无法说服自己把它们拿出来给邱秋。

事实上邱秋面前的我永远是个软骨头，正如和邱秋通话中的我永远像个哑巴。我在心里对这个让自己爱恨交加的女人口若悬河，一面又把嘴闭得紧紧的。我的耳朵接收着来自电话那边的信号，再传达给大脑，大脑本该把这些信号输送给嘴巴，让它用更刻薄的方式反弹给对方，然而大脑却把这一切都消化了，没再麻烦我脸上的任何一个部位，它可真是跟着我受苦了。

"喂，你在听吗？"大概是我沉默得太久了。

我最终什么也没说，就这么挂了电话。

阮小芋也是有脾气的，阮小芋不能对你邱秋明着发脾气，那就暗着来吧。

后来邱秋的这笔钱，也成了这世界上最让我无法理解无法面对的钱。起先我还开导自己，邱秋留给我的东西，总归是好的，可转念一想，留什么不好，偏偏是钱！居然有一种近乎变态的心理，觉得只能把它们放在原先的银行卡里，只能这样存着，才是邱秋给我的那些钱。当时我的卡几乎是空的，所以，邱秋汇来一万后，我再也没有动那个卡，再也没有出入账，我甚至另办了一张卡，然后告诉单位，我的工资卡丢了，需要另外用一张卡。我固执地以为，从银行柜台或取款机取出来就不是原来的那些钱了——因为那是最不像钱的一些钱。

老久说那你就买衣服，当邱秋送你的是衣服而不是钱好了。可真要穿上，大概也不是那么一回事了。最后我对那张银行卡简直无计可施，索性压在抽屉最里层，以为"眼不见为净"，谁知每次翻抽屉，又忍不住要看几眼。仿佛它的存在，才能证明我和邱秋之间曾经有过一段交往似的。

忘了告诉你，那天临别邱秋还送我两张某歌星演唱会的票。她说是一个朋友给的，自己正愁送不出去呢，就索性给了我，其实我对这类演唱会也不感兴趣，但我知道有一个人也许会想去，那就是老久。非主流音乐人嘛，对主流音乐人不可能没有任何向往。

5

你一定有点担心我和老久这种不伦不类的关系了。给你交个底儿，我在老久那儿是绝对安全的。

哪方面的安全呢？你当然知道。

这样说对老久有点不公平，这么说吧，我们彼此安全。

老久曾经说过，一个普通女孩从单身到不单身的过程大概需要十万到百万不等的价钱，当然这是正常情况。碰上女追男，没准儿倒贴，碰上男追女且男烧包，没准儿又不止这个上限。而老久说自己连个下限也付不起，所以他谁也不想招惹。

老久这么说是有原因的，当年和他相恋了七年的女友由于考上了大城市的名牌大学，没等到新生军训完，甚至还没把学校发的新被褥睡热就给老久写了分手信，换了谁也受不了。

又扯远了。但我还想告诉你，我见过那个女孩的照片，用现在的话说，就是长着一副"略带小清新的文艺范儿"，蛮招人疼的。她跟老久说的最后一句话是，她再也没法儿心高气傲地回乡下受穷了，她受不了那里的人们穷得叮当响还自得其乐的样子。老久说她已经不是她了，完全变成了另一个人，早先他完全没有看出任何迹象，当老久问她究竟攒多少钱才不算穷时她倒是愣住了，良久，她说了一句，总之现在不够，她说与其有尊严地受一辈子穷，还不如撇去那不值几个钱的尊严奋斗一阵，然后当舒舒服服的有钱人，有钱才有尊严。据说，没等她大学毕业就积攒了近三十万的资产，她把她的富二代男友给她买的所有首饰和名牌包包都兑成了现钱，然后存进银行，以最原始、最缓慢又最牢靠的方式赚取利息，而且她本人还在长期以化名向香港某机构出卖卵子……

我打电话给老久，问他周六有没有时间来看一场免费的演唱会。我想开了，为什么不看呢？就因为是邱秋送的吗！如果有机会，我一定把钱当面还给她，但演唱会是不能不去的，不然真是白受了一场精神虐待，我们这些人平日里除了中了彩票是不可能花几百块买一张演唱会门票的，真后悔自己纠结了这么久才聪明起来。

老久说："你不早说，我周六上晚班。"

"那可真可惜。"我说。

老久嘿嘿一笑说："不过冲着你做东，我也得想个辙儿溜出来。这样，你差一刻钟七点在门口等我，先别进去，我到了看看行情再说。"

我不懂老久说的行情是什么，然而那天到了门口，我立即懂了。没等站住脚，就有人过来搭讪："妹妹，自己来看演唱会？有余票么？"一个人向来是票贩子的重点目标。

大门口有不少这样的人来来回回地溜达着，见了不着急进去的人，便掏出一张小卡片在你眼前一亮，卡片上印着四个黑体大字：高价收票。

起初我还被票贩子猛然间的这个动作吓了一跳，下意识地摸了摸兜里的票，可随后的 5 分钟里，我发现自己几乎和在场的所有票贩子玩了一遍这个游戏。

老久到了，他瞅了瞅两张票说："竟然还是内场的贵宾票！哪儿弄的啊？"

我把票的来历告诉了老久，当然，关于那一万块钱的后续事件也告诉了他。

老久说："靠，这么变态？你还真是没少遇见奇人奇事儿啊。可是哥们儿我真是想不通，她为什么一边给你好处一边羞辱你呢？这种做了好人还不想留下好名的人也太他妈蠢了吧！"

"谁知道呢。"那会儿我发现自己已无意纠结于这个问题。

"不如把票卖了，钱一起还给她！士可杀，不可辱！"老久也忍不了我所受的窝囊气了。

这时，一对儿90后小情侣从我身边走过，男孩说："你们有余票吗？"女孩补了一句："我们加二百块钱！"老久说："我们这票是内场的，680一张。"他没怎么抬眼，一定认为两个小孩买不起。

可是老久错了，在大城市，相当一部分"小孩儿"比已经工作的我们富得多。

男孩眼睛都不眨一下："内场的？！太好了！没问题，我们加200，一张给你880。"

老久倒吸了一口气，看一场演唱会竟要看掉他将近一个月的房租。

两个票贩子也把脑袋挤过来了，想弄清楚起先说是在等人的我是不是要了他们。

"嘿！可是我们先来的，他们出多少？"一个票贩子说。

"880。"男孩一扬脸说。

票贩子立马撤了，动作简直跟拍板儿似的利落。演唱会马上开始了，他们怕出这么一大笔钱买来的票砸在手里。

男孩得胜似的拿出一沓钱，从里面抽出两张百元的钞票，然后把剩余的一叠钱都给了老久。他说："这是1800，你们不用找零了。"然后从老久手里接过票，大摇大摆地走了。看来，他原本给两张票预订的心理价位是2000……

我用一个信封装着那一万一千八百元，终日活得像一支即将离弦的箭。然而三个月就这样风平浪静地过去了。我想，大概邱秋不会再联系我了，很可能到她下次新书发布会的时候，已经不认识我了。

事实上我开始佩服起她的修养来，若是换作我，对一个自己不了解也无心去了解的人，怕是匀不出一顿饭的时间的。

直到有一天，同事阿茹跟我说，下班后一起吃饭，顺便交流下她对邱秋作品的新发现，我的生活里才再次出现了邱秋这个名字。

阿茹放在我面前一本书。是骆铭的《归路》。我说，不是探讨邱秋吗，怎么半路杀出个骆铭来？阿茹说没错，说的就是邱秋，不过以她八年资深编辑的经验，严重怀疑这本《归路》和《陶版憾事》出自一个人之手，当然这个人就是邱秋。而且，阿茹说她有个重大发现，网上凡是出现邱秋的地方基本都是和骆铭连在一起的。

我说，邱秋有本《来路》，骆铭又写了本《归路》，名字倒是很对称，不过姐姐，大概是你走火入魔了，请别把我拉进去，那个骆铭，邱秋已经不止一次地在媒体前"特别强调"他是自己长期的合作伙伴，是她小说乃至剧本的引路人，但仅此而已。

阿茹不依不饶；"你先看看再说嘛！"

"不看不看，我只看邱秋的书。"我说，"这几天连稿子都看不完，哪有闲情逸致陪你搞侦查。"

"你看看，就看一眼，真的，回头你要是觉得这两本书不是一个人写的，把我头割下来也行。"阿茹的孩子都上幼儿园了，当妈的却还这么性情中人。冲她这句话，我心里已决定回去好好看看。

阿茹的眼光确实相当歹毒，两本小说的风格不同，路数不同，但两者的时间跨度完全吻合，非但如此，还有种无法表达的相似氛围萦绕在这两本书中。就像一个作家写了部新小说，出版商在宣传语中说：这是某作家的转型之作。然而铁定的前提是，虽转型，却出自一个人之手。

第二天大早我一进门，就看见阿茹已经在社里了。她兴冲冲地问："怎么样怎么样？只当看了本邱秋的新作吧？"

我说真有你的，你这家伙就应该去当侦探。她一听更兴奋了："是吧，做侦探还屈了我呢，我这种人就应该直接去申请给弗洛伊德当门徒。昨晚还想给你打电话呢，又怕会影响你的阅读，哈哈，真没想到，无意中让我发现了个代笔门！信不信我现在要是有邱秋的手机号，准会单线联系敲她一笔！"阿茹是开玩笑的，我却打了个冷战，既然阿茹能看出来，自然还会有人看出来的，看来邱秋的神经过敏是有道理的。

我说，阿茹你也太不厚道了，果真是代笔门，你也应该去敲骆铭，你去欺负邱秋做什么，人家也是受害者嘛。阿茹说："嘿！这你就不懂了。人家骆铭名气多大啊，他怕你吗？你敲骆铭，偷鸡不成蚀把米。邱秋就不同了，她才出几本书啊，群众基础还没打好呢，再涉嫌代笔门，压力可就太大了哟！人们是专挑软柿子捏滴，小朋友。"

说实话，我不怀疑阿茹的人品，但却从此替邱秋怕了她。真有点为邱秋担心了，她是《归路》的真正执笔者吗？那么她和那个骆铭到底是什么关系？真如她说的那样吗？还是像传说中的那样？谁会为一个普普通通的"工作伙伴"呕心沥血倾尽心力？还有，她会不会真曾受过类似这样的敲诈？这些问题几乎困扰我到凌晨，可第二天一早我又觉得自己的想法相当可笑，大概是市面上的潜规则太多了，所以人们也习惯性地把原著和编剧的关系往导演与演员的关系上套，还真差点被综艺节目看多的阿茹拉下水了。

6

我和邱秋貌似完了的关系其实还没完。

已是次年五月了，我休了几天年假，连同周末回家待了将近一星期。家乡靠山，这会儿正是草莓、樱桃大丰收的季节。正当我沉浸在一堆水果的酸酸甜甜中时，那个曾说在北京吃不到熟透水果的人却来短信了。

邱秋说："小芋，还记得你帮我注册的邮箱吗？这会儿有朋友想发些资料给我，问我邮箱，我给忘了。"即便在我和邱秋吵得最凶的时候，她的信息或电话也能让我在一瞬间里五迷三道，找不着北。更何况你也看到了，人家的语气多客气，多诚恳，多把我当朋友，多像我们之间根本没有发生过任何不快。不过，看来她平日里真是不碰鼠标和键盘的，不然有发短信的时间，一个电子邮箱也早就注册好了。

我立刻把邮箱和密码发回给她，没有多说别的。但手机却被我握了很久很久，半年多了，她还记得我，我的心为这一来一回两条短信悸动不止，为手机接收和发送两下短短的提示音带来的天涯共此时而心跳加快，我把音量调到最大，生怕耽误了她的要紧事，本来日渐松了的那根弦这会儿又绷起来了——原来，我们的友谊还活着。

临走时我妈照例给我带了不少东西。打从去北京工作，每回上火车，我的双手和两个肩膀就没有闲着的时候，这次依然是一书包的杂物，两箱水果，于是，肩上扛的，手里提的，就齐全了。我曾无数次地羡慕那些提一个小包包便轻装上阵的人们，可每逢到了目的地，瞅着妈给我带的那些北京有钱也买不到的既天然又新鲜的水果，便顿时觉得一路的辛苦没有白费。更何况，老天总是格外眷顾我，逢着要出门，从未遇见过雨天，不然真要用脖子夹着伞了。

谱早就在心里打好了。从上火车的一刻起，那一箱草莓一箱樱桃就已经有主儿了。彼时还没有动车，为了把在家的时间尽量延长，唯一的办法就是坐夜班火车。那次偏偏连卧铺也没买上，人多，行李架严重不够用，就只能把装着水果的保鲜箱放到座位底下了。很快，我发现那里极不透风，而且温度也高，于是又小心翼翼地将两个箱子拿出来，叠放在膝盖上，就这么坐了一宿。邻座的大妈一直很警惕地盯着我，准是误以为我的箱子里有活物，直到亲眼看到我打开箱子检查里面的水果才放了心。

早上 7 点我到了北京的住处。来不及洗漱，便忙把箱子打开，还好，里面的密封冰块早已化成了水，但水果还是鲜亮鲜亮的颜色。那条酝酿已久的短信是八点半发出的。大意是告诉邱秋，我从家乡给她带了些水果，特别新鲜，问她这会儿在不在北京，如果在，我就给她送过去。

邱秋一直没回信息，整个上午，我人在社里却没什么心思上班，那时我每天的任务是处理至少八万字的来稿，要阅读大量的指定杂志，要编稿，还要看清样……要做的事太多，然而三个小时的宝贵时间就这样不知不觉地流走了。

午饭的时候，我终于接到了邱秋的电话，她直截了当地说自己没有时间，让我还是自己留着吃吧，况且去地铁附近拿这些水果还不值她开车的油钱。她把话说得干脆利落，这爽快有时也是传染人的，我听见自己嘴里也来了这么句貌似无所谓的话："好吧，那我就自己吃了。"我甚至冲着看不见的电话那头挤出一个笑脸，于是，通话愉快地结束了。

然而，我发现自己却是有后反劲儿的。放下电话，我就被自己拐弯抹角明白的事实给刺痛了。这事实是：邱秋根本没空和我玩这种小儿科的游戏，即便是有时间，她也没有耐心为这点小事儿开车去地铁，更重要的是，她不愿告诉我她大概的住处，因此我没法送货上门。其实都是可以理解的。人家是什么人，知道你又是谁，凭什么这么轻易告诉你。可是我真傻，傻得不知天高地厚，竟然还想让人家为自己的这点儿心血来潮跑一趟。

晚上，我把自己关在屋里，痴痴地盯着那水果箱子里的红色一点点变暗，回忆着和邱秋交往的每一个回合，总是自己自作多情地扑空后自取其辱。我突然醒悟了，我意识到自己错就错在把邱秋当成了一个普通人去结交，而没有看到我们之间被称作友谊也好别的关系也罢的不平等性，于是越想越伤感，直到老久来了。

他一进门就嚷着说我一定是偷吃了独食，与其说他是瞧见了墙角的两箱水果，倒不如说是闻到的——草莓在濒临烂掉的时候香味是最为浓郁的。

"就知道这些果子不到快烂的时候你是想不起我来的。"老久皱着眉头说。

"是想留着做草莓酱呢！"我信口胡扯，不知为什么，看到老久心情突然好起来了。我把草莓洗净后倒进锅里，加了冰糖和蜂蜜熬了一大锅果酱。那次果酱是我有史以来做得最成功的一次，老久晚上就吃够了，临走还带了满满一大瓶，说这么天然可口的东西，明早抹在面包上继续吃。我又找了个大袋子，给他装了些樱桃，送他出了门。这时，我的心里升腾出一丝变味的快乐，或者说，是略带恼火的安慰。但愿老久永远都不要知道他那天吃的美味是邱秋的剩口。

7

我曾给邱秋写过无数封信，记不得多少封了，总之，有多少封就有多少个不同的开头和结尾。我想象着把钱还给她的时候，附上这样一封信或许会显得自己不像看起来那么窝囊。然而，一周又一周，一月又一月，我把一封封写好了的信扔了又扔，换了又换，最终还是决定什么也不写了。多余。而且还有理亏的成分在里面。毕竟账号是我自己给她的。

一提到那一万块钱，我的思绪便都没了活路。它们夹杂着愤怒、困惑和屈辱四处冲撞，不断刷新着我的失眠记录，它们冥顽不化，苦苦挣扎，直到把我整个人都折磨得筋疲力尽，才发现它们点的都是死穴，进的都是死胡同。

二〇〇九年圣诞节前夕的一个周末，终于让我逮着了机会。那天，老板请我们社里的所有成员吃饭，正当一帮人喝得舌头都有点大的时候，邱秋的电话来了。

我一下子清醒了，不记得自己说了句什么后拿起挎包就走了。我得赶紧回家拿那个早已准备好的信封，只有它能拯救我，也只有它，能解开这一年多来日夜折磨我的疙瘩。

因为多回家拐了一趟，所以我比约定时间晚到了近二十分钟。地点是玉泉路附近的一家商务酒店。邱秋一见我就笑着说："没当过兵的，果然是没点儿时间观念。"

她把我说乐了（我知道她是当过特种兵的），同时又让我觉得，她有时挺把我当朋友的，直到今天我都不知道这是不是一种错觉。

邱秋想要一个扫描、打印等功能四合一的传真机，于是我和她一起去中关村买了这么个东西回来。卖家是我朋友的朋友，人家那边是不跟来安装的，只说照说明书的程序简单组装就可以用了。我的朋友（我们就叫她莹吧）不放心，说跟我们一起回来安装，没想到回了酒店，我们三个花了一个小时却搞不定它。我从小就是最怕看说明书的那类人，大概邱秋也是吧，她说："给他们打个电话吧，好歹也是个800块钱的中小电器了，来看看怎么回事总行的吧。"

电话接通了，那边的态度不怎么样。直到莹说："不过来看，我们就退货！"他们这才勉强说下午抽空派个人来。莹去上班了。临走时说，如果安不好再找她。

等人的这个空当，我想起了此行的目的。于是开始打量这个房间，可得尽快找个好地方下手。

机会来了，邱秋说她困了，去车里拿几包咖啡上来。沙发上放着她的包，可那里不安全，如果她随时想找什么东西，可就要露馅儿了。我又看到床头柜上一个很袖珍的不锈钢饭盒。下面压着一些书，大概是邱秋正在看的。我迅速地抽出中间的一本，然后把我早已准备好的信封夹进去，末了又将书的顺序恢复原样，饭盒也照旧压上去。

倘若你猜测邱秋属于那种养尊处优的女人，那可大错特错了。直到我这一次见她才知道，她经常搬家，她说自己已经把三环四环的房子看遍了，却没有寻到合适的，看来看去还是觉得不如自己曾经租的房子。

所以她过得像个苦行僧，车上几乎是她第二个家。那里储存着水和食物，渴了喝水，困了喝速溶咖啡，饿了也经常是随便对付一顿。她的很多书迷一定认为她拥有一个完美、无扰，起码是舒适的创作环境，其实那会儿她还没有。

她几乎不怎么喝茶，因为泡茶比速溶咖啡需要更多的时间，尽管明知茶是比咖啡更健康的东西。她从不在傍晚六七点的时候回住处，即便是完成了一天的写作，也得找个地方暂时避避，她害怕眼睁睁看着阳光一点点退去，害怕听到所租房子的左邻右舍其乐融融的声音，甚至害怕闻见过道里炒菜的香气……

上门来的维修员也是用了四十来分钟，忙得一头汗才把设备步入正常运转中。邱秋拿出一个小本子给我，我把几种功能和操作步骤都记了上去（这样或许会比说明书简明扼要些）。原谅我往前翻了一页，我想看看邱秋的字。给读者签名的字当然不能作数，那是在无数次重复中练出来的，那龙飞凤舞其实比不上此处的一笔一画，横平竖直，正如被许多读者包围的邱秋不是眼前真实的邱秋。

后来我想起邱秋的时候，还总会想起她那一页的字。怎么说呢？见字如面。有人说过，你的精气神儿和心肝眼儿其实都在你的字里呢，这话我算是有点信了。

安装机器的人走了，当我回头正要把记录好的本子给邱秋时，却发现自以为隐蔽得很好的那个信封已在她手里了。

不好了。

幸亏没连信一起附上，不然现在一定窘死了。玩这种偷偷摸摸藏东西的游戏，我哪里是"三局特种兵"的对手。

邱秋说："阮小芋，你这是干什么呢？"她从来都是叫我小芋，一旦加上姓，事情就严重了。

"……"我暂时还处于目瞪口呆的状态。

"不要就拿出去扔了好了，别放在我这里！"她突然火了，随便在我外套上找了个口袋，将信封塞进去，然后把我往门外推。

她在我尚未夺眶的眼泪中变得有些模糊，这突如其来的脆弱大概是来自被轻拿轻看的委屈，我嘴上说："演唱会我没去，把票卖了，钱也在里面……"我和邱秋此刻根本没在一条思路上。我有我自己都不甚明了的潜台词，她听了这句，却长久地望了我一眼，随后松了手。

事情过去很久以后，我仍试图去揣测、理解她那定定的一望，可结果却毫无头绪。我那句话似乎让她没边没际地疼了一下，为我疼似的。

接下来我得救了，邱秋不再对我怒目而视，也不再将我往门外推。我当时扔下信封掉头就跑的可能性当然是有的，可我没那么做。因为那一望，多少自我折磨的日子又被我抛在脑后了。也同样因为那一望，我可以瞬间忘掉那些她曾经给我的难堪，我可以不再坚持，甚至可以没有原则，因为多少日子以来形成的斩钉截铁的决定也突然被软化了。

她转过身去拿出一件月白色的短款小棉服，说是送给我的。然后帮我套上，让我去镜子前照。她还拿出一盒 LAMBERTZ 饼干给我，她说："你肯定喜欢的，里面每一格都是不重复的口味。你们这么大的女孩子都喜欢吃这样的甜点。圣诞节就要到了，算是礼物。都是些上辈子的债主。"最后这句话吓了我一跳,我不知道自己和谁"都是她上辈子的债主",也不知道她为什么一面赠人玫瑰,一面还要用那张多少有些刻薄的嘴把手上尚留的余香全部抹杀。

LAMBERTZ 饼干吃完后,那个巨大的铁盒子被我永久留存着,我用它来装我最爱的零食,储备我离不开的糖果和甜点,我要用那些美好的味道来充塞我与她之间的回忆,不让那些曾经有过的误会和不快见缝插针地挤进我的脑壳。那个盒子的格调有些灰暗,但却有个明媚的小太阳从一边露出半边脸……

我突然说:"礼物我收下,钱也在我口袋里了,你就不撵我走了吗?"

她笑着说:"是啊,不过你临走的时候先把信封给我看。"(她是怕我又神出鬼没地趁她转身把信封藏在某个地方。她没看出来,我早就投降了。)

所以我走的时候就真的这样老老实实地撑开口袋让她看,这次她满意了,她又把信封拿出来,拉开小白棉服的拉链,放在里面的暗兜里,做这一切时,她的表情平静而自然,你若亲眼所见,便会明白这样的一种表情不容置疑,不容争执。于我这边,仿佛她给的又不是钱,而是小白棉服和 LAMBERTZ 一样的礼物。

我本来就永远也争不过邱秋。我毫无原则地接受了她包括钱在内的"礼物",只为在有她的空间里表达我自己都不甚明了的心意——那一次,我也给她带了礼物。那是一条用藏青和浅灰两股线钩成的披肩。我使出浑身解数,用我会钩的所有图案中最复杂的一种一针一针连起了这条长两米、宽半米的玩意儿。

邱秋说:"哈!你怎么知道我喜欢灰色呢!"我如实说:"其实我不知道,赶巧了。"邱秋披上披肩,像我刚才那样去镜子前照,我也跟了过去。

她停在那里,良久,笑了笑,又摇摇头,然后把披肩拿下来叠好。

"怎么了?不喜欢?"我说,"一定没有孟可待(她小说里的人物)

的好看吧？"你瞧，我连被她拒绝后自己的台阶都搭好了。

"小芋，你是个精灵。"邱秋说。

可她最终没要那条披肩，也许她真的不喜欢，也许正如她自己说的那样，她不习惯接受这种一针一线、心思太重的礼物，这样会带来一种不适。总之，她送我的所有东西我都来者不拒，多少年后，若是没有它们，或许我将不相信自己和邱秋之间曾有这么一段不深不浅的交情。我接受她所有的赠予，她却丝毫不肯成全我的以物寄情。

那天见完面，邱秋执意要开车送我回住处，车上我们聊了很多，我问她："你看过骆铭的《归路》吗？"

被这个问题折磨太久，一不小心，它就趁邱秋还高兴、气氛尚且还好的时候溜了出来。事后想想，这个问题问得有点像是突然袭击。邱秋的目光收紧了，人在不能掩饰心理斗争的时候，恰恰会显得有些无助。我想说我收回我的问题。她却把眼睛看向别处，抢先说："我何止是看过。"车窗外的光影掠过她的脸，映着她一会儿清亮，一会儿沉静的目光。

她完全可以骗我的。我突然觉得对她而言，我大概连个功过参半的朋友都算不上，她完全可以不承认这本书和她的真正关系。

邱秋慢慢地说："我和骆铭，其实很久以前就认识。那时候，我还没有你现在这么大。"

"可，可是，《归路》基本可以称得上是骆铭的代表作！"我开始替邱秋叫屈了。

"《归路》其实是我们这一代人的共同回忆。我只是个执笔者而已。"邱秋不想多说，定是怕给自己带来麻烦，更怕给骆铭带来麻烦，事实上，她对我说的已经够多了。

面对她的坦诚，她的信任，我甚至有些不知所措。想来真够悲催，像邱秋这样的知名作家尚且如此，更何况那些怀揣着文学梦苦苦码字的无名小辈了。不过，这也恰恰印证了不知是谁说的那么一句话：上辈子做多了错事，这辈子被罚来人间当作者。

车到了楼下，她甚至提出要看看我住的地方。距离又一次被她猛地一下拉近了，我只得嬉皮笑脸地说，自己的屋子大概窄得找不出一个合适的角度来完成扩胸运动。

她笑了笑，没有再坚持。我也得以故作轻松地开门，下车，回头摆手说再见。她的车子就泊在楼洞不远处，我走了几步就到了。上了台阶，掏出门卡，开门，回头，她的车子竟还在那里，她再一次地摆手说再见，我也再次摆手。然后她发动了车子，我缓缓关上门廊的门。

大概我们俩都很不甘心，因为我分明看到她眼里的期待。唯一的一次，我不知道错过了这次，以后还会不会有机会和她深谈了。那是我此生唯一一次拒绝她。那么确定的拒绝。拒绝自己一直梦想着深入了解的那颗心，拒绝那原本可以延长的，与她共处的时间，拒绝她参观我在偌大一个京城所临时安置的蚁窝一样的住处，拒绝让她知道，这个一度被她说成"脑子有病"的女孩曾经到底是多么爱她。我怕她看到我住处的四面墙中整整两面都是关于她的"墙志"，那是由她的语录、书中精彩章句和剪报所组成的一个排山倒海的天地，大大小小的纸片就那样层层叠叠地被我贴在墙上，日积月累，它们像海浪一样卷着边，此起彼伏。那也是一个由文字组成的只可意会的精神世界，属于她的和我的，穿越日日夜夜的时光隧道，在那些我们不曾相识和已然相识的岁月里。

她曾说那种论坛和报纸上的过誉让她感觉到某种压力，以至于落笔时首先审视自己的东西是否真的对得起那些看了会心惊肉跳的评论。她说那些夸她赞她的帖子文笔固然可以，但却很大程度上误读了她，发帖者恐怕写得很累，她自己看着更累，唯有一群不明就里的读者像喝倒彩一样地点赞，疯狂跟帖与大声叫好。想到她曾经说的这些我不能不害怕，怕她看到我那铺天盖地的纸片后以为我也是那盲目崇拜里的一员。于是，就那样在关键的时刻退缩了，后来她说，这可能就是代沟，两代人做事上的差别。她指的自然是驱车送我至楼下，我却没有最起码的以礼相待——请她去楼上坐坐。她说她当时竟有些伤感。那么直白地，对我说。当然不是像她说的什么代沟，我心里明白，嘴上却只能继续装糊涂，她对我的误会已经够深了，那时我以为自己和邱秋来日方长，所以决不允许任何可能的坏印象在我们彼此深入了解前形成。她也说过，下次见面，一定会和我仔细地聊聊。只可惜，我们打那儿往后再也没有见面。

8

不得不承认，邱秋是文学界的奇葩，也成了出版界的福音。想想看，她日均五千字，且高产高质，有人在网上评论说，邱秋这家伙不睡觉吗，写得也忒快了，读都快要跟不上写的速度了。

你得注意，日均五千字单单是指那些署了她名字的，若是加上骆铭的那些呢。想到这里，那个有些时候让我恨得不行的邱秋不见了，取而代之浮现在我眼前的，是一个执拗的邱秋，一个沉思着的邱秋，一个坐在写字台前日日夜夜笔耕不辍的邱秋。她那一个个貌似小飞镖般每每都能正中靶心的字句，不晓得是多少个失眠之夜换来的。她曾告诉我，夜里打腹稿白天动笔是她多年来形成的习惯，这习惯造成了她的重度失眠，没有办法，写到口干舌燥，筋疲力尽的时候，头只要一挨到枕头，思路又飞出去了。

老久说，日均五千？她有那么多话要说吗？如此纠结的人大概活不长。我说去你的，总比你一年到头不动脑子，早早就生锈了强。老久一耸肩膀，表示无法认同。他说，谁说我不动脑子？老子要么不动，每动必出精品。你忘了我跟你说的，上次我用不到半小时写的那曲子，现在还在我上班的地方流行呢！怎么样？服不服……但是最末还是给邱秋说了句公道话，他说，这个作家很勤劳，就是有些神经质。

阿茹真的在网上建立了一个邱秋书友会，还极力要发展我为会员。工作之余，阿茹几乎认真地读遍了这个论坛上的所有帖子，同事们都说，她俨然要成为一个"邱秋通"了。我偷偷地注册了一个名字，叫"结绳记事"，平日里只"潜水"，不发言，当然，我没有告诉阿茹那就是我。

应该说，我去邱秋书友会论坛的瘾不比阿茹轻多少。虽然我不会像阿茹那样每帖必读，却也混在其中，享受着隐姓埋名的快乐。

人人笔下都有一个自己想当然的邱秋，少数差之毫厘，多数谬以千里。

有忠实的读者仅仅就书论书发表中肯的评价，也有大把无聊之人揪着她的私生活不厌其烦地八卦，甚至还有一个貌似她旧友的人，一上来就忏悔说："邱秋，我只说一句话，我终生对不起你。该进去的是秦山而不是……我是整个事情的目击者甚至后续策划者，我包庇了秦山，我毁了……也毁了你一辈子的幸福，我没脸再说别的，只希望你这辈子能痛痛快快地恨我。"

这种帖子让人看了以后也不明就里，但竟引来跟帖无数："楼上把话说明白！你说的邱秋是作家邱秋吗？"

"你是谁，秦山是谁？省略号又是谁？"

"省略号是骆铭，猜测完毕，楼主秒闪，不厚道！"

……

真真假假一通乱猜，最后还是不了了之。

普通人还是比较幸运的，因为很少有被大众曲解的机会，真的，看了这一个个被曲解的邱秋，有点像替人挨了闷棍似的，我猜邱秋本人大概很少或根本不会造访，不然肯定不被笑死也会被气死。

阿茹说："我知道你在潜水。"我笑着承认。她仍不依不饶："信不信你只要说一句话，我就能立刻把你从人堆儿里揪出来？"以她敏锐的观察力以及对我的了解，我信。她突然又苦笑着说："你浮上来帮帮我嘛，我现在在论坛简直有点里外不是人了，被人骂得好惨啊。"

"有这回事？"这倒是我始料不及的，"建个论坛也得罪人？"

"当然！"阿茹几乎是咬牙切齿地说，"我删了三类帖子：1. 无聊透顶，让人见了就想吐的。2. 低级下流的。3. 万一邱秋有一天看到会不爽的。于是，就得罪了一帮小人，这会儿，正在论坛里闹分裂呢。"

我说："嗨，多大点事儿啊，以你资深编辑的品位，当然很少有人说的话能入您老的法眼啦，而且，说句不太好听的话，像你我这个年纪还逛论坛，自然是不太招人待见了，现在论坛里九〇后和〇〇后是主力军啊，和咱们已经不只是一个代沟了，你说你和一群毛孩子较哪门子劲啊，千万别当真啊，认真你就输了。"最后这句话是不久前刚从老久那儿学来的。

谁知阿茹突然凑到我耳边，神秘兮兮地说："本来姐我也是这么想的，抱着自娱自乐的态度，玩玩算了呗，可是，最近我总觉得里面有个人像邱秋。"

"得了吧，你又开始臆想了。"

"上次猜书的事儿你忘了，之后你不是也有同感吗？"阿茹一本正经地说。

"上次是上次。她不上网的。"

"你怎么知道她不上网？"

"……"说漏嘴了，"呃，她哪里有时间上网，你要是每天保质保量地更新五千字小说，还能有闲工夫摸鼠标按键盘？"

"也是啊。"阿茹想了想说。

"我可告诉你啊，别弄个破论坛吸引邱秋的注意力，浪费人家时间，谁毁了邱秋的孤单，谁就毁了邱秋！"

"好吧。我承认，你说话越来越像台词了。"她也一耸肩。

我知道，对于这件事，阿茹自己也没当真，不然实践证明以我平时的唇舌是说服不了她的。我说，哎，告诉我那家伙的马甲，我去鉴别一下，看看是谁在模仿邱秋说话，弄得我们阿茹姐不得安宁。阿茹挠挠头说，那人总是换名儿，其中一个马甲叫"茧青"。

我倒是不记得这个名字了，可能是刷屏太快，帖子沉了吧，我嘴上继续和稀泥，心里当然清楚，那就是邱秋。邱秋确实在不断地变换名字，我能准确地识别她这个性情中人随心而取的每一个性情中名，这也是我一直追着看帖的最重要理由。

茧青说："很多的故事，很厚的情，很多遗憾……所以远看是花，近看是伤疤……已非水清仙，凡尘不知故里烟。"

又说："你们说的是邱秋吗，有一种人，总把自己的意志强加给别人，是不是不合适呢？？？如是自以为是，那就不自量了。对待这么一个经历许多又饱尝人间冷暖的人，还是不要用这种方式，她的为人是从不去干扰别人的自由，更不去理睬那些不知深浅，别有用心的家伙。只是静静地在心里感念着生活所带来的一切。"

这些都让我想起邱秋说过的话，她说那个专属于她的小论坛曾经让她着迷、中毒过，但很快，就让她的气愤多于惊喜了。一次她说，看那些帖子！什么叫在伤痕文学里浮出水面，又在伤痕文学里淹死？除了伤痕文学，我还写过纯粹的都市题材，还有历史题材，甚至还写过报告文学，小芊，他们说话怎么可以这么无凭无据，这么不负责任？！听着邱秋无比认真地向我发问，我觉得她特别可爱，特别真实，特别像她小说里的那些人物。这才是我从一开始第一面就喜欢，崇拜的邱秋。我也曾对她说："他们水平参差不齐，对你了解也有深有浅，没必要跟他们生气。"

"怎么可能不气！他们这是对我的曲解！误读！颠倒！那不是我！"她真的较起真来。

"那你就不看那些东西，"我说，"像你曾经那样，心无旁骛地写。"

她在想着什么，没有说话。

我又说："你还写过历史小说吗？"看她的书也有很长时间，倒是没有哪本是纯粹的历史题材。

"是啊，"她得意地说，"一个很有争议的女人，一个历史人物，一段唐朝历史。"

"是谁呢？"我好奇地问。

"那一天，创作研讨会，你给我名片的时候，手里拿了一把小扇子，上面是谁的诗？"

"啊！"我恍然大悟，竟是那把扇子成全了我？她对我的印象，竟从那时候就开始了？"是，上官婉儿？"那把扇子是一次很偶然的出差机会在苏州买的，上面的小诗因为喜欢，所以几乎能背。"叶下洞庭初，思君万里余。露浓香被冷，叶落锦屏虚？"我问她是不是这首诗。

她低声继续："欲奏江南曲，贪封蓟北书。书中无别意，惟怅久离居。上官婉儿的《彩书怨》。"

"那您写的那本书就是关于婉儿的？"

"是，那是一个剧本，合作的编剧没有用我的稿子。也是因为我没有完全按照他的大纲，写着写着就情不自禁地离题了。没有办法。"她惨然一笑，继续说，"宁肯不用我的稿子也不能改，那些人，简直是卑鄙。更何况，那么流畅痛快地创作过程，既然它已经在那里了，我就不愿意别人在我的作品上添枝加叶，或者，把我的作品作为枝叶添加到别人的作品里去，特别是在创作初衷相违又道不同的情况下，你明白吗，小芊？"她依然很认真地问我。

"嗯！我明白。"我拼命地点头。

"不，你不明白。至少不全明白。"她沮丧地说，"包括骆铭，他也不明白，不了解当初的全部。那时候我们没有一点名气，也没有钱。写的很多都是'命题作文'。基本没有出版社愿意冒险出我的书，更没有人约稿，好不容易有一家小出版社的编辑约我见面，你猜都猜不到他们上来就跟我说什么，他们可真是直爽，他们说，听说你有一个很有钱的朋友，做地产的，如果你能说服他给我们社里投资一点经费，那么我们愿意帮你出一本书，当然我们不负责后期的销路问题。那种被羞辱的尴尬我现在都记忆犹新。也就是在那前后，一个当初还算有名的编剧把大纲给了骆铭，骆铭又给了我，我写完之后再通过骆铭给那个编剧。然后他让我改，删掉我最满意的地方，加进大段大段哗众取宠的对白，他把我约到珠江边上，说是谈本子，谈创作细节，可一会儿手搭在我肩上，一会儿又借过马路揽我的腰，我记得我还算礼貌地躲开了，毕竟在为自己费了很大劲才写出来的稿子争取，可随即他的脸阴下来，说，'像你这种才出茅庐又一身傲气的人我见多了，不愿意，有的是人愿意。这本子果真和人一样倔，那他们八成下场一样。'大概就是这意思，我当时简直被他说蒙了，我没想到以文为生的人竟也会这么卑劣，这么无耻，这么，仗势欺人，我不知道他说的愿意不愿意是改稿子还是其他，总之我是一个字也没动。文学和艺术一样，都是太脆弱太可怜的东西，但可以让一个人忘了自我甚至丧失气节，你永远想不到一个成功的作品背后会有多少不那么美好甚至丑恶的铺垫。可想而知他最终没有用我的本子，可后来在他采用了的本子里，却大段大段地出现了我写的台词……骆铭说这也算正常。也许吧，从那时起我有十年没去碰剧本，那不是我想要的文学世界，那样任人宰割，任人操控的，我宁愿不写。骆铭在我和那人之间周旋得也很累，他没有明白为什么我坚决不改，更没有真正看透那个人。所以这本《婉儿》是我心头的一块疙瘩，它至今还在我这里，没有出版更没有给别人去投拍。我一定要等一个合适的人，才能心甘情愿地把它交出去。"

9

五个月后，又到了邱秋的新书发布会。像众人说的，邱秋平均出三本书才会露一次面，尽管她不喜欢频繁地出现在大众视野范围内，尽管她依然每次都要喝酒壮胆，可出版商们还是每每揪住她不放。邱秋曾说自己最怕的就是读者手拿一张长长的问题清单，一个问题接一个问题地连续问，这让她觉得心里没底，甚至比考试更折磨人，读者几乎要深究她书中的每一个形象是否确有其人，而她却挖空心思也解释不清一个作者的想象力究竟是怎样在理想与现实之间和了稀泥，以至于经过润色的人物就算确有其人也绝对早已不是那个人了。更何况，回答问题也是个技术活，绝不仅仅是以诚相待那么简单，与此相反，有时候所谓的"修养"恰恰就是有耐心编出谎话来骗人，当然编谎容易圆谎难，要把善意的谎言一一给圆了，也得有足够的才华。

阿茹兴奋得要命，说上次一朝错过成千古恨，这回终于有机会见到真人版了。我说，早知如此，上次老板派我去时你怎么不主动请缨。她撇撇嘴小声说，因为，去当纯粉丝总比公干轻松许多。

她倒是看得很清。

阿茹这次也准备了一份邱秋最怕见到的"问题清单"。我说，轮不轮到你提问还两说呢，用不用装备这么齐全啊？她说，紧张啊，理一下思绪还不行嘛。我趁机瞟了一眼她的问题，大概没有什么邱秋应付不了的，关键是我确定了她没打算问有关《归路》和骆铭的事，这样我就放心了。唉，不知什么时候起，自己居然开始幼稚地替邱秋操心了。

阿茹提前一个多小时去占座，却只勉强挤在了第五排一个比较偏的位置，她很失望，我却还是觉得离邱秋太近。我说阿茹你自己坐这儿吧，我跑后边点儿坐去。不料她却扯着我不放，说你缺心眼啊？坐最后哪能看清啊？我说我不想看得太清了（我是不想让邱秋无意中看到我）。

阿茹说，你有点出息行不行，不用你提问还临时怯场啊？这是姐拼了老命才抢来的位置，回头你在论坛浮出水面说两句公道话，也算是报答我啦。我没有心情听她扯这些，只是在心里祈祷千万别让她逮着机会提问，这样邱秋就看不见我了。会场那么大，貌似也不会那么容易中奖吧！

有读者提问说既然她的作品已经成功地把80后甚至90后带入了二十世纪六七十年代，那么有没有打算写一部着眼当代社会的作品呢，也好让无法进入儿女世界的父母们"跨越"一把。还有人问得更直接，你怎么老写过去的事呢？而且尽是些倒霉的女人！为什么不写写现在的白领呢？邱秋笑了，满脸的抱歉，她有点自暴自弃地回答说，大概我也就这样了，不少朋友也鼓励我写写现在的生活，可我觉得最为难的就是写都市白领。不等我拿起笔，光是打打腹稿就觉得很不自信。

邱秋说，自己从很小就被抛进了一个很大的熔炉，这个熔炉就是部队，有各种各样的人，都是从不同的家庭来的，有农村的，也有城市的，有高干子弟，也有市井阶层，这些来自四面八方的人给她留下了太多的故事，直到现在她都觉得他们是最熟悉的人，他们是书中每个故事的真正亲历者、当事人，他们的故事她永远都写不完。她又说，现在正在写的东西都是沉淀了很久的旧事，在脑子里翻来覆去思考很久了，相比那些刚刚发生，还看不清甚至看不懂的事，她对旧事更有把握。

为什么不自信呢？您不也是活在当下吗？毕竟当下的生活更易被接受，有更广泛的读者基础。刨根问底的人又来了。

是。你说的没错，可是我现在接触的人比较少，年轻朋友就更少了，说句不大好听的，我感觉自己都和这个社会有点脱节了。

您没有儿女吗？或者亲戚的儿女？对方的语气简直有点像审问了，回答这些问题真是得有相当好的修养不可。

没等邱秋回答，那人又继续说，这是否意味着您的作品在年份跨度上会有一些局限，以至于在当今新元素的融入上很难再有突破呢？

邱秋有点无奈地说，也许吧，我动笔的时候真的没想那么多。

那个人终于满意了。我小声对阿茹说，这样连续被问上两个小时，晚上会不会做噩梦啊。阿茹正忙得不可开交呢，时而做些"笔录"，时而还发几条微博，她这会儿根本没时间搭理我，头都不回地扔给我一句：所以啦，就算下辈子投胎投错了不小心当了作家，也千万别做这么纠结的作家。你写的东西再纠结，读者也会有更纠结更变态的问题等着你。

可以做不知名作家嘛，我小声嘀咕。

算了吧，阿茹说，你还是歇歇吧，不知名作家就是那些打定主意要一辈子当穷光蛋的倒霉鬼。

听起来貌似还挺有道理，我想和阿茹继续聊聊，不料她却突然对我说，嘘，别说话！姐要提问了。

可惜这一次阿茹没有抢到名额。

一个貌似记者的提问者刚刚开口就把摄像头很专业地对准了邱秋："自第一部小说《曲中曲》出版以来，您的创作速度一直很平稳，基本保持在一年到两年一部长篇，可是二〇〇一至二〇〇三年间您一下子出了近十部书，几乎是每三个月就有一本，请问邱老师，是什么原因促使您突然加快了创作速度？"那人的语气客气得惊人，但却明显来者不善，"据说是因为你的某个好朋友在澳门赌场输了一大笔钱？"他把"好朋友"三个字咬得特别重。

"哇塞，真是每次都有新料。"阿茹唏嘘。

"那些故事都是我早就写好的，所以赶在一起出版。"

"但那期间您是不是特别需要钱？""记者"又开始穷追不舍。

"您认为急需钱的时候靠写书赶趟儿吗？"邱秋反问。

台下有人笑了。所有靠写作谋生的人对赶不赶趟儿都心知肚明，所以问题被自然带过。

突然，埋伏已久的阿茹站了起来，并且高高地举手。刚才听主办方说由于邱秋下午还有其他的活动安排，所以和读者互动的时间将在五分钟内结束。我有一种想猫着腰蹲下的冲动，说："都快结束了，你这时候还凑什么热闹？！"

场面已经开始有些混乱了，有几个人因为抢不到麦克风而开始争吵。

"那边那位女士，"主办方的声音，"今天最后一个问题了啊。"天哪！他说的正是坐在我旁边的家伙！

我想阿茹此时心里的感觉一定有点像中彩票，只听她站起来说："老师，我是心声出版社的，今天本来准备了一大串问题，可是为了不耽误大家时间，就只提最重要的一个问题，这个问题很简单，我想问您看过骆铭的早期作品《归路》吗？感觉这本书和您的风格很像。"阿茹嘴上说得无比诚恳，鬼知道她到底想干什么。

邱秋朝这边看过来。当然，她一下子认出了坐在阿茹旁边的我，她远远地和我对视了三秒钟，那一瞬间我心里只有两个字：完了。

"没看过。"邱秋说。

这黑锅是要替阿茹背定了。该死的谢阿茹！提问也就罢了，还非得自报家门！生怕人家不知道她是心声出版社的！我跟阿茹坐在一起，在一个杂志社上班，而且又是我问邱秋《归路》的事情在先，阿茹的提问在后，我跟自己都说不清楚，更别说跟邱秋解释了。

好在邱秋是那么忙的一个人，平日里漏接了她的一个电话隔几分钟再打过去，她多半都早已不在那个节奏上，更何况事情都过去一个周了，我自己也只能姑且安慰自己邱秋根本没空跟我计较了。

那一周发生了不少事情，阿茹兴高采烈地跟我说她上报了，就是因为那天的提问。我掐着那张不知名的报纸瞅了半天，文字是一个都没入眼，倒是邱秋照片上的表情让我心有余悸了很久。好歹你谢阿茹女士也是咱心声出版社的知名编辑了，就上这么个小破报纸，值得这么大惊小怪么？我嘴上东拉西扯，心里却恨她恨得牙痒痒。阿茹一把夺回报纸，说，去去去，羡慕嫉妒呢就老实说，别藏着掖着的不好意思，不知道是谁刚才捧着报纸都看出神了。

晚上我回到住处，由于一语不合与房东的女儿吵了一架，这直接导致了我的挪窝计划提上日程。收拾东西的时候，无意中发现了半个多月前同事帮我去领的体检报告，当时看都没看，随手就扔到一边去了。

这份展开以后的体检报告险些要了我的命。不敢吓唬家里，只得拨了老久的手机号。我的眼前已经有些发黑："老久，什么是畸胎瘤？"

"啥子？啥瘤？"老久当时肯定被我弄得莫名其妙。

"……我的体检报告上这么说，我，我怀疑是不是医生搞错了。"一边说着，我又把报告翻回第一页，希望看到的不是"阮小芋"而是随便一个什么名字。我这才记起那天躺着做B超的时候我都在用手机浏览主编给我派的任务，医生好像跟旁边人说什么几厘米，还跟我说了句什么，我当时还接了个老板的电话，所以具体说了什么也没听清楚。这敬业的精神真是天可怜见，这加班加点赚钱不要命的生活方式也预示着那早已怨言满满的身体和骨架该小小报复我一回了。

眼泪基本上已经把视线全部挡死了，想起老久曾经还对出版社给员工提供一年一度的全面体检待遇羡慕不已，说什么像他这样没有医保又没有条件定期体检的人，真的不敢生病，不能生病，大概哪天死了都不知自己是怎么死的。此时的我却巴不得不存在年度体检这份待遇，我宁愿什么也不知道。据说百分之八十六以上的病人都不是被疾病害死的，而是被吓死的，我了解自己的心理素质从来就算不上过硬，真要得了什么病，肯定不属于另外的那百分之十四。

话筒那边传来噼里啪啦的用键盘打字的声音，然后，才是老久的声音："小芋，你先别忙着哭嘛，你听着，我刚才百度来着，这东西绝大多数是良性的，要不了你小命儿。"

网络这玩意儿真是好，从完全无知到基本有知只需要不到一分钟的时间，怪不得这世上"博学"的人越来越多，只可惜多半都是些一知半解的"一分钟学问家"。

"我现在就想知道到底是不是良性的，麻烦你继续百度一下，怎么进一步看是不是良性的呢，还有，这种畸胎瘤是恶性的概率大概有多少？"

"……呃，放心吧你就，百分之九十九以上是良性。"

我当然知道这是老久编出来的数据。放下电话，我去洗了把脸，房东女儿撞见我顶着一双哭红的眼睛出来吓了一跳，还以为我在为刚才的小过节而想不开呢，不至于吧？她说，我连向她解释不是为那事儿的力气都没有了。

10

人生的一大遗憾就是遭遇到时八成不是噩梦，好运来后却多半转瞬成为泡影。早上还在为阿茹那破报纸而闹心，为还有一大堆来稿没看而着急，现在躺在床上满脑子却只剩下一个念头：我还没有活够，我不想死。

于是强迫自己睡觉。很努力地睡。

然而就在这个时候我的脑子里居然全是邱秋。尽管眼睛发胀头疼欲裂但是她笔下的人物竟一个一个地走进我的脑壳，在我的眼前打转。我清楚我自己是留恋他们，舍不得他们，是他们让我知道生之为人竟然能活出那么多种不同的意义，他们个个命途多舛却无一不是性格脆弱的我精神上的领路人。我真怕来日不多，再也读不到他们的故事，再也无法与他们亲近……

我还想起邱秋对我说过的一些话，她说将来能帮你的，我会尽量帮，不能帮你的，我会心疼你。她还说我对你说的一切，就是我所给你的。这些话此刻回想起来几乎让我痛哭出声。

就这样那天夜里我流着眼泪睡着了，谁知祸不单行，没过多久就被楼上的喧闹声吵醒了。这是一幢20世纪70年代末建起的楼房，据说当年是专门分给在冤假错案中平反的人住，户型虽然小，但很多人分得了楼上楼下两套。于是很多人像我的房东一样，自己住一套，对外租一套。在这小屋里住了一年零三个月，极少失眠，也许是因为白天的工作太累，可今晚，一旦醒来后注定是不那么容易再睡着了。

当我推门来到阳台上，已是凌晨一点多了。居然对面楼上还有人在放遥控电风筝。看那长长的线，闪着细碎却动人的光芒，划过静静的夜空，仿佛一直要通到天上去，若不是因为五颜六色，还真以为自己看到的是天边的一片星海，有种"疑是银河落九天"的错觉。

正发着愣，手机铃声响了起来。

"小芊，你从楼上给我开下门，我没有门禁卡，太晚了没人出来，等了半天还是上不去。"老久的声音。

我手忙脚乱地去开门，见了他就没好气地红着眼说："你千万别安慰我啊，这会儿谁安慰我我就冲谁哭个没完没了……"不等说完，老久的胳膊已搭上了我的肩："哥们儿，你还真以为我闲着没事儿干了大半夜跑来安慰你，要真就是安慰几句，破费几个银子打个电话不就完了嘛，哥哥我是来拿你的体检报告的，我现在马上找个地方传给我一弟兄，那家伙是学医的，现在在青岛一所大医院混得不错，让他先给咱看看体检报告再说。"

"这么晚了你去哪儿发传真啊？"我问。

"哎呀你就甭管了，等我的好消息啊，别关机，我知道你现在一时半会儿也睡不着！"他学着《别了，温哥华》里陈坤的样子背着脸跟我摆了摆手，算是说了再见。

四十分钟后，我再次接到老久的电话，只听他在那头儿大声地吆喝："嗨！没事儿了没事儿了，我那医生哥们儿江城同志说这东西是天生的，换句话说，就是你还是胎儿的时候就在你身体里，做个手术拿掉就行了，而且，人家说这都不算啥大手术，"后面一句，显然是他自己加上的，"你想啊，娘胎里带的东西，跟你玩了二十多年了都，八成是良性的，不然你早该挂了。"

不管怎么说，老久说的也还算有道理，想想自己这辈子小坏事不好说，大坏事还真是一件没干过，老天爷没道理这么快就要玩儿死我吧。

我回老久说："刚才明明还说是百分之九十九以上是良性，现在一转眼变八成了，老久你别吓我啊，明一大早起来，你不会告诉我好坏各半吧？"

"差不多行了啊，你还来劲了，快睡吧，明儿下了班儿和你详说。放心吧，死不了。"他知道我有了抬杠的心，准是思想包袱已经放下不少了。

第二天我浑浑噩噩地上了一天班，正事儿没干几件，倒是全面恶补了一下关于"畸胎瘤"的知识，天涯论坛上有一个关于畸胎瘤的帖子我从头看到尾，越看越害怕。下班前五分钟我收到老久的短信："我在你公司写字楼左拐一百米处的小豆面馆等你。"我马上收拾东西奔了过去，店里比较空荡，一进门我就看见老久坐在一个角落，已经点上了店里最有名的肉焖豆角饭和茄子豆角面。

看我走近，他便自我感觉良好地哼起了经他自己改编过的陈奕迅的《好久不见》："你会不会突然地出现，在街角的小豆面馆，我会带着笑脸，掏上几块钱，给你也点一碗面……"我几乎就要被他逗乐到那个曾经没有"畸胎瘤"的快乐世界了，说："呦，这么高兴呐，逢着别人落难你就特乐呵是不是？"

老久一本正经地说："我可没那么低级趣味。我是为自己乐呵呢，沾你的光，我请了半个月大长假，专门照顾你这个病人。怎么样？够意思吧？！半个月呐！人家居然还没开我，而且说半个月以后回来没准还给我加薪呢，"他越说越高兴，"你说我是不是个抢手的人才？八成是老板以为我要委婉辞职，怕我这酒吧一哥说走就走，才声称要添银子挽留我吧，你说我就他妈纳闷了，怎么你一倒霉我就立马转运了呢？"

我说："你有完没有？我早知道你是个人才了，关于这方面的求证和论述可以省略了，不过我想知道你哪里需要照顾我这么久？"

老久认真起来："我那医生哥们儿说了，你那两个东西虽然一时间没有生命危险，不过还是尽快手术拿掉为好，毕竟发现的时候已经不小了（直径一个 8.6 厘米，一个 5.9 厘米），要是由于哪天剧烈运动或是用力过猛扭转了，就危险了。哎我说，你们出版社不是年度一次体检吗？前一次怎么没有查出来？"

我说前一次我没去。

"那前一次的前一次呢？"

"也没去。除了这次去了，其余都没去。"

老久一听就龇牙咧嘴地说："我说你这败家玩意儿，有机会体检还不去，这不是扔银子吗？下次你不去换我去！"

我开玩笑说："怎么，你也想查出点儿东西玩玩？"

老久说："我呸！！！我呸呸呸！把你说的话吐掉赶紧！要看到自己的口水才能算数！"

我说："谁知道这么大的两个东西在身体里居然一点感觉也没有，可能它们开始很小，也是随着人长，越来越大吧。"

老久探头看了看我的小腹："还真别说，我仔细观察的结论是你貌似是有点小腹隆起，说不定拿掉以后还收腹了呢。"

"去你的，"我回他，"你再说一句我肯定吃不下了，中午就难受得没吃，现在好容易有点饥饿感了，你别影响我食欲。"

饭后，我们又继续讨论手术问题。老久说可不能在北京，这年头没有熟人铁定要吃不少苦头。说是讨论，其实我发现他心里早就给我张罗好了，就回青岛做吧。他说他的假期搞定了，现在就看我的了，一请下假来，马上可以一起撤了。

我又担心地问："手术过程中是不是全麻？有没有痛苦？会不会听到金属器具的切割声？我是清醒的吗？能不能感觉到手术刀划入腹部凉飕飕的？"

"呃，五个问题。第一个是，其余答案都是否。放心！"老久说，"这个我早就给你问了，我那哥们儿说是麻针一上，你立马入睡，啥都不知道就下手术台了，也就个把小时吧，快的话半小时左右，据说有些人打了麻针还能做梦梦见吃自助餐呢。术后，一至两周活动自如，半点痛苦也没！嗯，就跟无痛人流差不多，"他鬼笑道，"只不过，人家流个娃，你呢，流俩那啥！"

没想到，当年那个在审讯室喝了我半包豆浆的老久现在已经俨然成了我半条命了。不过做梦吃自助餐我是压根也不信的，因为老久最爱干的事就是吃自助。在他认为，做梦吃自助就是最美的梦了。

我的请假经历远没有老久那么顺利，领导说，咱们出版社的情况你也是知道的，一个编辑每天那么些稿子要过，谁也顶替不了谁，你这一走，我找人加班加点帮你弄，一个星期也就顶天了吧，哪有一请一个月的？

以前每逢有人想请时间长点的假，领导都是这么一套台词，上面的一段话，社里人人会背，领导的嘴唇一张一合地把他不准假的意思通过声波传进大伙儿的耳朵时，每个人心里都在说：把他／她的工资给我当加班费吧，我替他／她干，别说一个月，一年都行。只可惜，心声出版社员工百年不变的规矩是，加班加点不给钱，迟到一秒就扣款。

我的声音小到不能再小了，我说领导，我这次是真的没别的办法了，我要回老家做个小手术，我尽量半个月赶回来，这样您看行吗？

"回去做手术？你年纪轻轻的得什么病了需要做手术？"领导满脸的狐疑，一双小眼睛把我从上到下扫了一遍，他的大嗓门一上阵，貌似是所有人都听见了，因为我看见大伙不约而同地朝这边看过来。

"不是什么大事，但是术后可能得卧床一阵子。"我想我的这点隐私权还是有的。

领导诧异的目光还在我身上徘徊，想必一定是满脑子意犹未尽，他现在的注意力恐怕被好奇心吃了大半，早就已经不在准不准假上了。

"小手术？卧床？"他的目光告诉我他的思路已经走到岔道上去了。

"行吗？领导？"我又说了一句，"这样吧，就定半个月，半个月我不回来，您就另找人，这上半个月的工资我也不要了。"

老板大概觉得我最后一句话还是蛮有诚意的。就这样，在按领导要求写了长达三千字的未完成工作明细和下月一号到岗保证书后，我被准了十五天的假。事不宜迟，假期一确定，我就通知了老久，老久和我一起收拾好东西，然后去买了两张第二天的火车票。

老久说，你这家伙真有福气，我那医生哥们儿说了，他们医院每周六会请省里的专家来坐诊，专家来了，上午通常是做手术，下午会诊，咱们明天也就是周五到，周六正好赶上了。

我说，老久，我不会死在手术台上吧？我现在一想医生要用冰凉的金属刀划开我肚子就感觉喘不上气儿。

老久说："又来了，都跟你说了，这属于妇科的小手术，而且你不是也看图了吗，那周围没有大血管，又不会有大出血什么的意外，你怕啥啊？到时候术前再做个心电图，量个血压，保你没事儿！而且我听说现在的医学技术可发达了，给你打了麻药之后，负责麻醉的大夫就会对你进行催眠，整个手术过程你不但一丁点儿痛苦也没有，而且就像先前说的，还会做美梦。"

"可我还是害怕，我巴不得现在就上手术台，巴不得现在就把东西取出来，然后去切片化验看是不是良性。"

"哎哟你要是实在不放心，就干脆把你的遗愿写出来交给我。"他又开始逗我开心了，我发现病人某些时候大概更需要这种有点诙谐的风凉话。

"我想回家看看我妈。"

"嗯，你把家里电话地址给我，手术后我负责通知她。你都知道现在这种时候最难熬了，这会儿打电话告诉她，还不得一分钟白她十根头发？"

我看着老久，突然觉得这家伙比我成熟不少："我还有一个'遗愿'，我想请邱秋吃顿饭，把钱还她。"

"不会吧？！"老久一拍大腿吓了我一跳。

"你这么激动干嘛？你不会忘了吧，我还欠她钱呢。"

"我当然激动啦，"老久满脸的不可思议，"那钱你不是早已想通了吗？"

"那是我以为来日方长！"

"真没想到，邱秋在你的生命中居然已经跃居第二位啦？阮小芋同学生命里的重要他人居然没有男人啊哈哈哈……"

"谁说的，当然有男的啦。"

"谁？"

"我爷爷。"

"行，我服了你。是不是还有你五叔和三舅啊？"

我说："去去去，你回避一下，我先给邱秋打个电话，看她今晚上有时间没有。"

"哎我说你们俩到底什么关系啊？"老久说。

"也许连一般朋友都算不上吧。"我说的是真的，"最近有个事儿没说清楚，觉得堵得慌。"

"那我奉劝你临走还是别再给自己添堵了，术前的心情也很重要，反正我觉得那个邱秋是神经兮兮的。像你说的，来日方长，没必要这个节骨眼儿上火急火燎地跟她较劲。对了，手术前要喝金银花水给体内消炎，这样术后才好得快，"他把一包从药店里买来的干金银花拍到我手里说，"好好享受在房东家的最后一晚，明天见！"

你已猜到我肯定没听老久的话，我知道今天要是不拨邱秋的号码，肯定是过不去自己的一关。

11

有人说，一个听上去舒服的称呼会在瞬间大大增进两个人之间的情感。对于邱秋，我却始终找不到一个合适的称谓。我不知道为什么在别人那里开口闭口叫得像亲爹亲妈一样自然的"邱老师"我却死也叫不出口，也不清楚邱秋是否因为我偶尔在短信中斟酌再三后将"您"换成"你"而跟我又近了一层。我只知道有一次她对我说，只有外人才需要用"您"的，我们之间就别再用"您"了吧，本来用"你"的机会就那么少。

"您拨打的电话正在通话中……"我连忙挂断，不知为什么，只这么一会儿握着手机的手心就已经出汗了。十分钟后，邱秋的手机依然占线，其实有点心惊胆战，因为有时觉得邱秋是个挺情绪化的人，害怕撞上她心情不好的时候。

又过了一刻钟再打过去，做好了不通的准备，不想只"嘀"了一声就通了。我"喂"了一声，大脑突然一阵空白。谁知邱秋那头没好气地说："阮小芋你饶了我吧行不行？！"

我的第一反应是完了完了，这段友情注定还是不得善终。

手机那头还在继续："我不知道你背后还有谁，但是你阮小芋摸摸良心问问自己，我到底哪里得罪你了？建了个什么论坛，浪费自己时间不说，还让我招来一堆骂，有什么意思呢？一本将近十年前出版的书了，是谁写的我都不在乎了，你们又偏要抖出来，其实我可以告诉你，没有骆铭就没有这本书，也没有现在这个被你们整天在论坛上叨来叨去的邱秋，所以这本书作者是他也没有什么不对的，这里面的事情你们根本不可能懂。你们今天高兴了就说这个女人活色生香，明天不乐意了又编排这编排那，别再把你们自己的意志强加于人了好不好？"

一瞬间我有些哑口无言，我甚至能听见自己脑子里在翻江倒海，但是我的反应能力还是跟不大上邱秋的说话速度，因为我从未在这么短的时间内感到如此筋疲力尽。半天我才听见自己的声音："论坛不是我建的……"

"不是你才怪！基本每个帖子下面都有'心声出版社供稿'七个字。你当我是傻瓜吗？你们心声出版社到底还想知道什么，你索性在这里问个够，不要跑到发布会去杀我个措手不及！"

"真不是我，我在论坛里看贴，但是我发誓我一句乱七八糟的话都没说过，你今天晚上有时间吗？我，我很想请你吃顿饭，我……"我想说我就要离开北京了，不知什么时候回来，还能不能回来。

"你干嘛要请我吃饭呢？我一个五十多岁人的辛酸苦辣跟你一个二十来岁的孩子说不着，我们这一代人之间的情谊和纠葛，你们那些什么QQ、微博也懂不了，写不出来。同样的，我一点也不了解你，我也不想，没时间去了解你，我早就过了被那些网络媒体、风言风语所操控的年龄，你不要再难为我了好不好？"她就这样冲我干吼着，仿佛我就是那些风言风语的制造者和传播者。

"可是……"我怎么能就这样放弃，这是什么友谊，还有半点平等可言吗？只准她定论，不许我辩解，只许她掏钱请客，不兴我回请。

"对了，我昨天还刚收到一个农行卡号，"邱秋说，"短信上说让我打钱给他，不是你吧？记得你上次给我的卡号就是农行的。"

邱秋说得轻描淡写，却又是理直气壮。这世上恐怕只有她一人能不费吹灰之力地用声音扇我的脸。

忘了哪位作家曾经说过，经过磨难的人与没有经过磨难的人相比要神经过敏得多，如果这个磨难确实叫磨难的话。我满脸火辣辣的，加上之前毫无准备地被她流弹一样不间断的长短句连连轰炸，眼泪再也憋不住了，很多年后我终于理解类似这样失败且让人恼火的交流并不是源于代沟，也不是因为两代人做事方式的不同，怨就怨那时彼此的了解真的不够。

那天晚上叫阮小芋的女孩破例扯着嗓子和邱秋吵。这没准儿就是最后一次争执了，所以一定不能输。她把自己心里长久的委屈都倒了出来："您曾短信说，'几生修来如此之缘，珍藏永远！'，如今又这样贬低和奚落我，究竟哪个才是真的您？！您说不收您的心意就不要再交往下去，收了您又说我不是真心而是为了钱！为什么您不让我把钱奉还又没完没了地侮辱我？为什么那个论坛里明明不是我写的东西，说了您却根本不信？为什么一个骗子用短信要钱的低级骗术，也能让您无根无据地扯到我身上？难道这就是您的做人方式？"

我甚至还说："您一点也不像您自己小说里的人物，曾经以为，那些人物将被铭记、镌刻在我生命中的所有时刻，而您的那些故事所营造的境界，也将成为我毕生的追求，可是我错了，那颗造物主一样创造了这一切的心，原来竟是这样的！"

唯有最后这句话让电话那端稍微停顿了一会儿，不过她马上反唇相讥："说得真好，刚才这段话几乎可以跑到论坛去发个精品帖子了，你确实错了，如果我真是故事里的那些人就好了，我也希望自己能像他们那样果断心硬百毒不侵，或者起码聪明一点，把尘世间的小把戏看得透彻一点，不要一大把年纪了还被一群小辈在大庭广众之下揭伤疤戳痛处！"

"谁揭伤疤了？"我又激动起来，"我根本不知道我的同事会在那样的场合问这么个问题，我……"

"好了别再说了，编谎话想说服别人也得先检查草稿能不能说服自己！"这可真是一张刀子般的嘴。

末了邱秋问我打电话到底想要干什么，我想了半天，然后很认真地告诉她自己想要的，无非是一份自由、平等、不卑不亢的往来，甚至，奢望彼此能做真心相待的朋友。

邱秋说，不可能。这世上没有无缘无故的爱。

那是因为大千世界，没人给过你一份不求回报的爱。你的圈子里，大概人人剥削压榨你，占了便宜还反过头来臊着你。

阮小芋尖锐起来邱秋还是头回得见，吵了半天不见分晓，直到最后，邱秋说了一句："你脑子有病。"

阮小芋愣了一下，想鼓起勇气说，你脑子才有病。可那边已挂了电话。

真是窝囊到家了，老久是对的。这会儿我仿佛能看到他幸灾乐祸地瞅着我笑。

我掀起被子，趿上拖鞋在屋里来回走了两圈，耳边又想起老久的话：不能气不能气，生气了瘤子会长得很快的。我压着火拿起手机，心里真是愤恨极了。就算在所有的争执中我都能让着邱秋，任她羞辱任她骂，在这一刻上却绝对不行。我发了条短信给她："如果今晚上你给一个很久没见的朋友打电话，说想约见一面，他劈头盖脸回你说我收到一个银行号，是你在要钱吗？你接到短信会不会伤心？"

短信问得很幼稚，所以被我写了删，删了再写，最终还是忍不住一咬牙发了出去。悲观地说，我阮小芋可不能死到临头了还做个窝囊鬼。邱秋，只有今天我不怕得罪你，更不怕和你吵，因为我不用想以后，不用想将来。不用考虑撕破脸后如何补救。我突然觉得好轻松，因为自己那会儿已经基本上没有了思维。

我以为邱秋会回信息，她却连辩解一下的诚意也没了。

12

　　手术做得很成功，畸胎瘤开刀剥离取出后切片鉴定为良性。虽然网上有人说可能会复发，但老久坚持说那纯属胡扯。听说那天是省医院聘请的专家亲自手术，而负责给我麻醉的大夫正是老久的那位哥们儿江城。我醒来后第一件事儿就是想当面谢他们，可老久却说专家走了，而他那哥们儿又一头扎进下一台手术了。据说是正在做今天的第三个手术。

　　原来如此，不知不觉中我在手术台上待了将近两个小时，回到病房又睡了一个半小时。外面下着倾盆大雨，我对老久说，那位专家和你的哥们儿真是天使，等我去鬼门关转了一圈回来睁开眼睛想说声谢时，他们却都已经走了。

　　老久不屑地撇了撇嘴。

　　"怎么了？"我问。

　　"没什么，"他突然笑了，"不过我倒是真有点羡慕他了。"

　　"谁？"

　　"就是我那医生哥们儿江城啊，我现在看到的充其量也就是你的半裸，他可是看过你全裸的人呐！你说，当麻醉师的一天到晚是不是尽看些全裸啊？"我没说什么，扔给他一个很大的白眼儿。

　　老久又说："确定是良性后，我打电话给你妈了，想报个平安，阿姨一开始还以为是骗子电话呢，这年头儿骗子多了真是没少耽误事儿。"

　　"没吓着她吧？"我说。

　　"确定不是骗子电话后估计没少吓着，好在咱们这边不是有惊无险嘛，"老久说，"阿姨挺担心你的，说她中午做些吃的，下午就坐车从县城过来，这会儿估计也快到了。哥们儿我一会儿就算正式把你安全转交给你妈了，晚上得去请你所谓的男天使吃个饭。"

　　"等我好了，一起请你们俩吧。"我说。

　　"用不着，我请他，你再请我不就完了嘛，两两单线联系足够，我最讨厌两男一女或两女一男一起吃饭。"

老久头也不回地出了门，说是这瓶点滴很快就要滴完了，得去找个护士来给我换一瓶，顺便去外边买点儿水果什么的。他还挤眉弄眼地说，他亲眼看到了从我身体里取出的那两个东西，可把他恶心坏了，之前有报道说这方面的研究专家称它们为"琥珀"，眼见以后才知道纯属胡扯，大概给畸胎瘤起这名字的专家不是变态就是神经。还说等我出院一定要请他吃自助补偿他的视觉损失。

在此之前，我从没见过我妈的眼泪，我妈一进门就扑过来搂着我问："怎么不早点告诉我？"

"老久说，让你少长两根白头发。"我一五一十地说，"刚知道时，我都快要被吓白头了。"

"老久？就是打电话给我那孩子？"

"是。"我说。

我妈给我带了小玉瓜香菇蒸饺和两种粥，一咸一甜，是她和我小姨一起做的，可惜我只能吃流食。一天水米未进的我看着小时候最爱的蒸饺口水都要流出来了，我知道，是老久确定地告诉我没事了，食欲才会这么好。

于是术后第一餐我就"违规"了，面对我妈和我小姨的杰作，我没法不爱。只是每咬一口我妈都要像复读机一样强调一遍："嚼成像稀饭一样的浆再往下咽！"

晚上我接到老久的短信："今天早上你被推进手术室的时候，下了不小的雨。"不到一会儿，他又发了一条："这两天拔掉尿管以后，侧睡可能会不太舒服，可以在两腿膝盖间垫块折得厚一点儿的毛巾，这样两腿分开点距离会得劲儿不少。"

我当时不明白他说的是什么，后来才知道手术备皮后，两腿会很磨，加块毛巾果然好了不少。我问老久："你怎么这么有经验？"

"男天使说的。"老久简明扼要地答。

一周以后，我顺利拆了线，临要出院了，医院的人才跟我说，我的医保已经停缴了，所以交了钱后大概不能部分报销了。

我一听立刻傻了眼，说不可能啊，我工作两年多了，一直是几种保险上齐的，而且从来没断过。医院的人对我始终相当客气，说要不你打电话再问问单位吧。我头一次意识到哪里没有熟人都不打紧，顶重要的是医院里一定要有个把铁哥们或铁姐妹。估计要是没有老久的哥们儿江城在，没人会有耐心跟我解释这许多。

我打电话给公司财务，那边的人很抱歉地说，老大发话了，说你回不回来还说不准呢，再说这个月缺勤了一半儿，又没留下续保险的钱，万一公司给你交了，你不回来怎么办。

"我这么个大活人还能跑了不成？再说了，这么大一公司就缺我一个月的保险钱吗？"我越说越气，"哪怕给我先垫一下也好嘛，回头让我交全部都行。怎么能不吱一声就给我退保呢！我们一年到头任劳任怨地让公司从工资里按时扣保险，不就是为了有病有灾的关键时候有个保障吗？这倒好！一生病就给我退保了！"财务有些委屈："小芊，对不住啊，要不我把电话给老大，你再问问他……"

我直接没好气地按下挂断键。老久在一旁连忙说："别生气别生气，生气不利于刀口愈合。谁作孽谁死得快，人贱自有天收，咱们权当是破财消灾了哈！"

人未走，茶已凉。我再也没回心声出版社上过一天班，那里所有的人，我都懒得再见了。

回到北京后，我从佟麟阁路搬到了蒲黄榆附近，开始了新的生活。

我问老久，像我这种不如你那么有艺术细胞的人，要是想做自由职业者，有出路吗？什么狗屁保险，还是自己交好了。

老久说，你还是做个正常人吧，自由职业的心理压力太大了，不适合你这种内心不够强大的人。

我说，你的意思是，我做自由职业就不是正常人了？

他说，现在还凑合吧，环境越来越开明了，可自由职业和朝九晚五的生活还是有一段很长的磨合期，挺过了上一辈的压力，将来还得挺过另一半甚至是来自晚辈儿的压力，你自己想想清楚。

他自己又不声不响地想了一会儿，说，你大概可以当"作家"。"作家？"我说，"你也太抬举我了，你以为是个编辑出来单干就能发展为作家？"

老久嘿嘿一笑说："我的意思是，你可以坐在家里写书，就像那个什么邱秋一样，就算一半时出版不了，也可以先连载个网文赚点小福利不是？"

我没想到老久会先跟我提起邱秋这个名字，他说我和邱秋之间虽然没有什么惊天动地的大事，但纠结程度足够写书了。

我说："我会考虑你的建议的。"

正聊着，心聲出版社的前台小吴打来电话，问我座位上那台电脑的工作邮箱密码是什么，说是我走得太匆忙，都没给他们写下密码。老久一把抢过电话说，叫你老大来接我就告诉他。

没想到老大真的来了，我听到阿侃用那惯有的公鸡嗓喊了一声小芋，一瞬间我有一种说不出的喜悦，因为以后我的耳朵再也不用忍受这种折磨了。老久大声说："喂，是老大吗？"

"你是谁啊？"电话那边说。

"我是谁管你 × 事，告诉你密码不就得了吗？密码就是——你他妈没 × 眼的首字母组合！"老久心满意足地挂了电话。

13

送走了老久，我本想歪在沙发上用一堆花花绿绿的报纸打发一个无聊的晚上，可半个多月前邱秋刚出的那本新书却在这时进入了我的视线，或者说老久走后，我的目光已经寻找那本书很久了也未可知。她的文章还是那样不饶人，三五分钟又把我死死逮住了，似乎不同的句法恰恰是她的魅力所在，一个个长短句紧紧勒住我神经的同时，让人体力上抗拒情感上又忍不住要去亲近。不知不觉中又过了 12 点，才想起医生的嘱咐：术后两个月要多休息。

白天老久去护国寺小吃排队给我买了龙胆，然后说，用你的笔，把心里的好东西和坏东西都倒出来。

我决定接受老久的建议，开始在网上连载自己和邱秋的故事。平日里看了太多东西，偶尔写写原来也很有乐趣，况且，现在终于不是要完成任务，再也没有任何人限制催促我了。当然，一个讲述者的"职业道德"还是要有的，为了保险起见，故事里人物的姓名和职业都被我换成与现实中风马牛不相及的。

　　干过编辑这行的我早就知道网络写手的收入到底有多么微薄，尤其是不怎么知名甚至干脆不知名的写手。真要靠这个混饭吃，怕是多半要守不得云开便饿死稿纸间了。

　　也曾看过一篇让无数写手心酸之至的网文——"《千字三元，史上最贱作者的自白》"，这篇小文曾在一段时间内流传相当广泛，因为题目很惊心，内容也很悲催。这世上如今已不缺民工的自白，小保姆的自白，甚至保安员的自白，唯独"最贱作者"的自白貌似还能吸引些眼球。

　　有人读后评论说，活该你是自由职业啊，想不朝九晚五？显然就得付出相应的代价。这话听起来很刺耳，想想也并非全无道理。又有人不解地问，你写的到底是什么狗血文啊，这么贱。答曰：充量中等质量文。提问者不懂了，作者耐心得很，又继续解释，充量中等质量文就是给网站充数的，门槛低，质量要求也不高，毕竟能发表了不是？否则自费出书，被无良出版人一个书号套十本，甚至二十几本，到头来你只是丛书中的一册，花了大把的价钱不说，最终还落个憋屈！所以，还是作家王安忆说得对："假如你不能在文学里面得到乐趣，你就不要写，因为除了得到乐趣得不到别的回报。"

　　第一天我写了一万两千多字，自以为还算保质保量，于是在 QQ 签名里得意扬扬地写道：第一天一万二。本来是说给老久听的，因为这事儿大概也只有他能会意。不料竟引来无数好友的留言，有个孩子居然发留言都嫌慢了，直接打电话来问："阮小芋，你改行啦？做什么日薪一万二？快告诉姐姐！"

　　这问题倒让我一时间有些转不过弯儿来。一旦用数字来衡量，在现今多数人的眼中不外乎金钱、业绩和点击率，大概再也想不到别的什么了。我说："还日薪一万二呢，你给我找个月薪一万二的活儿，我一辈子给你打工！"

问这个问题的是我高中同学袁沅。当年是我们级部有名的才女，如今做的是 IT 行业。高三下学期大家都热火朝天地复习备考时，她却只用白天听讲，晚自习三节课便优哉游哉地拿出笔在演算草稿纸上写起了小说。有人问她白天为什么不写，她说嫌老师讲课太吵，尤其是化学老师，哇里哇啦地搅着舌头说地方普通话，在那样的语境下能写出美文才怪。政治老师没收了她书桌里藏的一沓手稿，第二天却又忍不住来问她书稿中某个人物的最终结局。袁沅的成绩在班里一直很稳定，虽然从没问鼎过头三甲，却也每次都保持在前十名。当时坐在我身后的一个一直想挤进前十名的男生很不服气地说，不定她偷着回家怎么卖力地学呢，这种人就是欠扁！这位男生的心思其实用一个当时还没有流行起来的短句来形容再贴切不过，那就是"羡慕嫉妒恨"。

袁沅的书在她大学二年级的暑假正式出版了，可据说销量并不怎么好，几乎所有认识她的人见到她时第一句话都是：把你的大作送我一本啊。第二句是：赚了多少版税？袁沅当时向我诉苦说，不好玩不好玩，今后干什么也不再出书了。我当时很不解地问她，好歹是免费发表了啊，听说一个书号要一万多块，再加上一干人等免费给你排版印刷，帮你扬名，多好的事儿啊？

袁沅苦笑着说，阮小芋同学，谁跟你说过是免费出版了？我这属于非正常渠道的自费出版，自己花了一万二，然后有一部分书在出版商那里寄卖，其余的都压在我家楼下的小屋里呢。新书印了一万册，有一半需要自己销售。她倒是分出去不少，可动动脚趾头想想也知道，其中绝大多数是送的。有些人大模大样地拿着她的书去当人情送，末了还指着封面上的名字说：看见了吗，这是我同学。等到袁沅想求谁帮着卖个三五本，人家的眼神就变了，整个气氛也变了，连看你的目光也让人足以误认为你八成就是个做传销的。寄卖的那些半年后也给寄回来了，五十本五十本地捆着，大包装都没开……

所以，当袁沅得知我说的一万二是小说字数时，长途话费都在所不惜了，苦口婆心地劝了我半小时，说再想不开也别靠这个混饭啊，码字换钱从来不是个长久营生！

我说没关系，我也就是尝试一下"坐家"的感觉，论起网络写手，你绝对可以当我导师了，今后还望不吝赐教。

"得了吧，"电话那边说，"姐的文学梦早就被现实凌迟了。"

"凌，凌迟？"我吓了一跳。

"对啊，意思就是并非一下子幻灭，而是一点点磨掉的。咱们这儿，又没有国外那些包吃住的文艺难民营，你拿什么支持自己十年八年不为名不为利地写呀写？"

袁沆说得头头是道，语言像组织好了一样，这出口成章的本领，八成还真是她做文字工作时练出来的，"你猫在家里写个把月儿人家会说你有文艺范儿，你不拿工资写个一年半载试试？！绝对会有热心亲友逼你拿出力作，其实吧力作不力作的他们也没兴趣看，就是看你赚没赚到名利。三年五载还没写出名堂？那你就等着被骂不务正业在家啃老吧。"

我知道袁沆绝不是危言耸听。她的话简短有力，每句话都在点儿上，而且我知道她是真为了我好。我说我也就是在家养病闲着没事儿写两笔而已，纯粹业余，没打算靠这个吃饭，再说了，充其量也就是网上连载连载，目前绝对没有实体出版的野心。

果然，第一天"万字以上"的业绩再也没有了，往后的日更新量趋于平稳，基本保持在每日两三千字。

阿茹那有组织有纪律但却鱼龙混杂的网站倒是帮了我不少的忙，因为它至少提供了一个研究邱秋及其作品的平台，正如国学业余爱好者讨论群体和山寨版的红学研究组织，虽然没那么正规，却能瞬间将某些貌似板上钉钉的观点突然变得众说纷纭起来。于是我在这个以邱秋为中心的虚拟世界流连忘返，在一群一提起她就永远有着无尽话题的人中停留、穿梭，无形中也深入了对她的了解。

小说连载到十万多字的时候，网络上已经有了数量可观的订阅量，我也得以把所有的纠结又重复了一遍。事情写下来，也便理清了头绪，曾经为其掏心掏肝的那个人，似乎所作所为也在可以理解的范围内。老久说，作家，行啊你，看来这两年编辑没有白当。

连载故事的网站第一次给我发稿费的时候，我兑现了之前的承诺，请老久同志吃了一顿豪华自助，老久直接省了早、中饭，晚上7点在世贸天阶和我会合时，声称一定要达到"饿得扶着墙进去，再撑得扶着墙出来"的效果，开吃以后，他一面狼吞虎咽，一面还不忘劝导我说，你就多吃点水果蔬菜行了，我多吃点海鲜，放心，肯定能把咱俩的本钱吃回来，保赚不赔！我把他挡着海鲜的手一拨，说，水果蔬菜犯不着来这儿吃，别看我刚从手术台下来，战斗力还是很强的，凭什么就兴你吃？老久念念有词地说，海鲜是凉性的，对伤口恢复不好，下周得回去复查了，你悠着点啊！

<h2 style="text-align:center">14</h2>

据说类似的病人手术后最怕的就是两个月后的复查，好了，当然皆大欢喜，不好，八成要再"死"一次。但我却莫名其妙地有点期待复查，因为老久的同学我已当面道了谢，可那位专家，却直到我出院都再没见过。听说她基本每周六日会挑一天来老久哥们儿江城所在的医院坐诊，所以我复查的日子，也特意选了周六。我想亲自谢谢那个人，那个在我被麻醉且闭上眼睛后救了我，又在我再次睁开眼睛后已经离开的人。

再次走进医院，周围的一切恍如隔世。这就是我待过七个日夜并曾发愿这辈子再也不要进的倒霉地方吗？雨后的阳光在两侧都是草坪的鹅卵石小路上细细密密地碎了一地，偶尔有几只麻雀，怀着警戒心小心翼翼地落在人们刚刚走过的地方。

彩超复查结果证实阮小芋又获得了重生，可想见的人却依然没有见到。再一次碰见老久的哥们儿江城，脸上竟有些不太自然，大概是因为老久很多天前开的那个荤素相间的玩笑。人家倒是很大方地跟我打趣儿说："那天想打个电话问你恢复得怎么样，这才发现老久连你的联系方式都没给留下，电话号码一栏写的竟是他自己的手机号，我真服了他了，是怕我把你抢走吗？"

我被他逗乐了，说："我欠他一顿自助，他大概是怕我和你一旦单线联系上，就没他这一口了。"

"原来如此啊。"江城人很幽默，跟我讲了不少老久学生时代的事情，比如他喜欢所有的球类运动，很少有人能从乒乓球台上把他打败，又说他是学校体育队的篮球中锋，再比如，他那让人听起来还算顺耳的吉他旋律完全是自学成才……

"这家伙这么聪明吗？"我说。

"何止这个，有一次宿舍里大聚餐，不知是谁弄了只烤鸭来，眼瞅着小葱和酱都齐备了，就是缺荷叶饼。老久当时正从锅炉房打开水回来，一见这光景，二话没说，转头就去食堂拎了二十个大馒头回来。'趁热剥皮啊，'他一边指挥大家，一边示范着用一张薄薄的馒头皮儿卷上小葱、鸭肉和酱，大家也纷纷效仿，吃起来味道竟比搭配荷叶饼还地道！真亏他想得出来，那天中午大家倒是吃爽了，可接下来，一宿舍人连吃了两顿被抓了鸭肉、鸭皮的油乎乎的爪子剥皮剥得惨不忍睹的馒头。因为老久说了，不得浪费！"

聊到这儿，江城又不无感慨地说："就凭老久那聪明劲儿和精神头儿，搞个公务员'吃皇粮'绝对没问题，可他一早儿就说了，自己最讨厌的就是这种要么忙着跑腿儿打杂，要么闲着看报喝茶的日子。怎么说呢，人各有志吧。"

我手里拿着邱秋那本最新的小说，本想借着等专家的空当看完最后几页，却在不知不觉中与江城聊了半个多小时。江城的工作时间是精确到秒钟的，还没聊到尽兴，他已经要投入下一台手术了。

正在这时，会议室的门开了，江城站起来说，上午的会诊结束了，接下来又有他忙活的了。门里陆陆续续地出来十几个"白大褂"，目不斜视、行色匆匆地经过我的身边，走在最后的是一个穿着藕荷色连衣裙的女人，由于没穿白大褂，所以特别显眼（阮小芋从小就觉得不穿白大褂的医生阿姨打针才不疼）。

阳光从她身后照过来，阮小芋看不清她的脸，只能看到她盘得一丝不苟的长发的轮廓。

身边的江城小声对我说："这就是省里来的专家尹茜尹医生。"

尹医生也刚好走过我身边，没等我说"尹医生好"，她倒像对我有印象似的，说："复查没事了吧？"

我一惊，说："做过彩超，已经好了。可是，两个多月了，尹医生还记得我？"

她笑了，说："你那么白，那天上了手术台，我心里还想，旁的人上了手术台只是脸吓得惨白，你这小丫头，连胳膊腿儿都像涂了刷墙粉似的白。这下好了，该遭的罪都遭完了，往后就剩下享福了，年轻人恢复得快，一年内注意点儿，少吃生冷的东西，按时热敷刀口就行了！"

短短几句话，却让我心里暖暖的，就像当初手术后抓住我妈的手，才知道自己一点点地又活过来了。正当她错身要走的时候，却忽然看见我手里拿着的书。

"邱秋又出新作了吗？"她问我。

"是啊，尹医生也喜欢她的书？"

她没答我，却从她的工作夹底部抽出一本书，我定睛一看，嗬！也是邱秋的！虽然那是她很早以前的书，但却堪称经典。

尹医生说："喏，这是我女儿昨天晚上推荐给我的，还说她偶像的书不适合晚上看，要我拿出一天中精力最旺盛的时间看。"

我笑着说："看来，您的女儿没少读她的书。"

"可不是！这不，晚自习看小说，被老师没收了，我去领回来的。邱秋果然是邱秋，对年轻一代也有这么大的吸引力。"

不等我明白她最后一句话的意思，尹医生又说："你看了她多少书？"

"所有的，"我答，"凡是市面上能找到的，我都看过。这是她最新的一本，等您的空当，正想看最后几页呢。"邱秋的每本书我都有两本，家里一本，北京的小窝一本。

"小丫头，我真的很想知道，到底是邱秋小说中的什么吸引着你和我女儿这代人呢？"

　　我想了想说："邱秋小说的字里行间有一种特有的任性，一种原则性很强的却不那么离经叛道的任性，一种可以给我们这一代人身上的任性做榜样的任性。我喜欢这种任性，但不知道别人是不是也这么认为。"其实我更想说的是，对邱秋小说的喜欢，就像我对毛姆、杜拉还有伍尔夫一干人等的喜欢一样，可是对于邱秋，我是先见其人后读其书，所以始终觉得对她本人的喜欢更多。

　　尹医生又接着问能不能把我那本新书给她看一下，我递给她，她一边快速地浏览内容提要，一边自言自语地说："她终于开始写自己了。"

　　"您说她，在这部书里，是写自己？怎么可能，她以前是军人，而书中的女主人公是个芭蕾舞演员。"

　　"所以，在这样一个身份的掩盖下，才能好好发挥，尽情地写自己。"尹医生淡然地说。

　　"书中的沈谯就是邱秋？！"我还是不敢相信自己的耳朵，"这么说她和骆铭不仅早就认识，而且骆铭就是她最初，最初那个青梅竹马的发小？"

　　"对。她承受了那段往事并对媒体绝口不提，其实作为公众人物，轻易地说一句就能翻身，而不被大众误会，可她却二十多年都紧闭着嘴。开口容易，可何之之一家知道了会怎样，骆铭的养女骆鹤当时还那么小，那小姑娘又将被置于何地？所以她宁可自己成为众矢之的，被大众质疑甚至攻击也绝不吐露内情。"

　　何之之、骆鹤这些第一次听说的人名被我迅速与书中人物一一对上了号，突然间觉得我的手术没有白做。真的，是老天让我在这里遇见尹医生，从而遇见一个更加真实的邱秋。那段过去了的仓促交情大概给彼此的伤害都远多于温暖，解也解不开的误会和别扭甚至让邱秋和阮小芋大有彼此看错的感觉。邱秋经常气不打一处来地说，有些在论坛里发言的人一看就是没仔细看过我的作品，可是他们评论起来怎么就那么自以为是呢，这些人的信心到底是哪来的？你们也配！阮小芋本来是赞同邱秋的前两句质问的，可后一句"你们也配！"又让她茫然了，"你们"

是谁呢，好像也包括她阮小芋吧。她始终也走不进邱秋的内心，这种拉锯扯锯、给她烤几分钟暖炉又被马上扔回冰柜的感觉简直让她受够了，可邱秋的好又常常见缝插针地蹦出来，让阮小芋的决绝和日渐冷淡的心少了些底气。看着邱秋曾经的礼物，连带了太多的感情，睹物思人，是逃不掉、躲不开的情绪，于是我们的阮小芋又平静下来，不再奢望解脱自己，既然那个执拗的阮小芋始终不肯和心灰意冷的阮小芋和解，那么索性就让她俩继续玩吧。

"可您，又是故事里的谁呢，何以这么了解她？我可以问吗？"我小声说。我只是读过她所有的书，而尹医生，却几乎能给她书中所有的主要人物找出现实中的原型。

尹医生微微一笑，对我说："我和她的关系其实很远。这么说吧，我的小舅是她故事里的钟绍安。"

15

再次回到北京，我接到的第一个电话竟是来自阿茹的，只听她在那边吃五喝六地说："阮小芋，散伙饭还没吃，你就消失得无影踪了？"我说："啥叫散伙？你不是还继续在那里给侃哥卖命吗？"

"没办法啊，你倒是一个人了无牵挂，我这不是还有孩子要养吗？大好的青春都放在社里了，好不容易混了个元老级别，改到别处当新人？你姐我怕是再也没这个勇气了。不像你，还年轻，随时可以从头再来。"

说得我都觉得自己好像是 90 后了。

"周末我请你吃饭吧，这两年你给姐打杂打得还算任劳任怨，就算没有功劳也还有苦劳嘛。"

我的第一反应是："谢阿茹姐姐，你不是被阿侃逼得走投无路，为他要我的邮箱密码来了吧？"

"呸！他也配！别把你姐我想得这么猥琐好不好？！"

虽然我对心聲已没有任何留恋，但谢阿茹女士还是可以见的，不管怎么说，作为北京土生土长的"地头蛇"，她对我这个外来妹还是很照顾的。

上了饭桌，她才吐出真言："阮小芋，咱们还算朋友吧？"

"怎么啦？"我被她弄得莫名其妙，走的时候确实没来得及和阿茹告别，可这也情有可原啊，就阿侃那个人品，那张嘴脸，这会儿就算倒找我钱我也懒得再见他。

阿茹好像下了很大决心才开门见山似的："阮小芋，你和邱秋的合影都不知被谁传到我那论坛上了，你还在这儿给我装，是不是有点太缺人情味儿了？"

"合影？什么合影？不会吧！"

"装，你还装！你千万别说那合影是你自己 PS 的。说吧，你还挺行啊，啥时请上大作家下馆子啦？"

下馆子……我的脑子飞速地转着，八成还真是哪个人恰巧拍下来了。我要是跟阿茹说不是我请邱秋，而是邱秋请我吃饭，她大概真的要疯了。

"呃，是。那是很久以前的事儿了，"我顺口胡扯，"那会儿，阿侃不是逼着我去拉作者吗？"

"你想请她吃饭就能请上吗？少啰唆，从实招来。"

我只得硬着头皮把原本用一句话就能扯完的谎添枝加叶，强行扩写成长篇。

"呃，是头一次，就，就是咱俩一起去的前一次，那天搞外联的小丁和胡子恰好都不在，阿侃就把我派出去了，之前我也没有读过邱秋的书，压根不知道她是谁。"

接着，我把自己初次遇见邱秋的前前后后和阿茹大概说了下，然后在末尾加上了自己死皮赖脸要请邱秋吃饭的情节。我一面编造，一面在脑子里飞速地过着这一个个画面，生怕有什么漏洞被阿茹发现。人都是在极偶然的情况下发现自己所拥有的某种技能其实还不赖。说到最后，我长长地舒了一口气："姐姐，我招完了。"

"这就完了？"阿茹瞪着眼睛。

"完了，真完了。"

"那你忘了阿侃是让你去干嘛的了？"

"我没忘，可是人家赏脸就不错，咱再得寸进尺就讨嫌了不是？"

"啧啧，像你平时的作风，你当时就应该把她稳住后马上叫我过来，"阿茹很失望地靠回椅背，"那你连个联系方式都没留下？"

"没有。我和邱秋的缘分，大概也就是共一顿饭而已。"为了邱秋，我显然要把谎扯到底了，那串早已烂熟于心的由十一位数组成的手机号，放在我这儿还算安全。

"我不信，"阿茹给我一个白眼，"有本事让我看你手机电话号码簿。"

"你看吧！"我把手机扔给她，开始大口地扒饭。手术以后，身体的亏空让我能吃了不少，见了饭菜就饿极了似的猛吃一通。所有人见了我都说，这哪里像大病初愈，气色明明那么好！看来，摆脱先前的工作、摆脱阿侃还是有不少好处的。

我的心里并非没鬼，但却显得绝对无辜。阿茹看了半天，绝望地把手机丢还给我。我的手机里当然存了邱秋的号码，只不过没用邱秋的名字，前几日刚改成"沈谯"二字拼写的首字母组合，没想到关键时刻竟成了"逃避追查"的障眼法。

我抢着付了账，让谢阿茹女士用如此可口的一顿饭菜换一个长长的谎，实在令我于心不忍。

原以为那个讲得我口干舌燥但起码还算完美的谎让我彻底摆脱了阿茹的追踪危机，可万万没想到，没过一星期，我再次接到了这家伙的电话。

"阮小芋，不好了，你合影的事儿闹大了！"三更半夜的，我听到阿茹慌乱的声音，"你可给我惹大麻烦了，开始我真不知道阿侃是怎么看见这张照片的，因为那天早上我打开论坛网页的时候他根本还没来上班。后来，听说侃哥自己单独的办公室电脑居然有对咱们每台电脑的监控，我真他妈的服了，这会儿好了，他看到了那张合影，也知道咱俩关系还算铁，就逼着我问呢，问你是不是换了出版公司了，怎么突然平步青云，连金牌作家也勾搭上了。"

阿茹噼里啪啦地说了一通，我想见缝插针，却死活插不进去。好不容易，才轮到我说话的份儿："我说，貌似是你又给我惹麻烦了吧！"

　　"问题是我现在直接跟阿侃扯不清了我，他非逼我说出你和邱秋是咋回事儿，关键是他认定这和你硬气地辞职绝对有非同小可的关系。他还危言耸听，说什么是不是你先出去探好路，我跟着也要撤啊之类的，让我好好反省反省，我心想别介啊，眼看下个月就到了他许诺给我涨工资的时候了，谁知出了这么一茬儿，我这拖家带口的可经不起这么折腾！娱乐归娱乐，现实归现实嘛！"

　　我哈哈大笑："该，现在想起娱乐和现实划清界限了？好啊你原来一直把你的偶像作家邱秋当娱乐！谁让你上班时间看论坛了？对了，侃哥是不是特后悔失去了我这样一人才啊？"

　　"那还用说吗？像他那种唯利是图的主儿还不得悔青肠子吐绿血啊，光是好奇心就能把他杀个半死，剩下那半条命，这不是也跟你这儿买后悔药来了嘛。"

　　"可别，"我说，"你现在提起他的名儿我都想吐，再说了，你也知道我就这么几斤几两，他的目的肯定达不到，所以你还是回去编个瞎话陪他侃吧。"

　　"唉，现在文学这么不景气，你也知道，这出版公司是他爹的，眼看老子的大业要毁在自己手里，阿侃也着急不是？所以眼瞅着到嘴边的一条大鱼又游走了，你说他做何感想？"

　　"行行行，你还帮着他跟我这儿诉苦来了，当初我撤了半个月，他这家伙就跟我玩釜底抽薪，现在眼瞅着我有点利用价值，又死皮赖脸地贴过来了，你说这不是苍蝇是什么？大晚上的别让我反胃了，实在不行你就跟他说那照片是我一朋友 PS 玩儿的不就行了？"

　　"何太无情也？！"阿茹说，"这瞎话编得也太像瞎话了，连我都不信，阿侃能信吗？都是在出版社混了这么些年的老人儿了，P 不 PS 谁还没数啊？他现在就是想让我把你约出来，说是时间地点都由你来定，一切由他请客埋单。"

　　"早说啊，"我开玩笑地说，"不过想约我出来，可不只是一个月保险那几个银子能解决得了的。"

"那个就随你了，反正他现在是求着你了，怎么狮子大开口都行。"

他也配！我在心里说。

阿茹还在那边继续尽职尽责地当她的说客："你好歹也出来亮个相，姐姐我这边就算完成任务了。咱跟钱又没仇，明摆着一个大便宜你不占，我在阿侃手里也混不下去不是？"

想想也是，放着恶人的便宜不占还坑了她，这种缺德又缺心眼的事儿我还是别干了，好在我现在别的没有，时间大把。

"行吧，就给你个面子，等我想好了时间地点，发你手机上。"我说。

老久收到我的短信，当即就炸锅了："就他妈没屁眼的那个老板要请你吃饭？"

"哈哈，是啊，你好好想想啊，是再吃自助呢还是换个口味，尝尝西餐波特曼，定了主意告诉我。"

老久搞不懂金牌作家和出版社的相互作用力，更不明白出版人阿侃对正在"上升"期的作家邱秋有着怎样一种敏感的嗅觉，他只是说，仅凭一张照片，就能让这么吝啬的一只铁公鸡舍得从身上拔毛，邱秋同志真是个大神啊。

如果饭桌对面没坐着阿侃，那可真算是一顿完美之至的晚餐了。

阿侃开出的条件是：只要能把作者拉过来，月薪翻倍。我在心里冷笑：早知今日，何必当初。可惜老子不想陪你玩了。

老久扔下正在吃的龙虾说："哎小芋，你以前月薪是一万五还是两万来着？"我满口的鲜榨西瓜汁差点喷出来。

阿侃鼓着眼睛细细端详着坐在我旁边的老久，心里一定在想这阮小芋发家发得也真够快的，连保镖都混上了。老久倒真是长着一张天不怕地不怕的"保镖脸"，从监狱里出来，他还一直留着"板寸"头，得知今天要来会阿侃，还特意在脑袋顶上架了个不伦不类的墨镜。

阿侃收回目光说，干脆也别说啥工资不工资的了，就按纯盈利三七分。他摆出一张豁出去的脸，以为自己开出了一个很有诚意的价码。

西瓜汁喝得肚子里凉凉的，我正在犹豫要不要去给自己拿一块杜果慕斯，阿侃又发话了："这么着吧！四六分！"他把右手中间的三根指头往桌沿上一搭，可以想象，剩下的拇指和小指一准像螃蟹的两根大钳一样，在看不见的桌沿下没有半点耐心地张牙舞爪。

"合着是她四你六啊，"老久终于极不情愿地腾出了嘴，"你刚才说三七分的时候我还以为是她七你三呢，想帮你说个情，要是她八你二，这交易也算成了。没想到你他妈还真是抠儿啊，想寻求合作拉大牌入伙还你赚大头，到底还有没有点儿诚意了你？"阿侃终于沉不住气了，用他那双金鱼眼瞪了一下老久，意思是我这保镖坐在这里相当碍事。

老久若是不好这一口，我还真未必愿意出来，胃口早就给阿侃那张脸败坏了，看着老久同志吃得那么香，多少也算是个勉强的心理安慰。

我说您真是看错我了，我阮小芊在一个小出版社都混不下去了，老板停我的保险变相赶我走，我上次离开北京的前一天晚上差一点就要露宿街头了你知道吗？就这么窝囊一人也能拉来大作者，不是做梦的事儿吗！

阿侃"嘿嘿"地赔着笑脸："你老板那是榆木脑袋，有眼无珠！再说了，那不是他炒你鱿鱼，是你先把他炒了。"他在这句话后面甚至还用嘴"哈哈哈"了几声，完全无关内心。看来脸皮厚也有脸皮厚的好处，自己解了嘲，只撇下别人替他尴尬。

"我要真有这能耐，干脆自己开个出版公司岂不更好？"

阿侃根本听不进去，快餐文化时代的出版商就是这么现实，意想指望一个作者发家致富以至江山永固。邱秋的书都是一个出版社出的，阿侃却以为所有人都和他自己一样，有奶就是娘。

"实在不行，你给牵个线儿搭个桥也成。"

"我尽力吧，要不你等我消息？"我看老久也基本吃爽了。

"那个啥，小芊，以前真是对不住啊，这事儿绝对错在我，你给我个补过的机会，你还有我号码吧？"

"当然，"当然个鬼，有才怪呢，"如果你不介意，我们就先撤了。

谢谢您丰盛的晚餐！"

一张意外的照片，竟让我在阿侃那里出了这么大一口恶气，老久大吃一顿开始打饱嗝儿的空当，阮小芊已经又开始念及邱秋的好了。

16

阿茹创办的网站上有一篇名为"邱秋印象"的帖子，上面遍布着许许多多痴迷读者臆想出来的邱秋。他们时而想当然地把邱秋小说中的每个主人公身上的特质往她身上靠，又时常就哪个男主人公才是骆铭的化身展开相当激烈的讨论。

这天，阮小芊被自己的小说圈进了死胡同，喝了点酒，于是手又开始犯贱了。你们不是想要印象吗？好吧，酒后吐真言，就让这双手给你们敲出点真正的印象吧：

她的右手虎口处常年有一块青，那是无数本硬壳书在手上留下的。

她不喜欢北方漫长的冬天，她说一冷就要穿得厚厚实实，从头到脚全副武装，给人一种很紧张的感觉，不像在南方，穿短衣短裤可以占到小半年时间，街头一年四季都有飘逸的裙子。

她怕看医生，大概是从小与医院和医生打了过多的交道。她的父亲是医生，因而她小时候用的削铅笔刀，是医院最小号的手术刀，小时候常玩的玩具，是医生们淘汰下来的针管，就连写字用的垫板，也是透视房里的废旧胶片。

她自称是世界上"最任性的人"。

她像简·奥斯丁那样，从小到大，她有许许多多随身携带的记事本，需要写情书的人若能从里面抄对句子，绝对战无不胜。

她说有时候不那么循规蹈矩，沉沦一会儿，放松一些，甚至做错一些事情反而能够拥有更有意思的人生。

她从不刻意打扮，不做美容及养生SPA，别人买高档化妆品挥霍的钱，她总能用在更需要的地方。她用姜片当粉饼，蜂蜜做唇膏，但是她喜欢收藏口红。

她要是在刷牙的时候想起一个好句子，是宁可咽一肚子泡沫也要扔下牙刷拿起笔把它记在本子上的。

她说人要有毕生的追求，哪怕虚无缥缈哪怕最终也实现不了，哪怕它仅仅是你的人生背景色。

她在被采访前总要先喝点儿酒，让自己的脸皮适当地厚一些。

她喜欢的东西很杂，阅读的范围远远不止于文学，从弗洛伊德的心理学书籍到一本再普通不过的家居内参都能带给她发现式的快感。

她讨厌被误读，被曲解，但更受不了过分的、不符合实际的赞誉。

她爱吃烤鸭、肉松和圣女果，讨厌咀嚼像青草一样的莜麦菜。

她喜欢游泳，认为海水是一所天然的医院，对相当多的疾病有缓解作用，如失眠、精神紧张、关节炎、风湿，以及心血管疾病。

她最爱看的电视栏目是《动物世界》和《博览》。

她的书几乎耗尽了她所有的幽默，所以她本人并不幽默，甚至还多少有一些敏感、多疑和急躁。

有时她也悲观，认为真话斗不过谣言，活着的斗不过死了的。

……

写完这所有的一切，我突然想起一句话："想了解她的全部价值吗，去读她心中所有的悲伤。"

第二天，我在"邱秋印象"中的跟帖又被顶了起来，瞅着那一行行长长短短的句子我几乎傻了眼，昨日酒后的杰作，居然达到了抛砖引玉的效果。

她的眼睛很清亮，但绝对没有戴美瞳。

她不会享受生活，请朋友吃饭的时候出手大方，一个人的时候却从不会犒劳自己。

她说阅历不是什么好东西，阅历能把你原本没有意思的一句话读出很多种意思。

她象棋下得一般，但毛衣织得不赖，手法熟练到复杂的花样也能一边闭眼听广播一边织，基本不用看针。

她最初的叙事能力是在部队里锻炼出来的，一大群十六七岁的女兵围着她，听她讲中外名著中的精彩片段，她要是没点儿本事，是绝对糊弄不了她们的。冬天的夜晚那么漫长，多少故事也是经不起讲的。等她搜罗完脑瓜里所有值得一讲的东西，大伙儿还意犹未尽。她是个不善说不、不忍让大家失望的人，于是便强迫自己编故事。腹稿通常是头天晚上就打好的，有时候学习累了，头一碰枕头就睡着了，第二天就只好临时上演脱口秀了。

她的笔调多少有些鬼斧神工，不然读者群怎么会跨度那么大。我在五岁半的时候读过她的第一个短篇，从此只要是她的作品，于我这儿就是盖了印的，不论长短，篇篇阅读，本本收藏。

语速快，像她的写作一样利落。你还在琢磨前一句话，她已转到下一个话题里去了，两件事之间没有任何过渡。

她永远都不知道自己说的某些话到底有多伤人。她出于自愿或被动，以她过度警惕、多疑的性格把身边最亲的人几乎都得罪光了，他们一一离开了她，她又在自己的小说故事里将他们一一拾捡、描摹。

她不会为了钱而扩写自己的作品，现在出名了不会，以前窘迫的时候也不会。在她眼里，任何繁复堆砌、多余饶舌的文字都会败人胃口，她精简文中的对话，省略一切可以省略的过渡，她曾不惜删掉长篇手稿的三分之一，只为让故事的内部结构更加紧凑澄净。所以，经常看到有人评论她不买别人的账，给读者留的想象空间太多了。

她非常勤奋，笔耕不辍，读中学的时候，我在花花绿绿的课外读物中却根本找不到她的作品，当她还是一个不为人知的作者时，她的名字就早已被形形色色的"名家"所代替，她站在别人身后，让那些所谓的名家在一份拿着高额稿费的慵懒、闲适中名利双收，当她自己终于也成为"名家"时，她的名字又被许许多多不知名但肯掏钱的写手、书商所利用，所以，不了解内情的人根本分不出究竟哪本书才是她原封不动的真迹。

她成就了不少人，但在她需要帮助的时候，举目四望，却少有能拉她一把的手，绝大多数受过她不少恩惠的人都不曾回头看她一眼，所有的手都腾不出来，就算偶尔腾出来了，在这些手的心里也有远比她重要的人要去贴，远比她重要的利要去追。

她住过北京的地下室，隔音很差，写作的时候，一听到旁边拿钥匙开门的声音，她就一下子从天堂里掉下来了。

九十年代初的时候，她去了一趟北方，回来以后口味全变了，童年最爱的广东街边小食吃起来显得太过甜腻，曾经喜欢的清蒸牛肉丸和鲜笋虾仁也突然觉得不够下饭了。

……

我正看得入迷，这个跟帖者却突然闪了。取而代之的，是下面一个纯粹来捣乱的：

"印象？当然有，脾气暴，神经质，天生一张悲剧脸，所以只会书写纠结、释放虐心的负能量。"

我在一瞬间终于明白网上所谈的"知名人士该如何对待自己的论坛"那篇报道里"要么忍，要么滚"的那个句子，滚的意思是全身心撤退，忍不了就别再看了，惹不起还躲不起吗。我的眼前突然浮现起邱秋的样子，那是一张多么明净灿烂的脸，直到现在，依然执拗没改、童心未泯的她看了这些，大概忍不了吧。

17

一年以后，老久和酒吧另外的一个歌手合伙出来单干了，他说如果不出意外的话，今年秋天就能组建一个乐队，试着自己录两张专辑。老久最喜欢用的前置条件就是：如果不出意外的话。

谢阿茹女士跳槽了，曾经她说誓与"心声"共存亡，可如今，"心声"没了。阿侃的父亲，也就是"心声"的太上皇去世后，阿侃以最快的速度将"心声"卖给了一个刚刚起步却相当有钱的小出版社老板，阿茹说，想想阿侃还是很有孝心的，老爷子在世时，他再怎么纨绔，每年都要换一部车，却也没卖老爷子打下的江山，而且还相当兢兢业业地维持了一阵子。阿茹又说，还记得我办的那个论坛吗？最近有三个人在一个帖子里聊天儿，一个说，自从读了邱秋的小说之后，喜欢的故事都多多少少有她的味道；一个说，以前觉得最好看的小说只能像张爱玲写的那样，看了邱秋的书以后终于觉得可以有第二种写法；还有一个说，从十三岁读她的书就没觉得别人的书好看过。这是三个怎样的神经病啊。我倒是被阿茹说的这三个神经病感动了一阵，从他们身上也多多少少地看到了自己的影子，只是，我已经很久没去那个论坛了。

阿茹说那曾经人声鼎沸喧闹异常的论坛也渐渐荒芜，关键是，邱秋这两年的作品越来越少了。我把"茧青"的所有留言整理在一个本子上，还用了一个名叫"仲秋"的网友的留言来当作这个本子的序言：

"其实她终其一生都在写一个故事，兜兜转转，无数种前因后果，被她不断地重拾，细化，再重拾，再细化。回望多少个转折，多少个十字路口，有多少个选择就有多少种不同的生活可能，邱秋用想象填满了那些分支，然而她脚下的路却从未分叉。那谜一样的人生其实不过是一条直线，那是她几十年前就做出的选择——把悲伤留给自己。"

我的第一部小说创作也接近尾声，江城联系了朋友的朋友，全权负责《七梦茗渊》的策划出版。

小说正式付印前，江城来北京进修。我请他吃饭，顺带也叫了老久。

江城说："作家，我给你画幅肖像如何？"

没等我答话，老久便插嘴道："穿衣服的还是不穿衣服的？"

"闭上你的臭嘴！"江城一把将他哥们儿的脑袋按在桌子上。

老久的玩笑话倒是让我想起了自己手术台上与江城的"赤诚相见"，

于是难免又一阵脸红。

"我是这么想的，"江城清了清嗓子说，"你的小说不是要出版了吗，我给你画幅作者肖像放在书前面，用肖像当作者像总比随便放一张照片有创意。"

"可是也可以不放照片啊，"老久的头又抬起来了，"你想画人家就直说，少拿书当幌子。"

"对对，我承认我承认，"江城笑着说，"我是想画阮小芋同学，你的鼻子，嘴，下巴，耳朵都很有特点。"

"好吧，你直接说我的眼睛没有特点就可以了。"我说，"医生，你还会作画？怎么之前没有听说？"

"忘告诉你了小芋，这家伙考上医科大之前也像我一样在街头卖艺来着，只不过现在从'正'了。"

"从正？什么意思？"我有些不解。

"嗯，从'正'就是从事正常人的工作了，他放弃了曾经的梦想和艺术追求，不像我，坚持至今。"老久得意扬扬地说。

江城不乐意了："谁说我放弃了，我这不是又拾起来了嘛。"

我说："求之不得。冲着你重拾昔日的梦想，我也没理由不支持。只是画归画，我要自己收藏，不要放到书里。"

没错，这本书是我写的，但是它却从头到尾属于邱秋。

于是，江城在北京的两个礼拜，逢着周末就会来我这儿画上一会儿，他的行李箱除了一包换洗衣物和两本进修手册外，其余的空间基本都被画具占领了。

老久自称来"监工"，实际上纯粹是来捣乱的，来来回回一会儿踢歪了画架，一会儿又对正在作画的江城说："哥们儿你工具带得挺齐全啊，早有预谋吧？"

江城但笑不语，他选定了一个最佳角度最佳光线后，便对我说；"你不需要一动不动，可以适当放松一些，随便翻翻书什么的都行，不然太痛苦了。"

我说："你不早说，脖子都酸了。刚才老久翻的那本画册拿给我看。"

老久此刻已终于架不住无聊，自己去楼下买吃的了。

江城小心翼翼地绕过画架，把画册递给我。

"这都是你画的吗？这么多？！"我惊叹。

"对啊，这些是很久以前画的，自己去印了个册子，留个纪念。那时候还不到二十岁，P市步行街东头全是这种给路人画肖像的，我也去给人画。"

"可惜你画的这些人我都不认识，所以说不出你画得像不像，"我说，"后来你是怎么决定学医的呢？"

"其实挺偶然的，那时候是高二暑假，因为成绩不好，所以特别迷茫。有一个周六晚上，我照例去步行街东头支画架子，那天来了一个穿旧军装的老军人，从钱包里掏出一张不足半个巴掌大的小照片，问我能不能照着画幅大的。他说这是他很久以前和女儿的合影，女儿当兵以后很少能见着，转业以后似乎更忙。他想女儿，可这张照片太小了。我当时提议说可以去洗一张大一些的照片，他却说，照片放大越看越不像，好的画儿就不同了，闭上眼睛还在脑子里。我当时觉得这个老头儿说话挺有意思，就对他说好吧，我拿回家画，下周还是今天这个点儿你来取画。谁知他却不干，非要看着我画，我只好摊开架势认真地给他画。刚画两笔他又说，能不能把他画成现在的样子，女儿还照原样画。我想了想说这样倒是可以，只不过您女儿看上去就有点像您孙女儿了。说完我自己马上意识到这话不妥，可老军人却爽朗地笑着说没关系。"

"后来呢，画成了吗？"我问，"江城同学，你的概括能力有点差啊，讲到这里还没说明白你为啥决定学医呢？"

"听我慢慢说啊，讲快了我没画几笔你就没有耐心、信心和毅力坐在那里了。人在没有信心的时候会变丑你听说过吧？"

他不紧不慢地说："这老军人跟我聊了接近两小时，他曾经是军医，我看他身体那么硬朗，就不免想到我自己的爷爷，我是爷爷一手带大，按说爷爷的年龄比老军医还小七岁，可刚过七十岁眼睛就突然不好了，开始是视力模糊，后来几乎看不见了，不知道是不是以前脑溢血的后遗症，视力不好势必影响行动能力，所以那段时间爱活动的爷爷只能一天到晚枯坐着，精神越来越不好。当时反正是闲聊嘛，我就一边画一边和老军医聊起这些，没想到随便说说，那老军医却认真了，他说他知道一套脑部拨经通络法，临床已经治好了不少病人的眼睛，方法很简单，不敢说一定有效，但是可以回去试试。于是，他让我暂时停下画笔，教我在头上摸穴位，拨经络，一次做下来也就十分钟，真的如他所说，简单易学。教完了，他还很负责地问我学会记住了没有，有没有不清楚的地方，哪个穴位还找不准，我说我都记住了，他随便说了两个穴位让我在他头上找，我都找对了他才放心。那天画完这父女俩已经快十点了，老头儿很满意，他拿出六十块钱给我，我说三十就够了，他却不容置疑地说，你的标价是一个人三十，给我画的是两个人的合影，当然是六十元。"

江城换了一支笔，接着说："回家后我就按照老军医的拨经通络法给我爷爷按摩，开始一个星期没有什么效果，我爷爷只是说按摩一下头挺舒服的，但眼睛还是看不见。还好我坚持下来了，半个月后奇迹出现，我爷爷突然能看电视了，再后来，带他以前的眼镜居然能看字大一些的书报了，那会儿我觉得那个军医老大爷真是太神了，我一下子想学医了，可惜我再也没碰着他。"

听了江城长长的弃画从医的故事，我发现自己的注意力已经从先前的问题转移了，我说："那张合影画现在还有吗？"

"有啊，"江城说，"画完后凡是我自己喜欢的都会用随身带的相机拍下来，不然买家拿走了，我自己就没有了。你翻翻吧，就在书的最后几页。"

不会这么巧吧，我一边翻找着，一边听到自己的心突突地跳着，终于，我找到了江城多年前所画的合影画——那个穿着月白色泡泡纱裙的女儿，正是邱秋。

18

幸运的是，我这个无名小卒的作品竟出乎意料地挤进了年度畅销书的排行榜，也许真像老久说的，这叫否极泰来，这叫，老天在惊吓我之后给我的一点小小的补偿。

我自己当然知道，这些都是拜邱秋所赐。

自然我用的是笔名，我缺乏用真名的勇气，而且用真名的话，我会有一些难为情。从这个故事印刷出版开始，就有一个日夜折磨我的问题：邱秋会看到这本书吗？哪怕是，无意中看到。说不上来我到底希不希望她能看到，但如果日后她一旦问起，我一定会满口抵赖，死不认账。她是我一直以来迷恋的人，几乎成了我的好恶标准，我的精神领袖，我甚至在自己的小说里把发自内心最真的情感和最好的描述都给了她，这样一来，她的缺点我都是带着爱去写的。我在她面前木讷、泥泞、忐忑甚至心口不一都是因为我太在乎她，太在乎她对我的印象，太在乎能否与她有个好的交往开始，一个好的相识过程，哪怕，仅仅是一个好的结束。

有几个人能把最初的偶像从心里连根拔起呢。

邱秋自然不知她对我的影响有多深重，虽然如今，我对她谈不上崇拜甚至已经谈不上喜欢了，就像她所爱的张爱玲说过的，"那些琐碎的难堪"早已"一点点毁了我的爱"，但我依然不能不关注她，不论今后我想着些什么，做着些什么，依然会一字不落地读她的每本书，每一个长篇和短篇，因为我知道它们对我的意义，就像文字、写作对邱秋的意义一样。前路渺茫，很可能我再也写不出这样一部小说了，从此断了"坐家"的路，再回到"小编"或是别的什么平庸却实际的生活中，但也许我能坚持下去也未可知。

我依然没有搬出我的小屋，依然乐此不疲地续着我的墙纸，它们铺天盖地地蔓延着，有所不同的是，原来三家合住的小屋被我自己全包了下来，一年，两年，我很有耐心地等着那两家陆续搬走，我不能搬走，因为我带不走我的墙，舍不得我的墙。

老久现在也叫我"作家"，自从组建乐队以来他经常忙得几个月甚至半年不照面，然后又突然打个电话，接通后会很激动地对我说，嘿！作家！你真的不换号码的呀！

这一次，电话又响在半夜三更，以至于我按下接听键时几乎已经气急败坏："歌手，我说过很多遍了，这辈子我不会换号码的，能麻烦你再赏几个小时睡眠吗？"

老久在电话那边不紧不慢地说："我倒是能等到明天，就怕你等不了啊。是关于你那个偶像作家邱秋的事情，你要不要听？"

"不就是上周出新书了嘛，我已经买来看完了，你的消息太滞后了，老久。"我睡眼惺忪地说着。

"不是啊，不是这事儿，"老久说，"我才不稀的关注那位出什么书呢，是这样，她想买你现在租住的房子，我想知道你同不同意啊？"

"谁？邱秋想买这房子？"我一下子彻底醒了，"你怎么知道？"

"还记得前一阵子咱们和江城一起吃饭时把我叫出去那男的吗？房子就是他的，这会儿他要卖房子。"

"老久你不是开玩笑吧？！我在这房子里住了快五年了，邱秋从没见过这房子，怎么可能看都不看一眼就要买呢？关键是，怎么可能这么巧呢！怎么可能是邱秋呢！"我急中生智，"要不，就是重名！不会是重名吧？怪不得中介最近这么殷勤，老是向我提供周围的好房源，还说免中介费！"我发现自己拿着话筒的手居然在抖。

老久那边说："哎呀我刚下班，扯着嗓子嚎了一晚上口渴得很，长话短说，反正我确定此邱秋就是彼邱秋！你打算怎么办？搬是不搬？"

我的房子一直是老久帮我联络的中介，其间中介三番五次要涨价，也都是老久挡回去的。

这会儿我突然想起邱秋非要送我回住处的那天晚上，当我说出逸都公寓时她脸上的表情，我读不懂那表情。

"我们之间缘分还是有的。"她莫名其妙地说了这么一句话。过了一会儿，又说："租金贵吗？"

"还能承受，"我说，"是合租。"

"哦。"她当时不再说话，只是静静开车。直至开到逸都的楼下，她才缓缓地说："这座楼看上去还是挺新的，以前它是这一带最高的楼，现在周边高楼盖起来了，把它衬得矮小了。"

"从阳台看看夜景还是不错的。"我当时心想她对这一片儿倒是很熟悉。

"你的阳台是朝西北方向的吧？"

"你怎么知道？"

"我猜的。"她当时笑着说。

这段被我从记忆库里搜寻出来的"存档"证实了老久的话：此邱秋就是彼邱秋。看来邱秋曾在逸都住过，难道我租住了五年的地方，正是邱秋故居？！

老久的声音打断了我的思路："作家，我赌你今天晚上放下电话后不可能再睡着了，怎么着？这事儿还需要从长计议？"

我说："歌手，我不是在做梦吧？"

"你可以去照一下镜子，如果镜子里的你自己是全彩版的，就说明不是在做梦。赶明儿忙完了我去找你。"老久挂了电话。

他赌赢了。

我面朝着四壁的"墙志"发了大半夜的呆。那句话是怎么说的，生活远比小说戏剧化。这巧合巧得该写进我的小说结尾，可惜它来得晚了一步。我突然有一种豁然开朗的感觉，曾经一想到搬家，就不知该拿这满墙的"家当"如何是好，它们是邱秋的历史，也是我自己的历史，如今好了，就把它们留给未来的主人吧。反正我最多也是一直租着这房子，买是买不起的，除非我今后再写很多很多部小说，并且每部小说的销量都得保证和最初这部平齐。只是可惜了我那刚刚签了不到半年的合同，原打算在金秋十月，北京最美的季节邀请我妈来和我同住一段，顺带欣赏一下我的"个性家装杰作"，可是，计划总不如变化快。

第二天我外出购置了几个搬家用的可折叠软盒子，回来后发现老久已在楼下等我。

老久的脖子上还挂了两个无纺布袋子，他看见十米开外的我便没好气地喊："喂！你这儿今电梯整修啊，我提着N多东西奔上十五层才发现你不在！这不，都放上面楼道了。"

"你拿了些什么来啊？"我瞅着他满脸的汗珠问。

"活页资料夹啊！"老久喘着粗气说，"把你，那一层层的墙皮揭下来，放在这里，排号编序，不容易丢！将来，也好回过头来看看你的青春都浪费在哪里了……"

"有道理……"

没等我说完，老久又说："本来今儿歇半天班，打算来帮你大干特干一场，不过老子爬完十五楼后又改主意了，今天不干了。"

我笑着说："活该！每月三十号上午九点半到十一点半电梯整修，是租房子时你告诉我的，现在自己倒忘了？"

"没办法，贵人多忘事儿！"老久说。

我说："本来我也很为那些'墙皮'发愁，原打算在这里安营扎寨才把墙打扮得这么放肆，这下好了，撕不下来搬不走的，但是经过本人一晚上的思考，我改主意了，墙皮不揭了。"

"不，不揭了？"老久惊诧无比，"半年前吃的'龙胆'这会儿才生效吗，还是真像人们所说的，作家的感觉神经末梢能绕着地球转一圈半？"

我说："不揭了，就放那儿好了。其实我最近也很少去看以前的墙志了，很偶尔的还会往上贴两张，于是层层叠加，新的盖旧的，旧的也不再去看了。"

"那些东西你都不打算要了？"

"不要了，"我发现自己说出这句话时多少还是有些落寞，"只不过，房子的新主人打扫起这些墙皮来可就费劲了。"不知道邱秋一层层地揭下这些东西时会不会在心里暗骂神经病，还是，像她和她的书给我留下异乎寻常的深刻影响一样，这些羽翼一样的纸片也会让她多多少少地想起阮小芊这个人？

老久突然说："其实，不搬也行，大不了房子不卖了。"

"什么？不卖了？"我笑着说，"怎么说得好像房子是你的一样？"

"那，那个，其实一直以来我瞒了你一件事儿……"

"等等！让我猜！说吧，我同意提前搬家中介给你多少好处？！"

"嗨！我去！不是这事儿。真要能给我钱他们的名字就不叫中介了。"老久说着又意识到我是在开玩笑，于是又说，"好啊，你是不是该交学费了，跟我学得幽默多了。"

这时候，电梯又恢复了正常使用。老久一边跟着我往里走，一边说："其实吧，我在北京有个爹……"

"什么什么？有个啥？？"我问，"不是，你刚才声音实在太小了，我怀疑自己听错了。"

"没错，我说我在北京有个爹，或者可以这样表达，我爹其实在北京。这个房子，就是你现在住的，我们现在走进来的房子，是他的。"

"就这儿？！"我指指地板。

"就这儿！"

"……你爹？亲爹干爹？"

"亲爹。反正我只有这一个爹。"

"你不也是山东的吗？怎么你爸在北京？还，还有房子？合着你是富二代啊？还整天跟我这儿装穷！"

"拉倒吧快，房子是他的，跟我没关系。"老久一屁股坐在沙发上，"我以人格担保，我和他没有任何金钱上的往来。他最阔的时候没帮过我，我最穷的时候也没求过他。不过呢，最近几年他年纪逐渐大了，总是有意在情感上拉拢我，想和我握手言和，估计我想要让他留着这房子，也不是没有可能。我猜他是又手痒了，想去澳门玩把大的，才又起了卖房子的心。"

"又？这么说他以前已经卖过房子？"

"是啊，他最阔的时候在北京有三套房子，这不现在卖的是第二套。"

老久还说，据说他这爹当年是被人贩子从山东拐进北京城的。"据说"当然是据他爹本人说，所以老久对这件事一直持怀疑态度。人贩子将老久的爹卖给了一家还算富裕的人家，甭管哪个年代，皇城根下再不济，也穷不到哪里去。收养老久他爹的人家就住在现在的蒲黄榆附近，老久说他的爹对那老两口没有过多介绍，只说他们是好人，一直对他视如己出，供他念书，吃穿上也能有就有，绝不马虎。可老久自己认为从人贩子手里买孩子的人绝对好不到哪里去。

老久的爹本来是八级锻工，老两口也给他娶了个在国有企业吃铁饭碗的媳妇，可谁知老久不到一岁，这个爹就迷上了赌博，开始是小赌，后来觉得赢钱输钱都不过瘾，就跟着朋友去了趟澳门，谁知这一去彻底坏了事，赌瘾从此戒不掉了。

老久说到这儿来了个总结："吃喝嫖赌抽，这五样从左到右一样比一样难戒。"

后来赌海浮沉，老久的爹赌走了媳妇，赌断了和养父母的关系，也为老久赌来了一个支离破碎的家。当然，他也走过一次运，但事情恰恰就坏在这里。不怕没有光明，怕就怕光明只来一点点。

他丢了铁饭碗后拿着养父母给他做小本生意的钱直奔赌场，大赚特赚了一笔后很节制地回来了，说是从此罢手，但钱是很不经花的，三五日便手痒了，他还是控制住了，心说要想捆上手脚，非得拴在不动产上才有希望，可不动产也是可以抵押变卖的，他怕自己把持不住，便把房产证给了个信得过的朋友，让他帮自己保存。他以为这样就从此稳妥了，偶尔去玩玩，也是输掉兜里的三五千块就拔腿走人。谁知有一次，他一上午用三千赢了五万，饭点儿的时间想来个大的，所以将五万一下子推出去，结果输了。一上午的"辛劳"付之东流，一上午的"成就感"也打了水漂，他气不过，向地下钱庄又借了五万，这一次，他中招了，从此越陷越深。

老久还很小的时候，收养他的老两口就相继去世，那时候，老久的亲妈早已不知跑到哪里去了，老久说他爹不知是因为北京物价贵、生存成本太高还是因为突然冒出了点儿归属感，总之是把他遣送回了山东。老久一直养在他爹曾经工友的老家里，前两年，他爹还算阔的时候，是按月给人家寄老久的生活费和学费，后来逐渐变成了有一搭没一搭。

大学自然是考不上的，因为高中时候的老久整天在街头和小混混闲逛，就这样过了一年又一年，直到有一天，老久在步行街遇到了他曾经的老同学江城。那时江城正在街头支着画架一本正经地给路人作画，老久受了启发，说就兴你在这卖艺，我也来试试！他当即回家背了吉他出来，谁知刚一唱上就有人给钱，老久乐得不亦乐乎，第二天一大早又去了。这样一连过了三天后，有人来找茬了，来人说，那是他哥们儿的地盘。老久说，怎么着。来人说，五五分。老久说，我的劳动果实凭什么上来就得给你一半？那人大概是被"凭什么"激怒了，上来就捣了老久一拳，老久也不是好惹的，就这样跟那人干了起来，这一仗干大了，把自己干进了监狱。老久讲到这里自己笑了，说这一仗干得值，因为遇到了作家。

19

当晚我就从逸都搬了出去，邱秋这么急着要买，肯定有要紧的原因。

几日后的一个深夜，我在谢阿茹给邱秋创建的论坛上见到了一个久违的名字：茧青。

茧青只留了一句言：你挨了我很多骂，可还是对我这么好。

那晚我做了一个梦。

我梦见自己和邱秋在逸都1503共进晚餐。可那些在邱秋小说中无数次出现并被我暗地里实践操作了千百回的粤系大菜却没有如约而来，我梦见我们吃的都是湖北菜。大概是因为我和邱秋唯一一次一起吃饭吃的就是湖北菜的缘故。我梦见那些菜都是我做的，清蒸武昌鱼，菱角烧肉，松子玉米藕还有糯米鸡汤……梦里我们相对无言，只是无声地吃饭。极简单的画面，却让醒来后的我快乐了很久。

邱秋曾对我说这世上不缺好人，不缺善良的人，缺的是有能力的好人，善良人。我第一次意识到她说这句话的意思是我们彼此帮不了。我之于她能做到的仅是读读她的书，听听她的烦恼或是无奈，往大里想，却什么也做不了，只有一次，她让我说说我们这一代人职场的故事给她听，她说她正在写一个短篇，名字叫《遣返》，讲的是背井离乡的两代人的故事。我当时还真给她提供了一个素材，当然故事是我听来的。

萍水相逢，她请我这个不算最资深的读者吃饭也大概仅仅出于礼貌而非其他，我们的友情或是什么第四第五类情感在她那里也原本达不到我心里的分量，其实大家都没有什么错。那些"琐碎的难堪"原来竟没有毁了我对她的情感，相反，它们从另一个方向逆袭而来，以筑梦的形式开解我，让我快乐。

比起最初，我觉得自己退步了不少，曾经对邱秋，我可以不求任何情感回报，甚至可以理解她不把这爱当一回事。就算一个女人被一个女孩如此深爱、崇拜，可这女孩毕竟是一个陌生读者，一个陌生读者的情感在她对爱人、对尊长、对众多亲友那千千万万的情感中显得并不重要。而现在，在更深入地了解她之后，在听过她最诚挚的心声、最刺心的怀疑又和她不知深浅不分长幼地吵了一架之后，我无法像以前那样看得开了。

午夜梦回，坐在床上怔怔地想起这一切，这哪里仅仅是前几年的事，简直像足了隔世的前生！

当然我是知足的，老天让我见到她最真实的一面，尽管这与我想象中有很大差距。她与骆铭之间，世人有目共睹的都是假象，她一面不设防地和我谈起这些，一面很神经质地说，为什么每次和你说完，论坛上都会出现一些人在重新嚼我和骆铭的话头儿？是不是你？就算你去论坛上说我也不怕，我已无所谓。

你看，她就是这样直白地，毫不留情地怀疑着我，其实这怀疑自始至终伴随着我们的交往，她从没真正相信过我。她是那种非要在一起共患难，共奋斗才能建立起信任的人，仅凭几次短暂地坐在一起，或是电话里聊几次是不行的。

论坛上的读者妄猜她与骆铭的关系，她也在妄猜是我从她这儿听来了"有用的东西"，紧跟着就跑到论坛上去"答记者问"。开始我很憋屈，几次我都有种冲动跟羡慕得眼都发绿的阿茹说，和邱秋交往也不容易。可后来我开始调动所有的脑细胞，殚精竭虑地努力调整自己的心态，希望经过这样的调整，熬过这段晦涩且不断被怀疑、被误解的岁月，最终能够成为她后半生值得信赖的朋友，可老天不作美，我们的缘分貌似到此已差不多了。

我不知道自己和邱秋的故事到底完了没有。我时常在想，如果把邱秋各个人生阶段所结识的人聚在一起，让他们说说自己眼中的她，那一定是一本好故事。然而，我所说的这一段却极有可能是最不起眼的。我不像她的童年伙伴和军营朋友那样和她共处过大把的时间，更无法像知心朋友或亲密爱人那般真正深入地走进她的内心，我所能反复咀嚼回味的，不过是上天赐给我的那一来二去的几段缘。

像邱秋说的，我们之间，没有大事件……

贺世环

1

　　我认识邱秋的时候，她与骆铭的故事已接近尾声。对于一个经济上几乎是坐吃山空又恶习不改的老男人来说，在北京的房地产交易中能遇上邱秋这样的租客和买家实在是很荣幸。

　　没错，起先邱秋的确是我的租客，只不过那时候我对自己所有房客的信息都一无所知，因为，一切都是委托给中介办理的。那十几年来我只跟中介涨了两次价，而中介却年年给邱秋涨价，邱秋倒是个好商量的主儿，从来不跟中介饶舌，年年续租。据中介说这女人的背景很"复杂"，"复杂"当然是和某个知名人物有这样或那样的关系，因为有一次那个知名人物给邱秋交了房租后被恰巧赶来的她臭骂了一顿，她还强令中介把房钱退给那个男人，中介简直有些莫名其妙："我这儿财务都入账了，你们的私事，要是不落忍，自己把钱给他就是了。"那女人却火了："他的就是他的！把钱还给他！我再给你！"所以中介对这女人印象很深，说她是神经病。（显然，中介也是不看小说的，不知道她就是作家邱秋。）

　　后来有一年，中介给我提了一个貌似很有建设性的建议。我的房子在蒲黄榆附近，之前也是一直委托中介代收房租，那次租户（也就是邱秋）的合同到期时，中介就借口房东不再续租而拒绝和租户签续租合同，然后未经我同意就在房子里面加了几面隔板，说是可以多租两户，这样虽说比整租给一户人家麻烦，但却可以多收些房租，我当时几乎想都没想就答应了，反正麻烦不到我，于我这边，多收些进项自然也是再好不过。

我的这套房产是我的养父母留给我的，他们去世后，老房子拆迁，换了两套房，我把那两套卖了，换了这一套地脚更好面积也更大的。它就像我的一个老情人一样，年年月月供给着我那日渐膨胀的赌性，舍不得和它分手，因为它几乎成了我的再生父母。直到这一次，我再也忍受不了细水长流了，决定索性卖掉它放手一搏。

那会儿我刚从澳门回来，准确地说，是刚从赌桌上回来，据说从澳门回来的人做得最多的两件事就是买房子和卖房子，我也不例外。如果不是卖房子，我这辈子大概都不会知道原来先前租我房子的人就是现如今被那么多人追捧的作家邱秋，更不会歪打正着地知道她和骆铭的那许多档子事儿。

前几次决定了卖房子后，自制力总能战胜赌性，它帮我保住了房子和大把钞票的同时，却将我的生活推向极度的平淡、空虚和憋屈中。所以这一次为了避免悲剧重演，我打算快刀斩乱麻，只要一遇到出价够有诚意的买主，就立刻出手。

我把消息发到赶集网上后不到五分钟就接到第一通电话，很遗憾，是另一家中介的业务员打来的，问我需不需要她的帮助。对方甜美的声音让我想起赌场上的一个女叠码仔琪琪，在我某一次一夜输够五万块钱时她用同样美妙的声音告诉我赌场可以送我一晚豪华酒店海景房入住。琪琪领我去办入住手续时回头笑容可掬地问我是否需要她的帮助。帮助？我当时想歪了，我没意识到她的意思是可以借钱给我。

后边的一通电话声音就远没有那么好听了，甚至还带着几分沙哑，上来就连连核实我的房子是不是要卖，我一遍遍地重复回答，心想自己是不是标价太低了。直到和电话那边确定了地理位置、户型和价钱后，对方的问题再一次回到是租是卖，我一面在心里骂着粗口，一面说要不先过来看看房子吧，正当这时，那边说了一句让我浑身一抖的话：房子不用看了，可以直接寄合同来签。过户的时候，我们再见面吧，贺世环先生。很少有人这么叫我。

接下来的一切顺利得简直有些可疑，我和我的买主甚至只见了一次面就把二百多万的大事儿给办完了。

那一次见面，邱秋给我留下了特别深刻的印象。所以我至今怀疑自己所说的邱秋和你们所说的那位压根就是两个人。翻翻你之前的记录，无论哪一篇都在和我的记忆唱绝对的反调。我印象里的邱秋似乎做一切事都行色匆匆，删繁就简，比你们描述的那个人要粗线条很多，在我见识过的女人里，邱秋模样还行，但性格绝非上乘，生活中也有些低能，这种极度自我的女人通常都是单身，可以想象她每天睁开眼睛头不梳脸不洗饭也不做就坐在椅子上屁股不挪窝地写上三个小时，这样的女人不把自己的男人写走才怪。

"厨房的抽油烟机得修了。"我坦然。

"没关系，我很少用，"她脱口而出，"炒菜还要放油，放油还要刷锅，耗时耗力，我实在不想每顿都这么麻烦自己。"她说得理直气壮，这让我想起自己的妻子稚玫，当然如今她已离我而去，在我迷上一场场豪赌之前，她每天早上头不梳脸不洗就在不到六平的小厨房里给我煎炸蒸煮，两人吃饭却常常电蒸锅，压力锅，炒锅全部用上，表情中却从没写过"麻烦"二字。所以自古有云，中看的女人不中用，反之亦然。

邱秋一上来就解答了我的所有疑惑。她问我是不是觉得不看房就买房很奇怪？她笑着说房子其实她早就看过了，不只是看过，而且还住过十几年，她坦言当初中介说不租了让她搬走时她甚至还哭过两个晚上。

"这房子我住了很长时间，有感情了，可那时还没有足够的钱买下来。"她说。

这就是我们的第一面。至此，我还不知道她是个知名作家。

直到有一天我在自家小区的楼下遇到一个光头问我邱秋是不是买了我的房子时，我才意识到自己连那个神秘买主叫什么都没怎么注意。还好我手机上有她给我留下的邮寄合同的地址和收件人——沈谯。我如实告诉那个人，最近我是卖了个房，可对方姓名不是你所说的邱秋。哦，那是什么？是姓沈吗？沈谯？那人两眼放的光像太阳底下他的光头一样耀眼。我说是。他惊叹一声："我看看！"若不是我看上去比他年长一辈，大概他兴奋得撸我脑袋的心都有了。接下来，他滔滔不绝地告诉我沈谯是邱秋书里的名字，还告诉我她在全国有多少书迷，在书友会会员办的微博上有多少听众，最后，他问我，有没有机会拍几张照片？

"照片？事儿已经办完了，谈何照片？！合同都是邮寄签的。"我莫名其妙。

"没机会见就找机会啊，比如说，主动上门提醒，你的房子哪里哪里有什么安全隐患。或者，借故说自己的什么东西遗漏在房子里了，回去寻找，至于有没有，找得着找不着就完全可以另说另道了，她总没有理由不给你开门吧！总之，只要你想，理由大把。如果能拍到照片，一千块钱一张，和骆铭在一起的两千！要正面的，侧面的再清楚也最多一百。"这小子当时说话像连珠炮一样，来不来的已经自言自语跟我讨价还价了。

"问题是我为什么要去干这种事情？"我问。我自认为还没有缺钱缺到这种地步。而且，你们心中追捧的大作家，在我这儿，就是个普普通通的买主，她给我钱，我交给她房，就这么简单。

光头摘下眼镜，愣愣地看了我半响，最后说："哥们儿，你不是天外来客吧，还是有别人比我出价高？得！想好了再找我吧。"他摇了摇手机，走出十来步又回头说，如果你的货好，我可以加价！出去问问比一比，就知道我的价格最高！

所谓干一行爱一行，这孩子倒还算敬业，手脚快，技术也一流，邱秋发在我手机上的寄件地址短信已让他借着看我手机的空当转到了自己手机上。

2

　　那天我没有直接回家，而是去附近的小书店逛了一圈，这大概是近三十年来我第一次步入书店，醒目的月销量排行榜上有"邱秋"的名字。书被我取了下来，护封上赫然写着"华语文坛知名作家邱秋转型之作——长篇小说《嫁衣难做》"，我叫来了店员，问这个作家有没有短一点的小说，我看不了长的故事，年轻的时候看过武侠小说，那么精彩的情节都成年累月看不完一本，说实话我不认为邱秋写的会比武侠更吸引人。

　　店员的态度很好，给我拿来了三四本书，说这些都是她的短篇小说集，还特意拿出一本说这本有她的签名，不过是影印的。我接过来随便翻了翻，貌似没感觉到女作者惯有的那种烦恼套烦恼的家长里短，开篇就是一个转业兵进了公检法系统后格格不入，却因一次极偶然的机会进入澳门赌场的故事。可能是赌徒看赌徒，别有一番同情在心头，所以一时间竟看得忘了点，我看带文字的东西本来就慢，加之多年没有翻过除报纸以外的东西，阅读速度大概已经在 60 秒 60 个字左右，直到刚才那个店员踩着很响的高跟鞋走近我说他们要关门了，我才发现自己的颈椎已因为长时间低头而极度酸痛。

　　"这书我买了。"我对店员说。还好我兜里揣了钱，很长时间没有这么爽快地付款了。你也许知道的，赌桌上输的，都基本被我们赖到快出人命了才还，所有输得只剩一条内裤的赌徒心里都会有一个侥幸的想法，那就是输再多也仅仅是一个数字而已，体会了秒秒钟败得精光的"光速"，反而更相信分分钟即可转败为胜，咸鱼翻身。现在股市里不是流行一句话吗，赚再多也只是一个数字，只要还没变现，就可能在一瞬间灰飞烟灭。我觉得这句话换在赌场上来个反思维倒是蛮不错的。

　　回到家里我没顾上吃晚饭，继续看邱秋的书。缘何会这么投入我来不及去想，不过如果你认为是因为邱秋写得太好，至少能让一个赌徒产生类似照镜子的幻觉，那你可大错特错了。我怀着强烈且近乎变态的嫉妒心站在书中的主人公身边观赌，想等他上钩，等他惨败，从而找找平衡。毕竟没钱或没胆去豪赌，看别人操作也是蛮过瘾的。

主人公戚安开始也是一个像我一样的观赌者，初出茅庐，迟迟不敢试水，他眼瞅着旁边一桌的人连赢了十七局长庄，真他妈绝。围观的人渐多，自然都是我这种心态，自己赢不了又输不起，故此想在别人身上"借尸还魂"一把。然而就在这个时候，那个赢钱的主人公不玩了，说走就走，全身而退。一片议论声后，戚安突然坐到刚才那个狠赢了一把的赌客位置上，小心翼翼地拿出三百块筹码，继续压在"庄"上，荷官默默洗牌发牌，打开一看，是"闲"。不少人鼓动老兵戚安再压，戚安的手已经发抖了，那是他转业的一点点补助，是要供他一家老小满口家子花的。他颤巍巍地又推出三百砝码，依旧压在庄上，荷官开牌，乖乖！仍然是闲。戚安继续压注，他不信那个邪了，心里呕着一口气连着又压了六次庄，结果那个赌桌就一直是闲，闲到众生哗然，闲到戚安的眼泪都要出来了，闲到最后没人敢下注。

后来先前的赌客回来了（貌似是睡了一觉或是吃了顿饭回来），戚安红着眼睛看他继续压"庄"，结果一开就是庄！接下来，又是一路长庄！

看到这里我差一点跳起来把书扔掉，真他妈应了那句话，现实中压根没有的好事，都进小说里了。

这时候我发现电热水壶里的水已经被烧干了，发出滋滋的声音，我赶紧过去拔掉插头，又强忍着口渴拾起先前被我扔在地上的书。我感觉到自己浑身血液都要沸腾了，要是邱秋没法给我一个满意的结局，我可以立马拨通她的手机，给她来一通关于赢赌概率的详细演算入门教育。她邱秋懂得"大小通吃"的游戏规则吗，懂得围骰时，不管玩家押大押小，都算玩家输，赌场赢吗？如果她稍微懂得一点赌场的常识，还至于安排这么与现实相去甚远的不靠谱情节吗？同一个赌客连续两次一路长庄的概率是多少？大概不到万分之一吧！

好，看到最后再给她电话也不迟。

然而下面的情节却让我傻眼了。连赢两次长庄的赌客第三次进入赌场，仍坐在先前那张桌子上（当然，我们的主人公也还是在那里观战，他和我一样饭也没吃水也没喝，仿佛那里不是那个常胜将军的阵地而是他自己的，他无法说服自己其实就是咽不下这口气，不信这个邪！），荷官洗牌，发牌，庄，还是庄，长庄！可是通过戚安的眼睛，却看不见这位常胜将军有丝毫得意的神色，而且周围围观的人也各玩各的去了，似乎对这个邪门的奇迹一点兴趣也没有。

戚安觉得事情简直太不可思议了，他听得到自己的心跳，而且感到每个毛孔都被汗珠胀满着，他想那张赌桌一定是被施咒了，他甚至暗下决心只要这赌客一走，他就马上跳上去压闲，无论如何也要把先前输掉的几千块赢回来。

这时候戚安听到赌客对荷官说了声："哥们儿辛苦！今天对了三遍戏，但愿明天实拍时能一次通过！"

……

我就是这么被邱秋玩儿服帖的。我不知道她其他小说写得咋样，但能确定她本人一定有很大的耍人潜质。我甚至开始神使鬼差地上网关注她的新闻和旧闻，都说文如其人，然而媒体报道中的这个女人却好像和我想象中的并不一样。众人面前的她老实巴交，似乎还有些拘谨，怕见人的样子，完全没有她小说里那稳重中有条不紊的小聪明。

后来时隔半年多，我也渐渐忘了这个女人，直到有一天，我竟突然接到她的电话。

她说话还是像首次通话那么直接，开门见山地问我还记不记得半年多前卖给她的房子。

"当然。"我说。顺带记起的还有她这个人。

电话那边又说，现在有人很想买这个房子，她自己愿意出卖，但是由于种种原因不便出面，所以想委托我卖给对方。

"可是，这怎么可能？房产已经过户了，那人凭什么相信我？我现在可没有钱把它买回来。"当年一次性入账的二百多万已经被我很有条理地分成三份。一份养老，一份投入基金，最后一份，供我在赌场消遣。

"这些您都不用担心，"对方相当客气，"您不用付我钱，只要先过户给您，把房子卖出去，钱后边再说。"

"后，后边再说？！"那可是二百多万的一笔款子！我相信这世上万物都有因果，事情来得太好，总让人感觉隐约不安。我只能说名人的事我真是搞不懂，为何要这样麻烦呢？不过，她对我如此的信任倒是于我很受用。

我又想起中介告诉我之前她和那男人的锱铢必较，如今却又如何这么大大咧咧？我说："这样吧，签合同时我附一张欠房款的欠条，不过丑话说在前面，你的朋友要是和我谈崩或是不想买了，后边你可别追着我要钱。"

"放心吧，他一定买。"

"那，现在需要我做什么？"说实话，我并不是很乐意效劳，但跟名人交往总归是一件多少让人能提起点儿兴趣的事。

"您只需要像上次一样在二手房交易网上发个出售信息就可以了，我这边要把东西收拾归拢一下，然后，买方来看房的时候，您去陪他看一下，后面走正常程序就行。"

"那房价我挂多少钱呢？"我问。

"和之前一样就可以，"她想了想，又说，"少一些也可以的。"

"少一些？！"我脱口而出，因为我实在无法理解这个目前一寸光阴N寸金的女作家大费周章地在我的小房子上捣鼓一通，费时费力又费心，末了居然还要自己搭钱的举止。

"唔，"她大概听出了我的震惊，"是我的好朋友要买，价钱上不用非得和先前那么多。"

我想起之前自己可是狠宰了她一笔的。这半年房价不降反涨，她却愿意自己贴金，成全朋友。

"呃，好吧，照你说的做。"我说，"只是，对方付钱的时候，给他哪个账户？"

"当然是付到你账户啊，因为签合同的是你嘛！不然也太假了。"她说得很轻松，仿佛这根本不是二百多万的交易。

"还有什么问题吗？"她说。

"没有了，呃，还有就是，我怎么知道打电话来咨询的哪个是你的朋友？万一我给错卖了怎么办？"

"啊——也是！"她说，"还是您想得周密，幸亏提醒！那，怎么办呢……"她想了一下说，"这样吧，有电话打来，您就说房子已经卖出去了，如果是我朋友的话，应该会追问您买主的联系方式的，嗯，肯定会的。只不过，这样一来又给您添了不少麻烦。"

"这个没啥问题。"我一口答应下来。

"那好，等我这边安排一下，你和买方约个时间来看房，到时你提前告诉我，我给你钥匙。"她匆匆挂了电话。没说是通过什么方式把钥匙给我。

邱秋的律师找我办理了过户手续后，我马上上网发布了卖房消息。接下来的一个星期风平浪静地过去了，传说中的那个"朋友"始终没有出现。我接了十几个电话，无一例外地在我说出房子已卖出去后毫不犹豫地挂了电话。直到有一天晚上我已经睡着了。电话却不合时宜响起来。

3

对方是一个说话语速很慢的男中音。

"你好，贺先生吗？"

"房子已经卖出了。"我睡眼惺忪地看了看表，二十三点四十五分。

"哦，打扰了。请问，已经过户了吗，若是这样，能否把买家的联系方式给我留一个？"

我腾地坐起来。

邱秋的朋友终于出现了。

"是这样的，"我按照之前商量好的说下去，"没有过户，买家还没有最后决定，不过，如果签合同的话说是两天之内会一次性付款的。这样吧，如果房子没有卖出，我再联系您好么？"

"啊，也好。我姓骆，骆驼的骆。"

我大概知道了他是谁。媒体的作用太强悍，想不知道都难。他就是那个传说中与邱秋常年合作的编剧。他俩的故事大概一本书也写不完，所以邱秋写了很多本。

两天之后我拨通了骆先生的电话。对方听说房子没有卖出去后表示非常高兴，和邱秋当初一样没有讨价还价，只不过说可否立即去看房子。

我说现在我还有点事情，能否把看房时间定在第二日上午十点。

对方想了一下说，好的，就这么定吧。

我马上拨通了邱秋留给我的电话，响了很久她才接起来，她的声音很小，小到我几乎听不见："贺先生吗，稍等一下，我给您打过去。"

再打过来的时候她的声音恢复了正常音量，她说："明天早上八点您可以直接到逸都1503来，我会在那里给您钥匙。"

没想到我的命里居然还会再有一段和大作家邱秋单独会面的场景。

这次有不同，因为我已经完全知道了她是谁。

长时间独居使我越来越觉得没有必要在外表上细修边幅，因为这样一个于社会无益也无害的间歇性赌徒已经既没有能力取悦别人，也没有耐心取悦自己了。但这一次，我很仔细地刮了脸，找出唯一一套挂在衣柜里的（而不是折叠存放的）干净衣服，为了迎接第二天的会面。总不能太猥琐不是么。

次日我按门铃的时候竟然都有些小紧张了。

邱秋开了门，房子的整体面貌让我陌生又熟悉，陌生是因为之前的"住宅式格子间"被打通后，整个空间明快了不少，看不出邱秋还是把持家的好手，屋子被她收拾得窗明几净。熟悉是因为我想起邱秋就是原先那家常年不动的租客，她又把整个房子变回原来的格局。

我来不及细想，因为比起房子，我更感兴趣的当然是人。

邱秋的样子，看来已经是整装待发。她不化妆，一张清水脸，不像名人一样化浓妆，戴墨镜。

她很随和地把钥匙放到我手上说，客厅的小茶几上有冰糖菊花茶，刚冲上的，还有些烫，等会儿就能喝了。她特意叮嘱我说，时间太仓促，大的格局动不了了，如果买家问到，你可以说你喜欢原来的格局，所以一直没动。另外她还交代，她的朋友最近正病着，所以事情尽量速战速决。

我一边答应一边说："我可是个赌徒，待会你的朋友打钱给我，搁我这儿你就那么放心？"

邱秋说："有你这句话我就放心了。如果你不这么问我，我还真有些担心。"

我乐了，没想到她这人还挺有意思，反应也很快。

我说："当初你买我房子那天，我正在看《一路长庄》，看到一半，差点给你打电话。我赌了十六年，从没见过这么邪门的事。"

她愣了一下，好像一时间没有从现实中过渡到小说中，再有一种可能，就是她一直以为我根本不认识她。她这会儿的表情很难形容，有点像刚唱了一句歌就发现已经跑调的人那样对听众抱歉地笑笑。

半晌她才说："不可能吗，我知道有人连输十五局，我只是夸张了两局而已。这个素材获得的时候很偶然，是不是你们懂行的看起来显得特别假？"

"哦不不不，"我连忙说，"我不是这个意思，只是十七连输感觉可以接受，十七连赢就有些气不过了。"我说着笑了，"更何况，还来了三次。"

"如果，我在故事最后不来个合理化解释，是不是绝对不可能？"她好像来了一点和我探讨的兴致。

"嗯，几乎可以这么说。"

"那，连赢或连输的极限是多少次呢？"她还较起真来了。像个小学生问老师问题一样虚心。

"这，我倒也没算过。不过我对大小，21点，轮盘，百家乐都研究过，唯一能算牌，在合理的下注情况下能跑赢赌场的21点，有发牌机后，也不行了。"

她明显有些失望，看了看墙上的钟表说她该走了。如不是担心和买家碰头，估计她还有和我探讨下去的欲望。

"是不是可以浪费你几秒钟时间，给我在你的书上签个名字？"我终于还是提了个俗不可耐的请求。她明显有些意外，眼神似乎在说怎么这么一把年纪的人还玩这么小儿科的游戏。

"当然。"她说，"书在哪里？"

我拿出书之前她已不知从哪里拿出了一支笔。

"下次没有赌本了，可以拿这个去卖钱了。"我笑着说。

"贺先生的名字是谁给您起的？"

"是我养父母吧大概，我是被人贩子拐进北京城的，您信吗？养父母他们希望我能环游世界，所以叫我这名字，我却只想待在澳门。"

她嘴角一扬，不再言语。大笔一挥，写了"贺世环先生存正"几个大字，落款邱秋。

看着她写字的样子，我突然想起第一次过户签字时她很认真地看着我的右手，直到看得我有些尴尬，我不认为一个长期摸牌又夹烟的赌徒那泛黄的手指有什么好看。听说钢琴家喜欢端详别人的手指，大概写书的作家也有这毛病。

她的右手腕上带着一个小银手镯，感觉是有年代的东西了，我突然想起自己还有件古董，那是一件银质的鼻烟壶，是一个赌友借钱不还拿来抵债给我的，据说是道光年间的东西。大概是我保存不当，如今基本都全变黑了，我随口说，你的银镯子平时都怎么保存啊，我家里有件银器，基本氧化得看不到本来面目了。

她很随意地问，什么银器，表面积不大的话拿过期口红一涂，隔个一分钟再用软布或面巾纸一擦就好了，口红里含有羊毛脂，可以去除氧化物。

就这么简单？我问。

她笑了笑说，如果你没有口红，我可以送你两支，我有的是过期口红。

我话多起来："您第一次电话里说贺世环先生的时候吓了我一跳，很久没有人这么叫我了。"

"你的名字很特别，我一下子就记住了。"

"可能吧，不少人说我这名字起得好。"我笑着说。

出门前她把书房的门单独锁起来。还嘱咐我说如果看房的问到，就说还有一些东西有待收拾，都归拢在这屋。还说事情定下后，她会再来处理屋里的东西。

邱秋做梦也不会想到，她前前后后一手策划的隐名卖房事件竟在节骨眼儿上被我的儿子贺久给毁了。

正当我和骆铭把事情谈得差不多的时候，这个从来不主动上门找我的儿子居然十万火急地敲开了逸都1503的房门。

他冲进来就急不可耐地说："老贺，这房子不是早被你卖出去了吗？"

我眼瞅着要露馅儿，连忙揪着贺久的肩膀把他往外推，一边连连回头给骆铭解释："对不起对不起，这是我儿子，他，他刚从外地回来，对我这房子的情况不太清楚。"

"你他妈的才刚从外地回来呢！"这小子现在的劲儿要比我大得多，想把他生生挤出门去根本不可能，"老贺，你不会这么快就输光了吧，然后，又弄了个假证在这儿忽悠？"

"你少在这儿搅和！"我狠狠瞪着儿子，"没看见我正跟人谈要紧事儿吗？"

4

"我的事儿绝对比你的要紧！老贺，这房子是怎么又到你手里的？"

"你甭管！"我简直想把这小子从窗户扔出去。

贺久转身看到桌上的房产证，一个箭步过去拿起来："不可能！这怎么可能！贺世环，这房子你是卖给邱秋我朋友才答应在租期内搬走的，合着你绕了一圈怎么又收回来了？还要卖给别人！！"

"什么？！卖给邱秋？"贺久循声看去，坐在角落里的骆铭"噌"地站起来，"你说的是真的？邱秋也要买这房子？"

儿子挠着头爱搭不理地说："没错，邱秋不是要买，而是之前已经买下了这房子，还过了户，哎不是，你是谁啊，你认识邱秋吗？"

骆铭突然捂着脸瘫坐在沙发上，一个大块头儿的男人这样的一个动作简直把我和我儿子都吓坏了。

"没事儿吧您？"贺久当然不知所以然，"我说老兄，凡事儿得讲个先来后到不是，我的朋友之前一直租住着这个房子，喏，就是这间锁着的南屋，原先满墙都贴着她的创作素材，哦，忘了告诉你，她是个作家，虽然没有邱秋出名，但也差不多吧。我朋友是因为邱秋想买这房子才忍痛割爱给邱秋腾地方的，没想到现在我老爹又把房子赎回来了，你说，这房子是不是也应该先卖给我朋友呢？再说了，逸都的房子有的是，您也不是非得买这间不行吧？"

"去去，去一边！你朋友有钱买吗？"我吼着贺久。

这时角落里的骆铭抬起头："邱秋买下房子后，什么时候又转给您了？"我和儿子都听出了他话语里的颤音。

"也就是这两天的事儿吧？"骆铭又说。

"……"我还在考虑要不要认账，他已转向我的儿子贺久："小兄弟，你年纪轻轻，你的朋友也一定年纪轻轻来日方长，这个房子，还是让给我吧！"

"可是……"贺久显然也感觉到对方肯定有来头。

"可是这样一来，你朋友就白白忍痛割爱了是吗？放心，我们现在来签合同，我一次性付款后，房主写上邱秋的名字，这样房子仍然是邱秋的，你朋友的牺牲也不会白做，你看这样是不是可以？"

我和贺久同时傻了眼。

邱秋大费周章地把房子临时过户给我，为了让我出面卖给骆铭，而骆铭买了房子，过户时竟想写邱秋的名字。我发觉自己被这两个名人耍得晕头转向。事情兜兜转转了一圈之后，又回到了起点。都说名人的时间金贵，没想到他俩却舍得这样浪费。

贺久自言自语地小声说："没想到邱秋一个神经病还不够，又来了一个神经病。"

"她知道我最怕输，所以这次她让我赢。"签完合约，骆铭最后说了这么一句我们谁也听不懂的话。

　　两个月后，我收到邱秋的短信，她很客气地让我把房款汇给一个叫骆鹤的人。另外还说我的账户上她另给汇了一万，作为答谢。后边还幽默地写到，今后要是缺赌资，可以随时把书寄来她签名。

　　我貌似有点明白这个女人所使的心眼了，也慢慢回味过来骆铭最后的那句话，女人是在哄男人开心，让他先赢，男人将计就计，可钱最后汇给了男人的女儿骆鹤，终极赢家还是女人。

　　……

　　当晚邱秋竟翩然入梦。大概是这个女人太特别了，至少在我半个世纪的人生历程里从没碰到过。梦的地点倒是颇具我的职业特色——澳门。

　　我梦中的她比现实中所见要年轻不少。她在赌场外的免税店里买了一支颜色很夸张的口红并当场涂上，然后就只身进入了这个每天都让某些人暴发又让另一些人破产甚至恨不得去跳楼的地方。女人的注意力倒不在牌桌上，她像是在找人。她紧抿着嘴唇，攒着一股劲儿似的在这金碧辉煌的大厅里流连忘返，最终将目光锁定在一男一女身上。男人高大的个子，笔直的身板，戴着墨镜所以看不清表情，他身边的女郎倒是一直叽叽喳喳地指挥他押庄押闲。女人不动声色地走了过去，开始和戴眼镜的男人打起了擂台。男人总输，女人却总赢。女人不看男人，更不看男人身边的女郎，只是默默地看荷官发牌。男人身旁的女郎沉不住气了，说，换桌！我们换桌！男人却没有搭理她，他也攒着一股劲，要跟女人决战到底的样子。可惜那天他的运气实在不济，就像邱秋小说里的那个戚安一样连输了十几把。女人终于开口，她说："这样一点一点地输多不过瘾，你还剩多少钱？不如全部推上，输赢都痛快，省力又省时间。"

　　男人眼也不抬地说了句："要你管。"

　　女人倒笑了："我会算，你今晚赢不了。"

　　男人身旁聒噪的女郎一甩手走过来对邱秋说："人家为了躲你跑了这么老远，不过是娱乐一下，要不要跟屁虫一样没脸没皮地跟着？"

邱秋抬手就扇了那女人一个耳光。梦境里都几乎能够听见"啪"的一声，你可以想象那动作有多帅。

邱秋说："我现在和我的男人说话，有你什么事？"

"哟！你的男人？这是你的男人吗？"女人一个手捂着脸，一个手指着在一旁两眼都在赌桌上的男人。

"都别吵了！"男人直了直腰。

这时，一个训练有素的保安走过来，以一种尽可能温和的口吻对邱秋说："女士您好！这里是文明赌场，请注意您的举止，有什么棘手问题需要解决，万望随时告知我们，我们一定会给您一个满意的答复。但是在此之前，请协助我们维护正常的赌场秩序。"

邱秋很大方地说："实在对不起，这事儿您帮不了我。不过错儿全在我们，是这样的，我们的摄制组最近要来这里取景拍摄，我们三个是提前来彩排的，怪我没跟您提前打招呼，真的很抱歉，您忙别的去吧，不用理我们，"她指着男人说，"这个龙套演员实在不开窍，看见美女就舍不得扇嘴巴，可这戏还是得演不是吗，甭管现实中她是你的情人也好，贴心小棉袄也罢，镜头下你就得把她当作最欠揍的人去扇，听懂了吗！"

先前趾高气扬的女郎这会儿的大脑反应速度显然跟不上邱秋的节奏，正当她目瞪口呆时，邱秋又说："好吧，既然影响不好，那今天的排练就此结束，说吧，赌桌上你想怎么玩儿，我陪你陪到底。"

"你，敢和我玩？"

"有什么不敢？"

女人来了精神，跟在一旁的男人说："听见了吗，她要是输光了，你可得去外头的免税店给她买件内衣，别让她光着出去！"

接下来两个女人一盘接一盘地玩。当然她们有赢有输，她们玩番摊，二十一点，加勒比海，也玩骰宝，鱼虾蟹，还有三公，最后，她们决定把剩下的筹码都推上去，玩21点。

邱秋赢了。她得意扬扬地扭头对一直在旁边观战的我说："看什么？算牌还是你教我的。"

这时候我才意识到刚才发生的一切不过是个长长的梦而已，因为我根本不会算牌，更别提教给邱秋了。

5

　　这就是我和邱秋交往的全过程。几次见面，几条短信和同样屈指可数的几通电话。我至今想不明白，萍水相逢，她凭什么对我如此信任，敢把几百万块不声不响地放在我这儿长达几个月之久，尤其是在她知道我是个赌徒之后。

　　忘了告诉你我发现的一个奇景：邱秋的卧室里没有床。她的"床"在书房里，而且也不是传统意义上的"床"。你绝想不到邱秋的床是什么材质什么构造。说出来准让你大吃一惊，因为，那简直就是一个用无数包 A4 纸垒起来的"榻榻米"。初见它时真是让我大开了眼界（所以我很不地道地趁她不注意拍了张照）。这座可移动的家伙实在棒极了，不但可以随心拆搭，任意组合，而且可以一物多用。随便从它中间挖个坑，再垒到坑上面，就是一个现成的"升降台"，而且"升降台"底下腾出来的位置正好可以放腿，非常方便舒适。邱秋说，她以前在外经常有想写却找不到稿纸的时候，以至于很多珍贵素材过后就忘，大概是因为遗憾造成了心理阴影，所以后来每搬一次家首先要买一货车的白纸，做一个这样的小床，随便掀起一角，就有写不完的纸。

　　邱秋并不像网友追捧的那样，是个"活在云端不食人间烟火"的女人，所有网上那些仅凭想象得出的溢美之词其实都不适合她。她既不是众人想象中的那个样子，也不是她自己笔下那些女人的样子。但是我读书太少，阅人也极其有限，搜肠刮肚，也找不出哪个词形容她最贴切，是"特别"吗？这个词貌似本身就不很特别。我只能说，人如邱秋，遇见方知世间有。

秦　岳

1

说起老邱的女儿邱秋，其实我所知不多。我们这一代亲眼所见的，脑子里存着的或是极偶然会梦到的，不过是邱秋小时候的样子，她后来的事我倒也听说了一些，基本都是和老邱一起闲聊时得知的，人老了聚在一起，总免不了要谈儿女。

邱秋小的时候，我和老邱戏言要结儿女亲家，我家的仨小子有两个是邱秋的小学同学，另一个是她的部队战友，老二秦山从小就喜欢邱秋，直到结婚生子后还在抽屉一角保留着她的一方小照，老三甚至口口声声叫她干妹，我们两家的关系也一直维系至今。

现在，我倒更愿意和你聊聊老邱和邱秋母亲戴真的故事。这就好像你看到一个好句子，不也想千方百计地寻找出处么？

那年快进腊月的时候，村里又添了一座新坟，坟里住着邱四海的娘。老太太一生钟爱甜食，到了只剩两颗牙的时候，还能很有耐心地把又香又脆的点心放进嘴里含到像蘸了豆汁儿的油条一样软，再囫囵个儿地咽下去。

邱四海几十年前离家，每每寄回糖果、点心，老太太便颠着两只小脚溜达到村头，逢着正在玩耍的孩子便喊："分糖喽！分糖喽！"看着抱小孩的媳妇，也会塞上几块点心，嘴上喜滋滋地说："快尝尝！这是俺儿从老巨远老巨远的地方捎回来的。"

老太太活过了九十岁，是喜葬。尽管如此，还是惹哭了不少村里的老少。坟头上摆的全是各式各样老太太平日里爱吃的点心，像极了一桌满汉全席。村里的大人、孩子，多受过老人生前的恩惠，不少媳妇还领着孩子到坟头来看老太太。冯家媳妇的儿子才三岁半，到了坟头伸手便抓上供的点心，急得冯家媳妇直拍孩子的手："这是老太太上天吃的，你也敢动！"旁里的人都宽容地看着这馋嘴的孩子，仿佛已经替天上的老太太原谅了他。要是老人在世，才不会跟这些顽皮的孩子计较呢，顶多坐在炕上用拐杖的手柄把偷吃点心的孩子钩回来，冲着屁股轻轻拍一下，嘴里念叨着："就你吃啥啥没够？"一边又抓两块点心往孩子手里搁。

邱四海是老太太的第二个儿子，也是老太太生前最爱谈及的人。她常说四海有九条命，小时候出麻疹，高烧了三天。眼瞅着快不行了，家里把小棺材都给打好了。那几天里，四海的弟弟五湖每回从私塾回来，都趴在哥哥的耳边喊："二哥，二哥，能听见么？好点了么？"五湖就这样喊到第四天的时候，自己也染上了麻疹，阎王爷收走了他，却把四海退了回来。本来打算用来装四海的棺材却给了五湖。

一九三七年的冬天，日寇侵入山东，驻济南的国民党第三集团军总司令韩复榘不战而退，日寇乘虚而入，济南、泰安很快相继沦陷。我和四海，还有同村的伙伴大章子一起当了兵。大章子留在了县大队，我和四海由于念过几年私塾，被主力部队留在连部。

第二年，四海给连长当起了小警卫员。那时候，不满十三岁的小四海比步枪立起来高不了多少，却成了连里做文书工作的一把好手，由于他比指导员识的字还多，诸如战后总结之类的东西就逐渐改由四海来写了。然而，四海当警卫员不到一个月，连长就苦着脸宣布说："还是别把这小家伙留在我这儿了，部队一歇脚，他就睡得比猪还死，还是年纪太小了，临走时怎么叫都不醒啊！到头来，我不但得扛着他的枪，连他也得背着，到底谁是谁的警卫员嘛！"所以，四海被调到了连里的卫生队，没想到当上卫生员的第二天夜里，新任的连长警卫员就在战队中牺牲了。四海又捡了一条命。

学医是邱四海生命里一个重要的转折点，那些充满战火的年月，部队的医疗工作显得尤为重要，"救死扶伤"在小四海的心里，也成为和"打日本，救中国"一样神圣的词汇。然而，四海却想不到，自己后来居然就一直顺着这条路走下去了，更想不到三十年后，已成为广州军区情报部特种兵的女儿邱秋探家回来，还能看到父亲书柜上那些书页都已泛黄的《病理解剖学各论》《新针灸学》《英国皇家医师学会考试题》以及各个版本的实用药物手册、处方手册，甚至还能翻到一把战争岁月里留下来的医用小剪刀。

大章子和我们一起上私塾的时候，背不出书来，整天挨先生的揍。先生让他伸出手来，他就老实地伸出来，可就在板子落下来的时候，他却迅速地缩回手，这样几次三番惹恼了先生，于是再打大章子时，先生想了个辙儿，在桌子上挖了两个洞，把一根麻绳的两头分别穿过那两个洞，再从桌子底下打个死结，于是，麻绳在桌上的部分固定着大章子的手，另一端则由先生自己用脚踩着，这样一来，板子落下的时候，大章子的手就动不了了。然而，道高一尺，魔高一丈，大章子有的是对付先生的戏法儿，就在先生想出妙招的第二天，一进私塾的门，脑袋上就被扣了个屎盆子。

大章子在私塾里不是个好学生，上了战场却成了一个顶俩的好兵，不到两个月，他就成了县大队里的小英雄，立了不少大功，据说，他缴获的枪支已经够装备一个排了。可是，半年后大章子被送回来了，是躺着回来的，身上好多处都被日本兵捅穿了。后来再回忆的时候还有人说，大章子人还没回来，血已经淌回村子里来了。我爹娘和四海的爹娘打那时起开始夜夜噩梦，直到有一天，部队再次路过莱山，指导员和连长都让我俩回家看看，还说三小时赶上部队就行。

那时候，四海的大哥（邱三州）在天津做茶叶生意，家里除了爹娘外，只有一个小弟弟和一个小妹妹，小弟弟叫六江，小妹妹叫七溪。几个孩子的名字都是娘起的，三州，四海，五湖，六江，七溪，前面四个儿子的名儿叫在嘴里波澜壮阔的，到了最后一个小丫头，老太太想起了屋前潺潺的小溪。于是，名字来了。

天还没有大亮，四海把起来撒尿的六江吓了一大跳。

"鬼！"小弟弟打开门看见四海后掉头就往屋里跑，一边大喊着，"鬼！有鬼！"他看见了四海头上，脸上和衣服上没擦洗干净的血渍，那是给伤员包扎时留下的。

一家都起来了，还是四海的爹先回过神来，冲着四海的屁股就是一脚："这臭小子！比走的时候还全乎，个儿长高了快一个脑袋，都叫人不敢认了。"

四海娘一把扯过四海来："四海呀，快叫娘看看，这都是哪儿受伤了？！"

"娘，这不是我的血，"四海笑着说，"俺命大着哩！俺每回上了战场，顶多被弹壳儿擦着点皮儿，抹点药就好了！"

四海娘拉着小弟小妹的手就跪下了，连给老天爷磕了仨头，才顾上仔细瞧瞧这个离家两年多的孩子。

四海好好地洗了一把脸，和一家人凑在一块儿吃了顿热热乎乎的饭。

邻居们听说我们回来了，也纷纷到邱家和我家了。四海拿出自己的小药箱，给这家的大婶看了看眼疾，又给那家的大叔治了治手上的冻疮，俨然成了个悬壶济世的小郎中了。

眼看太阳一点点升起来，是话别的时候了，再晚就赶不上部队了。四海娘恨不得把家里能吃的东西都给四海揣上，然后开始背过脸去抹泪。这时候，吴家的婶子扯上四海说："四海，跟婶子去家里瞧瞧你二根弟的脚吧，冻得下不来床了。我家和你家近，使不了多少光景的，一会儿就行啦。"

四海不好推辞，跨上药箱就跟着去了，一进门，见五岁的二根正满地乱跑着玩呢，吴家婶子笑着进了屋，不由分说地把五个还烫手的鸡蛋硬塞到了四海的药箱里，四海一看急了，忙说："这怎么行，部队有规定的，决不能拿乡亲们的一针一线！所以婶子，您这些东西我真的不能要！留给孩子吃吧！"吴家婶子一听乐了："你不就是孩子嘛！你娘的儿子也是我的半个儿子，我给自己儿子捎几个鸡蛋咋啦？你们部队说不准拿针线，又没说不准拿鸡蛋！"

三年以后，四海成了41军121师362团卫生队的队长。他和戴真相识，也就是那时候的事。

2

我们的部队刚刚南下广东时就听人说过，汕头这一带的女孩子，平均三五个里头就有一个小名叫"阿珍"，所以在第一次写值班人员名单时，四海把小戴医生的名字错写成了"戴珍"。小戴医生说，队长，我的名字你写错了，不是珍贵的"珍"，是认真的"真"。小戴医生的语气非常认真，就像她的名字一样。

于是，在这一群女兵中，四海记住的头一个名字就是戴真。

关于小戴医生的传说可真不少。据说，她是和哥哥一起来当兵的，刚来时由于穿不惯军鞋，总是用绳子把两只鞋拴在一起挂在脖子上，然后光着脚板子行军走路。老邱经常说，直到现在他都记得小戴当年那男孩子一般的模样。小戴的哥哥在宣传队拉大提琴，小戴则想去卫生队。由于年龄太小，卫生队不收，所以也留在宣传队了。小戴在宣传队学了不少苏联舞，而且跳得特棒。后来调到卫生队后，她成了一大帮小女卫生员的苏联舞老师。

据说，小戴医生是个捕蛇高手。有一次夜行军，一行人碰到了一条五步蛇，吓得这帮女兵一边尖叫一边跳出了几丈远，想到万一被它咬到，五步之内就得丧命，确实太让人不寒而栗了，可我们的小戴医生却不怕。只见她一个箭步踩开蛇口，几乎是同时用另一只脚把甩过来的蛇尾踩实了，紧接着拔出一把剪刀，大伙儿看不清那剪刀在蛇口里怎样的一正一反转了两圈，蛇的毒牙便落地了。姑娘们这时仍然不敢靠近，只听见小戴喊："你们好歹也过来帮帮忙嘛，这蛇已经没有危险了，拎回去炖汤，大补啊！"

没有人知道小戴医生和队长邱四海是怎么熟起来的。直到有一天，有人看到邱四海从部队医疗所的三楼吊了根绳子买了一盒汕头牛肉丸，小戴医生则从二楼探出脑袋截下了两个肉丸，然后又把自己正在吃的馄饨拨了几个到盛肉丸的盒子里，绳子才被缓缓拉上了三楼。

大家这才意识到他们两个的关系非同一般。这消息在医疗所里沸腾了几天几夜，如果说，小戴医生不是当年那堆女卫生员中最拔尖儿的姑娘，或者说，四海不是被数不清的年轻护士盯了很久很久的帅小伙儿，大家倒不会对他俩的事儿这么上心。人们聚在一起，耗费了不少精力，拼命回忆某些蛛丝马迹，却始终追溯不到他俩的源头。

不久后，人们等到了一个关于小戴和四海的花好月圆的结局，他们结婚当晚，买了两斤水果糖，两冰壶的冰棍，几乎362团所有的卫生员和药剂师都到齐了，他们欢天喜地地庆祝这对新人的结合，尽管这结合让不少暗恋或明恋过他俩之一的少男少女们黯然神伤了好一阵子。

很久以后，等到邱秋也长到当年四海和小戴医生这个年龄的时候，我们这些人才得到了这个故事的官方版本。这版本在情节上其实非常简单：17岁的小戴医生在某天发现队长邱四海有一把和自己一模一样的剪子。那个年头部队里的卫生员除了用统一发的手术剪外，有别的样式的剪子还是挺惹眼的。于是小戴医生想方设法近距离地接触那把剪子，却发现它上面刻着姐姐的名字：瑛。

小戴医生去问四海：你认识戴瑛吗？

四海说不认识。

小戴医生说：你撒谎。你有我姐姐戴瑛的剪子却说不认识她。

四海这才恍然大悟，因为这把剪子的主人曾经在东北战场上救过他的命。

那阵子经常夜里打仗。有些伤员伤得太重，就得先经过卫生员的紧急包扎后迅速转移到后方。四海给一名战友包扎完后，想给他翻个身背上他迅速转移，没想到自己在后退的一小步中一脚踩空，掉到了一个枯井里。井口的那片天乌烟瘴气的，井上的脚步声也很杂乱，没人会听见四海的喊叫。上面还有伤员，四海着急得要命，可是井壁光滑得很，根本没法攀爬，而且井底除了枯草什么也没有。四海当时绝望极了，心想一仗打下来，他倒是能等，可上边的重伤伤员可怎么办。天那么冷，炸伤加上冻伤，弄不好就要截肢！

炮声慢慢地远了，枪声也渐停了，突然有一束手电照下来："谁在那儿？"上面的人喊。"我是362团的卫生员！"四海扯着嗓子大喊。"怪不得这儿有一个医药箱，"上面的人说，"你胆子好大啊，看不清我是敌是友就敢自报家门，万一我是敌人呢？"

"敌人不会有声音这么好听的。"四海不是拍马屁，他是发自内心地这么认为。

"我去找人弄根绳子拉你上来！"

四海仰着脸："井边有个伤员，出了很多血，得赶紧背到后方去！""那你怎么办？""药箱里有手术剪，你找找，给我扔下来，我凿坑爬上去！""我这正好有一把，"上面说着已经沿井壁扔下一把剪子，"我背伤员回去，再喊人来！"

四海爬上井口的时候天已经蒙蒙亮了，他挎上药箱，一时间辨不出东南西北了，好在不远处过来两个战士，四海一看见他们拖着根绳子就知道是怎么回事了……

若不是遇见小戴医生，四海不会知道戴瑛同志已经牺牲了，在此之前他连救命恩人的名字都不知道，甚至没有看清她的脸。

所以四海和小戴其实是在一夜间熟起来的，不过这种关系相当微妙，你若说是兄妹情谊，似乎还有些不尽然在里面，可若把它直接定义为爱情，大概又欠点儿火候。

四海发现小戴医生空闲的时候特别爱往部队的伙房跑，开始还以为她嘴馋，后来听一个炊事员说小戴经常帮着他们淘米，揉面，只是有时候她会突然停下来，瞅着一捧白面发呆，或是对着一把红豆自言自语，这让大伙儿觉得非常奇怪。所以有人和小戴开玩笑说："你是属耗子的吧？专往有粮的地方钻。"平日里挺活跃的小戴却没接这句玩笑话。

再后来，四海又发现小戴有个随身携带的小布包，她经常拿出来用鼻子闻，或是托在手心上看。四海问她这是什么，小戴说这是她的小粮仓。布包做得像小女儿家的香囊，里面有十粒红豆，十颗花生，一把麦仁儿和一把小米，都是从伙房要来的。小戴医生家祖上几代原本都是开粮店的，粮店坐落在潮安县韩江边一个叫葫芦集的地方。

小戴十二岁的时候，日本兵对这个小集进行了第一次轰炸，由于葫芦集处在山区近处的小平原上，山里有不少抗日据点，所以日本人不敢贸然过韩江，只敢从飞机上扔炸弹，那时小戴的姐姐戴瑛已经加入了抗日的队伍，小戴一家从粮店跑了出来，趴在一棵两人才能合抱过来的橄榄树下躲过了一场灾难。再回到粮店的时候，发现屋顶已经没了。小戴家里没有田，世代靠粮店过活，所以小戴的父亲说："修屋顶。"经过一番折腾，粮店又恢复了原样，可小戴一家的日子却仍过得担惊受怕。不到三个月，日军又进行了第二次轰炸，这一次人是躲出去了，粮店却彻底没了。葫芦集几乎被夷平了，流离失所的人遍地都是，小戴家和周围的许多人一样，挤在临时搭的棚子里，偏偏在那时，家里又收到姐姐戴瑛牺牲的消息，小戴的父母抑郁成疾，不久后便相继离开了人世。小戴的父亲临死前还让小戴帮他扛了一会腿，说："有阿真的小肩膀扛着真舒服，要是能再闻闻咱家那些粮食的味道，就更美了。"

小戴把家里的事告诉四海，四海也给小戴讲从前的事，他讲天津的三州哥，山东老家的六江、七溪，讲大章子，还讲自己在清理战场时发现过还剩一口气的日本残兵。他告诉小戴，要说最难受的时候，也不外是这种自知必死却还没有死透的时候。连长往往会说："我们善待俘虏，给他们包扎包扎。"一面向卫生员们狠狠地使眼色，那眼色是极易懂的，大伙看着那垂死的俘虏想，一枪崩了你是想都别想的，浪费我们的子弹哩，像商量好了一样，几双手一起狠狠地从地上抓了些沙子给俘虏按上，然后又将伤口表面包扎得仔细又漂亮。小戴没有参加过抗日战争，听到这一段时，觉得解恨极了。

就这样，两人之间越来越熟，离之前说的那层欠些火候的感情也更近了一些。一九五二年夏天，小戴医生被调到广东揭阳三十一野战医院一所，去报到那天，所长笑呵呵地说："戴真同志，你可真是个人物！人还没到，你的信已经到了这儿！"

小戴展开这封来自汕头的信，上面只有九个字：

戴真：

　　我喜欢你。

邱四海

　　就这样两个原本天南海北的人走到了一起。小戴说她很小的时候吃饭夹菜，拿筷子总拿得很靠上，她妈妈说，这个子妞，将来要嫁得远哩。我和老邱的老家在山东，而小戴则是广东汕头人，所谓千里姻缘一线牵，还得靠那把剪刀给线做媒人。

　　转业后他们老两口和我一样，都回了山东的地方医院，转眼间儿女们也都成家立业，小戴为她的宝贝闺女发愁，我们这一代，对外面的风言风语还是很敏感且在乎的，老邱却想得开，他说，儿孙自有儿孙福，那天医院小尹来串门，还说她女儿上自习都在读秋儿的书，结果让老师没收了！你说咱秋儿多有能耐？！

3

　　六江不在家的时候，他媳妇孙玉凤和七溪两个人合起来都治不了家里的瞎驴。这驴虽瞎，却诡诈得很，知道几个女人都心软，不忍朝它身上抽鞭子，便没完没了地磨洋工。

　　玉凤说：“娘，你瞧啊！这驴成精了，瞅准了六江不在，正伸着脖子偷吃磨上的粮呐！”那时，邱家的老太太还年轻，没事的时候总爱用碎布粘着水把小院儿里铺的鹅卵石擦得锃亮，她一面干活一面说：“它是瞎驴，哪儿会瞅？这家伙其实跟人一个样儿，越瞎越长心眼儿。前几年你们爹还在的时候，咳嗽一声都能吓得它赶紧迈腿！”

　　七溪跑上前去把驴往外拉：“还吃！还吃！再吃一个油饼的面都叫你吃完了！”她一边恨恨地说着，一边用胳膊和屁股往两个方向使着拙劲儿。这动作把刚迈进院里的六江逗乐了：“小七儿，你松了它，瞧它还敢咋的！"话音儿没落，那驴已挣脱了七溪，掉头撒嗒撒嗒地围着磨干起活来。这家伙和家里的三个女人要了一下午的大滑头，这会儿却在男主人面前兢兢业业起来，难怪六江编排人时不说猴精猴精，总说驴精驴精的。

晚上，玉凤用新麦磨的面烙了一叠油饼。六江和七溪吃起这样的油饼来都是没命一样的，因为玉凤学会了六江娘的手艺，捞了一小块卤肉切成丁，油饼快熟时把葱花和肉丁洒在饼面儿上，加点油再烙。这是几个孩子小时候最爱吃的，也是几乎除了逢年过节或赶上大丰收之外根本吃不着的。这会儿，远在广东的四海要是知道家里正吃这一口，一准儿会馋得要命。

等到四海和六江也成为爷爷辈儿的时候，才陆续听孩子们说起这种他们那个时代排行第一的人间美食被现代人称为"比萨"。四海说："什么比萨？不就是把馅儿摊在外面的馅饼嘛！"六江咂么着嘴吃着一块孙子递上的"比萨"说："这玩意儿哪有你老奶奶做的好吃！"老奶奶的两只耳朵都已经背了，听不清儿子在夸她，小重孙子又拿了一块给老奶奶，老人家咬了一口，六江在她耳边大声说："娘，还记得我们小时候那会儿您给做的肉丁油饼么？可比这个香多啦！"老太太一本正经地转过脸说："哪能呢？俺做过么？这么好吃的东西，俺可做不出来！"……现如今创造美食的人早已想不起，而当年吃过的人却全记得。

六江一家这种能吃上肉丁油饼的日子到一九五九年底就基本算是过到头了。饥荒来的时候，人人都有一份儿，老天爷总算平均分配了一回，任你是谁都得受着。

越是吃不着，食欲越旺盛。小半年光景，村子里的人们已经开始吃树皮和草籽了。邻里间的话少了，走动也少了，像是怕消耗体力似的。好久没见着哪个人打嗝儿了，就算有，也是个充满草腥味儿的嗝儿。

这一日，住在村东头的陶芝儿却提着半麻袋红薯干上门了。

陶芝儿不是本村人，早年逃荒的时候就是个寡妇，在和平村这一带走丢了孩子，事后又回来找，大海捞针，哪里还能找到！为娘的陶芝儿是个死心眼儿，随便嫁了村东头的石匠老魏，就在和平村住下了。前年冬天，老魏得了肺痨，陶芝儿小心伺候着，可没等来年春草绿，老魏就归了西。打那起，陶芝儿就在村东头一个人过。她和本村人不怎么来往，但毕竟住了小二十年了，人们也渐渐摸清了她的脾性。陶芝儿走在街上，有人就会在背地里说，这女人白长了一张温柔脸，嘴巴可厉害得很！看她平日里不言语，一咬起话儿来，就跟刀起刀落似的。有人接话说，谁说不是呐！前阵子集上不知是哪家的媳妇惹了她，好家伙，这女人就当街骂起人来，人家开骂时两句两句凑对子，不但不重复，有节奏，而且还押韵，我瞅她准是读过书的，瞧她那本事，方圆几十里哪有对手。

话儿传到六江娘的耳朵里，却惹来了同情："一个女人在外乡，不厉害点儿还能少了亏吃？厉害就对了！"人们忘了，邱家和这个叫陶芝儿的女人还有一段渊源呢。

七溪是陶芝儿接的生。那日里真是赶巧了，生七溪的时候，陶芝儿正好打邱家门口过。听见里面的动静，就知道有人要生产了。

陶芝儿不请自入，告诉大伙儿别慌乱，她会接生。一群手忙脚乱的人于是信了她，忙去烧了热水，在门外候着。那天，正是她把七溪一把扯到了人间。

陶芝儿一进门就把装着红薯干的袋子往地上一撂，说："给你们带了点吃食，我一个人好过，还剩了些存货，先给小孩儿解解饥荒吧。"她听说嫁到邻村的七溪前几日抱着两岁的儿子回来了，说是那边的日子更不好过，村里已有不少饿死的人了。

陶芝儿这会儿送来的红薯干可是相当解决问题的。六江娘忙把她让进屋里来，说："你老妹子就是疼七溪，打小就怕她饿着，丫头这会儿也是有娃的人啦，还让您挂心！"

"可不！"陶芝儿见七溪抱着儿子出来了，嘴上笑着说，"这是谁啊？几时泼出去的水又回来啃娘啦？"瞧这张不饶人的嘴。

七溪才不怕陶芝儿的奚落，翻着眼接话说："可是让您说着了，当年泼出去一碗水，这会儿却回来两碗，"她冲怀里抱着的这个一努嘴，"哎，这家伙还是口大海碗，喂也喂不饱、填也填不满的！"

陶芝儿说："小七儿，你带着这个孩儿跟我住去吧，保管饿不着他。我那儿地方也大。"

七溪压根没当真，说："回头把你家吃穷了咋办呢？俺这个可是个无底洞！"

"不怕！"陶芝儿又说，"不求别的，将来这孩儿长大了，喊我奶奶，给我打酒，就行啦！"人人知道，这个厉害女人是爱酒的，三日两头往家里头拎酒，却从没人见她醉过。

话儿就这样应下了。打从那起，七溪虽没带着孩子过去住，但陶芝儿却隔三岔五地送吃食来。七溪那两岁多的孩子，长得飞快，几乎一天一个样，吃起来还真是没够。

陶芝儿成了邱家不折不扣的恩人。她那边地里或房前屋后有什么活儿了，六江娘不用指使，六江自己就去干了。反正六江是把干农活的好手，有多少活儿他都能耍着玩着干完。

快年底的时候，四海领着五岁的女儿邱秋回来探家，带了三十斤全国通用的粮票。六江陪他一起去县城买了粮，回来先倒出十斤给陶芝儿送去，然后又舀了些分给吴家婶子和几个要好的乡里。

邱秋头回去陶芝儿那儿，却一点儿不认生。一进门见了陶芝儿就喊："姨！我奶奶让我和爸爸给您送粮来了！"陶芝儿这会儿正坐在炕沿上抹泪呢，今儿恰是她那走丢了的儿子的生日。被邱秋一叫，显然有些怔了。

四海忙上前说："这孩子是瞅着您年轻，把我该喊您的称呼给抢了。"

陶芝儿回过神来说："给我叫年轻了我还不乐意？我也就是辈分大，年龄么，叫姨还中！几岁啦？"她问邱秋。"五岁啦！"邱秋伸出五个手指，"我五岁啦，今天我过生日呢！""是吗？"陶芝儿一把抱起邱秋，从此看这孩子更亲了。

陶芝儿对四海说："我那走丢的儿，和你这闺女一天生日，真是赶巧了。"她指指桌上的四个菜说，"这是我儿最爱吃的，年年今天，都给他备着，好像真能回来似的。"

四海刚要开口说什么，却被邱秋抢了话头。

"姨！"邱秋还是执拗地叫着陶芝儿"姨"，"你走丢的孩子长什么样子？叫什么名字？你告诉我，我长大了帮你去找！"

"这孩子口气还不小，"陶芝儿这会儿已经破涕为笑了，"你答应姨的将来可不能赖啊！"

"不赖！"邱秋一本正经地说。

"那我告诉你，你记住喔，"陶芝儿也认真起来，"我的孩子大名叫贺世环，是丙戌年生的，俺村里的教书先生给起的名儿。环儿右侧脸有七个小痣，很像北斗七星的形状，右手无名指上有个绿豆大的黑痣。记住了吗！"

邱秋点着头说："姨放心吧，我记住了。贺世环，右侧脸有北斗七星，右手无名指有黑痣！"

这天晚上，邱家热闹极了，陶芝儿来了，她听说邱秋过生日，宰了家里的最后一只兔子，红烧了两碗兔肉用篮子提了来，吴家婶子和二根也提着一壶酒来了，三家人合在一起，并了两张方桌，吃了顿多少日子都没吃过的饱饭。陶芝儿逗七溪说："小七儿，你给俺那干孙子俺现在不稀罕了，俺要换邱秋做女儿！跟着秋儿，俺还年轻了一辈呢！"

当年七溪怀里抱的男孩名叫孙广文。多年后，这孩子非但没给陶芝儿打过一壶酒，还险些带人来抄了她的家。孙广文领着一帮精神抖擞的革命小将，前前后后地围住了陶芝儿的屋子，硬是说里面藏了腐败书籍。与此同时，七溪握了把菜刀坐在陶芝儿家门口说："要是敢推你陶奶奶的门，我就先拿这把刀把你砍了！"

当然，这些都是后话了。我们不难想象，除了这个孙广文，邱家人都念着陶芝儿当年的大恩，据老邱说，他闺女邱秋长大后真的找到了陶芝儿的孩子，只可惜陶芝儿已经看不到了。那人名字，相貌都对上了，谁知老邱是不是吹牛呢！

现在跟我聊起你们心中的那位作家邱秋，我脑子里闪现的仍是当年那个整天蹦蹦跳跳叫我秦大伯的小女孩。我没想到这个小女孩日后竟然经历了如此的坎坷并拿起笔来书写这坎坷，更没想到她转业离开部队后，又凭着自己的才华活出了如此精彩的一段人生，所以我觉得她比她的父辈强，比我们都强。

　　报上说邱秋婚姻不幸，其实在我们这些长辈的眼里，她根本就没有婚姻，此生她唯一的爱人罗天出事后，她彻底变了，我们印象中邱秋那从小就明媚的笑脸没有了，我老伴爱看报，说后来照片上的她总是一身缟素，但奇怪的是那缟素也让人觉得很亮丽，清一色的黑白灰被她一穿，也自有一种味道。我们都知道后来她和罗天，也就是你们所说的骆铭，又在一起了，但那毕竟不是传统意义上的结合，罗天出事那一年把她的人生分成明暗两重天：此前的她，有无忧无虑的童年，知心的爱侣，还有一大堆只有"人尖儿"才拥有的本领，而那年以后的她变得敏感多疑，甚至反复无常，出口伤人。当然，好在一直跟随她的还有她的才华，她的真性情。幸好有这些。对于绝大多数人，她的读者，她的书迷，有这些就足够了。

故事中的故事

1

没有战争的时候，人们的注意力开始往内收了，或者说，又回到生活本身。越战以后，整个三局的重要性越来越减弱了，科技越来越发达，过去被当作绝密资料的美军太平洋地区一年一度的军事演习也对我军开放，甚至邀请中国军事代表团现场观摩。

二十世纪八十年代初部队缩编，开始有大批军人转业回地方。

换下军装后的他们双双进了广州一家进出口贸易公司工作，同事们都以为他们已是夫妻，他亦天天催她领证，可她却不急了，还声称要多考察他一段时间。

两人对工作倒还是认真的，可也绝没积极到像大伙一样争做标兵的份儿，尤其是她，想让她为那些补助或奖金加会儿班八成是不可能的。

他们的工作还算轻松，下午若能早早下班，她便一头扎进屋里看书写作，她觉得一天过下来，好像下班以前的时间统统是不作数的，活的也完全不是她自己，大家都下班了，她真正要做的事才刚刚开始。

吃惯了部队伙房的他们乍一出来都很不适应，一到饭点儿就有些手足无措，他们并非不会做饭，只是开始怀念军营的生活，想着在部队里真是好啊，到了点就准时开饭，吃完了也不用洗锅，抹抹嘴提着饭盒就可以走了，至于吃什么，根本不是他们操心的事儿，开心了可以自己做小灶，犯懒了也饿不着，如今想想真是天堂。出了营房可就没有这种好事了，中午在单位吃，可一早一晚都必须自己开伙。他喜欢吃面食，她想起刚入伍的时候在部队的伙房学过包馄饨，于是一天晚上便试着包了一次，他连吃了三大碗，说以后咱们早晚都吃这个了。那是他们第一次在家里开伙，接下来的几天，她不断翻新馄饨的"内容"，几种时令蔬菜搅上肉，轮流包着吃，两个人就这样早早晚晚地吃了一个星期的馄饨，他还没吃够，她却已经看着面皮儿和肉馅儿就想吐了。

于是，又开始改做面条。但凡是能够又当饭又当菜一锅出的吃食，都被她在脑子里从头到尾地过遍了，包子饺子麻烦不说，跟馄饨本质上就是换汤不换药嘛。炒河粉吧？容易粘锅不说，有那功夫也能焖米饭再做个菜了，还是做面条最简单。他说要是妈还在就好了，妈心里就有本面食谱。她不服气了，说自己粤菜做得棒，可惜他不懂得欣赏，她还说，要是她爸爸别转业回山东老家也行啊，这样他俩在广州也就有饮食后盾了。

两个人停了手中的活儿叽叽咕咕了半天，突然感觉发这样的牢骚根本于事无补，因为肚子还是饿的。他把要洗的菜往墙角一扔，说："不干了！咱俩下馆子去。"他俩同时发现不用为当天的晚饭发愁，一下子轻松了好多，于是几乎是雀跃着出了门，路过菜市，看到几个下班后手挽着手来买菜的邻居，他们又一下子委屈起来，为什么他们就能把做饭当成一件再简单不过的事呢，就像呼吸、睡觉那么自然，甚至他们的脸上还满漾着幸福，好像一天下来做这顿饭才是他们真正等待的乐事。委屈之余，他们有点羡慕，又点嫉妒，仿佛人人有份儿的快乐，老天爷却唯独把给他们的落下了。

他安慰她说，那些人是晚上回家没有其他事情可做，就干脆把做饭当乐趣了，你不一样啊，你还有比那更重要的事。她一想也对，便又安心不少。

在接下来的一个月里，他们决定天天下馆子，为什么不呢？这样非但不用刷锅，连洗饭盒的时间都省了，而且又能紧着自己的口味，想吃什么就点什么。

他们的住处周围没有饭馆，天天下了班就在单位附近吃饭又怕同事看见笑话，于是他们总要朝家的反方向走一段冤枉路，这样，他们回家的路程又几乎翻了倍。等他们吃完饭，走老长的一段路回到家里，好像又有点饿了，于是再去买零食，瓜子、话梅、花生米，被她装在一个个玻璃瓶里，眼看吃得见了底儿，他又给她添上葡萄干、核桃仁和果丹皮。我们作家用脑多，需要补充营养，他总是这么说。

就这样他们过了二十来天不为早晚饭发愁的日子，而且还活得相当滋润，可刚进入下旬，就同时发觉手头有些紧了。怎么办？先是断了零食，后来把早饭也省了。还不够？那就中午在单位买双份，晚上回去热热再吃。这样一来，旁人日夜盼望的周末，却成了他俩最难对付的日子，尤其是月底的那个周末，前一日他总要在单位食堂买不少菜，恨不得晚上吃了，第二天再吃。同事们笑他说，哟，小罗，怎么提这么多菜？回家老婆不给做饭啊？他才不肯承认呢，他向来都是对大伙说，她烧的菜最好吃了，可她明天有事要去亲戚家，所以我就自己在家凑合着吃点儿算了。下一次旁人再问，他照常能编出别的理由。

她投出去的稿子很少被退，往往是发过她三两个短篇的书报，过阵子就主动写信来约稿了，她也因此越写越带劲儿。

渐渐地，她不再满足于只写短篇和中篇了，她想写一个长篇，从父母那代人写起，她觉得自己父母的人生都足够传奇，尤其是他们的相遇，而他的父母也同样有许许多多值得一写的地方，何不把四个人的故事揉在一起呢，待要动笔了，又觉得除了父母和公婆之外，祖母、叔叔和婶婶人人都有值得写的故事，于是长篇又变成了超长篇。

"这么长的篇幅，我能写好吗？"她心里没底，就问他。那时他压根没想到写作会最终将她的正经工作取而代之，只当是她的兴趣爱好，所以是打心底无条件支持的。他总是说，能，你一定能。她不知道他的这份信心是从哪儿来的，但心里却因此受到了鼓舞，仿佛站在台上歌儿还没唱，台下就已经有了掌声。

于是逢着周末大块儿的时间，他俩几乎是不出门的，别人休息享受的日子，在他们那里反而比上班还累得多。有时候，她写，他帮她誊抄，也有时候，他讲，她记录再整理。

他发现自己竟也是有语言天赋的，可惜他的讲述往往不分什么时间上的先后顺序，经常是哪天想起一件值得一写的事，便跟她说说，于是她又要倒回头去重新安插情节。

她常常天不亮就起来，随便披上一条薄毯子，不梳头不洗脸就开始写。她一起来，他也睡不着了，干脆也跟着起来，帮她誊抄昨晚的手稿。他饶有兴致地誊着，当了第一读者的同时，还给她提了不少意见和建议。有时候，他的建议成了她的灵感，从而又引出了一大段，也有时候，她正写到兴头儿上，哪里顾得听他说，便让他用不同颜色的笔写在草稿上。

"到底谁是作者嘛？我只管说，不管写！"他抱怨说。

"稿费分你一半！"她回过头来做了个鬼脸。

"谁稀罕！"

"那么，将来付印了，封面也写你的名儿，咱们俩是合著者，怎么样？"

"写真名儿？"

"当然！"

这下子他倒是一愣。他觉得她想得太远了，小说情节框架还没完善，就想到付印了。以往她投稿用的都是笔名，如今这个长篇，她再也不想用笔名了。

两个人写累了，便拿起一页写好的，他读，她听。他们发现，大声读出来后往往能发现更多情节上的漏洞和对话中的不足，这些恰恰是他们在下笔时忽略了的，于是又多了一个习惯，一写，二誊，三读，大清早上两个人忙得不亦乐乎，日上三竿了，还没给肚子供应上早饭。

他说，歇会儿吧，不要眼睛啦？他对她的关心都是类似这样的，不要眼睛啦？不吃饭啦？想饿死啊？……一面抱怨着家里出了个才女，明明煎炸蒸煮都会，如今却连粘锅的烂面条也吃不上了，一面已经把白米粥熬好了，盛上桌凉着，他又去煮了鸡蛋，然后剥掉蛋壳放到她嘴边让她吃。

她在这个时候则是给什么吃什么，生理上的饥饱感没有了，舌尖上的鉴赏力也消失了，山珍海味和粗茶淡饭在她嘴里统统都是一个味儿。

他很佩服她的"坐功"，觉得她一旦在写字台前坐下，屁股简直就是粘在椅子上了，小半天不带动一动的。上个礼拜才去买的一沓稿纸，不知不觉中就被她填满了。喂！稿纸没了！她像小时候一样喊他，只不过那时候是让他帮忙买本子，而现在变成了买稿纸。

他内心里觉得自己的妻子很独特，不像单位里的其他女同事，逢着歇班就结伴同行逛百货店，买的东西无非那几样：衣服、皮鞋和毛线。他有些不屑，可入秋后看见同事的妻子给新织的毛衣，心里又忍不住羡慕不已。

逢着太阳好的周末，他便把秋冬的衣服捣鼓出来，捂了一夏天，浅色外套上的霉点都看出来了。

你一中午翻箱倒柜的干嘛呢？她问。

晒衣服啊，箱子里都发霉了！你还知道冷啊，大早上起来把我的衣服也套上了。

哦，都入秋了。她说。可她正写着的主人公，还在吃冰棍儿呢。

就这样她日复一日地往那构筑好的框架上添砖加瓦，又一年夏天到来的时候，终于看到这故事越来越完善，像是一座"小楼"了。

长篇里的人物不算少，有时候弄得她晕头转向，有时候她则越写越兴奋，深夜里还大睁着眼睛闹失眠。她自己也知道这样下去不行，长此以往，白天的工作非出错不可，于是进了后半夜，她便不得不强迫自己起来吞两片安眠药，又怕翻来覆去吵到他，便不敢再躺回床上去，而是悄声抱了自己的被子去外屋沙发上睡。蚊子一刻也不肯消停，总是在她耳边嗡嗡地响，有一次她连开了三次灯，眼瞅着腿上的七个包心想这次非灭了它们不行。于是就圆睁着眼睛跟它们耗上了，这些家伙一连几天昼伏夜出，喝她的血大概喝上瘾了。他曾经开玩笑说，你呀，一天到晚爱吃甜食，吃得血都甜了，蚊子聪明得很，不盯你盯谁啊？你这文章，还真是'血'汗换来的！看我，不用盖毛巾被，就穿这背心裤衩，蚊子也不稀的咬我不是？再说人家蚊子也怪不容易的，总共就能活那么几天，值一晚上夜班就为喝点儿东西，咱们人类有的是血，让它喝一滴又有何妨？一想这些话她便乐了，她一认真，它们反倒藏在角落里不出来了，天花板上是显然没有的，这些家伙一个个的都聪明得很，早就摸透了白色对它们来讲最不安全，相反，哪种东西五颜六色最乱你的眼，它们一准都在那儿。她坐了一会儿，又突然觉得自己跟它们耗不起，白天的英文字母和大半夜纵横交错的稿纸方格已经耗尽了她的所有精力，想来它们今天的收获也不小了，也该吃饱喝足了吧，于是又蒙头躺回沙发上，希望药效能在与失眠顽症的殊死搏斗中一寸一寸地前进。

第二日的工作中她倒是没出错，可下了班回家看昨晚熬夜赶出来的手稿，却发现一件事情中的五个人写丢了一个。

他担心她把自己写魔怔了，于是提出周末暂停写作去郊游。她却一口回绝，理由是她已经制定了极其详细的写作计划，而超前或超量完成写作任务，就是她现在每天最快乐的事。更何况今后有无数个日子可以郊游，但手头在写的东西已经在脑子里堆了这么久，真怕一搁就变了味儿，再也写不出它们应有的样子。

于是他又改了方针，不断向她灌输文艺工作者在"文革"中的惨痛经历，这些虽然都是听来的，却被他讲得绘声绘色，他告诉她，自己一个同学的父母当年都是省城话剧团的台柱子，男的叫崔之摄，女的叫田敏，"文革"中被揪斗的时候，白天做鬼，晚上才是人，两口子开始还很乐观，互相欣赏着彼此的阴阳头，后来崔之摄被迫装疯，想让爱人也跟着自己"疯"，照说田敏也演了半辈子戏了，装疯难不倒她，可她偏偏不肯疯，因为她没法像丈夫那样把麻袋底剪一个口，把头伸进去，两侧各开一口，把双手伸出来，再往泥地里一滚，沾些土到脸上、身上，没等人们把准备好的墨汁往身上泼，便自己一头钻进墨水盆里，还一边嬉皮笑脸地拍手说："洗脸喽，洗脸喽！"这些田敏统统做不到，她是个不肯低头也不会转弯的女人，宁愿选择去死，也忍不了让造反派把点着的烟头往鼻孔里塞。剧团的后院有架很高的秋千，她一脚踏上去，把它荡得老高，身体几乎要和地面平行了。秋千经过一个俯冲，又一次腾空，势头很猛，却突然失了重心。她飞了出去，走得很痛快。头不偏不斜地撞在篮球架的铁杆上，那是她在几次腾空中瞅准了的。

这些虽都是听来的，却都被他讲得再真不过，说完省话剧团的台柱子，又讲文联的笔杆子。他们都是极有才华的人，他们曾一度风光无限，他们曾经站在最高处，所以跌下来时总会最惨最痛。他兜来兜去，无非是劝说她写归写，自娱自乐就好了。

她没有弄懂他讲这些故事给她听的真实意图，"文革"开始时她年龄还小，又很快进了部队，没有留下太多印象，可这故事仍让她感到骇然，于是反而把他的故事稍作润色写进了小说，有些地方甚至对他的口述只字未改。他气得要命，觉得这简直就是搬起石头砸自己的脚，于是又换了策略，他对她说，等写完咱们自己去印，内部传阅，限量珍藏，如何？谁知她说，那算什么，我要正规出版，印它五千册。你这是虚荣！他这么激她。她却毫不犹豫地点头承认，没错，我就是虚荣，不想出版的作者不是好作者。他听了简直哭笑不得，而且随着时间一天天过去，他越来越发现，这段时间她同他的全部交流几乎都局限于这篇小说的探讨和完善中，他真盼望她能快点写完，一了百了。她则是把买零食的钱都省了，一则写起来就顾不上嘴了，二来零花钱也被她拍电报用得差不多了。

开始她写上一代的事情，有些细节不清楚便写信回山东问父亲。每次总是提上十个以上的问题，后面跟着她手绘的一张笑脸和四个大字——"愿闻其详"。父亲总是回得很认真，每次少说也得写上三五页。

后来，她觉得写信太慢，一来一回少说也得二十来天，干脆改发电报了。电报中的一个字就能买一根冰棒，她却舍得，这么一来，她发电报到山东问，让父亲从那边写信回，时间省了一半，她却仍觉得慢，父亲也说，要想知道咱们家族的旧事，最该去问的是你伯伯三州，因为他本人就是一本活历史，咱们家族的活历史，也是抗战至今的活历史。

她一听又来了劲头，放着活历史不去采访，光在这拍电报所能搜集的资料实在有限。于是她便真豁出去了，在单位编了谎请了病假，买上票就回山东去了。这一趟使她收获不菲，伯伯三州除了给她讲述了不少家族往事以外，还提到了曾经一位学长的故事。

这位学长当年在沈阳读东北大学，不但人长得英俊帅气（有老照片为证），而且还因为才华出众被公选为学生会干部，当时的那批学员曾集体加入国民党（干部当然要起带头作用），可那完全是生活环境使然，谈不上什么个人信仰。虽说他不久就退了党，却仍被纠缠不清的历史问题困扰了一辈子。正所谓一朝站错队，永远站错队，后来那位学长到了单位，党组织明确表示拒绝接纳，只勉强允许他暂时加入民主党派，他觉得这样也好，谁知刚入"民进"就赶上反右运动，民主党派被批得灰头土脸，他也不再被当作党的同路人，政治前途黯然无光。抗美援朝时，这位学长的亲弟弟被列入征兵对象，一时间举家上下都欢呼雀跃，坚决支持他去朝鲜。多么可悲，当时他们全家人的心理无非是想拿生命的冒险去挽救政治前途，从而改变命运。

她觉得不把伯伯讲的这些素材写进小说实在是太可惜了，于是回到广州以后，又把写好的父辈故事那一章全部"打散揉碎"，为的仅仅是加一个人物进去。

年底，她完成了小说的初稿，次年二月完成了二稿。她最后改写三稿的时候，他开始紧张起来了，因为，这篇创作历时将近两年的作品的付印和出版仿佛就在眼前了。

于是她越忙，他越惶惶不可终日。和她的谈话兜来兜去，总能兜回老问题，再来一次"文革"怎么办？她觉得他有点太过谨慎了，于是回曰，这都什么年代了，最近在《上海文艺》上看到，反思文学已经大量出现了，有这么多文学大家"抬轿子"，我们还怕摔着不成？

这一天他回到家，发现她无精打采的样子，自打开始这个长篇的创作，她已经很久没有这种六神无主的状态了，他问怎么了，她揉着眼睛说眼看三稿就要写完了，一直合作的出版社却突然想让她修改部分内容。说什么军人出身不一定非要写情报局嘛，文工团啊、话务兵啊，这些都随她挑，只要把情报局的特种兵那一段换下来就行。为什么要换文工团呢？她很不解。出版社回说，因为他们比特种兵更有发挥的余地，而且接受起来也不那么费事，毕竟他们最终要考虑的还是销售问题，而她文中不断出现的大量专业术语，肯定让读者吃不消。更何况，她的故事还花了大量笔墨去交代当时的历史背景，这些在出版社看来，无疑都是吃力不讨好的事。然而，出版社又不想放弃她的这篇大部头的文稿，声称前一代的故事都很吸引读者眼球，只要把这一代的略改一下，让后劲儿足一点儿，肯定能大卖。

她听了真有点哭笑不得，想来自己在这一代上费了那么多功夫，却最终被定位成"后劲不足"。怕是因为她过多的专注于自己内心的表达了，而完全忘了去买读者的账。这也是她在后来的创作历程中不断重复的错误。很多年以后，一位业内书评者写了一篇很有趣的文章，名为《这个情商不高的女人》，她看了倒是会心一笑，觉得说得还算体己，起码没有不分青红皂白就把她吹上天或贬下地。

他万万没想到，自己准备好的冷水还没泼出去，已经有出版社给她泼冷水了。这让他又心软了下来，也跟着突然间没了主意，可静下来仔细一想，这不正是他想要的吗？他不要她整日被出版社的催稿逼得焦头烂额，更不要她出什么名。人怕出名猪怕肥，冷不丁飞来一颗子弹，打的就是出头鸟。他甚至希望这本书干脆不要付印，最多私下里印几本送给彼此懂得的朋友就足够了。

那你打算怎么办？他听到自己言不由衷地说，要不换个出版社试试，不然就试着改一下？话刚说出口他又后悔了，与其鼓励她，还不如趁着出版社的风儿把火吹灭算了，不料她却咬咬下嘴唇说："我才不改呢，写完三稿就去找其他出版社。"

改完三稿后的她在一星期内连跑了三家出版社，结果他们都跟商量好了似的，最后一家甚至用曲别针把前两家折角的地方又夹了起来，并对她说，这部分需要改改。一连几次的被拒让她的心情低落到了极点，想着为了这么一沓四家出版社都不要的书稿，自己竟两年不曾给爱人做过一顿像样的晚饭，不曾收拾、打扫过他俩的小窝，甚至连换季的衣服也都是他自己拿去该洗的洗，该晒的晒。她忽然间觉得自己真是失败到了极点，他和她在一起，八成是上辈子闯祸了吧。

她看到客厅里原本是粉红色的窗帘如今已经变成了粉灰色，惊异于刚刚过去的七百多个日夜里，自己怎么就注意不到呢？这窗帘还是她和他刚搬进新房时挂上的，如此粉嫩的颜色跟了她这样的主人，也真算是倒了八辈子霉了。她麻利地踩上窗台，把帘子摘了下来，然后又将它泡进盆里。

他和她不在一个工作组，最近总是没日没夜地加班，她想给他做点好吃的，便又去了趟菜市场，回来包了满满一砧板的香菇肉末小馄饨。她怕肉馅偏腻，又在汤里多撒了些虾皮和香菜。

他回来的时候，香喷喷的馄饨已经上了桌。她把他堵在门口，让他猜她做了什么。他想了想说："貌似是馄饨吧？"一面还使劲儿吸了吸鼻子，故意逗她道，"香菜放多了吧！"

"切，有本事你别吃啊！"她也假装恼了，转身就回屋去了。他背着手悄悄跟在她后面，冷不丁地拿出一样东西，在她眼前一晃，她顿时"啊"的一声转过头来，一把抢过他手里的书。因为刚刚她分明看到了上面印着"来路"两个字。正是她小说的书名。

捧着一件稀世珍宝一样，她慢慢地坐到椅子上，把书轻轻放在膝头，无限怜爱地抚着书的封面，像在抚摸一个未足月便出世的孩子。

"你看这纸张多棒！"她兴奋地说，就好像这本书不是刚从他手里拿过来，就好像他从没摸过它一样，"再看这装帧、排版都没得挑，到哪儿去找这么好的出版社呢！"她简直有些爱不释手了。

他是知道的，之前印她短篇合集的那家厂子不知用的是什么劣质纸张，随便翻开一页，几乎每个字都带着反面的字影儿。

他险些就要以为这是自己有生以来办得最漂亮的一件事了，可恰好就在这时，她似乎发现哪里有点不对了。只见她一下合上书，惊慌地把它翻来覆去地看，书的封面上没有出版社名称，没有责任编辑，尾页上没有标价，甚至连个出版年月日都没有找见，她又仔仔细细地把全书里里外外看了一遍，这才发现整本书除了书名和正文外，居然什么也没有！

"谁要你这样印啊？"

"咱先印几本，内部传阅，先看看反响，再说了，真要是正规出版，还不一定能找到这么好的纸张呢！"

"可是这么大的事儿，你事先总得和我商量一下吧？"她觉得他这种内部印刷、小范围传阅的做法分明是草草打发了她整整两年的青春。

"这是多大点事儿啊？"他有点心虚，嘴上却还是故作轻松，"不是想先让你看到成书高兴高兴嘛！"

"成书？这也叫成书？作者呢？出版社呢？"她像吃了枪药一样吐着连珠炮，"照你这么说，把一份手稿装订起来，或是用胶水粘起来也能叫成书了！"

……

"对你来说，这当然不是什么大事，这压根就不是个事儿！因为你没为了它天天趴在桌前趴到手脚冰凉，头发大把大把地掉！"

"你那是烫发烫的好不好？！以后少臭美，就不掉了。"

其实他心里还是觉得她烫发挺好看的。两个月前，她自己在家把长长的头发只烫了个梢儿，写作的时候，便把它们全都拨到脖子一边。他觉得她的侧面美极了，便趁机按下了相机的快门，印这本书的时候，还偷偷把这张照片当作插页印了进去，想给她一个惊喜。他小声嘀咕："以后你自己再慢慢找出版社，又不是说这样印了就不能再正常出版。"

她根本没听见他的话，只听"唰"的一声，他看见她恼羞成怒地把崭新一本书的封面撕掉了，嘴里还说："这也叫书！干脆封皮儿也不要了，书名也不要了！"

他一把抢过书来："你干什么！"他不知自己哪来的气，差点儿一下子把她从沙发上撂倒在地上。她不知道，他所谓的日夜加班正是为她赶这本《来路》的排版和最后校对。

桌上的馄饨已经从热气腾腾到冰凉冰凉了，他俩却谁也没去碰。最后，还是他先撑不住了："这么好吃的馄饨，谁不吃可真是傻了！"

他拿来胶水，小心翼翼地把书的封面粘好，然后又把馄饨放进锅里重新热了一下。香菜变成了深绿色，可他还是吃得很香。他边吃边故意发出呼噜呼噜的声音，以往她总会打趣他说，又不是吸溜面条，装什么装！

然而这天，她却只是干坐着无动于衷。

等他把一大碗馄饨吃得快见底了，再去看她时却被吓了一跳，她竟然一脸的眼泪！

她的哭太安静，眼泪大滴地滚落，却一点儿声儿都没有。

他自己也突然的一阵委屈，嘴上说："咱别这么任性，成熟点儿行吗？"

这句话却成了她那晚号啕大哭的导火索。在他以后所有的记忆里，这是她对他唯一一次撕心裂肺地大哭。后来他无数次地恨自己，当时怎么就说了那么一句鬼话！

单位派她去北方出差半个月，回来的时候，他正给北屋的小窗装纱网。卧室的两扇窗已经装好了，还剩一块料，他舍不得扔，便用在了北屋上，想着来年夏天到访的时候，蚊子就不会那么猖獗了。

他见她手提肩挎着大包小包，忙从窗上跳下来："拿这么多东西怎么也不招呼我去接站？"

她不答他的话，而是眉毛一挑，得意地说："告诉你个好消息。"

"找到合适的出版社了？"

"错！"

"错？"虽说他已习惯她生气后会主动相逢一笑泯恩仇，可却实在想不出除了找到出版社还能有什么事让她这么高兴。

"反正不是书要出版了，也是和书有脱不开的关系。"他自言自语地说。

"我告诉你，这事儿，还真就和书不书的没关系，你继续猜吧，给你半天时间，猜出来，我请你下馆子，猜不出来，你负责晚饭！"她一头扎进浴室，说是要冲个凉，可不到半分钟又开门说，"行李先别打开，不然猜出来也不算数！"

听到澡堂里的水声，他瞟了一眼手表：三点四十五分。按照她每次洗澡不会少于二十分钟的惯例，他有足够的时间打开行李并再度恢复原状。他背着手围着一堆行李转了两圈，最终还是遏制不了自己的好奇心，于是，他伸手去拉行李包外层的拉链，里面露了一堆五颜六色的东西。他没来得及分辨，而是索性把拉链一拉到底，行李包的一头掉出了一双灯芯绒面的虎头婴儿鞋，他一比量，只有他自己的中指那么长，他顺手揪出刚才那一包色彩缤纷的东西，发现里面除了小孩儿玩具就是小孩儿衣服。

他恍然大悟，一时间忘乎所以地扭头朝浴室高声叫着："我知道了！我要当爸爸了！"

那边一听顿时水声停了："我就知道你肯定要打开行李，耍赖皮你！"

"没错，我就是耍赖皮，你就是赖皮，我耍的就是你，哈哈！"外边的他得意了，"有本事你出来啊！"

——节选自邱秋手稿

2

他无论如何也想不到，她在意外流产一个月后便去了一趟陕北，只因为江灏说了一句，《来路》的整个故事背景得换一个地方。

她带着八百块钱和厚厚的一沓介绍信一路向北。江灏并没有随行，他说自己在旁边会影响很多好素材的采集，江灏的那些兄弟们平日里和他在一起太没正经，他一去他们就没法成为合格的口述者了。

那一沓信倒是江灏亲手放进她背囊的，说是按地址人名把信交出去，就等着听故事好了。她数了数，一共六封信。江灏已按她即将先后涉足的城市排好了顺序。像诸葛亮的锦囊妙计一样，每到一地，拆开一个锦囊。

她递出头封信时，心里其实是没底的，收信人是一个小县城文化馆的副馆长，姓史，其貌不扬，话也不多，但他说到的东西却是每句都可以记笔记的。她在县城待了三天，话别的时候，她起初忐忑不安地呼出的'史副馆长'已经变成亲切的'老史'了。

老史看了剩下的五封信上的名字后说，江灏个龟孙，懒归懒，但眼力见儿还不错，你知道他为啥把我这儿安排成第一站么？这里就是个背景，真正的故事都在后面呢。

果不其然，接下来的惊喜越来越多，从陕北一个小镇上的退伍军人，到银川承天寺的看塔人，她觉得自己简直是被江灏的锦囊带进了一个故事的连环套里，她白天听素材做笔记，晚上整理，时而来了灵感，就用便签的形式给小说《来路》添枝加叶。那段时间她几乎不怎么睡觉，不是找不到困的感觉，而是实在有太多东西要记，她觉得自己真的很幸运，随身带来的两个素材本已被她在不知不觉中填满，有一天晚上她写得意犹未尽，却突然发现自己的手头已经找不到一张空白的纸了，她想起自己在回旅馆的路上看到附近小学的对面有家小卖部，想必那里会有卖本子的，便大黑天的又出了门，所幸那家小店还真的亮着灯，走进去，只见一帮人在玩纸牌。她说想买两个笔记本，店主头也不抬地说，我们这只有四线方格本，两毛五一本。她想都没想就一下子买了十本，像跑马帮的到了驿站囤粮草一样。

往回走的路上，她在对这些珍贵素材的利用上又改了主意，她觉得应该把一路上的耳闻目睹写成独立篇幅的短篇，才算对得起这些故事，于是，七个短篇小说就在她返回广州的路上诞生了，它们最初的载体，恰恰就是那摞零散的便签和那十个封面上画着小学生的四线方格本。

她小时候是没有用过这种本子的，心想现在的小学生可没她们当时幸运，连写个字都要规规整整地束缚在四线方格之内，哪一笔要压在横线以下，哪一划不能超过竖线，都是一早规定的。她小时候，作业本都是白纸装订的，想怎么写就怎么写。出于对四线方格的敬畏，这几个短篇她写得尤为认真，字迹一笔一画不说，从头到尾都很少涂抹，末了还给它们按旅途顺序编了号。

回去后江灏催着她'交作业'，她却一个半个月没有反应。他那时已去成都办事，所以只好拍了份电报："忍无可忍，没法再忍。改好了吗！"

没想到却迅速收到回复，像极了他那份电报的下联："谢不胜谢，只好不谢！稿已寄出。"

就这样江灏收到了改好的《来路》和七篇独立的小故事……

——节选自邱秋手稿

3

大概是从三妻娶上第三任妻子起，我们全家人都开始叫它"三妻"了。

三妻其实是一只浅黄色的鹦鹉。它和它的第一任妻子刚到我家那会儿，我还不满七岁。那时的夏天夜晚漫长而无聊，每到晚饭后，我都会到阳台和我的两个"小家伙"玩儿上一会儿。所谓的"玩儿"，主要就是训练它们说话。那时的我天真地以为，只要坚持不懈，每天和它们说些比较短的句子，它们总有一天能学会一两句。

"你好。"我说。三妻叫了一声，另一只则没有任何反应。"再见。"回复我的还是三妻同样的叫声。日复一日，奇迹始终没有出现。"笨蛋！"我失望地说。这次，连三妻也不吭声了。

又过了一段时间，它们怎么看也不像要说话的样子，我便把训练的目标转移了。刚开始，我先慢慢靠近它们，比如把手搭在鸟笼的小门上，它俩起初很惊恐地扑腾来扑腾去，后来见我没有伤害它们的意思，也就不那么害怕了。三妻很聪明，不到一周就能看懂我的手势。比如：我用食指在空中划一个半圆，它就会跳上悬在鸟笼上方的小圈子，我往反方向再划一个半圆，它就懂得我是让它从圈子上跳下来。小时候的我曾为这件事自豪了好一阵，还把一起玩的小朋友领来家，表演给他们看。三妻总能给足我面子，每次出色完成动作后，还会得意地冲我们叫几声，逗得大家都拍手叫好。甚至因为三妻，我的小朋友中还掀起了一股养鹦鹉的热潮，可在我的记忆中，再也没有谁能训练出一只三妻这样的鹦鹉了。

三妻的原配是个懒惰的家伙，它通体蓝色，总是躲在鸟笼一角的长方形木窝里，不叫，也不出来见人，我们都叫它小蓝。小木窝的入口仅是一个直径不到三厘米的小圆洞，小蓝钻进去以后，就能成功地躲避我的骚扰和折腾了。我总是好奇它究竟在木窝里做些什么，便央求爸爸趁两只鹦鹉都不在窝里时，在木窝的另一端开了一个四乘四厘米的小方窗，并把裁下来的木片换成了透明的塑料薄片，方便我观察。为了不让它们起疑心，我们还特意把切下来的那块木片做成活动式的，这样，平时它们进窝后，窝里还是漆黑一片，只有窝口的小圆洞透着一点点光。

改建木窝后的三天，两只鹦鹉都没有进去过，像是知道我们做了手脚似的。直到第四天清早我来到阳台时，才发现只有三妻站在小圈子里悠闲地荡着，于是便迫不及待地移开小木板，让我惊喜的是，木窝里除了小蓝外，还有几枚花生米那么大像珍珠一样洁白的鹦鹉蛋！

不幸也是从我移开木板的这一举动开始的，小蓝大概被塑料片外突然透进来的阳光惊吓到了，没等我把喜讯告诉大家，惊慌失措的它就在窝里扑腾着翅膀把几枚鹦鹉蛋踩得稀碎。窝外的三妻起初不知发生了什么，大概是听到窝里的动静才一头钻了进去，等它再钻出木窝的时候，也疯了一样在鸟笼里跳上跳下，不停地凄厉地叫着，我从没听过鹦鹉那样的叫声。

一个星期后，小蓝死了。我哭了一下午，知道自己是罪魁祸首，所以往后每次来阳台，都很心虚。三妻从此不再看我的手势，不听我的口令，它一定恨死我了。爸爸说：给它再找个伴儿吧。于是，三妻的第二任妻子来到了我们家。

那是一只洁白色的鹦鹉，没有一点杂色，很漂亮。但不知为什么，三妻不喜欢它。打从它进鸟笼那一刻起，三妻就没停止过对它的敌视。平日里，只要妻子在木窝里，丈夫绝不进去。而当丈夫在里面的时候，只要妻子企图往里钻，就会被丈夫连啄带咬地轰出来，这样不太平的局面维持了近两个月，终于有一天，小白鹦鹉实在不堪忍受丈夫的暴虐，趁爸爸打开笼门往盅里加小米之机钻出了鸟笼，大概是因为从出生就被关在笼子里的缘故，它根本不会飞，只是拍打着翅膀掉到一楼张阿姨家的鸡窝里了，赶巧张阿姨又锁着门不在家，可把我和爸爸急坏了，好不容易等到她回家来打开鸡窝门，竟意外地发现我家的小白鹦鹉和一群公鸡母鸡已经和睦地相处在一起了。鸡的体积是这小家伙的五六倍不止，却也不欺生，小白鹦鹉呢，根本不照着鸡害怕，还去吃鸡给它衔来的菜叶子。

然而，小白鹦鹉却在我和爸爸把它带回鸟笼的第二天莫名其妙地死了。妈妈说：怕是在鸡窝里染了什么病。这下三妻反倒安生了，自己平静地过了一年多。

我上小学二年级的时候，邻居华子的妈妈来串门，说她家要搬到另一座城市了，华子养的一对鹦鹉也剩下单独一只了，带着不方便，不如留下来给三妻凑个对儿。我们答应后，她第二天就把鹦鹉和笼子一起带了来，因为爸爸事先告诉过她，三妻脾气不好，欺生。妈妈也说，先把两个笼子挂一块养一阵儿，看它俩儿"说上话儿了"，再放到一起。我一看带来的是只蓝色的鹦鹉，心里就暗自高兴。因为，没准儿三妻会把它当成曾经的小蓝呢。

因为小蓝的事，三妻算是和我结下怨了。曾经的我们那么默契，而现在的我却根本入不了它的眼了。别人去阳台，它该叫就叫，该玩还照样玩，只要我一去，它就停了叫声，对我爱搭不理地站在横杆上，一动不动。有时看见我干脆就钻进木窝，半天不出来。

关于那个木窝，我忘了告诉你：我已经发誓从今以后再也不去动那块活动木片了，可怜的小蓝和它第一次生出的一窝鹦鹉蛋，仿佛给我的那段童年蒙上了一层灰色，久久不散。

三妻果然没有排斥它的第三任妻子。因为新来的"小蓝"没有木窝，所以三妻晚上睡觉也不进窝了。起初它一进窝，它的小新娘就隔着两层笼子冲它叫个不停，它只好马上出来，也站在笼子边上，说着一些只有它俩懂的话。这个阶段，我唯一的愿望就是三妻能在小蓝的事情上原谅我。上学以后，我曾从书本上读到这样一句话：窥探他人隐私是一种不道德的行为。当时一下子想起了两年前那桩因自己一时的好奇心而引发的惨案，越发愧疚得要命，一看到三妻和小新娘你一言我一语地聊天，就觉得三妻准是在说：你可要当心那个梳两个小辫儿的家伙，她坏着呐！

三妻活跃了不少，我在屋里经常看见它隔着笼子就把爪子伸过去逗自己的小新娘。有一次，我到阳台换拖鞋，三妻都没有停止它欢快的叫声。经过半个月的观察，我们一致决定可以把它俩放在一个笼里了。至今我仍记得，小新娘进到三妻鸟笼的那一刻，我曾有过一瞬间的恍惚，仿佛小蓝又回来了，不知道当时三妻会不会也有同样的感觉。

三妻以前喜欢用嘴去哂白菜叶子上的汁水，所以我经常拿这个来讨好它。自从小蓝不在了，它再也没有理睬过我吊在鸟笼上方的白菜叶。小新娘来了以后，我试着又吊了一片上去，三妻开始依然不理，而小新娘却一点也不腼腆，没等我把手拿开，它就跳上去用嘴哂，哂得那个起劲儿啊，把三妻看得眼馋了，于是过来抢着吃，白菜叶很快被它俩拽落了下来，撕成两半，小新娘用爪子按住自己的那一半，又用嘴去抢三妻的，三妻不怎么吃，只是逗着小新娘玩儿，故意让小新娘抢去一点儿。我知道，三妻是把它当作小蓝了，不然真要论抢的话，没有哪只鹦鹉是三妻的对手。

这样的甜蜜一直维持了四年多，三妻和小新娘逐渐成了老夫老妻。它们天天窝里窝外地同进同出，恩爱得不得了。后来我升初中了，功课紧了不少，自然也少有时间和它们玩儿了。不过，我能感觉到三妻对我友好了不少，这得感谢小新娘，是它挽救了我和三妻之间的关系。尽管让我遗憾的是，我再也没有见过像珍珠一样的鹦鹉蛋。有时候，我会盯着它们小木窝的洞口出神，我在想说不定什么时候，洞口就会飞出一群活泼可爱的小鹦鹉，像三妻一样聪明，像小新娘一样调皮，而我的这个愿望却始终没有实现。

小新娘死了。它来我家的时候已经两岁多了，加上后来的几年，大家都说，七八年的鹦鹉，算是寿终正寝，且算是长寿了。这话却把我弄得越发感到悲凉，为小新娘，更为三妻。三妻中年丧妻丧子，晚年再度丧妻，我突然感到动物的一生也很像压缩了的人生。

这个时候，三妻的年纪也挺大了，放在鹦鹉堆儿里，怎么说也是个小老头了，可它的动作依然非常敏捷。我每隔一天给它吊上一片白菜叶子，它不再像以前那样跳上去哂，而是先把它拽下来一撕两半，再学着小新娘的样子一半按在爪子底下，再去咂另一半。三妻吃的小米越来越少了，为了给它开胃，我和爸爸给它在笼顶上吊的东西逐渐丰富起来，像削皮的苹果块，或是剥了皮的橘子瓣，因为我们都发现三妻喜欢吃汁水多的东西。

有一次我放学回来给三妻吊上两片橘子瓣，等了半天它也不上去吃，而是在横杆上跳来跳去，还时不时地回头看我一眼。我正纳闷儿，它突然跳上鸟笼上方的圈子，然后看了我一眼，又飞快地跳了下来，叫了几声，又跳了上去。这一次，它站在圈子里荡秋千，仍然不时地看看我，好像在暗示我什么。六年前的记忆又回来了，已经很久没做过那个手势了，我轻轻用食指在空中划了个半圆，三妻立即跳下圈子，得意地看着我。那一刹那，我差点要淌下泪来。

第二天清早，爸爸给三妻加小米时，发现它的头栽在平时喝水的小盅里，露在外面的身体已经僵硬了。我发疯了一样跑过去，看见三妻脖子上浅黄色的羽毛很安静地浮在水面上……

爸爸说："这家伙吃了我两大缸小米，临了还不辞而别。准是年纪大了，喝水时头重脚轻栽下去了。"我却一直认为三妻死于自杀。它怕我心愧，才在临走前与我和解，然而这份长久以来苦苦等待的原谅却让我肝肠寸断。

养三妻的鸟笼和木窝我至今珍藏着，不过我再也没有养过鹦鹉或别的鸟类。多年以后我来到阳台，似乎偶尔还能闻到三妻的羽毛那特有的气味。我想，妈妈的花盆里，阳台的墙缝里，是不是埋藏着几根三妻曾经落下的羽毛呢？

三妻离开我近二十年了，它的一生足够传奇，而我对童年的记忆日渐模糊。现在写童年旧事的时候，时常怀疑自己究竟杜撰了多少，唯有这一段，斗转星移，始终清晰。

—— 选自《邱秋短篇小说集——三妻》

4

一

在六道江，小满菜馆是出了名的。常听人说，谢小满自酿的烧酒能勾人魂，拴人胃，长白山下再无二家。也有人说，其实离谢家很近的巫记酒楼做的酱鸭也不赖，只可惜价格高了点，搁在镇上，不接地气。反正，巫孟州斗不过谢小满，所以巫记酒楼的生意总也好不过小满菜馆。

上个月，不知从哪里来了一批外地矿工，他们白天下矿，夜晚就兜着钱下馆子来了。矿上的伙食不好，而且千篇一律，不是白菜粉条，就是酸菜粉丝。下矿是把脑袋挂在裤腰上的营生，再亏待了肚子，那还有什么活头儿。于是，镇上几家饭馆的生意突然好起来了。

一开始，小满菜馆和巫记酒楼都是夜夜客满，可渐渐地，谢小满那边添桌加凳，巫记却一日比一日冷清。

夏末秋初的时候，小满菜馆又添了人手，谢小满的儿子钢镚儿暑假在家，每晚帮妈刷碗都得刷个把小时。钢镚儿的爸从山上采来野生核桃和小黄磨，都被小满炸的炸，炒的炒，没几分钟就成了桌上让人看一眼就拔不动腿儿的下酒菜。要说起来，小满菜馆的生意好，还有一个更重要的原因，那就是老板娘肯赊账，十块八块的赊，百八十的也肯赊。不像巫孟州那边儿，不知哪天就关门了，想赊也赊不起啊。

说到巫孟州，不能不说巫记的酱鸭，那一口是小钢镚儿的最爱。巫记酒楼的掌柜原先是巫孟州的哥哥，前两年，哥哥一家迁到市里去了，只留下弟弟孟州在镇上，这么一来，酒楼里不少招牌菜的味道都不像先前那么地道了，只有巫记的酱鸭，还值得一吃。人们都说，他巫孟州就不像个会下厨的人，能把酱鸭做到这份儿上，真是不简单。

谢小满的手艺上天入地，唯独这一口，永远糊弄不了儿子的嘴。每每儿子馋这一口了，她尽管心里恼火，手还是伸到抽屉里掏了几张票子，说："去，买去吧。"钢镚儿到了巫记那边，用油纸裹回来的酱鸭总是比票子能买到的多不少。孩子爸看了直撇嘴，说这个老巫啊，这么做生意，有多少够赔的。钢锛儿却不会让他巫大伯赔，他把酱鸭往桌上一搁，扯了块肉塞进嘴里，便踮着脚去够柜子顶上那一排整整齐齐的玻璃瓶。往日里吃酱菜剩下的空瓶，都被谢小满洗净晒干，专门用来盛放冰糖炒的琥珀核桃仁。儿子好不容易拿到了一瓶，扭过头来说："爸妈，我给巫大伯送一瓶去，他最爱吃这个了！"话音儿还在屋里飘着，人已没了影，谢小满笑着对孩他爸说："这吃里爬外的东西！"

矿工们兜里的钱够喝小满的自酿，但常吃酱鸭可就困难了，所以巫记的生意又慢慢恢复了以往半死不活的光景，有人为老巫着急，说您这酒楼门脸多少年头了，也该修修了，老巫却懒得弄那些，平日里没生意的时候，反而乐得清闲。

入冬了，谢小满来找巫孟州，眼瞅着大门上挂了一块小木牌，走近才看清，上面用小楷郑重其事地写着三个字：营业中。

小满扑哧一声笑了，老巫这人，也知道门脸儿破旧了，怕人以为这家歇菜了，还仿着城里人弄出这么个名堂，真亏他想得出来。

她推了门进去，见了老巫便打趣儿说："您这挂外面的门牌到晚上就不好使了，真要让人瞅见，天黑还不得用俩大灯照着？刚才我打门前过，头都快撞门了才看清字儿。"

巫孟州笑着说："这可不能听你的，回头那大灯一照，我那掉了漆的门窗多现眼呐！"他说着伸手给小满拖了条凳子，到跟前了才发现是个"高低脚"，四条腿儿不一般长的，忙想换一条。

小满却拦着说："不忙换。"一边稳稳地坐上去了，她心里总觉得老巫自己一个人，里里外外这些年，挺不容易。小满说："巫大哥，我那边过几天想往屋后再扩一扩，咱们两家背靠背地敞门儿，我向后建俩屋，估计得动您家那棵大松树了。您看行不？回头我让装修工给您把家里的门脸和桌椅用新漆油一油。快过年了，咱也看个鲜亮儿！"

老巫一听要动他的松树，立刻沉下脸来，语气也不念情理了："小满啊，你家的菜馆怎么扩都行，真还就别动了我的松树。"

小满心直，当即也皱眉了，说这大家伙立在中间，不动它能有怎么个扩法啊。老巫却直接把手一抄，再没了言语。

谢小满回家越想越气，把刚才这事儿跟钢镚儿爸说了，钢镚儿爸却说，那树再碍事，归根结底是人家的东西，硬要动它，也是理亏。小满说，老巫这家伙，一准儿还是瞅着咱生意好，存心找茬，就他那破树，白给我都不稀的要。钢镚儿爸心一横说，东边儿秦婶儿的两间大屋，早就说想租给咱们，价钱都说好了，一个月一百八，我看行，咱也别往后扩了，就租她的两屋吧。小满却说，租房到底还是无底洞，年年月月往里填，到头儿也不是自己的，还是扩屋是个远谱儿。两口子商量到半宿也没弄出个结果来，最后小满说，赶明儿我再去趟。

第二日一大早，谢小满又去找巫孟州了。老巫一瞅是她，便不再抬眼，只撂下一句话："动松树的事儿免谈。"

小满准备了一肚子好话，愣是没用上，她这个直心眼实在想不明白邻里这么些年，熟得跟亲人似的，怎么就连动棵树都不行，气得直想跺脚，索性也撂下一句狠话："行，免谈也行！赶明儿我盖了屋，你那树就圈在我屋里当柴烧吧。"

"你敢！"巫孟州一听这话精神了，边喊着差点儿没蹦起来，动作幅度一大，从棉袄的胳肢窝接缝儿里掉出两块大棉花，惹得谢小满心软了。

巫孟州打了二十几年的光棍，村里人见过他媳妇的坟，却没见过她的人，只知道这女人是在"文革"头一年里自杀的。

回家的路上，小满已打好谱去租秦婶的屋子了。

二

台上正被批斗的反动作曲家老梁是巫孟州磕头不换的兄弟。老梁装疯卖傻，没等人们把准备好的墨汁往他身上泼，便自己一头钻进了墨水盆里，还一边嬉皮笑脸地拍手："洗脸喽，洗脸喽！……"

巫孟州也学会了老梁的这一招。于是，省城的话剧团又多了一个疯子。那会儿，革命小将们个个都忙得很，低头认罪和死拧的人足够耗尽造反派所有的精力，所以，他们暂时腾不出手来处理这个疯子。

他对媳妇说，不如你也"疯"了吧。他媳妇当时是团里的台柱子，扮谁像谁，装个疯能难倒她吗。可这一次，她偏偏不想装了。媳妇说，疯了，就得从这里消失，躲躲藏藏一辈子，和死了一样。他急了，说都啥时候了，走一步看一步吧。他媳妇没搭话，低头修着自己被剪得不伦不类的辫子，过了好一阵子，突然抬头说，可惜我留了这么久的头发，下次演出，一准儿也得像其他人一样戴假发了。

他心里酸酸的，有没有下回，真有点儿难说了。媳妇消瘦多了，一张玉盘似的小圆脸儿，变成了长脸，眼睑越来越深，眉梢也几乎要入鬓了。

末了，媳妇又对他说，再给她几天时间，何去何从，她得好好想想。他想起和媳妇刚结婚那会儿，她最爱吃他哥哥开的小饭馆里的酱鸭，他曾立誓要把酱鸭做绝，手艺却一直没超过哥哥。他决定连夜回乡下一趟，给媳妇捎点好吃的。他找了老梁堂弟的运输队，夜里坐车回去了。第二日过午，他便拎齐了东西，打算跟车回城。

临上路，哥嫂一再嘱咐，让他赶紧把媳妇带回来，回村里避避风头也好。他一面应着，一面跳上了运输队的车，老梁的堂弟怕被人看见，临出发给他借了辆自行车，离城十多里就把他放下了。

他片刻不停地蹬着车子，快到市里时，天已擦黑儿了。他在路边麻利地将车子一支，拿出事先准备好的麻袋便套在身上。这也是老梁教的，麻袋底剪一个口，把头套进来，两侧各开一口，两只手伸出来，再往泥地里一滚，沾些土到脸上、身上，这么一来，再没人比他更像疯子了。他套上麻袋前，还不忘把一兜东西使劲儿往外套里一裹，再紧紧地勒上腰带，想着媳妇见他这副样子进门，会乐成什么样子。

可是，媳妇不在家。他心里咯噔一下。正懵着，老梁撞开门喊：出事了！拽上他就往外跑。他人也不疯了，脚下呼呼生风。老梁跟不上他，却纳闷他是如何知道该往剧团的后院跑。

省城话剧团的后院很大，有两个篮球架子，四个乒乓球台子，还有一架挺高的秋千，那秋千荡到平齐能有两三层楼那么高，他媳妇才进团时最喜欢在那里玩儿。

肖云什么时候被拖出去的没人知道，可有人看到批斗会上，造反派揪她的头发，用破布堵她的嘴。

剧团的后院早荒了，昔日的主人们被批的批，关的关，这里静悄悄的。她一脚踏上秋千，把它荡得老高，身体几乎要和地面平行了。

秋千经过一个俯冲，又一次腾空，势头很猛，却突然失了重心。她飞了出去，走得很痛快。头不偏不斜地撞在篮球架的铁杆上，那是她在几次腾空中瞅准了的。

三

名叫肖云的女孩第一次来男孩家，印象最深的就是后院那棵高耸入云的松树。女孩指着从树干裂缝滴下的黏稠东西好奇地问男孩：那是什么？男孩说：是松脂！他还告诉女孩说，这东西从树上滴落，埋在地下，经过千百万年的地质作用，不断地聚合和固化，就能变成琥珀。

女孩见过工艺品店里陈列的一块块透着神秘之光的琥珀，却从没见过松脂，她捡了一块废瓦片，小心翼翼地将松脂铲起来，然后在松树底下挖了个小坑，把松脂放了进去。男孩笑着说，你是想等它有一天也变成琥珀吗。

女孩也笑了，说我是看不到那一天了，不过等个几十年，咱们再一起把它挖出来，看看它变成什么样儿了总可以吧！

后来他们都进了剧团，从同学变成了夫妻。肖云还是念念不忘当初被埋在树下的松脂，对他说，将来咱们有了孩子，就告诉他那块松脂的故事，让孩子再告诉孩子的孩子……

三年以后，一场浩劫让花朵一样的媳妇变成了手里的一捧灰。肖云的坟里只有他俩共度的最后一夜中她修剪下来的几缕头发，他把她的骨灰埋在后院的松树下，这样，他媳妇就能真正从头到尾看到一块琥珀的形成了。

四

转眼进了腊月，小满菜馆没有扩屋，两口子果真租了秦婶的两间房，生意做得越来越好了。矿工们照旧去吃喝，小满也还是经常赊账给他们。

过小年儿的前几日，三个矿工头儿相约来巫记酒楼大吃了一顿。他们要了一只酱鸭，六道炒菜，还点了酒，从中午一直喝到晚上。老巫隐约听到他们来年要去别处的打算，心里第一反应便是谢小满的本子上准要多一大笔糊涂账了。

老巫是个寡言的人，依他平日里多一事不如少一事的性格，是断不会到小满菜馆去多一嘴的，可这一夜他却犯了难。前不久为扩屋的事儿闹得不愉快，人家小满夫妇也不记仇不是，而且回回见面都是笑脸相迎，小钢镚儿也还是巫大伯巫大伯地叫着他，就跟亲侄子一个样儿。想到这儿，他越发在炕上坐不住了，披上衣服，转到前院儿去了。

小满菜馆打烊晚，可这会儿门口的两个大灯笼也已熄了。老巫从半敞的门外看着这一家子。

两口子挤在一个8瓦的灯泡下，一个择菜，一个算账。电视机倒是开着，但却是无声的。大屋另一头，小钢镚儿在一盏稍明的灯下，作业本儿摊开着，却用铅笔盒的反光镜看爸妈这头的电视看得正带劲儿。他听到钢镚儿爸说，孩儿他大姑那边今年给咱不少山木耳，还有笨鸡蛋，我看给老巫送些去当年货吧。小满头没抬，声音却比丈夫高不少：送什么送，倔驴一头！我这儿窝火窝了几个月了，回回见了他，却又发不出去！

且说老巫在门外劈头盖脸地听见这么一句，想递句话的心又打了退堂鼓。他站了一会儿，反身回屋去了，连夜写了封短信，从小满家的门缝儿塞了进去，信没署名，只是提醒小满说外地矿工年后不定回不回来了，让她争取年前去找镇长，多带几个人，把赊的钱要回来。他知道，小满的娘家人和镇长熟得很。

谢小满当然认识那漂亮的小楷，跟"营业中"是一个模子里刻出来的。

——选自《邱秋短篇小说集——琥珀》

5

第一次见面是什么时候，秋儿你当然不知道。因为你第一次看到我的时候，我已在一个你不知道的角落看了你无数次。我们家搬到广州市郊后又几易其所，最后一次才搬到你家附近。

据说那个小楼后的土堆是很久以前在这儿施工的建筑队留下的。儿时的我们觉得那简直高得像座土山，可现在看来，不过是个稍微大点儿的土堆罢了。那个土堆旁曾经还有一架秋千。你经常在上边跟人比荡单手，荡撒把，你把两条腿盘在秋千板上，双手撒开，野得简直不像个女孩子。有一次我先占了秋千，你就带着一帮孩子在下面等，我荡得很高，却仍听到你说：咱们就一起仰着头眼巴巴地看他，把他看不好意思了，就下来让给咱们了。

后来开发商找来了盖楼的，他们成了我们这群孩子共同的敌人，因为这些人来了以后，不但禁止我们在自家屋后的空地玩耍（主要是因为这样打扰了他们午休），而且还捣毁了我们夏天烧蚂蚱冬天烤白薯的砖炉，秋儿你记得吧，那砖炉还是你爸爸帮我们垒的，可后来被盖楼的弄得连尸体都找不到。最可气的是，他们还把秋千拆了，这简直让我们忍无可忍。

不到7岁的你甩着两根细长的辫子，几步便占领了"山"头，你站在"山"顶上，冲着盖楼队临时搭建的一排工棚喊："哎，还我们的砖炉，还我们的秋千！"

盖楼的工头是个逗眼老头儿，他听到你的喊声时正端着个大海碗，一面吸溜着面条一面从水缸口大的窗户里向外观望。

那时我早已和你们打成了一片，我们在山下给你助威："逗眼儿老头儿！出来！还我们的砖炉，还我们的秋千！"

骆驼最后还补了一句："不然老子今晚就把你老窝给端了！"这句话很有气势，可惜他不是在山头上喊的。骆驼是孩子头儿，总能说出颇具领导者风范的话，所以大家都听他的。

胖子说："咱们也上山，不然逗眼儿老头儿看不见咱们，还以为咱们势单力薄！"说着就往土山上冲，可是他太胖了，所以动作不敏捷，不等爬到半山腰，两只鞋子就被沙土灌满了。

"都别在这儿吵吵，滚远点！"逗眼儿老头儿甚至没正眼看咱们，便回过身去了，我甚至还听到他扯着自己的大嗓门跟工友说："娘老子都是干什么吃的！都成些没人管的野孩子了！"

"魔高一尺，道高一丈"，咱们那时当然不肯善罢甘休，那时候咱们有的是时间和精力跟大人们斗，于是约好了那天晚上不睡觉。我们干了什么秋儿你还记得吗？

骆驼买来十盒甩炮，你用线把它们串成珠帘，然后趁家里大人睡熟一起溜了出来，咱们兴冲冲地人手一串你做的"珠帘"飞跑到楼顶，然后由骆驼喊"一、二、三——扔！"瞬间宁静的夜晚变成了正月十五的爆竹夜，十来串甩炮几乎同时在逗眼儿老头儿的工棚顶上炸响，那壮观的景象我现在都记得。看着以逗眼儿老头儿为首的施工者惊慌失措地在大冬天穿着背心短裤披着被子跑出来的狼狈相，我们的心里也解恨了不少。

这件事情的结果可想而知。当夜，逗眼儿老头儿找到咱们的家长代表谈判。

"谁干的坏事！谁出的主意！"逗眼儿老头儿抬头冲楼上吆喝。

"我！"秋儿你当时毫不犹豫地喊，"把秋千给我们搭好，砖炉垒好，不然，我们没完！"

于是邱四海邱大伯成了名义家长代表。既然你说你是"主谋"。其实骆驼当时已经跑下去了，他大喊甩炮是他买的，不该别人的事儿，可他爸爸却嫌丢人现眼死活不下来。

谈判结果是你回家挨揍了，这是你后来对我说的，秋千也没要回来，砖炉还是邱大伯最后拗不过你，在别处又给我们垒了一个……

——节选自仲黎日记

一九九六年九月十九日夜

没错，我当然知道那是在舆论的压力下。秋儿我想对你说，我们之间的感情不需要舆论评介，因为他们永不会懂。我想我们只需像现在这样，永远保持一种倾诉与被倾诉的关系就很好，我如今真诚地毫不避讳地爱你，其实就像你小时候曾经竭尽全力地帮助我一样，这些感情不会时移世易，也不会轻易改变。你用了我的水疗浴池吗，穿上我的浴袍了吗，我对这些一无所知，因为我没再回去。我想起这些很快乐，感觉很温馨，但我心里没有邪念，真的我自己都奇怪居然一点歪念头都没有，就像你小说里的阿玫，"去心爱的人的床上躺一躺，心里好受了许多"。

我不知道你写那一段的时候，心里有没有想到我？

——节选自仲黎日记
一九九七年十二月二十四日夜

我的助手是个不善言辞的人，但工作严谨。你早就说过，对于不善应付的人，社交场合就是苦海。看到她我常常会想到你。她的认真很像你，人人都说我添了助手反而头疼闹心，唯有我自己知道为什么一直没有解雇这个助手，因为她让我想起了曾经的你。

人人都说你在写作这条路上很执着，但只有我知道与其说是执着，不如说你是在挣扎，挣扎在你与他之间，也挣扎在自身价值与自我牺牲之间。不是天下人都幸运，幸运也不等于幸福！人世间很多事是没有必要说清楚的，要是能说清就不用历练也不用自我超越了。

——节选自仲黎日记
一九九九年二月十日夜

听说你病了，谁在照顾你。你能来我这里该有多好。

——节选自仲黎日记
一九九九年八月七日夜

今天读你的小说读到心碎：

"他变得日益疯狂，经常半夜起来点上烟猛吸一口，然后迅速按灭在自己手臂上。他用这种方式折磨自己顺带也折磨身边这个精神上已千疮百孔的女人。同时又声嘶力竭地说，也就是和你在一起，在创作中，才算活着，老初他们那些人，活他妈个什么劲！

那时候她还没有睡着。

她被弄醒的时候经常不知道自己究竟睡着过没有。她长时间睡眠不足，长时间泡在他给她圈定好的几个主人公之间，不知道要被那遥遥无期的结尾折磨到什么时候。

下午编辑部打来电话，说上一篇连载的小说在第几章第几节出了差错，是读者提出的，需要尽快修改。她看了手稿才知道，原来是又在情节上前后矛盾了。她徒然地想，从什么时候开始，她的思维已经远不如以前缜密了，写不了那种人物太多情节太错综复杂的小说了，如果能让她重返青春岁月，此类差错是绝对不会出的……"

——节选自仲黎日记

二〇〇三年三月十八日夜

他们都说你一下子老了。我不信。这世上但凡还有什么不变的东西，我想那一定是你。

你可以为他写得面无血色手长冻疮，甚至晚上不靠热水袋和安眠药睡不着觉，但是你不会老。秋儿你怎么会老呢？

你看我像现在这样对你说话多好啊，不用发表不用出版甚至不用让你知道。这就不同于你们，下的每一笔都要瞻前顾后，这世上只为内心写作的到底有几个作家呢？恐怕没有几个。但是我这本日记做到了。业界说你是其一，说你不怕触碰敏感话题，不怕因为行文艰涩而失去大量读者，是吗？是这样吗？我知道不是的，至少不完全是。你没有那么孤高，甚至在这一点上你也完全不能免俗。

近来梦到的都是童年的事。你帮骆驼母亲转移那些书的情形还历历在目。抄家的信儿是一个学生提前送来的，她让骆驼的妈妈早点做准备。于是你们手忙脚乱，顾不上那摊在桌上的手抄小说。我就躲在一边看着你们，我知道那时你们都不想理我。

你和骆驼跑到后院，看见他母亲正在挖地，樊老师的布鞋蹬在铁锹沿上，一锹一锹地使着拙劲儿。你说你知道一个地方，藏东西保证他们找不着。说着你就从樊老师要藏的书里拿起两本书，把它们卷在你的毛衣袖子里，转眼没了影儿。骆驼也学着你的样子，可他的动作远没有秋儿你的迅速，刚跑到门口就被造反派揪了回来。

你从那个时候就爱看书，还把最喜欢的《茶花女》抄成了小册子，也就是在那次，骆驼为了那本书还负了伤，所以你一定一直保存着它吧。

——节选自仲黎日记

二〇一三年九月初八日夜

得知你又了却了一桩心事，为你高兴。我知道你把《婉儿》珍藏了这么多年，如今一定交到了一个值得信赖的朋友的手上。

你的全球书友会里，我也注册了名字，时而进去逛逛，看看天南海北的网友字里行间的你。有人说："有奇女子如邱秋，恨不为男儿身，羞愧同为女子……"

——节选自仲黎日记

二〇一四年五月十七日夜

6

每当课堂外有人扯着嗓子喊茗渊，明远都误以为是在叫自己。尴尬闹了不止一次，回回都自作多情地飞跑出去，看到门外人的一脸诧异，才意识到自己又听错了。这时，那个和她名字同音不同字的同班女孩才慢吞吞地走出来，对来找她的人说："下次喊我，就喊渊儿吧！"接着又拉着明远的手说："这是我的同班同学顾明远，下次叫清楚喽！"

明远这两个汉字比起茗渊是那么普通，正如她们俩儿的长相，一个普通，一个出众，用她们音乐老师的话说就是："明远这孩子的歌儿唱得好听，但小模样远不如茗渊长得讨喜。"这是很偶然的一次明远经过音乐老师办公室时听到她这样对别人说的。

七岁的茗渊拥有一个人见人爱的大脑门儿，常有人夸她，这孩子额头这么大，将来一定很聪明。也有人说，据说爱因斯坦的额头能放下五个手指宽，这孩子的大脑门儿少说也能放下四个半手指！

六一表演文艺节目时，音乐老师总是要留下准备表演节目的同学来进行排练，那时候班上的同学总共不到三十名，加上备选"演员"，留下的比提前放学的还要多，所以老师点名的同学往往不是要留下参加排练的，而是可以提前放学回家的。音乐老师叫名字从来都是两个字两个字地往外蹦，所以逢着三个字名字的同学，她便去掉了姓，每逢老师叫到"明远"时，她都很不情愿地看看老师，是让我走吗，她多么希望这次又是自己听错了。然而老师却看出了她的疑虑，马上说："明远，可以出去玩喽！"

课间休息时来找茗渊的人可真多，有隔壁班级爱串门的，有高年级的同学，甚至还有穿着笔挺军装的叔叔阿姨，时常有带着大盖帽儿的不同面孔放学后来喊茗渊："渊儿，你爸妈忙得下不了班儿了，晚上来我家吃饭吧。"茗渊的爸爸妈妈都是31野战医院的医生，平日里忙得不可开交，加班加点甚至彻夜在医院也是常有的事儿。寄宿小学虽然有自己的伙房，可来接茗渊回家吃小灶的人却是常有的，茗渊回来的时候还经常用她的饭盒给住在一屋的同学带点诸如马蹄煎饼或是香芋泥之类的东西当零食，所以孩子们自然而然地对每次被接走的茗渊都怀着一份期待。

那时的寄宿小学是十二个孩子睡一间大屋，有专门的值班老师看管。茗渊同屋的玲子嘴馋，有一次来了个大总结，说哪家的柚子汁好喝，哪家的红糖炸糕水平能甩出伙房几条街，明远在一旁说，得了吧，渊儿也是去吃人家的，你就别惦记着了，谁知茗渊听了，却笑着说，就拿一点没问题，不是都说吃饱了兜着走吗！大家都笑了。

明远在这群孩子面前是自卑的，她的面部组件比起大家都是小一号的：细细的眼睛是内双眼皮，眉毛浅浅淡淡的，嘴唇薄薄的，鼻梁的线条还算可以，但也绝对说不上高挺。直到多年以后，明远在城里的照相馆拍工作证件照时，化妆师捧着这张脸惊讶地说自己从未见过生得如此白皙的皮肤时，她才恍然有了些自信。

所以那次歌舞比赛明远万万没想到音乐老师会让自己上台参加试唱。明远也就是在那时才发现自己其实是喜欢这个舞台的，而且一直没有泯灭心底对它的渴望，她渴望与它亲近，渴望爸爸妈妈乃至其他亲朋好友由衷地夸一句：明远这孩子其实不小家子气，关键时刻还挺出头嘛！因为他们的汤坑三小只能推举一个名额去参赛，所以当音乐老师最后说暂定让顾明远同学去参赛时，她简直是受宠若惊。

周围投来的是同学们无比羡慕的表情，这表情甚至已经先于那即将到来的比赛在她心里造成的一丝丝紧张，她小声说："真，真的让我去吗？咱们学校的文艺晚会我都没登过台，我怕唱不好！"

老师和蔼地走过来说："这个不用担心，我们还有一段时间，加紧训练是没有问题的，可是声音是天生的，是底子，你的好声音，别人都没有。"

老师的鼓励让她心头一热，她暗自发誓一定不让老师失望。那天晚上，老师还安排了睡在同屋的茗渊告诉明远一些上台的经验，诸如如何才能不紧张，尽最大可能发挥好之类的经验。茗渊可是他们学校的文艺骨干，能歌善舞，字写得漂亮，画儿也画得好，她在那段时间里对明远真可谓是尽心尽力，知无不言，言无不尽，明远和茗渊的友谊也就是在那时又加深了一层。

歌舞比赛是先在市里进行的，由市里推选出前二十名再去参加省的比赛。明远在第一轮比赛中打了个擦边球，得了第十九名，尽管如此，校方还是非常高兴，因为这所小镇上的学校很少在县里的文艺演出中拿名次，更别说是市里的了。校方专门为明远从广州市里找来了一位叫赵欣怡的音乐老师，同本校的徐芬老师一同为明远即将要参加的省里比赛做准备。

徐老师是明远早已熟识的了，她刚一上任，学校就安排她教两门课，既教数学，又教音乐，还兼着明远这个班的班主任。这种一才多用在小镇的学校里其实也算不得太稀奇，学校里的老师少，音乐、美术这类科目往往被主科老师当作"副业"来教。

新来的赵老师很仔细地听了明远唱完了歌后，说声音确实不错，但她向学校提出这孩子的演出服必须得换，她说像顾明远同学这样不化妆，且就穿着校服去市里比赛的还是她所见过的头一个。校长连忙说，要去省里比赛，是得好好打扮打扮，于是果断拨出 20 块钱，说算是学校里给孩子出的置衣费。

第二天，徐芬领着明远跑遍市里的大街小巷，最后相中的是一条红底白点的有三层下摆的连衣裙。明远的个头儿在同龄孩子中算高的了，裙子穿在身上除了长短合适，其他地方都大了，徐芬却一口咬定就是它了。当天下午回到学校，徐芬给明远化了妆，让她穿上新买的演出服练习。

赵欣怡一进门就像看妖怪一样看了明远足足半分钟，看得明远自己都觉得自己像个笑话，徐芬还在一旁得意："怎么样，这裙子让我们足足跑了大半天！"赵欣怡看也没看徐芬，只冲着明远说："怎么搞成这样了？这还是明远吗！"明远红着脸低着头，也不敢去看徐老师。其实她心里觉得这裙子好看，但就是不知哪里不对劲，反正不适合自己。

徐芬说："怎么就不是明远了？这裙子可是大城市的审美标准。不是吗？"赵欣怡是铁了心懒得和徐芬搭腔了，她把明远往前推了一下，说："去，咱们去把脸上的妆洗了，难看死了。""敢！"明远刚顺着赵欣怡那把力往前挪了两步，就听徐芬在身后喊："你要洗了我就立马回校长去，这孩子我以后可没法教！"赵欣怡把进退两难的明远拉回来说："你看看这脸，让你抹得和脖子完全两个颜色！她皮肤白，根本不用粉底，要用也要选瓷白色的，再说了，十岁左右的孩子就该有十岁的样儿，这裙子不适合她！"

两个女老师从此拗上了，直到有一天，赵欣怡偶然看到茗渊。

那时候茗渊正在教明远如何上台、下台以及歌曲中间换段不唱时如何在台上踱步，又如何在间歇音乐结束时还能走回原来的位置。赵欣怡一时间看得简直出了神，她走过去对茗渊说："你叫什么名字？"

茗渊如实作答。

"你们两个，重名？！"

"不是的。"茗渊说着告诉赵欣怡她是哪两个字，明远又是哪两个字。

"你把刚才那段唱给我听。就是，'我们坐在高高的谷堆旁边'那段。"

茗渊唱了。

赵欣怡听完不动声色地说："好了，唱得不错，你继续教她吧。"

没有人知道赵欣怡是什么时候碰到茗渊的，所以当校长听到赵欣怡关于让茗渊取代明远的建议时，感到颇为震惊。

"茗渊的声音是不如明远，但只逊色一点，但明远的舞台掌控能力太差，而且，"赵欣怡顿了一下说，"我发现明远这孩子多少有些怯场。"

"这些都是可以训练的啊。"校长说。

"就是，唱歌就是唱歌，不是去选美。"徐芬插嘴。

"可是通过这几天的辅导，我发现，她还是不大上套。"赵欣怡说，"总之这是我的建议，采不采纳，在你们。"她推说还有论文要写，所以要提前回市里了。

正当校长为难，市里来了通知。说二十名小选手的演出服将统一购买，让各个学校尽快将选手的服装大小号报给上面。

明远的演出服明显小了，她比起同龄人太高，即便报的大号，衣服还是不合适。这次连徐芬都说，也许是天意。那衣服穿在茗渊身上稍大，可却没有明远穿上那么离谱，她们两个的名字又那么近似，于是，茗渊最终还是替代了明远。

比赛结束，茗渊拿了个中不溜秋的名次，可校方却很为她高兴。他们这个不起眼的小镇靠擦边球打进去，原本是打算垫底的。

"我知道你去的话，一定比我唱得好。"茗渊由衷地说。

"谁知道呢，说不准一上去就吓得忘词儿了！"明远没心没肺地笑了。

可当晚茗渊却看到明远一个人走到宿舍后边没人的空地，把《听妈妈讲过去的事情》整首歌又唱了一遍，茗渊知道明远哭了，她不过是要完成自己。

——节选自阮小芋《七梦茗渊》

7

柯止不知道来找自己的男人是谁。她很少在国内，更少与国内的男人交往。所以当对面的男人开口就说让她放开罗羲，去换个随便什么人时，她简直在一瞬间方寸大乱。

男人继续说："你想找个什么样的男人包在我身上，但是罗羲不行。"

"你是谁？"女人说，"我找罗羲关你什么事，你可别出去胡说八道！"

男人微微一笑。恰恰是这一笑坏了事，因为这笑把女人的思路引向了歧途。

"该不会我们两个是同一种人吧？"

"目前我还没有你那么高的品位。"

女人显然听出了话里的讽刺，她恼羞成怒地说："不是这样的话，你让我把罗羲还给谁？是那个姓顾的乡下女人吗？"

"谁说她是乡下女人？"男人刚刚的气定神闲突然消失了。

"在我们眼里，除了皇城根儿下，处处都是乡下，"女人得意了，"更何况，那女的前半辈子都混在湖南东安和广东潮汕的荒郊野外深山老林搞情报，不是乡下又是哪里？！"

男人忽然间懒得和坐在对面的女人啰唆了。他对女人说你尽可以放心，我无意破坏你的计划也不会去你的亲友间多嘴多舌，我只是希望你能换个人而已，我知道这对你来说不是难事。

"不是难事？您可真是站着说话不腰疼。你知道我费了多大劲才找到罗羲这么个人吗？首先他得是外地人，换句话说，他得远得和我所有的亲友不沾边儿，而且这个人要可靠守信，再有，他还得顺我的眼。"

"顺我的眼！"这时，不知从哪里钻出来一个四岁上下一蹦一跳的小女孩，她学着女人的语调说了一句。

女人顿时不悦："陈阿姨，不是跟你说过的吗，不要给可儿钥匙，不要让她自己开门，你拿钥匙开门前也要先敲门！不是说好每天下午五点半以后再回来吗？幼儿园放得早就先去街心公园玩一会儿。"

"是的，我看今天风大，怕可儿冻着，才领她提前回来的。"跟在女孩后面的女人辩解着。

"那好，现在离她爸下班还有半个多小时，你先带她去楼下的小吃店吃点东西吧。"女人塞给保姆几张散钱。

男人望着小女孩的背影说："这种孩子挺可怜。趁她小，还好办，将来孩子越来越大，懂事认人了，就更不好弄了。"

"没错，可我领养孩子还有另一个原因，实话告诉你，罗羲是什么样的人我早就吃透了，他属于那种宁可牺牲掉自己乃至亲人爱人也要豁出去报恩的那一类人，所以我才那么卖力地帮他治伤，带着他折腾出去又折腾回来。我相信他以后一定会死心塌地地对我，帮我，配合我，不会给我捅娄子。至少表面如此，事实上我所需要的也仅仅是表面，对我来讲表面功夫做好就足够了。再领个女儿回来牵着他，冲女儿的面子，他也会一直给我提供这点方便。"

男人早就听走了神。他满脑子转的都是顾茗渊当年蹲猫耳洞蹲掉半条命就是为了和罗羲早日团聚，可如今这男人却到了这么个混账女人手里。

是的眼前这女人自己留洋留下一身洋毛病不说，还偏偏要夺人所爱。真要是"别人"所爱也就罢了，可这人又偏偏是他的渊儿心心念念又该死的罗羲。

女人又自言自语了半天，全然不管男人在不在听。这时候电话铃响了，女人去接。

男人隐约听到女人在三秒之内便声嘶力竭："你昨天还说我不配当妈，你他妈配当爸吗？三天两头儿加班加点，谁信！整天好像忙得跟个驴一样倒是也没见你出什么好作品啊，别以为我不知道你干啥去了！"

电话那边的男人大概又说了些什么，女人没好气地说："行了行了，我懒得管你的事，赶明儿买点东西，晚上六点半去可儿姥爷家吃饭！"说着便"啪"的一声撂下话筒。

男人当然知道电话那头儿是谁。他真是搞不懂罗羲这种男人，何以将事情弄得这么拖泥带水以至于自己连同身边人都苦不堪言。

女人回来时早已没有了先前聊天时的兴致和好脾气。她一屁股拍在沙发上说："你都听见了吧，不用为你的朋友操心了，罗羲一点也不亏本，那个顾什么渊也一点儿屈不着，人家那两个是无名有实，这会儿正上床呢也未可知！"

男人也是见过世面的人，但此刻却突然觉得自己有些语塞，他甚至从餐椅旁边的大镜子里看到自己那不再自如的表情。

他想：也许真的是管多了。

"我每年都有八九个月不在国内，即便我在这儿，我们两个也各有卧房，这你也看见了吧，问题是孩子，保姆已经换了好几个，因为罗羲一个星期有四五天晚上不回，她们看出不对就出去胡搅蛮缠。开始还回来做做样子，现在夜里基本都不回来……"

"好了你不用跟我说这些！"男人突然把声音提高了八度。

女人先是一惊，然后又接着说："你看，天天说加班，我也不是指责他们天天腻在一起，其实无所谓了，就是怕长此以往会露馅儿。但愿罗羲永远也别写出什么名堂来，不然出了名麻烦可就大了。对了，我很好奇你究竟是谁的朋友，罗羲的？还是那个顾什么渊的？"

"我是他俩的朋友。"

"撒谎吧你，我瞅着你八成和顾有事儿。你爱过她？现在还爱？那你可真伟大！可是这样一来岂不正好？我支开罗羲，你再放手一搏，说不定就成功了呢。"

"不是所有的女人都只靠放手一搏就能追到。"

"可那个姓顾的女人绝对可以。她抠门得很，就连自己本家印制族谱都舍不得掏钱，这种吝啬鬼一定爱钱如命，你说爱钱的女人会不好追？"

"爱钱？你说她爱钱？"男人接过女人递给他的顾氏族谱。说了那么多废话，终于有样东西让他不虚此行。

男人饶有兴趣地翻着，童年时他听过茗渊所讲的关于她大伯、四叔的故事，如今当这些人的名字跃然纸上他才发现，自己的记忆力原来那么具有选择性，小时候的事情几乎忘得差不多了，茗渊讲的往事他却都记得。

"很多家谱都是写男不写女的，这有什么奇怪，她顾什么渊却说……"

"顾茗渊。"

"哦，"女人笑，"这名字……太难记。顾茗渊却说她爸只有她一个女儿，不写她的名字她就不出钱。"

"这不是有写顾茗渊的名字吗？茗渊旁边还有罗羲的名字！"

"嗨，那是罗羲拿着人家族谱自己去印的。他先是带着两千块去和人家交涉，说是能否印上顾的名字，你也知道的，这年头少有票子解决不了的事儿，何况印制族谱这类事情多半是老辈下旨小辈执行，小辈的头脑哪里还有不活络的，投资点经费，怎么说都好办。所以这顾家的族谱就多了她的名字。叫，顾什么来着。"

"顾茗渊。"

"对对。实在，不好意思。你说顾茗渊再蠢，也不至于不知道多添几个钱就能搞定吧，硬是不松口，不是抠门又是什么。现在拿在你手里的这本是盗版的，罗羲为讨那女人欢心，自己私底下又去印了一本，装帧漂亮不少，还把自己名字印在顾茗渊的旁边。我说，你要想追这女人的话还真得正儿八经和罗羲学两手。"

"……"

"要不，这本族谱算我送你当见面礼了，你就偷偷拿去，等罗羲回家我就来个死不认账，我就说我从没见过这么个东西。你拿去送给顾，顾什么来着，顾茗渊，哦不对，看我这脑瓜，我应该给你一本没带罗羲名字的……"女人说着去罗羲的房间一通翻箱倒柜。

保姆陈阿姨带着孩子第二次回来了，看见刚才的男人仍坐在那里，不免有些奇怪。

小可儿一进家门就大声说："妈妈又翻爸爸屋子！妈妈又翻爸爸屋子！"

女人用更大的声音喊："你敢去告状我就灭了你！"她拿着一本顾氏族谱走过来的时候，保姆把从楼下取回的报纸递到女人手里。

"我再说最后一次！财经类的报纸都不是我订的，你取回来给可儿她爸扔到茶几上就行！"待保姆出去后，女人指着自己脑瓜说："真是没办法，中用的嘴太快，嘴紧的这里不行！"她拿着报纸刚要扔到一旁，却被报上头版头条的巨幅插图吸引了：

"钟氏地产领军人物欲与京城郑氏集团联手，致力还原南部沿海古村落建筑。"

女人大睁着眼睛指着照片上的人问男人："这，是你吗？！你就是报纸上的钟少安？！"

男人放下之前那本顾氏族谱，也没去接女人想要赠给她的另一本。他说："这个还是由罗羲自己去给茗渊好了。"

——节选自阮小芋《七梦茗渊》

8

他推门进去，看见屋内云雾缭绕。女人说："不是你的宝贝女儿把你约到这儿来的，而是我。"

男人用手拨弄着眼前的烟雾，很快他发现完全是徒劳。若不是熟悉女人的声音，他真不知屋里坐的是谁。

"我们两个说话，还用选这么个地方吗？"男人莫名其妙。

"对，我不喜欢在家里谈。家里没有我的味道。"女人一摆手，"看，这里现在全是我的味道，让人欲罢不能的雪茄的味道。你是搞文学的，一定知道英国有个名叫毛姆的老头儿也说过，几乎没有任何东西能和一支高档雪茄的味道相媲美。"

"你把我约到这儿，就是为了说这个？"

"哦不不，当然不是！"女人站起来，高跟鞋在地板上踩出"咯噔咯噔"的声音。

男人知道女人在一步步地走近他，却只能看到她的轮廓。

"我今天听到一个消息。你的那位，当年明知道轧人的不是你，还硬是帮凶手隐瞒，是不是这样？"

"你又听谁在嚼这陈芝麻烂谷子事儿了？"

"这么说是真的了？"

"事情不是你想的那样……"

"我的天！这女人的心可真硬，我现在真觉得你跟她闹翻了反而好，这种女人，真是让人搞不懂。我……"

"我说了事情不是那样！"男人的分贝提高了八度，"茗渊知道的时候，我已经被烧伤了，而且，经减刑也马上要出狱了。"

"可那又怎么样呢，她肯定不知道你在狱中会遇到我爸，也不知道你出狱后会遇到我吧，她就这样明知你是冤枉的，还要让你背负一辈子罪名？！这就是你爱的女人？"

"不，你不懂，这辈子都不会懂。因为你没有看到后来我和茗渊说起这件事时的情景。那时她正在帮我赶一份稿子，为了那稿子她已经几乎两宿没合眼，可上边还是不满意，于是她继续改。提起话头儿她就掉泪了，无声的。她没有停笔，也不跟我辩解，只是在眼泪即将落下来的时候，把头轻轻别到一旁去，不让泪水打湿了稿纸。"

"在你眼里，顾茗渊就是在稿纸上画一坨粪也是香的，没错吧？"

"你知道什么。"

"我知道的还真不少，"女人说，"我知道你还在狱里的时候她就闲得去帮我美容院的顾客陆伊画图纸，作为一个非义务劳动者她有多卖力你知道吗？她卖力到陆伊常常抱怨说，如果自己手下的人有她十分之一的能干，公司就不愁发财了。我还知道那阵子她写了个很成功的剧本，是钟少安帮她牵的线，据说她跟钟少安的关系现在都没有断……罗羲我真是不明白了，她到底是谁？为什么有这么多种面孔？"

"你今天找我到底有什么事？"

"我和珍妮拜拜了，这回是彻底的。"

"这不关我的事。"

"是因为你。你是个好男人。现实中像你这样的男人已经不多见了。"

女人的鼻息吹到男人的脖子上，他们已经近乎脸贴着脸了。

男人这才意识到她今天的打扮非比寻常。平日里他是从不观察她的，他不在乎她怎样打扮自己，怎样取悦别人，甚至连她在和珍妮那段旷日持久且错综复杂的关系中扮演男性角色还是女性角色都一概不知。

可今天，她穿了一件很典雅的贴身长裙，席地的，香槟色的，于是她周身带着一种与她往日完全不同的光泽。

"看我这裙子，漂不漂亮？"

"还行吧。"男人心不在焉地说。

"是吧，是我国外的一个顾客送给我的，这种款式国内是买不到的，你的顾茗渊可没有，她那么喜欢衣服，甚至还自己动手做，你说她看到我这身衣服会不会眼馋？"

"不见得。不过，这件衣服穿茗渊身上或许更适合。"男人直言不讳。

女人很大方，一派暂不和男人计较的样子。她问他还记不记得去年他不回来过春节和中秋让女儿多伤心。

"少跟我提可儿，"男人说，"你也就是收养她并拿她当障眼法挡箭牌，你没对她付出过哪怕一天的爱。"

"爱是相互的，"女人说，"很快我发现这孩子和我不投缘。记不记得可儿会说的第一个词是什么，"女人突然来了火儿，"她十一个月的时候指着顾茗渊的照片叫'妈妈'，别告诉我你已经忘了。"

"可那又能说明什么呢，你跟一个不到一周岁的孩子计较她叫谁'妈妈'？你后来有大把和她相处的时间，你又是怎么对她的？你把她扔给柯大伯就没了影，一走就是一年半载，孩子的启蒙时代你在哪里？最需要妈妈陪伴的时候你又在哪里？"

"好好，我承认一说到可儿我就在你面前没理，我对我们这个三口之家的貌合神离乃至分崩离析有不可推卸的责任，可是罗羲，我今天来这里不是和你讨论这些的，也不是来忏悔来认错的，我只想把握现在，只想要眼下的一切，懂吗？"

"完全不懂，眼下的一切又是什么呢？"男人已经有些不耐烦。

"我想要你，罗羲。你，就是我眼下想要的一切。"

男人无比错愕地看着女人。

"没错，你没有听错，我说过我和珍妮已经彻底结束了，我们玩儿真的如何？当然，要在你不计前嫌的情况下。"

"什么意思？"

"我的意思还不够明确吗？你和顾茗渊吵翻了，我和珍妮也分手了，我和你……"

"柯止我们没有可能。不要再说下去。"

"为什么？"

"因为我和顾茗渊跟你和珍妮不是一回事。"

"好吧，说白了你还是歧视我们。你口口声声说尊重我们，尊重我的选择，其实心里不知道怎么骂我呢！"

"不，我没有，我只是想说，我和顾茗渊是怎么回事，你也许真的不懂。说真的，不光是你，我和任何一个人都解释不清我和她是怎么回事。"

"不懂？有什么不懂！她就那么复杂吗，她都把自己的小说版权卖给其他公司了，你醒醒吧罗羲！她不跟你玩儿了！"

"迟早有一天她会后悔的。"

"她甚至还一度在媒体前宣称，自己将和别的编剧合作创作一部新的作品。"

"嗯，你等着吧，那是气话。"男人信心满满地把两个胳膊抱在胸前。

"你怎么知道？"

"我当然知道，我想这些你就别为我操心了吧。"

"罗羲你别太过分！"

"我说的都是事实。我和顾茗渊就像一个罐子里的两只好斗的蛐蛐儿，合不拢也离不开。"

"就算退一万步讲，你们分不开，可是你有没有想过，你们给彼此的是什么？你们就是以这样的方式爱彼此的吗？还是以爱为名义互相消耗互添麻烦？"

"柯止你不觉得你今天管得有点太宽了吗？我们早已约法三章，那章也是你规定的，在不给对方及其亲友造成困扰的情况下拥有最大限度的自由。现在你突然来这么一出，算是干什么？！当然，跟珍妮了断是好事，你完全可以开始新生活。"

"新生活？罗羲，我们总共没在一起待几个小时，可怎么总感觉像老夫老妻了？我们尝试着在一起好不好？你有没有想过，老天为什么安排你被冤入狱，为什么偏偏救火的时候被我爸爸看见？我相信一切都是上苍善意的安排。"

"放你的屁！去他妈善意的安排！别跟我提那段破事儿了行吗？如果没有那事儿，我和茗渊根本不可能是现在这样！如果重新来过，我宁愿减寿十年求老天把那件事从我生命里抹去！"

"行了行了，我不提还不行吗，"女人这次很服软，"可是，蛐蛐儿就不能跳出罐子吗，上次那个貌似记者模样的人把我们堵在楼下，问我难道一直没有发现自己老公的心猿意马你还记得吗，你被那种尴尬长期围绕不觉得不舒服吗，就不能给我一个机会顺便也给自己一个机会吗？"

"如果真是这样，也是我们两个离婚，我娶茗渊。"男人说着走出门去。

于是女人因自取其辱而丧心病狂。她一个箭步撑裂了自己特意为这晚准备的席地鱼尾裙，然后冲着已不知走出多远的罗羲骂个没完，她甚至还随手拿起一个玻璃杯，把五星级酒店的壁灯砸了个粉身碎骨。

然后女人坐下来继续抽她的雪茄。

在谜一样的烟雾中她想起了钟少安，想起了那个甘为顾茗渊鞍前马后的男人。她一时间妒火中烧，凭什么她顾茗渊能够坐享钟少安这样现成的便宜，又非得死死揪住罗羲不放手。

然后她又想起了那个当年由她领养回家但的确一直没有给予过半点儿关爱的女儿，可儿目前是指望不上了，比起自己，可儿跟顾茗渊简直就是亲娘俩儿。她越想越气，当即下定决心要把女儿夺回来。过几天就是她的生日了，她这次要陪顾茗渊好好玩儿一场。

——节选自阮小芋《七梦茗渊》

9

发小重逢，本是件值得高兴的事儿。

徐川万万没想到，当自己已经挺着啤酒肚接近天命之年时，茗渊竟还是那么美。

他们两家原本从父亲那一辈就走得很近，若不是哥哥徐山和茗渊的爱人罗羲一起出车时发生了那一档子事，徐川坚信徐顾两家能走得更加密切。事实上他们的父辈直到现在还是无话不聊的朋友，因为两位老人压根不知道年轻人之间的恩恩怨怨。

错儿当然在他们徐家，在他的哥哥徐山和嫂子顾明远那里。他知道哥哥徐山从很久以前就恋着茗渊，也知道嫂子从小就羡慕茗渊，这羡慕里当然还带有一些嫉妒的成分。他嫂子明知道茗渊从很小起就已经和罗羲两情相悦，却生生毁了那一切。那种朦胧却坚不可摧的情谊没被日后的两地相隔所拆散，也没有屈服于茗渊所就职的情报局那铁一般的纪律，却被这件很偶然的事情彻底改变了。徐山是软弱的，他浑浑噩噩地娶了明远，浑浑噩噩地受着她的操控，然后又浑浑噩噩地过了一辈子。因为没有爱，他反而更加惧怕妻子，惧怕她的委屈，惧怕她的苦恼，更加惧怕她的一哭二闹三上吊，但当明远要求他在轧了人后将错就错地把责任推给罗羲时，他竟隐约觉得明远的决定好像在和自己心里的某个声音遥遥呼应，他在那一刻看清了自己，原来自己的内心是如此丑恶，然而就是这样一颗心却从没有停止对茗渊的追逐。

于是事情成了今天这样子。徐山去找茗渊时，罗羲已让监狱的一场大火烧毁了脸。茗渊说狱里的罗羲坚决拒绝她的探望，说是自己出狱后会受朋友之邀赴美治疗。徐山就那样看着六神无主的茗渊说，该进去的其实是我。

茗渊在那一瞬间彻底疯狂了。那是一个徐山从未见过的茗渊。

她几乎是扑上来撕扯踢打着眼前这个男人。你个王八蛋！你还我的罗羲！做这一切时她甚至咬破了自己的嘴唇。

男人虽然早有心理准备，但还是被女人眼里的仇恨吓坏了。他相信女人此时此刻一定连杀了他的心都有。

然后女人平静下来。

说滚。带着你的顾明远，滚出我的视线。不要再让我看到你们。我没有你们这样的发小，也没有你们这样的朋友。

男人无地自容，悔不当初。他说为了你我现在愿意去自首。或者，做什么都行。

现在？女人鄙夷地说，罗羲在救火中立了头功，上边批示给他减了刑，如今马上就要出狱了。你这会儿去自首？还说是为了我？收起你那副虚伪的嘴脸吧。

茗渊，你知道我爱过你，不不，现在还爱着，今天我是瞒着明远来的……

你，爱我？以这种方式？自己逍遥法外把我深爱的人送进监狱？这也配叫爱？滚！

男人走到门口，女人又在后面补了一句，别告诉明远了，她够可怜的，就当我不知道你们俩做的事。

茗渊说这一切时原以为待到罗羲出狱后，他们就能永远在一起了。可她马上发现那不过是一场梦。前方等着她的竟是罗羲从海外飞来的婚书……

徐川搞不明白为什么茗渊愿意委曲求全地去做罗羲在国内的情人，而且还是在罗羲那么薄情寡义地攀上高枝就把她抛之脑后的情况下。都是那么知名的人了，那样的身份总会多多少少引起尴尬和鄙夷。

但徐川眼前的茗渊还是美的。她像出现在公众面前那样光彩照人地出现在徐川眼前，开门见山就说："川，你的朋友是要约稿吗？"

"是的，"徐川心想，这么久没见，竟一句叙旧的话都没有，到底是名人了，或者真是对他们徐家恨之入骨了？可哥哥干的缺德事，不应该由弟弟来承担啊，"喝点什么？红酒还是？"

"随便，提神的就行。"茗渊竟然坐下来就打了个长长的哈欠，"川，说说你朋友的情况。我没有太多时间。"她已经在看表。

徐川要了两杯咖啡。"呃,我的朋友,他其实也是才入行,听说我认识你,才让我找你的。也是想借你的名气。他在一个不太出名的出版集团旗下办事,想约几个短篇。"

"短篇?"

"是。"徐川看到茗渊惊讶的样子顿时感到气短不少,毕竟他朋友没钱也没名气,一心想仰仗他的关系。徐川当时一拍胸脯应下了,如今却只想抽自己的耳光:"我是这么想的,渊儿,你看我的面子上,就随便写两个糊弄糊弄他,那是个一心想办好杂志的穷小子,反正你的名声已经在外了,看到名字就是盖上章了,我于我兄弟那儿,也交代了不是?"

"稿费呢?"这坦诚来得近乎残忍。

"稿费……应该不会比市面上少。"徐川拍胸脯的时候说渊儿是她的发小,哪能要他的钱。

此一时彼一时也。

"那么川,我恐怕不能帮你了,起码暂时不能帮你。我现在的情况你不了解。我的朋友欠了一屁股赌债,我现在从凌晨5点起来写到晚饭时间,吃饭都是随便对付,因为睡两个小时觉又要接着写。所以,所以很抱歉我不能给一个不出名的杂志写稿,而且是像你说的那样随便糊弄,短篇比起长篇在结构设置和语言上都有更高的要求,应付了事无异于自毁长城,于我又没有多于现在的进项,如果是你,是不是也不会去做?"

茗渊说得无比坦诚,可徐川还是目瞪口呆了。

"茗渊你变了。"这一次他没有叫她渊儿。

"不止一个人这么说过,我已经听够了。"

"你就那么缺钱吗?一个短篇用不了你两个小时的时间吧?"

"有没有听说有人用二十年写一篇十几页的故事呢?隔行如隔山,各自的艰辛只有各自懂。"

咖啡刚刚上来,他们的谈话貌似已要收尾。

"顾茗渊你用得着这样端着吗?我哥的账你别记在我头上!"

"少跟我提你哥!我不想再听到这个人的名字!我已经告诉过你,我现在实在是分身乏术,你以为我赚点钱就那么容易吗……"

"合着你今天来见我是以为有钱赚？！"

"可以这么说。我不放弃任何高稿酬的约稿，尽管它们是那么难找，但是我不会放弃任何一次机会，否则还完那债我的眼睛也要写出血了。"

"姓钟的那小子现在不是有的是钱吗，你怎么不去找他？听说你们曾经还……他从小就喜欢你，你只要开口，应该不是难事。"

女人突然火了："可是他的钱跟我有什么关系？我们曾经怎么了你说啊徐川！"大概是意识到自己太过火了，又陡然地说，"算了，随你的便，随你怎么想怎么说。反正被羞辱被误会对于我来说已经是家常便饭，不管是明着的还是暗着的。你们以为我顾茗渊如今是个不干不净的女人，做着他大编剧罗羲的小三儿还和钟牵扯不清，开始我和你们这些发小据理力争，我多想让你们知道事情不是你们想象的那样，可是川，"她又恢复了叫他川，"我累了，真的我太累了，我懒得解释也懒得再和你们去撇清我自己，由你们去想好了。有时候对于那些关注我的人来说，这样的我比真实的我更有吸引力。"她又打了一个哈欠站起身来："抱歉让你失望了，以后腾出空来，我一定写一篇给你的朋友。"

"可是你为什么要那么卖命地帮罗羲还钱呢？他曾经甩了你不是吗？"女人对面的男人也终于发飙了，他觉得被羞辱的不是眼前的女人而恰恰是他自己，"什么叫懒得向我们解释，你把我们当什么？我们又是谁？那些网上和媒体胡搅蛮缠的人吗？我从今天坐在这里起就没有过问过你的私生活，是你自己东一撇子西一扫帚地东拉西扯，你说你的朋友欠了钱我当然自然而然地想到罗羲，因为从小到大，除了他你不会为任何人卖命卖到眼睛出血！我可以不要你的小说甚至可以马上就走，但是甭管出于何种原因，你对一个关心你的人说懒得解释随便你去想是不是有点太过分了？"

"那你想让我怎么样？和你从头说说我的遭遇？还是你能帮我解决眼前的问题？这世上不缺好人，缺的是恰恰能帮到你的好人。你刚才问我为什么不去找钟？你以为我不想找他吗？我做梦都想找他借钱！遍寻我的圈子恐怕也只有他能够短期内拿出那么多钱。可是我不想再落人口实了，真的不想，我给他带来的麻烦已经够多，他帮我的也已经够多了。"

"我们让彼此失望了。"徐川说。

发小重逢，本是件值得高兴的事儿。

——节选自阮小芊《七梦茗渊》

10

这台崭新的苹果电脑进了茗渊的屋子后足足受了两年多的冷遇。主人的卧室还算宽敞，足以让它独占一隅，可却偏偏找了个书架底层草草打发了它，上面还横着压了些杂志，又竖着堆了些小说。总之，在这个信息高度共享的年代，它实在无法理解自己究竟为什么比不上躺在主人枕边那本几乎被翻烂了的小字典得宠。

直到有一天晚上，茗渊为赶一个短篇的结尾而错过了饭点儿，一看表，都十点多了，想着横竖饿劲儿也过了，便去热了杯牛奶，准备喝完就睡了。夏夜炎热而漫长，晒了一整天的西墙直到下半宿还在"发挥余热"，她去开了空调，可不到五分钟，关节受不了了。

已经是老胳膊老腿了，她想。透过牛奶杯里呼呼冒出的热气，她看到纳博科夫的《洛丽塔》和格拉斯的《铁皮鼓》中间夹了一本没有封面的书，她当然知道那是本什么书，所以从不敢用大块的时间去回顾它，阅读它，可现在等着一杯牛奶由热变温的空当大概还是可以的。

也许是两本厚厚的名著把中间那本不起眼的小书夹得太紧，她的食指一连落了两次空，于是与拇指合起伙来用力一抽，得逞的同时却把牛奶打翻了。她懊恼地摊着手，看着碎了一地的玻璃傻站了一会儿，却忽然意识到比起那些已定格的碎片，桌上的牛奶正更加肆无忌惮地蔓延，还好那一块儿的几本书都被一个银灰色的玩意儿垫高了，丝毫没有湿到，她沾沾自喜地想。

抹布都触到"苹果"的外壳了，茗渊才意识到那是她两年前一时心血来潮买来的笔记本电脑。

当时不过是图个新鲜，却很快发现自己根本享受不了这种高科技，因为不会五笔，拼音又快忘光了，所以用它敲字远不如用铅笔写字来得快，而且每次一面对它便灵感全无，想在上面搜点有参考价值的资料，可免费的多数是断章取义，完整的好东西却又需要付费下载。不懂的太多，要学习的太多，一个个新名词、新事物折磨得她头疼脑热，看着这个让现在的孩子们玩得不亦乐乎的东西，她竟开始有些自卑了。

那日她在网络上游走了半宿，忽然想起前一阵子的新书发布会上有一个读者谈到的网上书友会，于是她怀着好奇心在百度搜索栏输入了"茗渊书友会"五个字，随着鼠标左键"嗒"的一声，她被网页版头的一张巨幅照片吓了一跳，那大概是自己拍于20世纪90年代的吧，或许更早。照片无疑是美的，也看不出过多的修饰痕迹，但那毕竟是很多年前的自己了，她轻轻地摇了摇头。有时候，一个微微自恋的女人看自己大好年华时的照片就像是审视对手般的挑衅且略带无奈。

鼠标划过的地方皆跟着一穗小小的茶叶，书友会的名字则在照片的右下角——"这就是茗渊"。网页里的名目倒是不少，那一栏栏的"茗渊语录""茗渊好文""茗闻速递"和"品茗图频"让她目不暇接，她随心所欲地驾驭着鼠标，点点这里，点点那里，刚刚有一种开车驰骋的感觉，却突然发现自己竟一个帖子也看不了，因为不是会员。真麻烦！她心想，要不怎么说开了电脑就上瘾，如今看来倒不全是因为自制力不强，而是这玩意儿实在磨人，她心里为自己开脱着，一边催促自己快别看了，自己是什么样的人，还用别人七嘴八舌地告诉自己吗？可是她到底架不住好奇心，犹豫着点击了"注册"那两个字，邮箱她是有的，可惜早已忘记了用户名和密码，所以只好去问她最近刚刚结交的80后小朋友阮阮，费了不少劲，终于注册成功。独立运用了高科技，她竟有一丝得意，网页上弹出一行小字："恭喜你成为一名茗茶！"这又让她不懂了，读者们为什么自称"茗茶"呢，她想来想去都不明白，于是又问阮阮，阮阮告诉她，这是粉丝惯用的称呼，取偶像名字中比较有代表性的一个字，同音不同字，或是谐音也成，然后再填字组合成现有的名词，比如演员×丽的影迷叫"栗子"，×数的粉丝叫"树枝"。阮阮前面的叙述把茗渊说得云里雾里，倒是后面举的例子让她一瞬间听懂了，她茗渊再不与时代接轨，两个正当红的女演员她还是知道的。

茗渊给自己注册的名字叫"簇青"，那还是她早年在情报部后山上认识的一种草，草的根部极细，入土也不深，可叶脉却出奇的宽大，那脉络从草尖到草根一点一点地加深，有点像手掌凸起处被磨出的细茧，所以当地的村民都管这种草叫茧子草。茗渊的手上也有茧子，但却不在掌心，而是在左右手的中指一侧各有一处，右手的在中指左侧，左手的在中指右侧，不用说也是常年握笔留下的。有一次罗羲打趣说，这得亏是左右手都能写，若是重力都压在一个指头上，还不知茧子得多厚。这是他头回感叹她的不完美，她嘴上不说，却在心里恼了许久，那岂止是茧子，她的一对原本细细长长的中指，简直要被铅笔顶得骨节粗大了。以前他向来都是赞她的，说她的鼻梁生得高，眉角又几乎能入鬓，所以正脸好看，侧面更是美得很。可惜后来是他自己亲手毁了那鼻梁，一次争执中，他狠狠将她推倒在地，她的鼻梁从此留下一道疤痕。事后他悔恨不已，那悔是真心的，可那暴脾气，也是真正改不了的。

　　他带她去最好的除疤美容医院，很想用先进的美容技术遮掩他一时失控暴殄的天物，等她从医院出来时，所有人都啧啧称赞，说现在的技术就是高明，这么长的疤居然能消失得如此干净，医院的小护士还很热情地问她要不要顺便做个拉皮手术，说是医院最近搞优惠活动，详情可以去看门廊里那个"你给我一天，我还你十年"的大横幅。茗渊在心里无声地笑了，当真还她十年，她定是愿意拿今天她所得到的一切去交换。

　　她甚至恶狠狠地想，连同身边这个自私的男人也换掉！

　　他什么也没给她吗？倒也不是。他领她来到一条不寻常的路口，一早便告诉她了，这路上满是荆棘，但偶然也会出现别人看不见的风景，去不去由她。他俩当时都不是写书的人，但他却信心满满地说，他一定要写一本鸿篇巨制，歌颂上一代人的，他的母亲那一代人。那年她才十几岁，读着他眼里的世界，未懂却被蛊惑。于是义无反顾地踏上他指的那条路。谁知，她刚刚写上了瘾，他又后怕了，怕再来一场运动，把他们仅有的一点乐趣变成灾难。

　　其实她自己也曾为自己在那路上迈出的某一步后悔过，但却魔怔着继续前行，就这样她重复着先前的步调，也重复着那后悔，直到有一天，确切地说，是在她四十岁生日那一天，她突然被"四十"这个数字吓到了。自己怎么就四十岁了呢？如何竟这么老了呢？从前她十几岁的时候，总觉得二十几岁才是一个女人盛放的真正年龄，到了她二十几岁的时候，又觉得三十多岁的女人更有魅力，然而轮到她三十多岁的时候，便一步也不想往前走了，于是她干脆掩耳盗铃地想忘记年龄，年轻的时候，她不曾挥霍青春，甚至不曾懈怠、放松过一分钟，可青春还是永远地离她而去了。

她不再庆祝生日，可恍恍惚惚中，时间竟又溜走了十年。同龄人都早已做妈妈甚至快要当奶奶、姥姥了，而自己，竟仍然是孤零零一个人。她忽然恨起了罗羲，在她四十岁生日那天一发不可收地恨起了他，她从没有这样恨过，极少有人能激起她这种深层且持久的情感。

茗渊每每说罗羲自私，他倒是有一句接一句，从不辩驳，于公于私，他对眼前这个女人都亏欠良多。他何尝不知茗渊手指上的茧是日夜为他卖命，废寝忘食地赶稿子赶出来的，说她瘦得眉角入鬓，也是因为长期缺乏睡眠，吃什么都补不回来的缘故。罗羲觉得茗渊说的没什么不对，他确实自私得很，而且到了卑鄙的地步，因为他太了解茗渊也太知道他们两个心里真正想要的是什么了。这种女人坚信不疯魔不成活，所以做起一件事来是带着一种自虐的劲头去拼命的，她们严于律己，总能不负众望地在短时间内交出像样的东西。所以罗羲一早知晓茗渊旁的都不十分在意，她要的不过是用真材实料写出好东西，在写作这条路上走出更好的风景，还有就是，她越来越需要安全感。她已不能从头再来，就像萧红在《苦怀》中说的："我不是少女，我没有红唇了，我穿的是从厨房带来的油污的衣裳，为生活而流浪，我更没有少女美的心肠……"

……

节选自阮小芋——《七梦茗渊》

11

女人读完整部剧本后感到前所未有的惶惑。虽然在童年时已经耳闻过这部历史剧本的整体框架和行文梗概，可如今她还是被那字里行间的荡气回肠和笔者的大胆设想所震慑了。

当年那个唐朝女人的墓志还没有出土。可笔者却有如预言家一般呈现了那一切。女人真诚地从内心里自愧不如，虽然自己也是个搞历史研究的。在他们这一代人中，如此疯魔、严谨且精益求精的治学和工作态度已经基本绝迹了。

女人抚摸着那线装手稿。

足足有三大本。最后一本几乎全是与那个遥远女人有关的史料考据和笔者延伸的设想。

女人不知道像这样大费周章，厚积薄发却有些吃力不讨好的本子她顾茗渊这辈子到底写了几部，也不知道自己究竟能不能对得起她的托付，但是有一点她很清楚，接下来一段时间，她要大干一场了。

女人的心很激动，在一页页翻阅这些手稿时，竟有一种梦幻般故地重游的感觉。她想为了这一天她不知等了多久，她几乎是为了能有今天才成为现在的自己的。就这样她循着顾茗渊曾经的思路一往如前，她突然有些分不清自己内心急于接近的到底是那个唐朝女人还是顾茗渊本身了。

于是，足足半个月她和那三大本无声地交流着，二十多年前她听了个一半的故事如今终于有幸读到结尾，所以她也像二十多年前的顾茗渊一样，一头扎进那段历史的繁华与寂寞里，再度出来时有如长梦初醒。

她不管今夕何夕也不管当时当刻已是凌晨几点，她拨通了朋友万小青的电话。她说小青，没有金刚钻你不要揽这瓷器活。

小青在电话那端骂："神经病，我用不用你搜罗来的稿子还得另说，你倒先嫌弃起我来了。下次打电话前记得先瞅瞅几点了，大小姐！"

女人这才看了一眼钟表。凌晨三点十九分。

"对不起小青。可我想尽快见到你。"

"明早八点。够快吗？"小青算是个爽快人。

第二日她们如约见面。小青首先被那三大本吓了一跳。"没有电子版吗？"她说。

"没有。只有这手稿。"

"这年头还有手稿真是不简单，我以为你兜里揣个 U 盘就来了，没想到还手提肩挎的。"

"这是二十年前的东西，小心别弄坏了。纸已经很脆。"

"哇，出土文物啊简直。你确定这是顾茗渊的手稿？这是她的字？"

"当然，这还能有假！"

"乖乖，她的字太可爱了，像小学生的字一样横平竖直，还有个别繁体，哈哈，太有意思了！"

"给你半个月时间看稿子够吗？"

"不用那么长时间，我审稿很快的，"小青眼睛没抬，还是停留在稿纸上，"第一集前半部分，对白太长，于古还行，于今太不接地气。"

接下来她先是把第一大本捻到三十页，然后，六十页……

"两天。最多两天我就能决定用不用这稿子了。"

女人和万小青其实已有两年未见。可那天因为稿子，她俩同时产生了一种闲情少叙的默契。小青给女人上了一堂课，她告诉女人在剧本行当有个十分邪门的定理：最好的东西，反而时常没人敢用。她看到女人的如痴如醉，所以决定首先给女人提个醒，就算是名家，也保不定会被退稿。

女人是在抱回那厚厚三大本的当天接到男人电话的。男人就像和万小青说好了一样，上来就问了同一个问题。

男人说这稿子是不是曾被程志雍退过。

没错。女人有些气恼。被程志雍退过的稿子你们就没人敢用是吗。

"被程志雍退过的《婉儿》？那就没错了！"男人自言自语地重复。

"什么没错？"万小青今早也说，原来这就是多少年前被程志雍退过的《婉儿》啊！我也算有幸一睹真容了，不过很抱歉，不用折腾了，我得罪不起程志雍，就算我有这胆，那些人也够呛放行，不放行我还拍个皮球！

女人当时听了二话没说抱起稿子就走。她突然发现自己没来由的已经和《婉儿》荣辱与共了。

"是的没错，我真心想要这个本子，请问……"

"你想要？你又是谁？"女人已然没有好气。

"我是谁没有什么要紧的，反正我做的不会输给你父亲。"

"你还知道我父亲？"

"我还知道你呢！我第一次见到你时你才四岁，罗可。"

女人被对方脱口而出的"罗可"吓了一跳。这么说她起码也应该唤对方一声叔叔或伯伯。

男人继续说："我一直很想看这个本子，我知道这一定会是个好本子，听说作者为它付出很多，更何况，顾茗渊的东西，再差能差到哪里去呢？"

男人的最后一句女人爱听。

"那您，既然是我父亲的旧友，又如此看重这本子，相信您八成也认识顾茗渊本人吧？不如我帮您约一下她，看她愿不愿意把本子给您。"

"不不，如果可以的话，我希望仅通过你，不需要和作者本人见面。我知道关于这个本子作者已经全权委托你了。"

"可是，为什么？您直接跟她面谈岂不更好？"

"是这样的罗可，我不想让顾茗渊误会，这个本子从写成至今虽然一直没有脱手，但绝不是卖不出去的本子，是人在挑本子，也是本子在挑人。你一定知道我在说什么。"

没错女人懂。女人觉得电话那端的男人简直说得太对了。

"所以我请求你，如果你信得过我，一定不要告诉茗渊是谁买走了这本子，至少一半时不要透露给她，至于那个程志雍，就留给我去对付。放心我一定不会亏待这个好作品，一定不会让作者的心血白费。"

女人默默地听着，她已经大概知道电话那端的男人是谁了。她是在一瞬间猜到的。女人对这未见其人但闻其名的男人太熟悉了，父亲无数次为这名字犯小肚鸡肠，顾茗渊赌气时也经常用这名字当撒手锏。女人小的时候很想看到这两个男人的正面交锋，但她却始终未能如愿。她心里是佩服男人的，一段感情维系这么久本来就值得叹服。更何况，在她的眼中，在她从小到大的"听觉观察"中，父亲与顾茗渊口口声声的钟并不是个简单的人。

她读过顾茗渊的《暖色边界线》，了解他离奇的发家史，她知道他从未当过一天兵但却参加过越战，早些年她完全不懂他为什么要那样做，为什么要放着辛辛苦苦打下来的天下不守，非要在战场的九死一生中打个滚儿。后来她得知越战时顾茗渊蹲过猫耳洞，吃过不少苦，那苦是非人所受的，男人出来后都会患类风湿，何况是女人。于是男人冲向前线，他无法乐享安逸，无法坐视女人吃苦受罪……

"我相信您。"还有什么更值得托付的人吗，还有谁会比这个男人拿顾茗渊的事更上心吗？没有了。

"合同可以在任何你方便的时候签。"对方也意会了女人突然间的信赖。

女人后来成了男人投拍这部大剧的历史顾问，他们在电话里研究，探讨，相协共历。女人很荣幸加入也很享受这个过程。这期间女人没有联系顾茗渊，也没有向她透露整件事情的进度。

整个过程女人不断重读三大本，她发现许多原本以为是并列的叙述其实是递进的，她发现顾茗渊那时候的创作思维比现在要缜密很多，她能看出作者在举重若轻的文字背后其实想了很多。这个过程也同时让她逐渐深入地了解了婉儿是怎样一个女人，而钟又是怎样一个男人，尽管这两个人是完全不搭界的。确切地说，女人是通过顾茗渊认识这两个人的，而如今通过对这两个人的读解，又反过来使女人和顾茗渊更近了。

男人出钱又出力，那股要做就做到最好的干劲儿让女人时刻想起曾经在父亲身边那个年轻时代的顾茗渊。

男人说人人道这本子折腾起来费劲，我却觉得简直拿过来就能用，这么大个便宜怎么就让我捡着了呢！

男人说到做到，大到框架，小到各个细部大小人物的台词，都是逐字未动。女人知道这不变与不动就是他对顾茗渊的尊重与爱。

女人这个历史顾问不过是个好听的头衔，她从未干过这么轻松的差使。在此期间她不过是享受了一场略有些耗时但却完全值得的阅读盛宴。女人早就知道，作为笔者的顾茗渊早在二十年前就把她今时今刻该做的活计做完了，她甚至已经整理好了一份相关历史事件年表，而且时间是具体到一天中的二十四个小时的。

两年之后，三十六集历史剧《玲珑之冕》被搬上荧屏，这一次顾茗渊的名字没有跟在罗羲后面，原著一栏只有她自己，编剧一栏也只有她自己。

这是唯一的一次。

——节选自阮小芋《七梦茗渊》

12

虞小阮知道顾茗渊一定不会记得这个日子了。而她自己之所以铭记，是因为这天距她们头回见面刚好十年。三千多个日夜，说过就这么过去了。

她知道顾茗渊把所有想对她说的话都在这十年里说尽了，她们原本就是两种不同的人，阅历不同，又隔代，她虞小阮从不敢想也不敢奢望得到这个女人真正的友情，然而她却得到了，尽管这一切如今已经风吹云散，了无痕迹。

那一次她怀揣着一个装满钱的信封站在顾茗渊的门口，她以为还了这钱，就能从此换回自己那点可怜的尊严。而女人却一照面就用手摸了摸她前额的头发，说："小阮，你的头发该洗洗了啊。"她在一瞬间不知道下一步该怎样做了，有点想哭，因为爸爸曾经告诉她，如果头发脏得油了还有人揉，那么这个人一定相当爱你，她没有想到第一个验证爸爸这条至理名言的人竟是顾。你认准一个人对你好，那么她做的所有事都是为你好，即便表面不是，也一定另有隐衷，这隐衷你自己会帮他／她找。

女人接过她手中的花："你居然还给我带花来！这种花怎么会有白色，真美！"

女人没有循规蹈矩地把花插进花瓶，而是把它放在一堆自己正在写的书稿上。"守着这花，我今天晚上一定能写出很美的东西！对了，你还没告诉我呢，这花哪来的？"

"自己种的。"她对面的女孩说，"喜欢吗？我给你这花儿的种子。"

"可你又是从哪里弄来的呢？"

"最早我的一个朋友那里有一盆，是金褐色的，花型好看，但颜色不那么美。当时我从她那盆中挑了一朵开得最淡的花，从花中取了一颗种子回去种，就这样每年花开，都选整盆中色彩最淡的一朵取种，最后就有了纯白的花。"

"小阮你真了不起！听上去都觉得不可思议！真是个长情的小孩……"

虞小阮是经不起女人这样夸的。她有时宁愿女人不要夸也不要骂自己，就那样永远平平淡淡地交谈。可是如果当年的小阮能够预想到她们以后会有那么长的平淡期，那么早期共处时，八成会坦然一些，有一说一一些。

"下次来给你带种子！"

"好！一言为定！"

然而虞小阮后来一直没有机会再见女人。她只是在搬家时把自己精心侍弄的那盆花留给了女人。女人买下了小阮租住的房子，那里也曾是女人住过很多年的地方，当然女人在买房时并不知道小阮租住的恰恰是那一户。她知道小阮在那小区住过，但压根儿没想到事情会那么巧。写小说制造巧合的人通常是最不相信巧合的人。

后来小阮在那个男人的追悼会上看到了她苦心栽培的花。记者的长镜头没有捕捉到女人的身影，却在无意中划过那两排整整齐齐的花圈时让小阮的眼前一颤。

她想不到女人给花派上了这么个用场。但她觉得女人用得很好。她甚至为她的花儿感到荣幸。那种花的白色是纯粹到没有余地的，动人又决绝的，女人喜欢的颜色。她的车就是这种颜色，她用这种颜色的贴花床单、被套乃至枕巾，她赠小阮这种颜色的衣服，最后，她把这种颜色给了最爱的男人。

粉丝们都知道女人独爱黑白灰，这三种颜彩被她穿戴在身上，也运用在自己小说的插图中自成一派，但只有小阮知道，于这三种色彩中，女人又特别偏爱白。女人说白是美的，但用之于物，却是最让人受累的颜色。

女人笔下的故事好得让所有人没话说，但却总不见大红大紫，据说是因为她得罪了上边儿的什么人，以至于凡是冠之以"顾"的剧本都会在最关键的审核阶段被莫名其妙地枪毙。

于是女人只能像寄生虫一样活在编剧罗羲的羽翼之下，没错那则旧闻好像就是这么说的：事业上的隐身人，生活上的金丝雀。

你看女人竟能忍得了有人这样一语双关的讽刺与谩骂。好在她有笔，有笔就能写，能写就有的是机会报仇。一个长篇三十万字，一个短篇少说也四五千字，多少议论都不够她还击的。你说我对罗羲另有所图，我偏偏让你看看究竟是谁离不开谁，你说我的私生活见不得光，我还就这样陪着他走完一辈子。

那天去参加追悼会的其实还有一个人。媒体公认的业界一哥程志雍都去了，死者可真是有面子。程志雍并不是为男人而去的，他在前来吊唁的人群之中苦苦寻找女人的身影，他知道她一定会来。

女人却似乎更想和死者的女儿叙叙旧。程志雍眼睁睁着女人的手搭在罗可肩头一路走远，直至她们很不期然地拐进了一个平日里他从不屑光顾的小咖啡馆。他搞不懂这样两个本该互为仇敌的女人之间能有什么可谈的。于是他在外面等。果然她们没坐多久罗可就先出来了。他以为她们一准儿谈崩了，他总是这样自以为吃透了女人。

他走上前去。

他对女人说我等你很久了，我等这一天很久了。

女人凝视着男人。但很快她收回了目光。她说我们之间没有什么好说的。

谁说的？男人依然是自以为是地笑，我认为我们之间总比你和罗羲的女儿之间可谈的多。那一对父女你还没受够吗？老子压榨你，女儿侮辱你，今天她把你约出来干什么？是不是以为你吞了她老子不少钱？……

男人没想到女人没等他说完便掉头走人。待到男人跟上去，女人又朝相反方向走回原处。女人一直在张望，像是在等着什么。

男人说要不我们也进去坐坐？不过这么个地方对你来说可不算安全。一会儿哪个眼尖的记者跟来，你可得准备好回答他的问题。女人依然在张望，她听见男人走近自己说，茗渊，我们合作吧，一个女人有几个三十年，你前半生全砸在罗羲身上，可你跟错了人。末了他自己名利双收，你却一无所有。知道吗，这些年我一直都在关注你，因为我知道写一部历史剧本子就罗列了六百多条史料注释的女人总归差不到哪里去，你有阅历也有才华，所以你的东西其实是很难得的，你跟着罗羲其实是屈了，他的题材面很窄，一定程度上束缚了你，何况你们的关系世界都知道，你的作品也多数是被他"盖了章"预定的。

"我们的关系你们都知道？"女人突然的爆发吓了男人一跳，"那么请您告诉我，我和罗羲到底是什么关系？"

男人徒然地笑："这么多年，你怎么一点儿没变呢，茗渊？还是那么拗，那么不识时务，还是……"

"还是什么？"女人直视男人，她知道，男人想说什么，所以也知道他为什么在这里停住。

"可为什么罗羲可以？姓钟的可以？敢说你和他们都是玩真的而不是交易？别告诉姓钟的当年毫无理由地那么卖力地捧你，你和他之间就没干过一件脏事？这么多年我等着你看着你，我想知道你以一个没名没分的小三儿角色在他身边到底能撑多久，我没想到一等就是三十年，是的你撑到他死，是老天开眼要解放你……"

男人看到女人向马路对面招手，循着女人的目光，竟是罗可把女人的车开来了。

女人再一次回头看着男人，她忆起很多年前她和罗羲决定与男人合作是因为他们读了他的一部关于越战的小说，那种纯粹的英雄主义，士兵与将军的，没有儿女情长却让他们落泪。

当过兵的她是很容易进入这种故事的，她的军人阅历使她的精神乃至灵魂都能迅速与这类题材接壤。

她无法不爱这类故事，正如她不可能遗忘自己军营里的青春岁月。

是的那战火青春，那战友的血泪，遗忘就等于背弃。

那部关于越战的小说让她想起过往岁月的同时忆起了一个人，那时她不懂他为什么非要踏上异土去加入那几乎是九死一生的知青旅，但她很快就将从那个人的日记里知晓一切原委。

女人心想眼前这男人还是有两下子的，那么多年前就有两下子，作为行业的领军人物也确实出过不少力作，这么想着女人原谅了男人，或者说罗羲死后她发现自己不想和任何人较劲了，包括和自己。她对男人说："想知道我和罗羲，和钟之间真正的关系吗？你可以去看一本书，名字叫《爱之后的爱》，很快就会出版，这次不会让您等太久的。"

说完女人就钻进了车子。

虞小阮知道《玲珑之冕》能顺利排上档期应该也有男人的功劳，对男人来说，他不再企图动用关系封杀顾茗渊的作品已是最大的仁慈了。

不久后，罗可代表投资方在《玲珑之冕》的新闻发布会上致辞，她所告诉人们的，正是《爱之后的爱》里所讲的故事。

——节选自阮小芋《七梦茗渊》